विजय

विजय

जगराम जी

GenNext Publication

भारत में सन् 2023 में प्रकाशित

जेन्नेकस्ट पब्लिकेशन
5, अंसारी रोडए दरियागंजए
नई दिल्ली-110002
ई-मेलः gennextpublication@hotmail.com

Distribution Network
gyanbooks.com
India, USA, Canada, UK, Australia, France

विजय

जगराम जी

ISBN: 978-93-5663-059-8

मुद्रितः ज्ञान प्रेस, दिल्ली

आभार

देश में जन्मे प्रत्येक व्यक्ति को राष्ट्र निर्माण के प्रति समर्पण का भाव रखना ही सच्ची राष्ट्र सेवा है। राष्ट्र जैसे छोटे–से शब्द में विशाल असीमित और बहुआयामी अर्थ और कर्तव्यबोध का सार समाहित हैं। देश के प्रत्येक नागरिक को अपने राष्ट्र प्रगति के लिए आवश्यक होता है कि वह जिस दशा में है जिस परिस्थिति में है जहां है सकारात्मक सोच के साथ अपना योगदान दे। हमारे राष्ट्र का आदर हो तो इसमें जन्मे व्यक्ति को भी लोग आदरणीय कहेंगे। हमारा देश कभी सोने की चिड़ियाँ कहा जाता था। अपने राष्ट्र के प्रति समर्पित कई राष्ट्रभक्त ऐसे थे जिनको न इतिहास में स्थान मिला और न ही प्रशंसा हासिल हो सकी। लेकिन अपने राष्ट्र के प्रति जिम्मेदारी निभाने में असहनीय यातनाएं झेलते रहे। अन्त में प्राणों को भी राष्ट्र के प्रति होम कर दिया। हम सभी का नैतिक दायित्व है कि हम अपने राष्ट्र की सीमाओं की सुरक्षा के लिए मर मिटने को तैयार रहें। राष्ट्र निर्माण में अपनी योग्यता सिद्ध करें। हमें यह अनुभूति होनी चाहिए कि मैं ही राष्ट्र निर्माण के लिए उपयुक्त व्यक्ति हूं। हमारे द्वारा किए गए कार्य से ही राष्ट्र निर्माण में सहयोग होगा। हमारी सोच सकारात्मक होनी चाहिए। ऋषियों, बुद्धिजीवियों द्वारा सुझाए गए मार्ग पर चलने के लिए अपनी संतान को प्रेरित करना चाहिए। देश की सीमाओं पर अपने सपूतों को दृढ़ निश्चय के साथ भेजने वालों का भी हमें आदर करना होगा। हम निश्चिन्त हो कर रात्रि विश्राम करते हैं जबकि हमारे बीच से ही निकले वीर सपूत राष्ट्र प्रहरी के रूप में अपना जीवन दांव पर लगाए रहकर हमारे राष्ट्र की सीमाओं की रक्षा करते हैं। इसके अतिरिक्त हमारे

सामने यदि कोई भी राष्ट्र को अपमानित करने की चेष्टा करता है, राष्ट्र की नैतिकता पर प्रश्न उठाता है, राष्ट्रीय क्षति को सहायता देता है, धर्म, भाषा और मान्यताओं के आधार पर हमें बांटने की घिनौनी कोशिश करता है तो हमारा कर्तव्य हो जाता है कि हम उसे मुँहतोड़ जबाब दें। व्यक्ति को अपनी संतान की शिक्षा, दीक्षा, निपुणता, दक्षता के लिए सब कुछ न्यौछावर कर देना चाहिए। हम एक ऐसी पीढ़ी का निर्माण करें जिसमें देशभक्ति कूट-कूट कर भरी गई हो। नई पीढ़ी को अपने राष्ट्र भक्तों की जीवन शैली और उनके योगदान की जानकारी गंभीरता से दें। हमारा राष्ट्र है तो हम हैं, हमारा कर्तव्य राष्ट्र की सुरक्षा एकता, सुंदरता और निर्माण होना चाहिए। प्रत्येक सुबह राष्ट्र निर्माण की सोच के साथ होनी चाहिए। कोई भी कार्य करने से पूर्व हमारे मन में राष्ट्रप्रेम की भावना होनी चाहिए। कवि की चार पंक्तियां हमें इस ओर संदेश देते हुए कहती हैं **"जो भरा नहीं निज भावों से, बहती जिसमें रस धार नहीं, वह ह्रदय नहीं वह पत्थर है, जिसमें स्वदेश का प्यार नहीं।"** इन्ही पंक्तियों पर जीने वाले भारत में कोटिक सपूत हो गए जिन्होनें हंसते हंसते अपने प्राणों की बाजी लगाकर मातृभूमि की रक्षा की और अपना सर्वस्व न्यौछावर कर दिया। ऐसे वीर सपूतों की तो कतार सुदीर्घ है जिनके नाम गिनना भी असंभव है। ऐसे ही कुछ ही वीर सपूतों की वलिदानी गाथा को इस [विजय] रूपीशब्द-मालिका में पिरोने का कार्य अपने अनेकोण घनिष्ठ विद्वान मित्रों, प्रकाशक, पाठकों आदि की तन, मन, धन पूर्वक सहायता से करने का प्रयास किया है। इस कार्य में जिन्होंने भी जो भी सहयोग किया है उन सभी का सादर विनम्रतापूर्वक आभार सहित कृतज्ञता समर्पित करता हूँ और भविष्य में भी इसी प्रकार के सहयोग की अपेक्षा के साथ।

/// **धन्यवाद** ///

—भवदीय

जगराम सिंह

प्रशस्ति

इस अनमोल ग्रंथ में लेखक ने हमारे देश की गौरवशाली ऐतिहासिक परंपरा का उल्लेख करते हुए भारत के पुनर्निर्माण को एक नई दिशा प्रदान की है। भारत के वीर सपूतों ने मातृभूमि की रक्षा के लिए जिस प्रकार अपने प्राणों का उत्सर्ग किया। वह हम सभी को ज्ञात होना चाहिए कि हमारे देश पर अनेक विदेशी आक्रांताओं ने आक्रमण कर हमारे सांस्कृतिक विरासत को तहस-नहस करने का भरसक प्रयास किया, साथ ही हमारी बहन, बेटियों और माताओं की अस्मिता को भी नष्ट करने का प्रयास किया। परंतु हमारे देश के वीर सपूतों ने चाहे वह महाराणा प्रताप, गोरा बादल, महाराजा सुहेलदेव, बप्पा रावल, बंदा बैरागी, गुरु गोविंद सिंह, बिरसा मुंडा जैसे रणबांकुरों ने अपनी मातृभूमि की रक्षा के लिए अपने राज्य, अपने पुत्रों की परवाह न की और हंसते-हंसते भारत माता की रक्षा में समर्पित हो गए। भारत की भूमि वीर प्रसूता रही है इसने हर युग में अनेक महापुरुषों को जन्म दिया है। हमारा इतिहास हमें यह स्मरण कराता है कि हमने यदि महान दान वीरों को जन्म दिया है तो युद्ध वीरों की भी यहां कमी नहीं रही है। इस अभूतपूर्व पुस्तक में लेखक ने न सिर्फ ऐतिहासिक घटनाओं अपितु भौगोलिक स्थिति का उल्लेख किया है। इस ग्रंथ की एक विशेषता यह है कि इसमें भारतीय इतिहास में वर्णित विभिन्न वंश परंपराओं का उल्लेख है। लेखक की ज्ञान की चरम अवस्था का अनुभव मैंने इस ग्रंथ में किया है। जो राष्ट्र रक्षा यज्ञ में समर्पित विभिन्न आयामों तक का इतिहास के पन्नों तक में उल्लेख नहीं है उसे इस ग्रंथमाला में उनको महत्वपूर्ण स्थान प्रदान किया गया है। हमें अपने

उन सपूतों पर गर्व होना चाहिए कि जिन्होंने अपना सर्वस्व बिना किसी स्वार्थ के परमार्थ की खातिर न्यौछावर कर दिया। अनछुए पहलू जिन्हें वर्तमान पीढ़ी जानती ही नहीं वह सब इस ग्रंथ में उपलब्ध है। एक जिम्मेदार नागरिक होने के नाते हम जहां जिस पद पर कार्यरत हैं हमें अपने दायित्वों का निर्वहन भली-भांति करना चाहिए। हमारे आर्ष ग्रंथ यथा-वेद, उपनिषद्, पुराण, रामायण, महाभारत आदि आज भी हमारे ऋषि परंपरा का बोध कराते हैं। राष्ट्र वह भूभाग है जिसमें प्रत्येक व्यक्ति अपना जीवन निर्वाह करता है उसका कर्तव्य है कि वह उसकी प्राणप्रण से रक्षा करे। यह ग्रंथ निश्चय ही हमारी भावी पीढ़ी के लिए प्रेरणा स्रोत है तथा आईना भी है जिसमें हमारा अतीत प्रतिबिंबित हो रहा है। इस ग्रंथ में शास्त्रीय ग्रंथों का भी उल्लेख लेखक द्वारा किया गया है जैसे राजा भोज के विभिन्न ग्रंथ जैसे सरस्वती कंठा भरण, प्राकृत व्याकरण तथा नाथ शास्त्र आदि/

इस प्रकार यदि हम यह कहें कि यह पुस्तक नहीं अपितु हमारी पारिवारिक, सामाजिक, सांस्कृतिक, ऐतिहासिक और राष्ट्रीय धरोहर है और हमारे देश के युवाओं को इस प्रकार के प्रसंगों से प्रेरणा प्राप्त हो ऐसा इसका उद्देश्य है। मेरा यह मानना है कि यह हमारे विद्यार्थियों के लिए बहुत ही उपयोगी एवं सार्थक सिद्ध होगी। मैं इस ग्रंथ के माध्यम से लेखक की उत्कृष्ट विचारधारा का हृदय से आभार व्यक्त करती हूँ, नमन करती हूँ।

डॉक्टर उदारता भदौरिया

सहायक प्राध्यापक (हिंदी)

एस.आर.के पीजी कॉलेज

फिरोजाबाद उत्तर प्रदेश

अनुक्रम

विजय

यह भारत वर्ष अफगानिस्तान के हिन्दुकुश पर्वतमाला से अरुणाचल की पर्वत माला और कश्मीर की हिमालय की चोटियों से कन्याकुमारी तक फैला था। दूसरी ओर यह हिन्दूकुश से अरब सागर तक और अरुणाचल से बर्मा तक फैला था। इसके अंतर्गत वर्तमान के अफगानिस्तान बांग्लादेश, नेपाल, भूटान, बर्मा, श्रीलंका, थाईलैंड, इंडोनेशिया और मलेशिया आदि देश आते थे। इसके प्रमाण आज भी मौजूद हैं। भारत के शासन का केंद्र हर काल में अलग-अलग रहा है, कभी पुरुषपुर (पेशावर), तो कभी हस्तिनापुर (मेंरठ), तो कभी इंद्रप्रस्थ (दिल्ली), कभी मथुरा तो कभी विजय नगरम रहा। इस भरत खंड कुरु, पारचाल, पुण्ड्र, कलिंग, किरात और पश्चिमी भाग में यवन बसे हुए थे। बाद में भारत में कृष्ण के काल में ये जनपद रहेः—अंग, अवंति, अश्मक, कंबोज, काशी, कुरु, कोशल, गांधार, चेदि, पंचाल, मगध, मत्स्य, मल्ल, वज्जि, वत्स और शूरसेन। हर काल में ये जनपद बदलते रहे। लेकिन जिस व्यक्ति ने उक्त संपूर्ण जनपदों पर राज किया वही चक्रवर्ती सम्राट कहलाया।

मूल रूप से प्राचीन भारत में अयोध्या कुल, यदु कुल, पौरव कुल और कुरुवंश का शासन था लेकिन इनके अलावा दिवोदास (काशी), दुर्दम (हैहय), कैकय (आनव), गाधी (कान्यकुब्ज), अर्जुन (हैहय), विश्वामित्र (कान्यकुब्ज), तालजङ्घ (हैहय), प्रचेतस् (द्रुह्यु), सुचेतस् (द्रुह्यु), सुदेव (काशी), दिवोदास द्वितीय और बलि (आनव) का भी राज्य शासन रहा।

उक्त सब राज्य और राजाओं से पहले देव और दैत्य के राजा होते थे, जिसमें इंद्र और राजा बलि का नाम प्रसिद्ध है। तिब्बत और उसके आसपास

के क्षेत्र को इंद्रलोक कहते थे, जहाँ नंदन कानन वन और खांडववन था। राजा बलि ने अरब को अपना निवास स्थान बनाया था।

क्रमशः हुए शक्तिशाली राजाः स्वायंभुव मनु, प्रियव्रत, राजा बलि, अग्नीन्ध्र, ॠषभ, वैवस्वत मनु, भरत ध्रुवसंधि (भागिरथ के पूर्वज), यायाति, राजा हरिश्चंद्र, कार्तवीर अर्जुन, राजा सुदास, राजा राम, लव और कुश, शकुंतला के पुत्र भरत, भरत पुत्र शांतनु, भीष्म, धृतराष्ट्र और धृराष्ट्र के बाद राजा युधिष्ठिर, परीक्षित, जनमेजय आदि का भारत देश पर राज्य कायम हुआ।

इन्द्रप्रस्थ, अयोध्या, हस्तिनापुर, मथुरा के प्रभाव का ह्रास होने पर भारत 16 जनपदों में बंट गया। इसमें जो जनपद शक्तिशाली होता वही अन्य जनपदों को अपने तरीके से संचालित करता था। धीरे-धीरे पाटलीपुत्र, तक्षशिला, वैशाली गांधार और विजयनगर जैसे साम्राज्यों का उदय हुआ। माना जाता है कि महाभारत युद्ध के बाद जनमेजय के बाद 17 राजाओं ने राज किया। कुछ इतिहासकार अनुसार जनमेजय की 29वीं पीढ़ी में राजा उदयन हुए।

मगध (पाटलीपुत्र) पर वृहद्रथ के वीर पराक्रमी पुत्र और कृष्ण के दुश्मनों में से एक जरासंध का शासन था जिसके संबंध यवनों से घनिष्ठ थे। जरासंध के इतिहास के अंतिम शासक निपुंजय की हत्या उनके मंत्री सुनिक ने की और उसका पुत्र प्रयोत मगध के सिंहासन पर आरूढ़ हुआ।

प्रद्योत वंश के 5 शासकों के अंत के 138 वर्ष पश्चात ईसा से 642 वर्ष पूर्व शिशुनाग मगध के राजसिंहासन पर आरूढ़ हुआ। उसके बाद महापद्म ने मगध की बागडोर संभाली और नंद वंश की स्थापना की। महापद्म, जिन्हें महापद्मपति या उग्रसेन भी कहा जाता है।

महापद्म ने अपने पूर्ववर्ती शिशुनाग राजाओं से मगध की बागडोर और सुव्यवस्थित विस्तार की नीति भी जानी। पुराणों में उन्हें सभी क्षत्रियों का संहारक बतलाया गया है। महापद्म ने उत्तरी, पूर्वी और मध्यभारत स्थित इक्ष्वाकु, पारचाल, काशी, हैहय, कलिंग, अश्मक, कौरव, मेथिल, शूरसेन और वितिहोत्र जैसे शासकों को हराया।

महापद्म के वंश की समाप्ति के बाद मगध पर नंद वंशों का राज कायम हुआ। पुराणों में नंद वंश का उल्लेख मिलता है, जिसमें सुकल्प (सहल्प,

सुमाल्य) का जिक्र है, जबकि बौद्ध महाबोधिवंश में आठ नंद राजाओं के नामों का उल्लेख है। इस सूची में अंतिम शासक धनानंद का उल्लेखनीय है। यह धनानंद सिकंदर का समकालीन बताया गया है।

1. उग्रसेन, 2. पंडुक, 3. पंडुगति, 4. भूतपाल, 5. राष्ट्रपाल, 6. गोविषाणक, 7. दशसिद्धक, 8. कैवर्त, और 9. धन। इसका उल्लेख स्वतंत्र अभिलेखों में भी प्राप्त होता है, जो नंद वंश द्वारा गोदावरी घाटी-आंध्रप्रदेश, कलिंग-उड़ीसा तथा कर्नाटक के कुछ भाग पर कब्जा करने की ओर संकेत करते हैं।

मगध के राजनीतिक उत्थान की शुरुआत ईसा पूर्व 528 से शुरू हुई, जब बिम्बिसार ने सत्ता संभाली। बिम्बसार के बाद अजातशत्रु ने बिम्बसार के कार्यों को आगे बढ़ाया। गौतम बुद्ध के समय में मगध में बिंबसार और तत्पश्चात उसके पुत्र अजातशत्रु का राज था।

अजातशत्रु ने विज्यों (वृज्जिसंघ) से युद्ध कर पाटलीग्राम में एक दुर्ग बनाया। बाद में अजातशत्रु के पुत्र उदयन ने गंगा और शोन के तट पर मगध की नई राजधानी पाटलीपुत्र नामक नगर की स्थापना की। पाटलीपुत्र के राजसिंहासन पर आरूढ़ हुए नंद वंश के प्रथम शासक महापद्म नंद ने एक विशाल साम्राज्य की स्थापना की और मगध साम्राज्य के अंतिम नंद धनानंद ने उत्तराधिकारी के रूप में सत्ता संभाली। बस इसी अंतिम धनानंद के शासन को उखाड़ फेंकने के लिए चाणक्य ने शपथ ली थी। हालांकि धनानंद का नाम कुछ और था लेकिन वह 'धनानंद' नाम से ज्यादा प्रसिद्ध हुआ।

पुनश्च महानंद के पुत्र महापद्म ने नंद वंश की नींव डाली। इसके बाद सुमाल्य आदि आठ नंदों ने शासन किया। महानंद के बाद नवनंदों ने राज्य किया। धनानंद नंद वंश का अंतिम राजा था। कुछ इतिहासकारों के अनुसार अर्जुन के समकालीन जरासंध के पुत्र सहदेव से लेकर शिशुनाग वंश से पहले के जरासंध वंश के 22 राजा मगध के सिंहासन पर बैठ चुके हैं। उनके बाद 12 शिशुनाग वंश के बैठे जिनमें छठे और सातवें राजाओं के समकालीन उदयन थे।

कुरुओं का अंतिम राजा निचक्षु और नंद वंशः 1300 ईसा पूर्व तक भारत में 16 महाजनपदों थे–कुरु, पंचाल, शूरसेन, वत्स, कोशल, मल्ल, काशी, अंग, मगध, वृज्जि, चेदि, मत्स्य, अश्मक, अवंति, गांधार और कंबोज। अधिकांशतः महाजनपदों पर राजा का ही शासन रहता था, परंतु गण और संघ नाम से प्रसिद्ध राज्यों में लोगों का समूह शासन करता था। इस समूह का हर व्यक्ति राजा कहलाता था।

लेकिन इनमें से सबसे शक्तिशाली शासक मगध, कुरु, पारचाल, शूरसेन और अवंति के थे। उनमें भी मगध का शासन सबसे शक्तिशाली था।

महाभारत के बाद धीरे-धीरे धर्म का केंद्र तक्षशिला (पेशावर) से हटकर मगध के पाटलीपुत्र में आ गया। गर्ग संहिता में महाभारत के बाद के इतिहास का उल्लेख मिलता है। महाभारत युद्ध के पश्चात पंचाल पर पाण्डवों के वंशज तथा बाद में नाग राजाओं का अधिकार रहा। पुराणों में महाभारत युद्ध से लेकर नंदवंश के राजाओं तक 27 राजाओं का उल्लेख मिलता है।

इस काल में भरत, कुरु, द्रुहु, त्रित्सु और तुर्वस जैसे राजवंश राजनीति के पटल से गायब हो रहे थे और काशी, कोशल, वज्जि, विदेह, मगध और अंग जैसे राज्यों का उदय हो रहा था। यही पर कुरु एवं पांचाल जैसे विशाल राज्य भी थे। पुरु और भरत मिलकर 'कुरु' तथा 'तुर्वश' और 'क्रिवि' मिलकर 'पंचाल' (पारचाल) कहलाए।

निचक्षुः महाभारत के बाद कुरु वंश का अंतिम राजा निचक्षु था। पुराणों के अनुसार हस्तिनापुर नरेश निचक्षु ने, जो परीक्षित का वंशज (युधिष्ठिर से 7वीं पीढ़ी में) था, हस्तिनापुर के गंगा द्वारा बहा दिए जाने पर अपनी राजधानी वत्स देश की कौशांबी नगरी को बनाया। इसी वंश की 26वीं पीढ़ी में बुद्ध के समय में कौशांबी का राजा उदयन था। निचक्षु और कुरुओं के कुरुक्षेत्र से निकलने का उल्लेख शांख्यान श्रौतसूत्र में भी है।

जनमेजय के बाद क्रमशः शतानीक, अश्वमेधदत्त, धिसीमकृष्ण, निचक्षु, उष्ण, चित्ररथ, शुचिद्रथ, वृष्णिमत सुषेण, नुनीथ, रुच, नृचक्षुस्, सुखीबल, परिप्लव, सुनय, मेधाविन, नृपंजय, ध्रुव, मधु, तिग्म्ज्योती, बृहद्रथ और वसुदान

राजा हुए जिनकी राजधानी पहले हस्तिनापुर थी तथा बाद में समय अनुसार बदलती रही। बुद्धकाल में शत्लिक और उदयन हुए। उदयन के बाद अहेनर, निरमित्र (खान्दपनी) और क्षेमक हुए।

नंद वंश में नंद वंश उग्रसेन (424-404), पण्डुक (404-294), पण्डुगति (394-384), भूतपाल (384-372), राष्ट्रपाल (372-360), देवानंद (360-348), यज्ञभंग (348-342), मौर्यानंद (342-336), महानंद (336-324)। इससे पूर्व ब्रहाद्रथ का वंश मगध पर स्थापित था।

अयोध्या कुल के मनु की 94 वीं पीढ़ी में बृहद्रथ राजा हुए। उनके वंश के राजा क्रमशः सोमाधि, श्रुतश्रव, अयुतायु, निरमित्र, सुकृत्त, बृहत्कर्म, सेनाजित, विभु, शुचि, क्षेम, सुव्रत, निवृति, त्रिनेत्र, महासेन, सुमति, अचल, सुनेत्र, सत्यजित, वीरजित और अरिञ्जय हुए। इन्होंने मगध पर क्षेमधर्म (639-603 ईपू) से पूर्व राज किया था।

सम्राट चन्द्रगुप्त मौर्यः सम्राट चन्द्रगुप्त महान थे। उन्हें चन्द्रगुप्त महान कहा जाता है। सिकंदर के काल में हुए चन्द्रगुप्त ने सिकंदर के सेनापति सेल्युकस को दो बार बंधक बनाकर छोड़ दिया था। सम्राट चन्द्रगुप्त मौर्य के गुरु चाणक्य थे। चन्द्रगुप्त मौर्य ने सेल्युकस की पुत्री हेलन से विवाह किया था। चन्द्रगुप्त की एक भारतीय पत्नी दुर्धरा थी जिससे बिंदुसार का जन्म हुआ।

चन्द्रगुप्त ने अपने पुत्र बिंदुसार को गद्दी सौंप दी थीं। बिंदुसार के समय में चाणक्य उनके प्रधानमंत्री थे। इतिहास में बिंदुसार को 'पिता का पुत्र और पुत्र का पिता' कहा जाता है, क्योंकि वे चन्द्रगुप्त मौर्य के पुत्र और राजा अशोक महान के पिता थे।

चाणक्य और पौरस की सहायता से चन्द्रगुप्त मौर्य मगध के सिंहासन पर बैठे और चन्द्रगुप्त ने यूनानियों के अधिकार से पंजाब को मुक्त करा लिया। चन्द्रगुप्त मौर्य का शासन प्रबंध बड़ा व्यवस्थित था। इसका परिचय यूनानी राजदूत मेंगस्थनीज के विवरण और कौटिल्य के 'अर्थशास्त्र' से मिलता है।

चन्द्रगुप्त महान के प्रारंभिक जीवन के बारे में जानकारी हमें जैन और बौद्ध ग्रंथों से प्राप्त होती है। विशाखदत्त के नाटक 'मुद्राराक्षस' में चन्द्रगुप्त को

नंदपुत्र न कहकर मौर्यपुत्र कहा गया है। चन्द्रगुप्त मुरा नाम की भील महिला के पुत्र थे। यह महिला धनानंद के राज्य में नर्तकी थी जिससे राजाज्ञा से राज्य छोड़कर जाने का आदेश दिया गया था और वह महिला जंगल में रहकर जैसे-तैसे अपने दिन गुजार रही थी।

चन्द्रगुप्त मौर्य के काल में भारत एक शक्तिशाली राष्ट्र था। 16 महाजनपदों में बंटे भारत में उसका जनपद सबसे शक्तिशाली था। चन्द्रगुप्त से पूर्व मगध पर क्रूर धनानंद का शासन था, जो बिम्बसार और अजातशत्रु का वंशज था।

सम्राट अशोक: अशोक महान प्राचीन भारत में मौर्य राजवंश के राजा थे। अशोक के दादा का नाम चन्द्रगुप्त मौर्य था और पिता का नाम बिंदुसार था। बिंदुसार की मृत्यु 272 ईसा पूर्व हुई थी जिसके बाद अशोक राजगद्दी पर बैठे।

अशोक महान के समय मौर्य राज्य उत्तर में हिन्दुकुश की श्रेणियों से लेकर दक्षिण में गोदावरी नदी के दक्षिण तथा मैंसूर तक तथा पूर्व में बंगाल से लेकर पश्चिम में अफगानिस्तान तक था। बस वह कलिंग के राजा को अपने अधीन नहीं कर पाया था। कलिंग युद्ध के बाद अशोक महान गौतम बुद्ध की शरण में चले गए थे। महात्मा बुद्ध की स्मृति में उन्होंने एक स्तम्भ खड़ा कर दिया, जो आज भी नेपाल में उनके जन्मस्थल लुम्बिनी में मायादेवी मंदिर के पास अशोक स्तम्भ के रूप में देखा जा सकता है।

सम्राट अशोक को अपने विस्तृत साम्राज्य के बेहतर कुशल प्रशासन तथा बौद्ध धर्म के प्रचार के लिए जाना जाता है। अशोक के काल में बौद्ध धर्म की जड़ें मिस्र, सऊदी अरब, इराक, यूनान से लेकर श्रीलंका और बर्मा, थाईलैंड, चीन आदि क्षेत्र में गहरी जम गई थीं।

भगवान बुद्ध का धर्म भारत के सभी प्राचीन धर्मों का नवीनतम और अंतिम संस्करण है। बुद्ध दुनिया के पहले ऐसे व्यक्ति थे जिन्होंने धर्म को एक सुव्यवस्था दी और समाज में व्याप्त भेदभाव को मिटाकर समाज को धार्मिक आधार पर एक करने का कार्य किया।

बौद्ध धर्म को प्रचारित और प्रसारित करने में भिक्षुओं से ज्यादा योगदान सम्राट अशोक का था। चंद्रगुप्त मौर्य ने जहाँ चाणक्य के सान्निध्य में सनातन हिन्दू धर्म को संगठित कर राजधर्म लागू किया था वहीं उसके पोते सम्राट अशोक ने कलिंग युद्ध के पश्चात बौद्ध धर्म अपना लिया।

बौद्ध धर्म अपनाने के बाद अशोक ने राजपाट नहीं छोड़ा बल्कि एक बौद्ध सम्राट के रूप में लगभग 20 वर्ष तक शासन किया। उसने अपने पूरे शासन तंत्र को बौद्ध धर्म के प्रचार व प्रसार में लगा दिया। उसने दुनिया के हर कोने में बौद्ध स्तूप बनवाए या बनवाने में मदद की और इस तरह भारत में संपूर्ण रूप से बौद्ध साम्राज्य की स्थापना की गईं हालांकि अशोक से पहले छोटे-मोटे राजा थे जिन्होंने बौद्ध धर्म अपनाकर अपने-अपने राज्य में बौद्ध धर्म का प्रचार-प्रसार किया था।

सम्राट पुष्यमित्र शुंग (लगभग 185 ई. पू.): पुष्यमित्र शुंग मौर्य वंश को पराजित करने वाला तथा शुंग वंश का प्रवर्तक था। वह जन्म से ब्राह्मण और कर्म से क्षत्रिय था। अत्यधिक हिंसा के बाद भारत की सनातन भूमि बौद्ध भिक्षुओं व बौद्ध मठों का गढ़ बन गई थी, जिसका संचालन अफगानिस्तान के बामियान और मगध से होता था। मौर्य वंश का नौवां सम्राट वृहद्रथ मगध की गद्दी पर बैठा, तब उस समय तक आज का अफगानिस्तान, उत्तरी पाकिस्तान, कश्मीर, पंजाब और लगभग पूरा उत्तरी भारत बौद्ध बन चुका था। इसके अलावा भूटान, चीन, बर्मा, थाईलैंड आदि अनेक दूसरे राष्ट्र भी बौद्ध धर्म के झंडे तले आ चुके थे, लेकिन वृहद्रथ का शासन सिंधु के इस पार तक सिमटकर रह गया था।

भारत में बस नाममात्र के ही राजा थे, जो हिन्दू राजा कहलाते थे। उनमें भी ज्यादातर दक्षिण भारत, महाराष्ट्र और राजस्थान के राजा थे। उत्तरी अफगानिस्तान बौद्धों का गढ़ और राजधानी बन चुका था।

जब भारत के मगथ में नौवां बौद्ध शासक वृहद्रथ राज कर रहा था, तब ग्रीक राजा मीनेंडर अपने सहयोगी डेमेंट्रियस (दिमित्र) के साथ युद्ध करता हुआ सिंधु नदी के पास तक पहुँच चुका था। सिंधु के पार उसने भारत पर आक्रमण करने की योजना बनाई। इस मीनेंडर या मिनिंदर को बौद्ध साहित्य

में मिलिंद कहा जाता है। किंवदंति के अनुसार उसने सीमावर्ती इलाके के कुछ बौद्ध भिक्षुओं को अपने साथ मिला लिया। उसने कहा कि अदि आप भारत विजय में मेरा साथ देंगे तो में विजय के पश्चात बौद्ध धर्म अंगीकार कर लूंगा। हालांकि 'मिलन्दपन्हो' में मिलिन्द एवं बौद्ध भिक्षु नागसेन के मध्य सम्पन्न वाद-विवाद के परिणामस्वरूप मिलिन्द ने बगैर किसी शर्तों पर बौद्ध धर्म स्वीकार किया था।

इतिहास के एक दूसरे पहलु अनुसार बौद्ध भिक्षुओं का वेष धरकर मिनिंदर के सैनिक मठों में आकर रहने लगे। हजारों मठों में सैनिकों के साथ-साथ हथियार भी छुपा दिए गए। इस गतिविधि की जानकारी बौद्ध सम्राट वृहद्रथ के सेनापति पुष्यमित्र शुंग को लगी।

पुष्यमित्र ने सम्राट वृहद्रथ से मठों की तलाशी की आज्ञा मांगी, परंतु बौद्ध सम्राट वृहद्रथ ने यह कहकर मना कर दिया कि तुम्हें व्यर्थ का संदेह है। लेकिन पुष्यमित्र शुंग एक राष्ट्रभक्त था। उसने राजाज्ञा का पालन किए बिना मठों की तलाशी ली और सभी भिक्षुओं को पकड़ लिया और भारी मात्रा में हथियार जब्त कर लिए, परंतु वृहद्रथ को आज्ञा का उल्लंघन अच्छा नहीं लगा।

कहते हैं कि पुष्यमित्र शुंग जब वापस राजधानी पहुँचा तब सम्राट वृहद्रथ सेना परेड लेकर जांच कर रहा था। उसी दौरान पुष्यमित्र शुंग और वृहद्रथ में कहासुनी हो गईं कहासुनी इतनी बढ़ी कि वृहद्रथ ने तलवार निकालकर पुष्यमित्र शुंग की हत्या करना चाही, लेकिन सेना को वृहद्रथ से ज्यादा पुष्यमित्र शुंग पर भरोसा था। सेना में बौद्ध भी होते थे और हिन्दू भी। पुष्यमित्र शुंग ने वृहद्रथ का वध कर दिया और फिर वह खुद सम्राट बन गया। इस दौरान सीमा पर मिलिंद ने आक्रमण कर दिया।

फिर पुष्यमित्र ने अपनी सेना का गठन किया और भारत के मध्य तक चढ़ आए मिनिंदर पर आक्रमण कर दिया। भारतीय सैनिकों के सामने ग्रीक सैनिकों की एक न चली। अंततः पुष्यमित्र शुंग की सेना ने ग्रीक सेना का पीछा करते हुए उसे सिन्धु पार धकेल दिया।

कुछ बौद्ध ग्रंथों में लिखा है कि पुष्यमित्र ने बौद्धों को सताया था, लेकिन क्या यह पूरा सत्य है? नहीं, पुष्यमित्र एक कट्टर राष्ट्रभक्त जरूर था

लेकिन वह भिक्षुओं का सम्मान करता था। कहते हैं कि सम्राट ने उन राष्ट्रद्रोही बौद्धों को सजा दी, जो उस समय ग्रीक शासकों का साथ दे रहे थे। मिलिंद पंजाब पर राज्य करने वाले यवन राजाओं में सबसे उल्लेखनीय राजा था। उसने अपनी सीमा का स्वात घाटी से मथुरा तक विस्तार कर लिया था। अब वह पाटलीपुत्र पर भी आक्रमण करना चाहता था।

इतिहासकारों अनुसार पुष्यमित्र का शासनकाल चुनौतियों से भरा हुआ था। उस समय भारत पर कई विदेशी आक्रांताओं ने आक्रमण किए, जिनका सामना पुष्यमित्र शुंग को करना पड़ा। पुष्यमित्र चारों तरफ से बौद्ध, शाक्यों आदि सम्राटों से घिरा हुआ था। फिर भी राजा बन जाने पर मगध साम्राज्य को बहुत बल मिला। पुराणों के अनुसार पुष्यमित्र ने 36 वर्ष (185-149 ई.पू.) तक राज्य किया। इसके बाद उसके राज्य का जब पतन हो गया, तो फिर से बौद्धों का उदय हुआ। हालांकि पुष्यमित्र शुंग के बाद 9 और शासक हुए-अग्निमित्र, वसुज्येष्ठ, वसुमित्र, अन्ध्रक, तीन अज्ञात शासक, भागवत, देवभूति। पुष्यमित्र शुंग को बौद्ध विरोधी समझना इतिहास की भूल है। इतिहास को जवाहरलाल नेहरू विश्वविद्यालय में बैठे वामपंथियों ने लिखा इसलिए उन्होंने पुष्यमित्र शुंग खलनायक की तरह प्रस्तुत किया।

सम्राट विक्रमादित्यः विक्रम संवत अनुसार विक्रमादित्य आज से 2285 वर्ष पूर्व हुए थे। विक्रमादित्य का नाम विक्रम सेन था। नाबोवाहन के पुत्र राजा गंधर्वसेन भी चक्रवर्ती सम्राट थे। गंधर्वसेन के पुत्र विक्रमादित्य और भर्तृहरी थे।

विक्रमादित्य भारत की प्राचीन नगरी उज्जयिनी के राजसिंहासन पर बैठे। विक्रमादित्य अपने ज्ञान, वीरता और उदारशीलता के लिए प्रसिद्ध थे जिनके दरबार में नवरत्न रहते थे। इनमें कालिदास भी थे। कहा जाता है कि विक्रमादित्य बड़े पराक्रमी थे और उन्होंने शकों को परास्त किया था।

उज्जैन के विक्रमादित्य के समय ही विक्रम संवत चलाया गया था। उज्जैन के सम्राट विक्रमादित्य का राज्य भारतीय उपमहाद्वीप के अलावा ईरान, इराक और अरब में भी था। विक्रमादित्य की अरब विजय का वर्णन अरबी कवि जरहाम किनतोई ने अपनी पुस्तक 'शायर उर ओकुल' में किया है।

विक्रमादित्य के पहले और बाद और भी विक्रमादित्य हुए हैं जिसके चलते भ्रम की स्थिति उत्पन्न होती है। उज्जैन के सम्राट विक्रमादित्य के बाद 300 ईस्वी में समुद्रगुप्त के पुत्र चन्द्रगुप्त द्वितीय अथवा चन्द्रगुप्त विक्रमादित्य हुए।

विक्रमादित्य द्वितीय 7वीं सदी में हुए, जो विजयादित्य (विक्रमादित्य प्रथम) के पुत्र थे। विक्रमादित्य द्वितीय ने भी अपने समय में चालुक्य साम्राज्य की शक्ति को अक्षुण्ण बनाए रखा। विक्रमादित्य द्वितीय के काल में ही लाट देश (दक्षिणी गुजरात) पर अरबों ने आक्रमण किया। विक्रमादित्य द्वितीय के शौर्य के कारण अरबों को अपने प्रयत्न में सफलता नहीं मिली और यह प्रतापी चालुक्य राजा अरब आक्रमण से अपने साम्राज्य की रक्षा करने में समर्थ रहा।

पल्लव राजा ने पुलकेसन को परास्त कर मार डाला। उसका पुत्र विक्रमादित्य, जो कि अपने पिता के समान महान शासक था, गद्दी पर बैठा। उसने दक्षिण के अपने शत्रुओं के विरुद्ध पुनः संघर्ष प्रारंभ किया। उसने चालुक्यों के पुराने वैभव को काफी हद तक पुनः प्राप्त किया। यहाँ तक कि उसका परपोता विक्रमादित्य द्वितीय भी महान योद्धा था। 753 ईस्वी में विक्रमादित्य व उसके पुत्र का दंती दुर्गा नाम के एक सरदार ने तख्ता पलट दिया। उसने महाराष्ट्र व कर्नाटक में एक और महान साम्राज्य की स्थापना की, जो राष्ट्र कूट कहलाया।

विक्रमादित्य द्वितीय के बाद 15वीं सदी में सम्राट हेमचंद्र विक्रमादित्य 'हेमू' हुए। माना जाता है कि उज्जैन के विक्रमादित्य के पूर्व भी एक और विक्रमादित्य हुए थे।

सम्राट हेमचंद्र विक्रमादित्य के बाद 'विक्रमादित्य पंचम' सत्याश्रय के बाद कल्याणी के राजसिंहासन पर आरूढ़ हुए। उन्होंने लगभग 1008 ई. में चालुक्य राज्य की गद्दी को संभाला। राजा भोज के काल में यही विक्रमादित्य थे। विक्रमादित्य पंचम ने अपने पूर्वजों की नीतियों का अनुसरण करते हुए कई युद्ध लड़े। उसके समय में मालवा के परमारों के साथ चालुक्यों का पुनः संघर्ष हुआ और वाकपतिराज मुञ्ज की पराजय व हत्या का प्रतिशोध करने के लिए

परमार राजा भोज ने चालुक्य राज्य पर आक्रमण कर उसे परास्त किया। लेकिन एक युद्ध में विक्रमादित्य पंचम ने राजा भोज को भी हरा दिया था।

शकारि विक्रमादित्य द्वितीय कुन्तल सातकर्णिः महाराष्ट्र में सातवाहन राजाओं ने देर तक शकों के आक्रमण को रोके रखा। वीम के काल में जब शकों का जबरदस्त आक्रमण हुआ तो द्वितीय विक्रमादित्य का प्रादुर्भाव हुआ, जिसने इन नवागत शकों को परास्त कर दूसरी बार शकारि की उपाधि ग्रहण की। इस प्रतापशाली राजा का नाम कुन्तल सातकर्णि था। इसने मुलतान के समीप राजा विम की सेनाओं को परास्त कर कर दिया था। विक्रमादित्य द्वितीय बड़ा ही प्रतापी राजा था। उसकी रानी का नाम मलयवती था। सातवाहन राजा प्राकृत भाषा बोलते थे, पर कुन्तल सातकर्णि की रानी मलयवती की भाषा संस्कृत थी।

वात्स्यायन के कामसूत्र में उसका उल्लेख आया है। कुन्तल सातकर्णि (विक्रमादित्य द्वितीय) के राजदरबार में गुणाढ्य नाम का प्रसिद्ध लेखक व कवि रहता था। जिसने प्राकृत भाषा का प्रसिद्ध ग्रंथ 'बृहत्कथा' लिखा था।

संस्कृत ग्रंथ कथासरित्सागर के अनुसार विक्रमादित्य द्वितीय का साम्राज्य सम्पूर्ण दक्खन, काठियावाड़, मध्य प्रदेश, बंग, अंग और कलिंग तक विस्तृत था, तथा उत्तर के सब राजा, यहाँ तक कि काश्मीर के राजा भी उसके अधिन थे। अनेक दुर्गों को जीतकर उसने शकों का उसने संहार किया था। शको का संहार करके उसने उज्जयिनी में एक बड़ा उत्सव किया गया, जिसमें गौड़, कर्नाटक, लाट, काश्मीर, सिन्ध आदि के अधीनस्थ राजा सम्मिलित हुए। तब विक्रमादित्य-2 का एक बहुत शानदार जुलूस निकला, जिसमें इन सब राजाओं ने भाग लिया था।

सम्राट समुद्रगुप्तः गुप्त साम्राज्य के दो महत्वपूर्ण राजा था पहले समुद्रगुप्त और दूसरे चंद्रगुप्त द्वितीय। शुंग वंश के पतन के बाद सनातन संस्कृति की एकता को फिर से एकजुट करने का श्रेय गुप्त वंश के लोगों को जाता है। गुप्त वंश की स्थापना 320 ई. लगभग चंद्रगुप्त प्रथम ने की थी और 510 ई. तक यह वंश शासन में रहा। इस वंश में अनेक प्रतापी राजा हुए। नृसिंहगुप्त बालादित्य (463-473 ई.) को छोड़कर सभी गुप्तवंशी राजा वैदिक

धर्मावलंबी थे। बालादित्य ने बौद्ध धर्म अपना लिया था। आरंभ में इनका शासन केवल मगध पर था, पर बाद में संपूर्ण उत्तर भारत को अपने अधीन कर लिया था। इसके बाद दक्षिण में कांजीवरम के राजा ने भी आत्मसमर्पण कर दिया था।

गुप्त वंश के सम्राटों में क्रमशः श्रीगुप्त, घटोत्कच, चंद्रगुप्त प्रथम, समुद्रगुप्त, रामगुप्त, चंद्रगुप्त द्वितीय, कुमारगुप्त प्रथम (महेंद्रादित्य) और स्कंदगुप्त हुए। स्कंदगुप्त के समय हूणों ने कंबोज और गांधार (उत्तर अफगानिस्तान) पर आक्रमण किया था। हूणों ने अंततः भारत में प्रवेश करना शुरू किया। हूणों का मुकाबला कर गुप्त साम्राज्य की रक्षा करना स्कन्दगुप्त के राज्यकाल की सबसे बड़ी घटना थी। स्कंदगुप्त और हूणों की सेना में बड़ा भयंकर मुकाबला हुआ और गुप्त सेना विजयी हुईं हूण कभी गांधार से आगे नहीं बढ़ पाए, जबकि हूण और शाक्य जाति के लोग उस समय भारत के भिन्न-भिन्न इलाकों में रहते थे।

स्कंदगुप्त के बाद उत्तराधिकारी उसका भाई पुरुगुप्त (468-473 ई.) हुआ। उसके बाद उसका पुत्र नरसिंहगुप्त पाटलीपुत्र की गद्दी पर बैठा जिसने बौद्ध धर्म अंगीकार कर राज्य में फिर से बौद्ध धर्म की पताका फहरा दी थी। उसके पश्चात क्रमशः कुमारगुप्त द्वितीय तथा विष्णुगुप्त ने बहुत थोडे समय तक शासन किया। 477 ई. में बुद्धगुप्त, जो शायद पुरुगुप्त का दूसरा पुत्र था, गुप्त साम्राज्य का अधिकारी हुआ। ये सभी बौद्ध हुए। इनके काल में बौद्ध धर्म को खूब फलने और फूलने का मौका मिला। बुद्धगुप्त का राज्य अधिकार पूर्व में बंगाल से पश्चिम में मालवा तक के विशाल भू-भाग पर था। यह संपूर्ण क्षेत्र में बौद्धमय हो चला था। यहाँ शाक्यों की अधिकता थी। सनातन धर्म का लोप हो चुका था। जैन और बौद्ध धर्म ही शासन के धर्म हुआ करते थे।

गुप्त साम्राज्य (320-540 ईस्वी) चन्द्रगुप्त द्वितीयः गुप्त काल को भारत का स्वर्ण काल कहा जाता है। गुप्त वंश की स्थापना चन्द्रगुप्त प्रथम ने की थी। आरंभ में इनका शासन केवल मगध पर था, पर बाद में गुप्त वंश

के राजाओं ने संपूर्ण उत्तर भारत को अपने अधीन करके दक्षिण में कांजीवरम के राजा से भी अपनी अधीनता स्वीकार कराई।

समुद्रगुप्त का पुत्र 'चन्द्रगुप्त द्वितीय' समस्त गुप्त राजाओं में सर्वाधिक शौर्य एवं वीरोचित गुणों से संपन्न था। शकों पर विजय प्राप्त करके उसने 'विक्रमादित्य' की उपाधि धारण की। वह 'शकारि' भी कहलाया। मालवा, काठियावाड़, गुजरात और उज्जयिनी को अपने साम्राज्य में मिलाकर उसने अपने पिता के राज्य का और भी विस्तार किया। चीनी यात्री फाहयान उसके समय में 6 वर्षों तक भारत में रहा। चन्द्रगुप्त विक्रमादित्य का शासनकाल भारत के इतिहास का बड़ा महत्वपूर्ण समय माना जाता है।

चन्द्रगुप्त द्वितीय के समय में गुप्त साम्राज्य अपनी शक्ति की चरम सीमा पर पहुँच गया था। दक्षिणी भारत के जिन राजाओं को समुद्रगुप्त ने अपने अधीन किया था, वे अब भी अविकल रूप से चन्द्रगुप्त की अधीनता स्वीकार करते थे। शक-महाक्षत्रपों और गांधार-कम्बोज के शक-मुरुण्डों के परास्त हो जाने से गुप्त साम्राज्य का विस्तार पश्चिम में अरब सागर तक और हिन्दूकुश के पार वंक्षु नदी तक हो गया था।

गुप्त वंश में अनेक प्रतापी राजा हुए—श्रीगुप्त, घटोत्कच, चन्द्रगुप्त प्रथम, समुद्रगुप्त, रामगुप्त, चन्द्रगुप्त द्वितीय, कुमारगुप्त प्रथम (महेन्द्रादित्य) और स्कंदगुप्त। चन्द्रगुप्त द्वितीय को विक्रमादित्य की उपाधि प्राप्त थी। उसके काल में भारत ने हर क्षेत्र में उन्नति की। उज्जैन के सम्राट गंधर्वसेन के पुत्र राजा विक्रमादित्य के नाम से चक्रवर्ती सम्राटों को ही विक्रमादित्य की उपाधि से सम्माननीय किया जाता था।

मौर्य वंश के बाद भारत में कुषाण, शक और शुंग वंश के शासकों का भारत के बहुत बड़े भू-भाग पर राज रहा। इन वंशों में भी कई महान और प्रतापी राजा हुए। चन्द्रगुप्त मौर्य से विक्रमादित्य और फिर विक्रमादित्य से लेकर हर्षवर्धन तक कई प्रतापी राजा हुए।

सम्राट हर्षवर्धन (590 ईस्वी से 647 तक): पाल राजाओं में हर्षवर्धन का नाम प्रमुख है। इस्लाम धर्म के संस्थापक हजरत मुहम्मद के समकालीन राजा हर्षवर्धन ने लगभग आधी शताब्दी तक अर्थात् 590 ईस्वी से

लेकर 647 ईस्वी तक अपने राज्य का विस्तार किया। हर्षवर्धन ने 'रत्नावली', 'प्रियदर्शिका' और 'नागरानंद' नामक नाटिकाओं की भी रचना की। हर्षवर्धन का राज्यवर्धन नाम का एक भाई भी था। हर्षवर्धन की बहन का नाम राजश्री था। उनके काल में कन्नौज में मौखरि वंश के राजा अवंति वर्मा शासन करते थे।

हर्ष का जन्म थानेसर (वर्तमान में हरियाणा) में हुआ था। यहाँ 51 शक्तिपीठों में से 1 पीठ है। हर्ष के मूल और उत्पत्ति के संदर्भ में एक शिलालेख प्राप्त हुआ है, जो कि गुजरात राज्य के गुन्डा जिले में खोजा गया है।

हर्षवर्धन ने पंजाब छोड़कर शेष समस्त उत्तरी भारत पर राज्य किया था। उनके पिता का नाम प्रभाकरवर्धन था। प्रभाकरवर्धन की मृत्यु के पश्चात राज्यवर्धन राजा हुआ, पर मालव नरेश देवगुप्त और गौड़ नरेश शशांक की दुरभिसंधिवश मारा गया। हर्षवर्धन 606 में गद्दी पर बैठा।

6ठी और 8वीं ईसवीं के दौरान दक्षिण भारत में चालुक्य बड़े शक्तिशाली थे। इस साम्राज्य का प्रथम शासक पुलकेसन, 540 ईसवीं में शासनारूढ़ हुआ और कई शानदार विजय हासिल कर उसने शक्तिशाली साम्राज्य की स्थापना की। उसके पुत्रों कीर्तिवर्मन व मंगलेसा ने कोंकण के मौर्यन सहित अपने पड़ोसियों के साथ कई युद्ध करके सफलताएं अर्जित कीं व अपने राज्य का और विस्तार किया।

कीर्तिवर्मन का पुत्र पुलकेसन द्वितीय चालुक्य साम्राज्य के महान शासकों में से एक था। उसने लगभग 34 वर्षों तक राज्य किया। अपने लंबे शासनकाल में उसने महाराष्ट्र में अपनी स्थिति सुदृढ़ की व दक्षिण के बड़े भू-भाग को जीत लिया। उसकी सबसे बड़ी उपलब्धि हर्षवर्धन के विरुद्ध रक्षात्मक युद्ध लड़ना थी।

कादंबरी के रचयिता कवि बाणभट्ट उनके (हर्षवर्धन) के मित्रों में से एक थे। गुप्त साम्राज्य के पतन के बाद उत्तर भारत में अराजकता की स्थिति बनी हुई थी। ऐसी स्थिति में हर्ष के शासन ने राजनीतिक स्थिरता प्रदान की।

कवि बाणभट्ट ने उसकी जीवनी 'हर्षचरित' में उसे 'चतुः समुद्राधिपति' एवं 'सर्वचक्रवर्तिनाम धीरये:' आदि उपाधियों से अलंकृत किया।

सम्राट धर्मपाल 770-810: पाल वंश का सबसे बड़ा सम्राट 'गोपाल' का पुत्र 'धर्मपाल' था। इसने 770 से लेकर 810 ई. तक राज्य किया। हर्षवर्धन के बाद भारत में पाल, प्रातिहार और राजपूतों का शासन रहा जबकि दक्षिण में राष्ट्रकूट वंश का शासन था। उक्त सभी के बाद फिर भारत में मराठा, मुगल और सिखों का साम्राज्य रहा जबकि दक्षिण में बहमनी, निजामशाहियों, विजयनगर साम्राज्य, काकतिया साम्राज्य आदि का राज रहा।

हर्ष के समय के बाद से उत्तरी भारत के प्रभुत्व का प्रतीक कन्नौज माना जाता था। बाद में यह स्थान दिल्ली ने प्राप्त कर लिया। पाल साम्राज्य की नींव 750 ई. में गोपाल नामक राजा ने डाली। पाल वंश का सबसे बड़ा सम्राट 'गोपाल' का पुत्र 'धर्मपाल' था। इसने 770 से लेकर 810 ई. तक राज्य किया।

पहले प्रतिहार शासक 'वत्सराज' ने धर्मपाल को पराजित कर कन्नौज पर अधिकार प्राप्त कर लिया। पर इसी समय राष्ट्रकूट सम्राट 'ध्रुव', जो गुजरात और मालवा पर प्रभुत्व के लिए प्रतिहारों से संघर्ष कर रहा था, उसने उत्तरी भारत पर धावा बोल दिया। कड़े संघर्ष के बाद उसने नर्मदा पार कर

आधुनिक झांसी के निकट वत्सराज को युद्ध में पराजित किया। इसके बाद उसने आगे बढ़कर गंगा घाटी में धर्मपाल को हराया। इन विजयों के बाद यह राष्ट्रकूट सम्राट 790 में दक्षिण लौट आया।

प्रतिहारों के कमजोर पड़ने के धर्मपाल फिर सक्रिय हुआ। वह अपनी हार से शीघ्र उठ खड़ा हुआ और उसने अपने एक व्यक्ति को कन्नौज के सिंहासन पर बैठा दिया। यहाँ उसने एक विशाल दरबार का आयोजन किया और आसपास के सभी छोटे राजाओं को अपना सहयोगी बना लिया। इनमें गांधार (पश्चिमी पंजाब तथा काबुल घाटी), मद्र (मध्य पंजाब), पूर्वी राजस्थान तथा मालवा के राजा शामिल थे। इस प्रकार धर्मपाल को सच्चे अर्थों में उत्तरपथस्वामिन कहा जा सकता है।

सम्राट मिहिरभोज 725: गुर्जर प्रतिहार वंश की स्थापना नागभट्ट नामक एक सामंत ने 725 ई. में की थी। उसने राम के भाई लक्ष्मण को अपना पूर्वज बताते हुए अपने वंश को सूर्यवंश की शाखा सिद्ध किया। विद्वानों का मानना है कि इन गुर्जरों ने भारतवर्ष को लगभग 300 साल तक अरब-आक्रांताओं से सुरक्षित रखकर प्रतिहार (रक्षक) की भूमिका निभाई थी।

नागभट्ट प्रथम बड़ा वीर था। उसने सिंध की ओर से होने से अरबों के आक्रमण का सफलतापूर्वक सामना किया, साथ ही दक्षिण के चालुक्यों और राष्ट्रकूटों के आक्रमणों का भी प्रतिरोध किया और अपनी स्वतंत्रता को कायम रखा। नागभट्ट के भतीजे का पुत्र वत्सराज इस वंश का प्रथम शासक था जिसने सम्राट की पदवी धारण की। वत्सराज के बाद उसका पुत्र नागभट्ट द्वितीय राजसिंहासन पर बैठा।

इस वंश का सबसे प्रतापी राजा भोज प्रथम था, जो कि मिहिरभोज के नाम से भी जाना जाता है और जो नागभट्ट द्वितीय का पौत्र था। भोज प्रथम ने (लगभग 836-86 ई.) 50 वर्ष तक शासन किया और गुर्जर साम्राज्य का विस्तार पूर्व में उत्तरी बंगाल से पश्चिम में सतलुज तक हो गया। अरब व्यापारी सुलेमान इसी राजा भोज के समय में भारत आया था।

मिहिरभोज के बाद अगला सम्राट महेन्द्रपाल था, फिर महेन्द्र का पुत्र महिपाल बैठा। उसके बाद भोज द्वितीय, विनायकपाल, महेन्द्रपाल द्वितीय, देवपाल, महिपाल द्वितीय और विजयपाल ने जैसे-तैसे 1019 ई. तक अपने राज्य को कायम रखा। महमूद गजनवी के हमले के समय कन्नौज का शासक राज्यपाल था।

सम्राट कृष्ण द्वितीय: राष्ट्रकूट वंश के दो महाना शासक कृष्ण द्वितीय (978-915 ई.) और इन्द्र तृतीय (915-917 ई.) थे। दोनों के ही काल में महाराष्ट्र और दक्षिण भारत में कला, संस्कृति और साहित्य को बढ़ावा ही नहीं मिला बल्कि इनके शासन में आक्रमणकारियों से भी दक्षिण भारत सुरक्षित रहा।

राष्ट्रकूट वंश का आरम्भ 'दन्तिदुर्ग' से लगभग 736 ई. में हुआ था। उसने नासिक को अपनी राजधानी बनाया। इसके उपरान्त इन शासकों ने

मान्यखेत, (आधुनिक मालखंड) को अपनी राजधानी बनाया। राष्ट्रकूटों ने 736 ई. से 973 ई. तक राज्य किया। इनके शासन की राजथानी नासिक हुआ करती थी।

राष्ट्रकूटों के समय का सबसे विख्यात मंदिर एलोरा का कैलाश मंदिर है। इसका निर्माण कृष्ण प्रथम के शासनकाल में किया गया था।

सम्राट राजेन्द्र प्रथम (1012-1044 ई.): जब उत्तर भारत में मेंहमूद गजनबी मंदिरों को लूटकर ध्वस्त कर रहा था तब चोल राजवंश के महान राजा राजराजा चोल का पुत्र राजेंद्र चोल गद्दी पर बैठा था। राजेंद्र चोल को भी राजाओं का राजा अर्थात राजराजा कहा जाता था। कहते हैं कि राजेन्द्र की दस लाख से अधिक थलसेना और उन्नत नौसेना (जो दक्षिणी चीन सागर तक जा पहुँची थी) का सामना करने से बचने के लिए महमूद कभी दक्षिण भारत नहीं आया।

1014 से 1044 तक बंगाल की खाड़ी से लेकर इंडोनेशिया समेत पूरे दक्षिण पूर्वी एशिया तक एकक्षत्र राज करने वाले राजेन्द्र चोल के इतिहास को उत्तर भारत में नहीं पढ़ाया जाता। वामपंथियों और अंग्रेजों ने भारत का इतिहास उत्तर भारत को केंद्र में रखकर ही लिखा और उन्होंने आक्रमणकारिकयों और लूटेरों में ही महानता की बातें खोजी।

चोल साम्राज्य के काल में भव्य मंदिरों का निर्माण किया गया जिसमें सबसे बड़ा मंदिर तंजावुर का मंदिर है जिसे पेरियाकोइल यानि की बड़ा मंदिर कहते हैं। यह मंदिर चोल राजा राजेंद्र प्रथम ने बनवाया था जो लगभग 10 वर्ष में बनकर तैयार हुआ था। राजेंद्र चोल का नाम अरुण मोल्य वर्मन था। चोल साम्राज्य 9वीं सदी से 13वीं सदी तक कायम रहा। चोल सम्राज्य का दक्षिण भारत में राज्य रहा है। विजयनगर सम्राज्य के राजाओं की तरह इस वंश के राजा बड़े ही पराक्रमी और कला प्रेमी थे।

तमिलनाडु के तंजावुर या तंजोर शहर का यह मंदिर करीब एक हजार साल पुराना है, जो आज भी विद्यमान है। यह मंदिर राजराजा राजेंद्र चोल की शक्ति और सम्राज्य को बयां करता है। राज राजा राजेंद्र के समय दक्षिण भारत

का केंद्र उनका शासन ही था। इस मंदिर की भव्यता देखते ही बनती है। यह मंदिर भगवान शिव का है।

कला के इतिहास में राज राजा का सबसे बड़ा योगदान रहा है। उनके द्वारा बनवाई गई ठोस कांसे में ढली भगवान शिव की 60 प्रतिमाएं इसका उदाहरण है। राजा ने मंदिर में कुछ स्वर्ण मुकुट, अन्य सोने की वस्तुएं और चांदी की कई वस्तुएं दान दी थी जिसका उल्लेख मंदिर की लेखों में मिलता है। कला एवं संस्कृति का उत्थान-साहित्य, कला, स्थापत्य कला, शिक्षा आदि के क्षेत्र में राजेन्द्र देव के समय उल्लेखनीय विकास हुआ। वैदिक संस्कृति की शिक्षा के लिये प्रत्येक कुर्रम में श्रेष्ठ गुरुकुल उस काल में स्थापित किये गये। इनमें संस्कृत और तमिल में शिक्षा दी जाती थी। उत्कृष्ट साहित्य की रचना भी इन दोनों भाषाओं में उस समय हुईं स्थापत्य, मूर्ति कला और मंदिरों के निर्माण के लिये यह भारत का स्वर्ण-युग था। श्रीरंग, मदुरा, कुंभकोणम्, रामेश्वरम आदि प्रसिद्ध स्थलों पर राजेन्द्र देव ने भव्य मंदिर बनवाये। ये आज भी हैं और स्थापत्य कला के अद्वितीय उदाहरण माने जाते हैं। इनकी दीवारों, गोपुर, गर्भगृह आदि में उकेरी गई मूर्तियाँ भारतीय मूर्ति-कला की उत्कृष्टता का बखान करती हैं।

राजेंद्र चोल के पास लकड़ी के बने भव्य जहाज थे और वे समुद्री रास्ते से व्यापार करते थे। वे बंगाल की खाड़ी के पार जाकर व्यापार करते थे। पहले बंगाल की खाड़ी को चोल झील कहते थे। अरब और चीन से भी उनके व्यापार संबंध थे। इन्हीं जहाजों में जाकर वे दूसरे द्वीप राज्यों पर आक्रमण भी करते थे। अन्दमान-निकोबार द्वीपों और मालदीव पर भी चोल-नौसेना का अधिपत्य हो गया था। राजेन्द्र चोल की इस विजय के शिलालेख आज भी मलेशिया, इंडोनेशिया और सुमात्रा में मिलते हैं। सन् 1025 में उसके सैनिक बेड़े ने गंगा सागर पार कर यव-द्वीप (जावा) और सुवर्ण द्वीप (सुमात्रा) पर अधिकार कर लिया था।

राजेंद्र ने कई राज्यों पर आक्रमण करके अपने अधीन कर लिया था। राजेन्द्र प्रथम ने पाण्ड्य चेर देशों पर विजय प्राप्त कर उन्हें अपने साम्राज्य में मिला लिया। उसने श्रीलंका पर भी पूर्ण विजय प्राप्त की और एक युद्ध में

श्रीलंका के राजा और रानी के मुकुटों और राज चिह्नों को अपने अधिकार में ले लिया। अगले पचास वर्षों तक श्रीलंका चोल शासकों के नियंत्रण से मुक्त न हो सका।

राजेन्द्र प्रथम का एक प्रमुख अभियान वह था जिसमें वह कलिंग होता हुआ बंगाल पहुँचा जहाँ उसकी सेना ने दो नरेशों को पराजित किया। इस अभियान का नेतृत्व 1022 ई. में एक चोल सेनाध्यक्ष ने किया और उसने वही मार्ग अपनाया जो महान विजेता समुद्रगुप्त ने अपनाया था।

देखा जाये तो राजेन्द्र चोल की विजय यात्राओं के सामने सिकन्दर तथा नेपोलियन के सैनिक अभियान भी बौने थे। राजा राजेन्द्र चोल ने बीस वर्षों के यशस्वी शासन के बाद अपने पुत्र राजाधिराज को एक विस्तृत और शक्तिशाली साम्राज्य का दायित्व सौंपा। जेन्द्र चोल नि:संदेह रूप से विश्व के महान् विजेताओं में से था। लेकिन उसकी महानता उसके शौर्य, पराक्रम और सामर्थ्य में ही नहीं थी, उसने अनेक जन-कल्याणकारी कार्य भी किये। उसके शासन काल में पूरे दक्षिणापथ की जनता सुखी और समृद्ध थी। हालैण्ड के चार सौ साल प्राचीन लिडेन विश्वविद्यालय के म्यूजियम में राजेन्द्र देव के सुशासन और विजय यात्राओं के दस्तावेज शिलालेखों के रूप में उपलब्ध हैं। राजाधिराज राजेन्द्र के आज्ञापत्र 21 ताम्र पत्रों में मौजूद हैं जिनका भार तीस किलोग्राम है। ये आज्ञापत्र संस्कृत और तमिल में हैं।

राजा भोज (राज भोज-1010 से 1053): प्रतिहार साम्राज्य का वास्तविक व्यवस्थापक, उस वंश का सबसे अधिक शक्तिशाली शासक राजा भोज था। ग्वालियर से मिले राजा भोज के स्तुति पत्र के अनुसार केदारनाथ मंदिर का राजा भोज ने 1076 से 1099 के बीच पुनर्निर्माण कराया था। राहुल सांकृत्यायन के अनुसार यह मंदिर 12-13वीं शताब्दी का है। इतिहासकार डॉ. शिव प्रसाद डबराल मानते हैं कि शैव लोग आदिशंकराचार्य से पहले से ही केदारनाथ जाते रहे हैं, तब भी यह मंदिर मौजूद था।

कुछ विद्वान मानते हैं कि महान राजा भोज (भोजदेव) का शासनकाल 1010 से 1053 तक रहा। राजा भोज ने अपने काल में कई मंदिर बनवाए। राजा भोज के नाम पर भोपाल के निकट भोजपुर बसा है। धार की भोजशाला

का निर्माण भी उन्होंने कराया था। कहते हैं कि उन्होंने ही मध्यप्रदेश की वर्तमान राजधानी भोपाल को बसाया था जिसे पहले 'भोजपाल' कहा जाता था। इनके ही नाम पर भोज नाम से उपाधी देने का भी प्रचलन शुरू हुआ जो इनके ही जैसे महान कार्य करने वाले राजाओं की दी जाती थी।

भोज के निर्माण कार्यः मध्यप्रदेश के सांस्कृतिक गौरव के जो स्मारक हमारे पास हैं, उनमें से अधिकांश राजा भोज की देन हैं, चाहे विश्वप्रसिद्ध भोजपुर मंदिर हो या विश्वभर के शिवभक्तों के श्रद्धा के केंद्र उज्जैन स्थित महाकालेश्वर मंदिर, धार की भोजशाला हो या भोपाल का विशाल तालाब–ये सभी राजा भोज के सृजनशील व्यक्तित्व की देन हैं। उन्होंने जहाँ भोज नगरी (वर्तमान भोपाल) की स्थापना की वहीं धार, उज्जैन और विदिशा जैसी प्रसिद्ध नगरियों को नया स्वरूप दिया। उन्होंने केदारनाथ, रामेश्वरम, सोमनाथ, मुण्डीर आदि मंदिर भी बनवाए, जो हमारी समृद्ध सांस्कृतिक धरोहर हैं।

राजा भोज ने शिव मंदिरों के साथ ही सरस्वती मंदिरों का भी निर्माण किया। राजा भोज ने धार, मांडव तथा उज्जैन में 'सरस्वतीकण्ठाभरण' नामक भवन बनवाए थे जिसमें धार में 'सरस्वती मंदिर' सर्वाधिक महत्वपूर्ण है। एक अंग्रेज अधिकारी सीई लुआर्ड ने 1908 के गजट में धार के सरस्वती मंदिर का नाम 'भोजशाला' लिखा था। पहले इस मंदिर में मां वाग्देवी की मूर्ति होती थी। मुगलकाल में मंदिर परिसर में मस्जिद बना देने के कारण यह मूर्ति अब ब्रिटेन के म्यूजियम में रखी है।

राजा भोज का परिचयः परमारवंशीय राजाओं ने मालवा के एक नगर धार को अपनी राजधानी बनाकर 8वीं शताब्दी से लेकर 14वीं शताब्दी के पूर्वार्ध तक राज्य किया था। उनके ही वंश में हुए परमार वंश के सबसे महान अधिपति महाराजा भोज ने धार में 1000 ईसवीं तक शासन किया।

महाराजा भोज से संबंधित 1010 से 1055 ई. तक के कई ताम्रपत्र, शिलालेख और मूर्तिलेख प्राप्त होते हैं। भोज के साम्राज्य के अंतर्गत मालवा, कोंकण, खानदेश, भिलसा, डूंगरपुर, बांसवाड़ा, चित्तौड़ एवं गोदावरी घाटी का कुछ भाग शामिल था। उन्होंने उज्जैन की जगह अपनी नई राजधानी धार को बनाया।

ग्रंथ रचनाः राजा भोज खुद एक विद्वान होने के साथ-साथ काव्यशास्त्र और व्याकरण के बड़े जानकार थे और उन्होंने बहुत सारी किताबें लिखी थीं। मान्यता अनुसार भोज ने 64 प्रकार की सिद्धियां प्राप्त की थीं तथा उन्होंने सभी विषयों पर 84 ग्रंथ लिखे जिसमें धर्म, ज्योतिष, आयुर्वेद, व्याकरण, वास्तुशिल्प, विज्ञान, कला, नाट्यशास्त्र, संगीत, योगशास्त्र, दर्शन, राजनीतिशास्त्र आदि प्रमुख हैं।

उन्होंने 'समरांगण सूत्रधार', 'सरस्वती कंठाभरण', 'सिद्वांत संग्रह', 'राजकार्तड', 'योग्यसूत्रवृत्ति', 'विद्या विनोद', 'युक्ति कल्पतरु', 'चारु चर्चा', 'आदित्य प्रताप सिद्धांत', 'आयुर्वेद सर्वस्व श्रृंगार प्रकाश', 'प्राकृत व्याकरण', 'कूर्मशतक', 'श्रृंगार मंजरी', 'भोजचम्पू', 'कृत्यकल्पतरु', 'तत्वप्रकाश', 'शब्दानुशासन', 'राज्मृडाड' आदि ग्रंथों की रचना की।

'भोज प्रबंधनम्' नाम से उनकी आत्मकथा है। हनुमानजी द्वारा रचित रामकथा के शिलालेख समुद्र से निकलवाकर धारा नगरी में उनकी पुनर्रचना करवाई, जो हनुमान्नाष्टक के रूप में विश्वविख्यात है। तत्पश्चात उन्होंने चम्पू रामायण की रचना की, जो अपने गद्यकाव्य के लिए विख्यात है।

आईन-ए-अकबरी में प्राप्त उल्लेखों के अनुसार भोज की राजसभा में 500 विद्वान थे। इन विद्वानों में नौ (नौरत्न) का नाम विशेष रूप से उल्लेखनीय हैं। महाराजा भोज ने अपने ग्रंथों में विमान बनाने की विधि का विस्तृत वर्णन किया है। इसी तरह उन्होंने नाव व बड़े जहाज बनाने की विधि का विस्तारपूर्वक उल्लेख किया है। इसके अतिरिक्त उन्होंने रोबोट तकनीक पर भी काम किया था।

मालवा के इस चक्रवर्ती, प्रतापी, काव्य और वास्तुशास्त्र में निपुण और विद्वान राजा, राजा भोज के जीवन और कार्यों पर विश्व की अनेक यूनिवर्सिटीज में शोध कार्य हो रहा है।

इसके अलवा गौतमी पुत्र शतकर्णी, यशवर्धन, नागभट्ट और बप्पा रावल, मिहिर भोज, देवपाल, अमोघवर्ष इंद्र द्वितीय, चोल राजा, राजेंद्र चोल, पृथ्वीराज चौहान, विक्रमादित्य अप, हरिहर राय और बुक्का राय, राणा सांगा, अकबर, श्रीकृष्णदेववर्मन, महाराणा प्रताप, गुरुगोविंद सिंह, शिवाजी महाराज, पेशवा

बाजीराव और बालाजी बाजीराव, महाराजा रणजीत सिंह आदि के शासन में भी जनता खुशहाल और निर्भिक रही।

सम्राट पृथ्वीराज चौहान (जन्म-1149-मृत्यु-1192 ई.): हर्षवर्धन की मृत्यु के उपरांत जिन महान शक्तियों का उदय हुआ था, उनमें अधिकांश राजपूत वर्ग के अंतर्गत ही आते थे। एजेंट टोड ने 12वीं शताब्दी के उत्तर भारत के इतिहास को 'राजपूत काल' भी कहा है। कुछ इतिहासकारों ने प्राचीनकाल एवं मध्यकाल को 'संधि काल' भी कहा है। इस काल के महत्वपूर्ण राजपूत वंशों में राष्ट्रकूट वंश, चालुक्य वंश, चौहान व़ंश, चंदेल वंश, परमार वंश एवं गहड़वाल वंश आदि आते हैं।

राजपूतों में महाराणा प्रताप, पृथ्वीराज चौहान आदि राजपूतों ने देश की रक्षा मुस्लिम आक्रांताओं से की। उनमें पृथ्वीराज चौहान और महाराणा प्रताप का नाम प्रमुखता से लिया जाता है। पृथ्वीराज चौहान अथवा 'पृथ्वीराज' तृतीय को 'राय पिथौरा' भी कहा जाता है। वे चौहान राजवंश के प्रसिद्ध राजा थे। वे तोमर वंश के राजा अनंग पाल का दौहित्र (बेटी का बेटा) थे और उसके बाद दिल्ली के राजा हुए। मध्यकाल में दिल्ली देश की राजधानी थी।

चौदह साल के वीर राजपूत पृथ्वीराज अजमेंर की गद्दी पर बैठे। पृथ्वीराज ने अपने समय के विदेशी आक्रमणकारी मुहम्मद गौरी को कई बार पराजित किया। गौरी ने 18 बार पृथ्वीराज पर आक्रमण किया था जिसमें 17 बार उसे पराजित होना पड़ा।

इतिहासकार मानते हैं कि गौरी और पृथ्वीराज के बीच कम से कम दो भयंकर युद्ध हुए थे जिनमें प्रथम में पृथ्वीराज विजयी और दूसरे में पराजित हुए थे। ये दोनों युद्ध थानेश्वर के निकटवर्ती 'तराइन' या 'तरावड़ी' के मैदान में क्रमशः सं. 1247 और 1248 में हुए थे।

सम्राट कृष्ण देवराय (1509-1529): विजयनगर अर्थात जीत का शहर। कृष्ण देवराय के समय में विजयनगर सम्राज्य सैनिक दृष्टि से दक्षिण भारत का बहुत ही शक्तिशाली राज्य हो गया था। बाबर ने अपनी आत्मकथा 'तुजुक ए बाबरी' में कृष्ण देवराय को भारत का सर्वाधिक शक्तिशाली शासक बताया है। कृष्ण देवराय के दरबार में तेलुगु साहित्य के 8 सर्वश्रेष्ठ कवि रहते

थे, जिन्हें 'अष्ट दिग्गज' कहा जाता था। कृष्ण देवराय को 'आंध्र भोज' की उपाधि प्राप्त थी। राजा कृष्ण देवराय के दरबार का सबसे प्रमुख और बुद्धिमान दरबारी था तेनालीराम। असल में इसका नाम रामलिंगम था। तेनाली गाँव का होने के कारण इसे तेनालीराम कहा जाता था।

तुंगभद्रा नदी के किनारे बसे हम्पी और डम्पी नामक शहर विजय नगर साम्राज्य की गौरव गाथा कहते हैं। हम्पि कर्नाटक राज्य का हिस्सा है जो कभी विजयनगर साम्राज्य की राजधानी हुआ करता था। राजा कृष्णदेव राय के समय में यह विजनगर सम्राज्य अपनी शक्ति के चरम पर था। कृष्णदेव राय एक योद्धा होने के साथ-साथ कवि भी थे और घमंड से कोसो दूर रहते थे। कृष्णदेव राय ने जब सिंहासन संभाला तब उनकी उम्र महज 20 वर्ष थी और राज्य के खस्ता हाल थे। राज्य में अकाल अंदर भीतरघात का सामना करना पड़ा था। ऐसे में कृष्णदेव राय को उस समय अपने ही परिवार के पड़ा, लेकिन उन्होंने जल्द ही इन स्थितियों को बदल दिया। उन्होंने नए इलाकों पर जीत हासिल की और परंपरा के मुताबिक मंदिरों और गरीबों के लिए खूब दान दिया। कृष्णराय ने अपार सैनिक क्षमता, योग्य और कुलीनवर्ग के साथ एक राजसी साम्राज्य की स्थापना की। उन्होंने दरबारियों में इनाम और पद बांटे जाने की पुरानी परंपरा को तोड़ा और उन्होंने ऐसे योद्धाओं को शामिल किया जिनका अपने शासक के साथ वर्ग या जाति का रिश्ता नहीं था। ये लोग खुद आगे बढ़ने वाले होते थे और अक्सर ये घुमक्कड़ होते थे। कृष्णदेव राज ने उन्हें आगे बढ़ने का मौका दिया। उनके दरबारी जीवन का वर्णन उस काव्य में देखने को मिलता है जिसे उन्होंने खुद लिखा था जिसका नाम है 'अमुक्त माल्या।'

उस दौर में घोड़े भारत में दुर्लभ थे। पैदल, सेना, हाथी और तोप सभी उनके पास था। घोड़ों के व्यापार पर पहले अरबों और फिर पुर्तगालियों का नियंत्रण था। कृष्णदेवराय ने घोड़ों के व्यापार पर एकाधिकार करने की इच्छा से अरब से घोड़े मंगवाएँ और उनका मुंह मांगा दाम दिया। कृष्णदेव राय के राज्य में मुसलमान सबसे ज्यादा सुरक्षित जीवन जीता था। जबकि कृष्णदेव राय पर मुस्लिम राजा सबसे ज्यादा आक्रमण करते थे। विजयनगर सम्राज्य के बारे

में यह धारणा फैलाई गई की यह एक हिन्दू राज्य है जबकि कृष्णदेव राय के शासन में दोनों ही धर्म के लोगों को बराबर का दर्जा प्राप्त था।

विजयनगर साम्राज्य का सच: विजयनगर साम्राज्य (लगभग 1350 ई. से 1565 ई.) की स्थापना राजा हरिहर ने की थी। मध्ययुग के इस शक्तिशाली साम्राज्य की स्थापना के बाद से ही इस पर लगातार आक्रमण हुए लेकिन इस साम्राज्य के राजाओं से इसका कड़ा जवाब दिया। यह साम्राज्य कभी दूसरों के अधीन नहीं रहा। इसकी राजधानी को कई बार मिट्टी में मिला दिया गया, लेकिन यह फिर खड़ा कर दिया गया। हम्पी के मंदिरों और महलों के खंडहरों के देखकर जाना जा सकता है कि यह कितना भव्य रहा होगा। इसे यूनेस्को ने विश्व धरोहर में शामिल किया है। दरअसल यह उस दौर का वैश्विक शहर था।

विजयनगर साम्राज्य की स्थापना राजा हरिहर प्रथम ने 1336 में की थी। विजयनगर साम्राज्य की स्थापना में हरिहर प्रथम को दो ब्राह्मण आचार्यों-माधव विद्याराय और उसके ख्यातिप्राप्त भाई वेदों के भाष्यकार 'सायण' से भी मदद मिली थी। हरिहर प्रथम को दो समुद्रों का अधिपति कहा जाता था।

अनेगुंडी के स्थान पर इस साम्राज्य का प्रसिद्ध नगर विजयनगर बनाया गया था, जो राज्य की राजधानी थी। बादामी, उदयगिरि एवं गूटी में बेहद शक्तिशाली दुर्ग बनाए गए थे। हरिहर ने होयसल राज्य को अपने राज्य में मिलाकर कदम्ब एवं मदुरा पर विजय प्राप्त की थी। दक्षिण भारत की कृष्णा नदी की सहायक तुंगभद्रा नदी इस साम्राज्य की प्रमुख नदी थी। हरिहर के बाद बुक्का सम्राट बना। उसने तमिलनाडु का राज्य विजयनगर साम्राज्य में मिला लिया। कृष्णा नदी को विजयनगर तथा मुस्लिम बहमनी की सीमा मान ली गई इस साम्राज्य में बौद्ध, जैन और हिन्दू खुद को मुस्लिम आक्रमणों से सुरक्षित मानते थे।

इस साम्राज्य की स्थापना का उद्देश्य दक्षिण भारतीयों के विरुद्ध होने वाले राजनीतिक तथा सांस्कृतिक आंदोलन के परिणामस्वरूप संगम पुत्र हरिहर

एवं बुक्का द्वारा तुंगभद्रा नदी के उत्तरी तट पर स्थित अनेगुंडी दुर्ग के सम्मुख की गईं विजयनगर दुनिया के सबसे भव्य शहरों में से एक था।

इतिहासकारों के अनुसार विजयनगर साम्राज्य की स्थापना 5 भाइयों वाले परिवार के 2 सदस्यों हरिहर और बुक्का ने की थी। वे वारंगल के ककातीयों के सामंत थे और बाद में आधुनिक कर्नाटक में काम्पिली राज्य में मंत्री बने थे। जब एक मुसलमान विद्रोही को शरण देने पर मुहम्मद तुगलक ने काम्पिली को रौंद डाला, तो इन दोनों भाइयों को भी बंदी बना लिया गया था। इन्होंने इस्लाम स्वीकार कर लिया और तुगलक ने इन्हें वहीं विद्रोहियों को दबाने के लिए विमुक्त कर दिया। तब मदुराई के एक मुसलमान गवर्नर ने स्वयं को स्वतंत्र घोषित कर दिया था और मैसूर के होइसल और वारगंल के शासक भी स्वतंत्र होने की कोशिश कर रहे थे। कुछ समय बाद ही हरिहर और बुक्का ने अपने नए स्वामी और धर्म को छोड़ दिया। उनके गुरु विद्यारण के प्रयत्न से उनकी शुद्धि हुई और उन्होंने विजयनगर में अपनी राजधानी स्थापित की।

1356 में बुक्का प्रथम ने सिंहासन संभाला। हरिहर द्वितीय ने 1377 ईस्वी में सिंहासन संभाला इसके बाद विरुपाक्ष प्रथम 1404 में गद्दी पर बैठे। इसी सन् में बुक्का द्वितीय ने सिंहासन संभाला। इसके बाद 1406 ईस्वी में देवराय प्रथम ने राज्य का कार्यभार संभाला। इसके बाद देवराय द्वितीय को 1422 ईस्वी में सिंहासन सौंपा गया। देवराय द्वितीय के बाद विजयराय द्वितीय ने 1446 में राज्य का कार्यभार संभाला, फिर 1447 में मल्लिकार्जुन और इसके बाद विरुपाक्ष द्वितीय ने 1465 से 1485 तक शासन किया। अंत में प्रौढ़ राय 1485 ने शासन किया।

तीन वंशः इसके बाद इस साम्राज्य में 3 वंशों का शासन चला-शाल्व वंश, तुलुव वंश और अरविंदु वंश।

शाल्व वंशः शाल्व वंश के राजा नरसिंह देवराय ने 1485 में सिंहासन संभाला, फिर 1491 में थिम्म भूपाल और फिर 1491 में ही नरसिंह राय द्वितीय ने संभालकर 1505 तक राज किया।

तुलुव वंशः इसके बाद तुलुव वंश के राजा नरस नायक ने 1491 से 1503 तक राज किया। फिर क्रमशः वीरनरसिंह राय (1503-1509), कृष्ण

देवराय (1509–1529), अच्युत देवराय (1529–1542) और सदाशिव राय (1542–1570) ने शासन किया।

अरविदु वंशः तुलव के बाद अरविदु वंश के राजाओं ने राज किया। इनमें क्रमशः अलिय राम राय (1542–1565), तिरुमल देव राय (1565–1572), श्रीरंग प्रथम (1572–1586), वेंकट द्वितीय (1586–1614), श्रीरंग द्वितीय (1614–1614), रामदेव अरविदु (1617–1632), वेंकट तृतीय (1632–1642), श्रीरंग तृतीय (1642–1646) ने राज किया।

महाराणा प्रताप (जन्म 9 मई, 1540 ई. मृत्यु 29 जनवरी, 1597 ई.): महाराणा प्रताप की जयंती विक्रमी संवत् कैलेंडर के अनुसार प्रतिवर्ष ज्येष्ठ मास के शुक्ल पक्ष तृतीया को मनाई जाती है। राजस्थान के कुंभलगढ़ में महाराणा प्रताप का जन्म महाराजा उदयसिंह एवं माता राणी जीवत कंवर के घर ई. स. 1540 में हुआ था।

महाराणा प्रताप को बचपन में कीका के नाम से पुकारा जाता था। महाराणा प्रताप का राज्याभिषेक गोगुंदा में हुआ था। मेंवाड़ की शौर्य-भूमि धन्य है जहाँ वीरता और दृढ प्रण वाले प्रताप का जन्म हुआ। जिन्होंने इतिहास में अपना नाम अजर-अमर कर दिया। उन्होंने धर्म एवं स्वाधीनता के लिए अपना बलिदान दिया।

सन् 1576 के हल्दीघाटी युद्ध में करीब बीस हजार राजपूतों को साथ लेकर महाराणा प्रताप ने मुगल सरदार राजा मानसिंह के अस्सी हजार की सेना का सामना किया। महाराणा प्रताप के पास एक सबसे प्रिय घोड़ा था, जिसका नाम 'चेतक' था। इस युद्ध में अश्व चेतक की भी मृत्यु हुईं शत्रु सेना से घिर चुके महाराणा प्रताप को शक्ति सिंह ने बचाया। यह युद्ध केवल एक दिन चला परंतु इसमें सत्रह हजार लोग मारे गए।

मेवाड़ को जीतने के लिए अकबर ने भी सभी प्रयास किए लेकिन महाराणा प्रताप ने कभी अकबर की अधीनता को स्वीकार नहीं किया था। उन्होंने कई वर्षों तक मुगल सम्राट अकबर के साथ संघर्ष किया। महाराणा प्रताप अकबर को तुर्क और विदेशी कहते थे।

छत्रपति शिवाजी (जन्मः 19 फरवरी 1627–मृत्युः 3 अप्रैल 1680): मराठा साम्राज्य के संस्थापक छत्रपति शिवाजी राजे भोसले का जन्म मराठा परिवार में शिवनेरी महाराष्ट्र राज्य में हुआ। शिवाजी के पिता शाहजी और माता जीजाबाई थी। उन्होंने भारत में एक सार्वभौम स्वतंत्र शासन स्थापित करने का प्रयत्न स्वतंत्रता के अनन्य पुजारी वीर प्रवर शिवाजी ने भी किया था। इसीलिए उन्हें एक अग्रगण्य वीर एवं अमर स्वतंत्रता सेनानी स्वीकार किया जाता है।

यूं तो शिवाजी पर मुस्लिम विरोधी होने का दोषारोपण किया जाता है, पर यह सत्य इसलिए नहीं कि उनकी सेना में तो अनेक मुस्लिम नायक एवं सेनानी थे तथा अनेक मुस्लिम सरदार और सूबेदारों जैसे लोग भी थे।

वास्तव में शिवाजी का सारा संघर्ष उस कट्टरता और उद्दंडता के विरुद्ध था, जिसे औरंगजेब जैसे शासकों और उसकी छत्रछाया में पलने वाले लोगों ने अपना रखा था। नहीं तो वीर शिवाजी राष्ट्रीयता के जीवंत प्रतीक एवं परिचायक थे। इसी कारण निकट अतीत के राष्ट्रपुरुषों में महाराणा प्रताप के साथ-साथ इनकी भी गणना की जाती है।

माता जीजाबाई धार्मिक स्वभाव वाली होते हुए भी गुण-स्वभाव और व्यवहार में वीरंगना नारी थीं। इसी कारण उन्होंने बालक शिवा का पालन-पोषण रामायण, महाभारत तथा अन्य भारतीय वीरात्माओं की उज्ज्वल कहानियां सुना और शिक्षा देकर किया था। दादा कोणदेव के संरक्षण में उन्हें सभी तरह की सामयिक युद्ध आदि विधाओं में भी निपुण बनाया था।

धर्म, संस्कृति और राजनीति की भी उचित शिक्षा दिलवाई थी। उस युग में परम संत रामदेव के संपर्क में आने से शिवाजी पूर्णतया राष्ट्रप्रेमी, कर्तव्यपरायण एवं कर्मठ योद्धा बन गए।

बचपन में शिवाजी अपनी आयु के बालक इकट्ठे कर उनके नेता बनकर युद्ध करने और किले जीतने का खेल खेला करते थे। युवावस्था में आते ही उनका खेल वास्तविक कर्म शत्रु बनकर शत्रुओं पर आक्रमण कर उनके किले आदि भी जीतने लगे।

जैसे ही शिवाजी ने पुरंदर और तोरण जैसे किलों पर अपना अधिकार जमाया, वैसे ही उनके नाम और कर्म की सारे दक्षिण में धूम मच गई, यह खबर आग की तरह आगरा और दिल्ली तक जा पहुँची। अत्याचारी किस्म के यवन और उनके सहायक सभी शासक उनका नाम सुनकर ही मारे डर के बगलें झांकने लगे।

शिवाजी के बढ़ते प्रताप से आतंकित बीजापुर के शासक आदिलशाह जब शिवाजी को बंदी न बना सके तो उन्होंने शिवाजी के पिता शाहजी को गिरफ्तार किया। पता चलने पर शिवाजी आग बबूला हो गए। उन्होंने नीति और साहस का सहारा लेकर छापामारी कर जल्द ही अपने पिता को इस कैद से आजाद कराया।

तब बीजापुर के शासक ने शिवाजी को जीवित अथवा मुर्दा पकड़ लाने का आदेश देकर अपने मक्कार सेनापति अफजल खां को भेजा। उसने भाईचारे व सुलह का झूठा नाटक रचकर शिवाजी को अपनी बांहों के घेरे में लेकर मारना चाहा, पर समझदार शिवाजी के हाथ में छिपे बघनख का शिकार होकर वह स्वयं मारा गया।

इससे उसकी सेनाएँ अपने सेनापति को मरा पाकर वहाँ से दुम दबाकर भाग गईं। उनकी इस वीरता के कारण ही उन्हें एक आदर्श एवं महान राष्ट्रपुरुष के रूप में स्वीकारा जाता है। इसी के चलते छत्रपति शिवाजी महाराज का सन् 1680 ई. में तीन सप्ताह की बीमारी के बाद रायगढ़ में स्वर्गवास हो गया।

महाराजा रणजीत सिंह (जन्मः 13 नवम्बर, 1780, गुजरांवाला; मृत्युः 27 जून, 1839, लाहौर): सिख राज्य के संस्थापक महान सम्राट और शेरे पंजाब महाराजा रणजीत सिंह के मन में साधु और संतों के लिए बहुत आदर था। उन्होंने मंदिरों की खूब दान दिया। उनके पिता का नाम महासिंह और माता का नाम जिन्दां रानी और संतान का नाम दिलीप सिंह था।

रणजीत सिंह के शासन के अंतर्गत सिंध का कुछ क्षेत्र, पेशावर, कश्मीर, पंजाब और मुल्तान थे।

रणजीत सिंह के मृत्यु तक अंग्रेजों ने पंजाब में घुसने की हिम्मत नहीं की लेकिन उनके अंतिम दिनों में अंग्रेजों ने पंजाब पर आक्रमण करना शुरू कर दिया। इसके परिणामस्परूप आंग्ला-सिख युद्ध हुआ।

सिखों से दो युद्ध हुए प्रथम युद्ध (1845-1846 ई.) और द्वितीय युद्ध (1848-1849 ई.)। सिखों की हार के बाद अंग्रेज और सिखों में संधि हो गई और प्रशासन अंग्रेजों के अधीन हो गया।

वल्लभभाई झावेरभाई पटेल (३१ अक्टूबर १८७५ १५ दिसम्बर १९५०): जो सरदार पटेल के नाम से लोकप्रिय थे, एक भारतीय राजनीतिज्ञ थे। उन्होंने भारत के पहले उप-प्रधानमंत्री के रूप में कार्य किया। वे एक भारतीय अधिवक्ता और राजनेता थे, जो भारतीय राष्ट्रीय कांग्रेस के एक वरिष्ठ नेता और भारतीय गणराज्य के संस्थापक पिता थे जिन्होंने स्वतंत्रता के लिए देश के संघर्ष में अग्रणी भूमिका निभाई और एक एकीकृत, स्वतंत्र राष्ट्र में अपने एकीकरण का मार्गदर्शन किया। भारत और अन्य जगहों पर, उन्हें अक्सर हिंदी, उर्दू और फारसी में सरदार कहा जाता था, जिसका अर्थ है "प्रमुख"। उन्होंने भारत के राजनीतिक एकीकरण और 1947 के भारत-पाकिस्तान युद्ध के दौरान गृह मंत्री के रूप में कार्य किया।

पटेल का जन्म नडियाद, गुजरात में एक लेवा पटेल (पाटीदार) [2] जाति में हुआ था। वे झवेरभाई पटेल एवं लाडबा देवी की चौथी संतान थे। सोमाभाई, नरसीभाई और विट्ठलभाई उनके अग्रज थे। उनकी शिक्षा मुख्यतः स्वाध्याय से ही हुईं लन्दन जाकर उन्होंने बैरिस्टर की पढाई की और वापस आकर अहमदाबाद में वकालत करने लगे। महात्मा गांधी के विचारों से प्रेरित होकर उन्होने भारत के स्वतन्त्रता आन्दोलन में भाग लिया।

खेडा संघर्ष–

स्वतन्त्रता आन्दोलन में सरदार पटेल का सबसे पहला और बड़ा योगदान 1918 में खेडा संघर्ष में हुआ। गुजरात का खेड़ा खण्ड (डिविजन) उन दिनों भयंकर सूखे की चपेट में था। किसानों ने अंग्रेज सरकार से भारी कर में छूट की मांग की। जब यह स्वीकार नहीं किया गया तो सरदार पटेल, गांधीजी एवं अन्य लोगों ने किसानों का नेतृत्व किया और उन्हें कर न देने के लिये प्रेरित

किया। अन्त में सरकार झुकी और उस वर्ष करों में राहत दी गयी। यह सरदार पटेल की पहली सफलता थी।

बारडोली सत्याग्रह–

बारडोली सत्याग्रह, भारतीय स्वाधीनता संग्राम के दौरान वर्ष 1928 में गुजरात में हुआ एक प्रमुख किसान आंदोलन था, जिसका नेतृत्व वल्लभभाई पटेल ने किया। उस समय प्रांतीय सरकार ने किसानों के लगान में तीस प्रतिशत तक की वृद्धि कर दी थी। पटेल ने इस लगान वृद्धि का जमकर विरोध किया। सरकार ने इस सत्याग्रह आंदोलन को कुचलने के लिए कठोर कदम उठाए, पर अंततः विवश होकर उसे किसानों की मांगों को मानना पड़ा। एक न्यायिक अधिकारी ब्लूमफील्ड और एक राजस्व अधिकारी मैक्सवेल ने संपूर्ण मामलों की जांच कर 22 प्रतिशत लगान वृद्धि को गलत ठहराते हुए इसे घटाकर 6.03 प्रतिशत कर दिया।

इस सत्याग्रह आंदोलन के सफल होने के बाद वहाँ की महिलाओं ने वल्लभभाई पटेल को 'सरदार' की उपाधि प्रदान की। किसान संघर्ष एवं राष्ट्रीय स्वाधीनता संग्राम के अंर्तसंबंधों की व्याख्या बारदोली किसान संघर्ष के संदर्भ में करते हुए गांधीजी ने कहा कि इस तरह का हर संघर्ष, हर कोशिश हमें स्वराज के करीब पहुँचा रही है और हम सबको स्वराज की मंजिल तक पहुँचाने में ये संघर्ष सीधे स्वराज के लिए संघर्ष से कहीं ज्यादा सहायक सिद्ध हो सकते हैं।

आजादी के बाद--

यद्यपि अधिकांश प्रान्तीय कांग्रेस समितियाँ पटेल के पक्ष में थीं, गांधी जी की इच्छा का आदर करते हुए पटेल जी ने प्रधानमंत्री पद की दौड़ से अपने को दूर रखा और इसके लिये नेहरू का समर्थन किया। उन्हे उपप्रधान मंत्री एवं गृह मंत्री का कार्य सौंपा गया। किन्तु इसके बाद भी नेहरू और पटेल के सम्बन्ध तनावपूर्ण ही रहे। इसके चलते कई अवसरों पर दोनो ने ही अपने पद का त्याग करने की धमकी दे दी थी।

गृह मंत्री के रूप में उनकी पहली प्राथमिकता देसी रियासतों (राज्यों) को भारत में मिलाना था। इसको उन्होने बिना कोई खून बहाये सम्पादित कर

दिखाया। केवल हैदराबाद स्टेट के आपरेशन पोलो के लिये उनको सेना भेजनी पड़ी। भारत के एकीकरण में उनके महान योगदान के लिये उन्हे भारत का लौह पुरुष के रूप में जाना जाता है। सन १९५० में उनका देहान्त हो गया। इसके बाद नेहरू का कांग्रेस के अन्दर बहुत कम विरोध शेष रहा।

भारत का राजनीतिक एकीकरण–

स्वतंत्रता के समय भारत में 562 देसी रियासतें थीं। इनका क्षेत्रफल भारत का 40 प्रतिशत था। सरदार पटेल ने आजादी के ठीक पूर्व (संक्रमण काल में) ही वीपी मेंनन के साथ मिलकर कई देसी राज्यों को भारत में मिलाने के लिये कार्य आरम्भ कर दिया था। पटेल और मेनन ने देसी राजाओं को बहुत समझाया कि उन्हे स्वायत्तता देना सम्भव नहीं होगा। इसके परिणामस्वरूप तीन को छोडकर शेष सभी राजवाड़ों ने स्वेच्छा से भारत में विलय का प्रस्ताव स्वीकार कर लिया। केवल जम्मू एवं कश्मीर, जूनागढ़ तथा हैदराबाद स्टेट के राजाओं ने ऐसा करना नहीं स्वीकारा। जूनागढ़ सौराष्ट्र के पास एक छोटी रियासत थी और चारों ओर से भारतीय भूमि से घिरी थी। वह पाकिस्तान के समीप नहीं थी। वहाँ के नवाब ने 15 अगस्त 1947 को पाकिस्तान में विलय की घोषणा कर दी। राज्य की सर्वाधिक जनता हिंदू थी और भारत विलय चाहती थी। नवाब के विरुद्ध बहुत विरोध हुआ तो भारतीय सेना जूनागढ़ में प्रवेश कर गयी। नवाब भागकर पाकिस्तान चला गया और 9 नवम्बर 1947 को जूनागढ़ भी भारत में मिल गया। फरवरी 1948 में वहाँ जनमत संग्रह कराया गया, जो भारत में विलय के पक्ष में रहा। हैदराबाद भारत की सबसे बड़ी रियासत थी, जो चारों ओर से भारतीय भूमि से घिरी थी। वहाँ के निजाम ने पाकिस्तान के प्रोत्साहन से स्वतंत्र राज्य का दावा किया और अपनी सेना बढ़ाने लगा। वह ढेर सारे हथियार आयात करता रहा। पटेल चिंतित हो उठे। अन्ततः भारतीय सेना 13 सितंबर 1948 को हैदराबाद में प्रवेश कर गयी। तीन दिनों के बाद निजाम ने आत्मसमर्पण कर दिया और नवंबर 1948 में भारत में विलय का प्रस्ताव स्वीकार कर लिया। नेहरू ने काश्मीर को यह कहकर अपने पास रख लिया कि यह समस्या एक अन्तरराष्ट्रीय समस्या है। कश्मीर समस्या को संयुक्त राष्ट्रसंघ में ले गये और अलगाववादी ताकतों के

कारण कश्मीर की समस्या दिनोदिन बढ़ती गयी। 5 अगस्त 2019 को प्रधानमंत्री मोदीजी और गृहमंत्री अमित शाह जी के प्रयास से कश्मीर को विशेष राज्य का दर्जा देने वाला अनुच्छेद 370 और 35(अ) समाप्त हुआ। कश्मीर भारत का अभिन्न अंग बन गया और सरदार पटेल का भारत को अखण्ड बनाने का स्वप्न साकार हुआ। 31 अक्टूबर 2019 को जम्मू-कश्मीर तथा लद्दाख के रूप में दो केन्द्र शासित प्रदेश अस्तित्व में आये। अब जम्मू-कश्मीर केन्द्र के अधीन रहेगा और भारत के सभी कानून वहाँ लागू होंगे।

देश की स्वतंत्रता के पश्चात सरदार पटेल उप प्रधानमंत्री के साथ प्रथम गृह, सूचना तथा रियासत विभाग के मंत्री भी थे। सरदार पटेल की महानतम देन थी 562 छोटी-बड़ी रियासतों का भारतीय संघ में विलयीकरण करके भारतीय एकता का निर्माण करना। विश्व के इतिहास में एक भी व्यक्ति ऐसा न हुआ जिसने इतनी बड़ी संख्या में राज्यों का एकीकरण करने का साहस किया हो। 5 जुलाई 1947 को एक रियासत विभाग की स्थापना की गई थी। एक बार उन्होंने सुना कि बस्तर की रियासत में कच्चे सोने का बड़ा भारी क्षेत्र है और इस भूमि को दीर्घकालिक पट्टे पर हैदराबाद की निजाम सरकार खरीदना चाहती है। उसी दिन वे परेशान हो उठे। उन्होंने अपना एक थैला उठाया, वी.पी. मेनन को साथ लिया और चल पड़े। वे उड़ीसा पहुँचे, वहाँ के 23 राजाओं से कहा, "कुएं के मेंढक मत बनो, महासागर में आ जाओ।" उड़ीसा के लोगों की सदियों पुरानी इच्छा कुछ ही घंटों में पूरी हो गईं फिर नागपुर पहुँचे, यहाँ के 38 राजाओं से मिले। इन्हें सैल्यूट स्टेट कहा जाता था, यानी जब कोई इनसे मिलने जाता तो तोप छोड़कर सलामी दी जाती थी। पटेल ने इन राज्यों की बादशाहत को आखिरी सलामी दी। इसी तरह वे काठियावाड़ पहुँचे। वहाँ 250 रियासतें थी। कुछ तो केवल 20-20 गाँव की रियासतें थीं। सबका एकीकरण किया। एक शाम मुम्बई पहुँचे। आसपास के राजाओं से बातचीत की और उनकी राजसत्ता अपने थैले में डालकर चल दिए। पटेल पंजाब गये। पटियाला का खजाना देखा तो खाली था। फरीदकोट के राजा ने कुछ आनाकानी की। सरदार पटेल ने फरीदकोट के नक्शे पर अपनी लाल

पैंसिल घुमाते हुए केवल इतना पूछा कि "क्या मर्जी है?" राजा कांप उठा। आखिर 15 अगस्त 1947 तक केवल तीन रियासतें-कश्मीर, जूनागढ़ और हैदराबाद छोड़कर उस लौह पुरुष ने सभी रियासतों को भारत में मिला दिया। इन तीन रियासतों में भी जूनागढ़ को 9 नवम्बर 1947 को मिला लिया गया तथा जूनागढ़ का नवाब पाकिस्तान भाग गया। 13 नवम्बर को सरदार पटेल ने सोमनाथ के भग्न मंदिर के पुनर्निर्माण का संकल्प लिया, 1948 में हैदराबाद भी केवल 4 दिन की पुलिस कार्रवाई द्वारा मिला लिया गया। न कोई बम चला, न कोई क्रांति हुई, जैसा कि डराया जा रहा था।

जहाँ तक कश्मीर रियासत का प्रश्न है इसे पंडित नेहरू ने स्वयं अपने अधिकार में लिया हुआ था, परंतु यह सत्य है कि सरदार पटेल कश्मीर में जनमत संग्रह तथा कश्मीर के मुद्दे को संयुक्त राष्ट्र संघ में ले जाने पर बेहद क्षुब्ध थे। निःसंदेह सरदार पटेल द्वारा यह 562 रियासतों का एकीकरण विश्व इतिहास का एक आश्चर्य था। भारत की यह रक्तहीन क्रांति थी। महात्मा गांधी ने सरदार पटेल को इन रियासतों के बारे में लिखा था, "रियासतों की समस्या इतनी जटिल थी जिसे केवल तुम ही हल कर सकते थे।"

यद्यपि विदेश विभाग पं. नेहरू का कार्यक्षेत्र था, परन्तु कई बार उप प्रधानमंत्री होने के नाते कैबिनेट की विदेश विभाग समिति में उनका जाना होता था। उनकी दूरदर्शिता का लाभ यदि उस समय लिया जाता तो अनेक वर्तमान समस्याओं का जन्म न होता। 1950 में पंडित नेहरू को लिखे एक पत्र में पटेल ने चीन तथा उसकी तिब्बत के प्रति नीति से सावधान किया था और चीन का रवैया कपटपूर्ण तथा विश्वासघाती बतलाया था। अपने पत्र में चीन को अपना दुश्मन, उसके व्यवहार को अभद्रतापूर्ण और चीन के पत्रों की भाषा को किसी दोस्त की नहीं, भावी शत्रु की भाषा कहा था। उन्होंने यह भी लिखा था कि तिब्बत पर चीन का कब्जा नई समस्याओं को जन्म देगा। 1950 में नेपाल के संदर्भ में लिखे पत्रों से भी पं. नेहरू सहमत न थे। 1950 में ही गोवा की स्वतंत्रता के संबंध में चली दो घंटे की कैबिनेट बैठक में लम्बी वार्ता सुनने के पश्चात सरदार पटेल ने केवल इतना कहा "क्या हम गोवा जाएँगे, केवल दो घंटे की बात है।" नेहरू इससे बड़े नाराज हुए थे। यदि पटेल की

बात मानी गई होती तो 1961 तक गोवा की स्वतंत्रता की प्रतीक्षा न करनी पड़ती।

गृहमंत्री के रूप में वे पहले व्यक्ति थे जिन्होंने भारतीय नागरिक सेवाओं (आई.सी.एस.) का भारतीयकरण कर इन्हें भारतीय प्रशासनिक सेवाएँ (आई.ए.एस.) बनाया। अंग्रेजों की सेवा करने वालों में विश्वास भरकर उन्हें राजभक्ति से देशभक्ति की ओर मोड़ा। यदि सरदार पटेल कुछ वर्ष जीवित रहते तो संभवतः नौकरशाही का पूर्ण कायाकल्प हो जाता।

सरदार पटेल जहाँ पाकिस्तान की छद्म व चालाकी पूर्ण चालों से सतर्क थे वहीं देश के विघटनकारी तत्वों से भी सावधान करते थे। विशेषकर वे भारत में मुस्लिम लीग तथा कम्युनिस्टों की विभेदकारी तथा रूस के प्रति उनकी भक्ति से सजग थे। अनेक विद्वानों का कथन है कि सरदार पटेल बिस्मार्क की तरह थे। लेकिन लंदन के टाइम्स ने लिखा था विस्मार्क की सफलताएं पटेल के सामने महत्वहीन रह जाती हैं। यदि पटेल के कहने पर चलते तो कश्मीर, चीन, तिब्बत व नेपाल के हालात आज जैसे न होते। पटेल सही मायनों में मनु के शासन की कल्पना थे। उनमें कौटिल्य की कूटनीतिज्ञता तथा महाराज शिवाजी की दूरदर्शिता थी। वे केवल सरदार ही नहीं बल्कि भारतीयों के हृदय के सरदार थे। ऐसी है हमारी 'वीर भोग्य वसुंधरा' वाली गौरवशाली वीरों की परंपरा जिस पर अविराम चलकर कोटिक सपूतों ने अपने प्राणों कि बाजी लगाकर भारत मा के मान, सम्मान, स्वाभिमान की रक्षा की है।

–जीवन सुमन चढ़ा चरणों में, मांगें मातृभूमि से यह वर।

–तेरा वैभव अमर रहे मां, हम दिन चार रहें ना रहें।

–ऐसे अनिर्दिष्ट अमर सेनानियों के श्री चरणों में कोटिशः वंदन,
नमन श्रृद्धा सुमन समर्पण।

/// जय श्री राम ///

सम्राट ललितादित्य

मध्यकालीन भारत की शुरुआत सम्राट हर्षवर्धन (590-647) से होती है। हर्षवर्धन का दक्षिण भारत के सम्राट पुलकेशी द्वितीय (शासनकाल 609-642) से हुआ था। इसी काल में कश्मीर में बहुत ही शक्तिशाली सम्राट ललितादित्य (सन् 697 से सन् 738) का राज्य भी रहा था। इसी काल में सिंध के राजा दाहिर (663-712 ईस्वी) में रहा था।

कश्मीर पर शासन की एक झलकः राजतरंगिणी में 1184 ईसा पूर्व के राजा गोनंद से लेकर राजा विजय सिम्हा (1129 ईसवी) तक के कश्मीर के प्राचीन राजवंशों और राजाओं का प्रमाणिक दस्तावेज है। ईसा पूर्व तीसरी शताब्दी में महान सम्राट अशोक ने कश्मीर में बौद्ध धर्म का प्रसार किया था। बाद में यहाँ कनिष्क का अधिकार रहा। कनिष्क के समय श्रीनगर के कुंडल वन विहार में प्रसिद्ध बौद्ध विद्वान वसुमित्र की अध्यक्षता में सर्वास्तिवाद परम्परा की चौथी बौद्ध महासंगीति का आयोजन किया था। 6ठी शताब्दी के आरंभ में कश्मीर पर हूणों का अधिकार हो गया। सन् 530 में कश्मीर घाटी एक स्वतंत्र राज्य रहा। इसके बाद इस पर उज्जैन साम्राज्य के राजाओं का अधिकार रहा। विक्रमादित्य राजवंश के पतन के बाद कश्मीर पर स्थानीय शासक राज करने लगे। वहाँ हिन्दू और बौद्ध संस्कृतियों का मिश्रित रूप विकसित हुआ।

कश्मीर में छठी शताब्दी में अपने तरह का शैव दर्शन विकसित हुआ। वसुगुप्त की सूक्तियों का संकलन 'स्पन्दकारिका' इसका पहला प्रामाणिक ग्रन्थ माना जाता है। शैव राजाओं में सबसे पहला और प्रमुख नाम मिहिरकुल

का है जो हूण वंश का था। हूण वंश के बाद गोनंद द्वितीय और कार्कोटा नाग वंश का शासन हुआ जिसके राजा चंद्रपीड़ और ललितादित्य मुक्तपीड को कश्मीर के सबसे महान राजाओं में शामिल किया जाता है। कार्कोट राजवंश की स्थापना दुर्लभवर्धन ने की थी। दुर्लभवर्धन गोनंद वंश के अंतिम राजा बालादित्य के राज्य में अधिकारी थे।

1. कश्मीर के हिन्दू राजाओं में ललितादित्य मुक्तापीड (शासनकाल 724 ई. से 770 ईस्वी के बीच) सबसे प्रसिद्ध राजा हुए। वे कार्कोट राजवंश के राजा था। कार्कोट राजवंश का शासनकाल 625 से 885 ईस्वी के बीच रहा।
2. ललितादित्य ने अरबों, तिब्बतियों, कम्बोजों एवं तुर्कों को पराजित किया था। उनके साम्राज्य का विस्तार उन्होंने काराकोरम पर्वत श्रेणियों के पार तिब्बत के पठार से आगे चीन तक और पश्चिम में कैस्पियन सागर कर लिया था। उनका शासन उत्तर-पश्चिम में तुर्किस्तान और उत्तर-पूर्व में तिब्बत तक फैला था। यही कारण है कि उन्हें भारत का सिकंदर कहा जाता है।
3. ललितादित्य ने एक ओर जहाँ अरब के मुस्लिम आक्रमण को दबाया वहीं उन्होंने तिब्बत की सेना को भी पीछे धकेल दिया था। उन्होंने कश्मीर पर आक्रमण करने वाले अरब हमलावरों के खिलाफ चार युद्ध लड़े और चारों बार उन्हें खदेड़ दिया।
4. कहते हैं कि तुर्कों ने अपने दोनों हाथों को अपनी पीठ के पीछे बाँध कर और सिर झुका कर ललितादित्य का स्वागत किया था। यह बात किताबों में कम ही बताई जाती है क्योंकि बाद में तुर्कों ने ही भारत पर आक्रमण करने भारत के बड़े भू भाग पर कब्जा कर लिया था।
5. भारत में उनके साम्राज्य का विस्तार पूर्व में बंगाल और उड़ीसा, दक्षिण में कोंकण तक फैला था। उन्होंने सम्राट हर्षवर्धन के उत्तराधिकारी कन्नौज के राजा यशोबर्मन को हराने के बाद उसके दरबारी संस्कृत कवियों भवभूति और वाक्पतिराज को ललितादित्य ने कश्मीर बुलाकर अपने दरबार में स्थान दिया था।

6. कहते हैं कि ललितादित्य ने जालंधर, लाहौर और अन्य छोटे प्रांतों को अपने अधीनस्थों को दे दिया था।
7. सूर्यवंशी सम्राट ललित आदित्य ने कई प्रसिद्ध मंदिरों का निर्माण भी करवाया था जिसमें सूर्य भगवान को समर्पित मार्तण्ड मंदिर प्रसिद्ध है। ललितादित्य ने कई बौद्ध विहारों की स्थापना भी की थी। जम्मू-कश्मीर के अनंतनाग जिले के खेराबल गाँव में मार्तण्ड सूर्य मंदिर के खंडहर आज भी मौजूद हैं।
8. ललितादित्य ने कई गाँव, कस्बे और शहरों का निर्माण भी करवाया था। जैसे सुनिश्चितपुर, दर्जितपुर, फलपुरा, पर्णोत्सर्ग, ललितपुरा, हुशकापुरा आदि।
9. जिनका शासन काल कश्मीर के सुख और समृद्धि का काल था। उसके शासन काल में मंदिरों आदि का निर्माण बड़े पैमाने पर हुआ।

/// जय श्री राम ///

राजा दाहिर सेन

भारतवर्ष की आठवीं सदी के वीर नायक के तौर पर जाना जाता था राजा दाहिर सेन को जिनके शासन के 74 वर्षों के दौरान नौ इस्लामी आक्रांताओं ने कम से कम 15 बार सिंध पर आक्रमण किया, लेकिन सिंध के इस शूरवीर ने 14 बार इन आक्रमणकारियों को घुटने टेकने पर मजबूर कर दिया. और फिर एक दिन ऐसा आया जब इस महावीर के साथ हुआ ऐसा विश्वासघात जिसने सिंध और हिंद के इतिहास की दिशा बदल दी।

सिंधु नदी के पूर्व में बसा सिंध। आज बेशक पाकिस्तान के हिस्से में है. लेकिन वैदिक काल में ये जगह हमारे ऋषि-मुनियों की तपोभूमि हुआ करती थी. मान्यता है कि वेदों की अलौकिक और कालातीत ऋचाओं की रचना सिंधु नदी के तट पर बसे सिंध के सुरम्य, मनोरम और पतितपावन वातावरण में हुई है. मान्यता ये भी है कि त्रेता युग में अवध के चक्रवर्ती महाराज दशरथ की पत्नी कैकेयी सिंधु देश की ही पुत्री थीं. इसी सिंध क्षेत्र पर सातवीं शताब्दी के आखिरी दो दशक और आठवीं शताब्दी के शुरू के कुछ वर्षों तक एक परम प्रतापी, प्रजापालक और नीतिज्ञ राजा का शासन था–नाम था दाहिर सेन।

जिस दाहिर सेन के पराक्रम और दिलेरी की गाथा हम आपको सुना रहे हैं वो विडंबनाओं से भरी हुई है. राजा दाहिर सेन ब्राह्मण पिता चच और क्षत्रिय माता सोहन्दी के पुत्र थे। चच से पहले सिंध पर क्षत्रिय राजा साहसी राय का शासन था। साहसी राय से पहले उनके पुरखे तकरीबन 600 सालों से सिंध पर राज कर रहे थे। लेकिन जब इतिहास को करवट बदलनी होती है तो

विधाता कुछ रहस्यमय चाल चल देता है। साहसी राय की कोई औलाद नहीं थी लिहाजा उन्होंने अपने कश्मीरी ब्राह्मण मंत्री चच को ही अपना उत्तराधिकारी बना दिया। 632 ईस्वी में साहसी राय की मृत्यु के बाद चच न सिर्फ राजा बना बल्कि उसकी विधवा सोहन्दी पर उसका दिल भी आ गया। दरबारियों से सलाह-मशविरे के बाद चच ने सोहन्दी से शादी कर ली।

राजा चच तंगदिल इंसान था। अदूरदर्शी भी था. राजा बनते ही उसने सिंध के प्रमुख समुदायों लोहाणों, गुर्जरों और जाटों को अपमानित कर उन्हें उच्च पदों से हटा दिया। जाहिर है चच के इस कदम से लोहाण, गुर्जर और जाट नाराज हो गए। सिंध के सामाजिक ताने-बाने के सीने में ये पहला तीर साबित हुआ। इन सब के बावजूद राजा चच ने सिंध पर तकरीबन 40 वर्षों तक शासन किया। इस दौरान मजबूत सैन्य शक्ति और युद्ध कौशल की वजह से उसने राज्य का विस्तार ही किया। 671 ईस्वी में चच की मृत्यु के बाद उसका भाई चंदर उत्तराधिकारी बना। राजा चंदर ने भी अपने भाई चच की तरह एक बड़ी गलती की। राजा बनते ही उसने बौद्ध धर्म स्वीकार कर लिया। इतना ही नहीं बौद्ध को अपना राज धर्म भी घोषित कर दिया। राजा चच ने लोहाणों, गुर्जरों और जाटों की नाराजगी मोल ली थी उसके भाई राजा चंदर ने बौद्ध को राजधर्म घोषित कर ब्राह्मणों को कुपित कर दिया। सिंध के सामाजिक ताने-बाने के सीने में चंदर का ये कदम दूसरा तीर साबित हुआ।

राजा चंदर ज्यादा समय तक शासन नहीं कर सका। 679 ईस्वी में उसकी मृत्यु के बाद चच के पुत्र दाहिर सेन ने सिंध की गद्दी संभाली। अपने शासनकाल में दाहिर ने सिंध की गौरवमयी धरती को पुरानी गरिमा से जोड़ते हुए खुशियों से भर दिया। राजा बनने के बाद दाहिर सेन ने सिंध के सीने से उन तीरों को निकालने की कोशिश की जो किसी और ने नहीं बल्कि उनके पिता और चाचा ने ही चलाए थे। लेकिन दाहिर सेन को तो असली चुनौती मिली अरब के दुर्दांत आक्रमणकारियों से, क्योंकि सिंधु के वैभव और ऐश्वर्य की दास्तां उन्हें नागवार गुजरने लगी थी।

राजा दाहिर सेन के पिता चच ने सिंहासन पर बैठते ही सिंध की प्रमुख जातियों लोहाणों, गुर्जरों और जाटों को राजदरबार के महत्वपूर्ण पदों से हटा

दिया था। दाहिर सेन ने राजकाज संभालते ही अपने पिता के इस गैरवाजिब फैसले को पलट दिया इन जातियों की मुख्यधारा में न सिर्फ वापसी की बल्कि उन्हें समुचित सम्मान भी दियां राजा दाहिर ने अपने चाचा राजा चंदर के फैसले को पलटते हुए बौद्ध की जगह हिन्दू को दोबारा से राजधर्म घोषित कर ब्राह्मणों की नाराजगी भी दूर कर दी। दूरदर्शिता और उदारता ऐसी थी कि हिन्दू को राजधर्म घोषित करने के बाद भी ये संदेश दे दिया कि बौद्ध मत को मानने वालों को अपने विहार और मंदिर बनाने की पूरी आजादी होगी।

प्रजा की खुशहाली को, राजा दाहिर सेन ने अपने अस्तित्व की शपथ बना ली। धर्म जाति के आधार पर किसी के साथ भेदभाव न हो। इसका वे पूरा ख्याल रखते थे. लोकहित के फैसले लेने में कभी पीछे नहीं रहते थे दाहिर सेन, लोकहितकारी नीतियों का असर ये हुआ कि सिंध के वैभव और ऐश्वर्य की ख्याति पूरी दुनिया में फैलने लगी। सिंध का देबल बंदरगाह उनके शासनकाल में व्यापारिक गतिविधियों का बड़ा केंद्र बन गया. सिंध के व्यापारी तो समुद्र मार्ग से दूर-दराज के देशों में व्यापार के लिए जाते ही थे ईरान-इराक और अरब देशों से आने वाले जहाज भी देबल बंदरगाह होते हुए ही अन्य देशों को जाते थे।

देबल बंदरगाह सिंध के लिए कितना महत्वपूर्ण हो गया ये इस बात से साफ हो जाता है कि राजा दाहिरसेन ने देबल का अलग से सूबेदार नियुक्त कर दिया। उन्होंने बौद्ध धर्मावलंबी ज्ञानबुद्ध को देबल की जिम्मेदारी सौंप दी। बौद्ध धर्म को मानने वाले ज्ञानबुद्ध को सूबेदार चुनने की गलती सिंध के इतिहास पर कैसे भारी पड़ी ये हम आपको बाद में बताएँगे। क्योंकि अभी राजा दाहिर सेन की कहानी एक अहम मोड़ से होकर गुजरने वाली है। हुआ ये कि देबल बंदरगाह पर एक बार एक अरबी जहाज आकर रुका। जहाज में सवार अरबी व्यापारियों के सुरक्षाकर्मियों ने बिना वजह देबल शहर पर हमला कर दिया और कुछ औरतों और बच्चों को बंदी बना लिया।

दाहिर सेन को जब ये पता चला कि उनके राज की महिलाओं और बच्चों को अरबी व्यापारियों ने बंदी बना लिया है तो उन्होंने तुरंत देबल के सूबेदार को जहाज पर धावा बोलने का हुक्म दिया... दाहिरसेन की शक्तिशाली

सेना से व्यापारियों के सुरक्षाकर्मी भला क्या मुकाबला करते। महिलाओं और बच्चों को तो रिहा किया ही रुसवाई के साथ जान बचाकर देबल बंदरगाह से भी भाग खड़े हुए। मुस्लिमों के धर्मगुरु खलीफा को अरबी व्यापारियों और उनके सुरक्षाकर्मियों का सिंध की सेना से पिट कर आना बेहद नागवार गुजरा। व्यापारियों ने भी अपने गुनाह को छुपाते हुए इसे सिंध के सैनिकों द्वारा की गई लूटपाट की घटना के तौर पर पेश किया। खलीफा को लगा जैसे सिंध के फौजियों ने उसकी खिलाफत की शान में गुस्ताखी कर दी है। इतना ही नहीं सिंध फतह की हसरत भी जाने कब से खलीफाओं के मन में हिलोरे मार रही थीं। सिंध पर चढ़ाई का इससे अच्छा बहाना भला और क्या हो सकता था ।

खलीफा ने तुरंत अपने मंत्री हजाज को सिंध पर आक्रमण का हुक्म दिया। खलीफा की हुक्मउदुली की हिमाकत उसका मंत्री हजाज भला कैसे कर सकता था। उसने तुरंत अब्दुल्ला नाम के सेनापति के नेतृत्व में अरब सेना को सिंध के लिए रवाना कर दिया. लेकिन खलीफा और हजाज को क्या पता था कि उनका मुकाबला किसी और से नहीं परमवीर दाहिरसेन से है। दाहिरसेन को अहसास तो पहले से ही था. सिंध की पावन धरती पर नजरें टेढ़ी करने की जुर्रत करने वाली अरब सेना को नेस्तनाबूद करने के लिए दाहिर सेन ने प्रतापी राजकुमार जयशाह की अगुवाई में हथियारबंद सेना को देबल बंदरगाह रवान कर दिया। देबल में सिंध और खलीफा की सेना के बीच घमासान हुआ। सिंध के शूरवीरों और राजकुमार जयशाह की रणनीति के आगे अरबी सेना को घुटने टेकने पड़े। उनका सेनापति अब्दुल्ला मारा गया। देबल में युद्ध का मैदान खलीफा की सेना लाशों से पट गया. बाकी बचे सैनिक जान बचाकर सिंध से भाग खड़े हुए।

खुद को अपराजेय समझने वाला खलीफा अपनी हार से तिलमिला उठा। सिंध फतह की उसकी ख्वाहिशों पर एक बार फिर वज्रपात हो गया। इंतकाम की आग उसके मन में भड़क उठी। हुलसते हुए उसने दरबार में मौजूद लोगों को ललकारा। क्या खलीफा की सेना में कोई ऐसा शूरवीर नहीं जो सिंध के छत्र को लाकर उसके कदमों में डाल सके। दरबार में मौजूद 17 साल के एक नौजवान मोहम्मद बिन कासिम ने खलीफा की चुनौती स्वीकार

करते हुए हुंकार भरी कि में ये काम कर सकता हूँ। उसकी इस हुंकार के बाद 10 हजार सैनिकों का एक दल ऊंट घोड़ों के साथ सिंध पर आक्रमण करने के लिए तैयार किया गया।

हिन्दुस्तान की तारीख के एक-एक पन्ने पर सूरमाओं की बहादुरी के किस्से दर्ज हैं, लेकिन उन्हीं पन्नों पर शूरवीरों की पीठ में खंजर भोंकने वाले दगाबाजों की शर्मनाक स्याही करतूतें भी गुजीदा हैं जिस सिंध की धरती पर 600 सालों तक राजपूत और ब्राह्मण राजाओं का शासन रहा उसका इतिहास दगाबाजी के खेल ने बदल दिया।

हुआ ये कि खलीफा का हुक्म पाकर 17 साल का नौजवान मोहम्मद बिन कासिम ऊंट घोड़ों के साथ 10 हजार से ज्यादा सैनिक लेकर सिंध फतह के लिए रवाना हो गया। हम आपको बता चुके हैं कि 638 से 711 ईस्वी के बीच पूरे 74 सालों तक 9 खलीफाओं ने 14 बार सिंध फतह की कोशिश की लेकिन हर बार उन्हें युद्ध भूमि में सिंध के शूरवीरों के आगे मुंह की खानी पड़ी थी। मोहम्मद बिन कासिम इस सच को जानता था लिहाजा उसने चाल चली। देबल बंदरगाह के सूबेदार बौद्ध धर्म के अनुयायी ज्ञानबुद्ध को कासिम ने प्रलोभन दिया कि अगर वो इस युद्ध में खलीफा का साथ देगा तो जीत के बाद उसे सिंध का राजा बना दिया जाएगा। ज्ञानबुद्ध इस बहकावे में आसानी से आ गया।

उधर राजा दाहिर सेन ने अपनी सेना में जोश भरना शुरू कर दिया. गुर्जर, जाट और लोहाणों को सामाजिक राजनैतिक अधिकार पहले ही दे दिए गए थे। उन्हें सेना में भी शामिल किया गया. राजा दाहिर की दो वीरांगना बेटियों राजकुमारी परमाल और सूर्यकुमारी ने गाँव-गाँव जाकर सिंधी शूरवीरों को मातृभूमि की रक्षा करने का आह्वान किया। दोनों राजकुमारियों की प्रेरणा से सिंध के कई नौजवान मातृभूमि के लिए सर्वस्व न्यौछावर करने के संकल्प के साथ सेना में भर्ती हो गए।

सेना सुसज्जित हो चुकी थी। खलीफा के सैनिकों के देबल के निकट पहुँचने का समाचार मिलते ही राजा दाहिर ने राजकुमार जयशाह की अगुवाई में विशाल सेना रवाना कर दी। देबल के मैदान में दोनों सेनाएँ आमने-सामने

पहुँच गईं। रणभेरी बजते ही भयंकर घमासान शुरू हो गया। एक-एक सिंधी सैनिक दो-दो अरबी सैनिकों पर भारी पड़ने लगा। ऐसा लगा कि मोम्मद बिन कासिम जल्द ही आत्म-समर्पण कर देगा। लेकिन जैसा कि आपको पता है कि सूबेदार ज्ञानबुद्ध के रूप में दाहिर सेन की सैन्य कश्ती में पहले ही सुराख हो चुका था।

पूरे दिन चले युद्ध के बाद जब सैनिक अपने शिविरों में रात्रि विश्राम कर रहे थे तो मानवता के मुंह पर कालिख पोतते हुए सूबेदार ज्ञानबुद्ध ने देबल के किले के पिछले द्वार से खलीफा की सेना का प्रवेश करा दिया जिन्होंने युद्ध नियमों की धज्जियां उड़ाते हुए सोए सैनिकों पर धावा बोल दिया। सिंधी सैनिक जबतक शस्त्र संभालते तबतक दुश्मन ने उनका कत्लेआम शुरू कर दिया। राजकुमार जयशाह इस हमले में गंभीर रूप से जख्मी हो गए। मजबूरन उन्हें देबल का किला छोड़कर जंगल की ओर भागना पड़ा।

बौद्ध सूबेदार ज्ञानबुद्ध तो पहले युद्ध का ये कहकर विरोध कर रहा था कि बौद्ध धर्म में हिंसा के लिए कोई जगह नहीं है लेकिन उसी ने अपनी मातृभूमि के सैनिकों के सामूहिक कत्लेआम की जमीन तैयार कर दी। इस उम्मीद में कि अगर खलीफा की जीत होगी कि सिंध के सिंहासन पर वो खुद आसीन हो जाएगा। हालांकि कहानी यही खत्म होने वाली नहीं थी। सिंध की राजधानी अलोर में बैठे। राजा दाहिर सेन को जब ये मनहूस खबर मिली तो उन्होंने हिम्मत नहीं हारी. अलोर के किले की जिम्मेदारी महारानी को सौंप कर उन्होंने तुरंत सेना की टुकड़ी तैयार की और युद्धभूमि के लिए कूच कर दिया। अपने परमवीर राजा को युद्ध भूमि में पहुँचने का सामाचार पाकर सिंधी सैनिकों में नए जोश का संचार हो गया। मैदान-ए-जंग में हाहाकार मच गया। खलीफा के सैनिकों के पांव उखड़ने लगे।

इतिहास में स्वर्णिम अध्याय जुड़ने ही वाला था कि विश्वासघातियों ने एक बार फिर मातृभूमि को कलंकित किया। उन्होंने रावर नामक स्थान पर पहले से बिछाए विस्फोटकों में आग लगा दी। विस्फोट और आग देखकर हाथी, घोड़े और ऊंट बिदकने लगे। महाराजा दाहिर जिस हाथी पर सवार थे वो भी बिदक कर इधर-उधर भागने लगा। इसी बीच दुश्मन सेना की ओर से

चला एक तीर सीधे उनकी आँखों में धंस गया. परमवीर दाहिर सेन आँखों में तीर लगने के बाद हाथी से गिर पड़े। कासिम की सेना तो जैसे इसी पल के इंतजार में थी। युद्धभूमि में जख्मी शेर की तरह गिरे राजा दाहिर पर अरबी सेना ने भेड़ियों की तरह हमला कर दिया। तीर, भालों, बरछों से उन्हें छलनी कर दिया। शेर की तरह लड़ते हुए राजा दाहिर वीरगति को प्राप्त हुए।

राजा दाहिर की वीरगति का अशुभ समाचार सिंध के शूरवीरों पर बिजली गिरने जैसा साबित हुआ। प्रजापालक राजा की मृत्यु की खबर से सैनिकों का मनोबल टूट गया। हिन्द के इतिहास को न चाहते हुए भी दगाबाजी के इस नामुराद पन्ने को अपने भीतर चस्पा करना पड़ा।

मोहम्मद बिन कासिम ने फतह के बाद उसे सिंध की सत्ता सौंपने का ख्वाब दिखाया था और इसी हसरत ने सिंध का सर्वनाश कर दिया छल और विश्वासघात से हासिल जीत के बाद खलीफा की सेना राजधानी अलोर में दाखिल हो गई और निर्दोष जनता का जमकर कत्लेआम किया। मंदिरों शिवालों को तो तहस-नहस किया ही बौद्ध विहार और मठों में घुसकर निहत्थे बौद्ध धर्मावलंबियों को गाजर-मूली की तरह काट डाला। बच्चों और वृद्ध जनों को भी नहीं बख्शा, संपत्ति लूट ली, नगर के नगर जला डाले, बलात्कार किया, हां जिन्होंने इस्लाम स्वीकार कर लिया उन्हें जरूर बख्श दिया गया।

सिंध की जिस पावन भूमि पर हमारे मनीषी कभी वेद की ऋचाओं की रचना करते थे, वहाँ मानवता कराह उठी. इतिहास में कहीं तो इस बात का भी जिक्र है कि अरब के आतताई जब अलोर में घुसे तो वहाँ की वीरांगनाओं ने हथियारबंद होकर मोर्चा संभाला। लेकिन खूंखार और क्रूर अरबी सेना के आगे भोली-भाली महिलाएँ भला कहाँ तक टिक पाती। सिंध की रानियों को जब लगा कि अब खलीफा की सेना उन्हें बंदी बना लेगी तो सतीत्व और सम्मान की रक्षा के लिए उन्होंने जौहर कर लिया।

अरब के आक्रांताओं ने हैवानियत का नंगा नाच किया। लेकिन सिंध के सपूत मानवता का मरहम लगा लहूलुहान मातृभूमि के घाव भरने में कोई कसर नहीं छोड़ रहे थे। राजा दाहिर सेन की दोनों बेटियाँ राजकुमारी परमाल और

सूर्यकुमारी युद्ध भूमि में जख्मी सिपाहियों के उपचार की हरचंद मुहिम में जुटी थीं। इस बात से बेखौफ कि अगर मोहम्मद बिन कासिम के क्रूर सैनिकों ने पकड़ लिया तो उनका कितना भयावह हस्र होगा। वही हुआ भीम कासिम के दुर्दांत सैनिकों ने दोनों राजकुमारियों को बंदी बना लिया। रूपवती, शीलवान राजकुमारियों को बंदी बनाने के बाद कासिम के मन का शैतान जाग उठा। उसने राजकुमारी परमाल और राजकुमारी सूर्यकुमारी को बतौर तोहफा खलीफा के सुपुर्द करने का फैसला किया। इस तरह परमवीर राजा दाहिरसेन की दोनों बेटियाँ खलीफा के कब्जे में चली गईं।

मोहम्मद बिन कासिम ने तो ये नीच काम इसलिए किया कि खलीफा उससे बेइंतहा खुश होगा। और उसे कई राज्यों की बादशाहत अता फरमाएगा। पर उस नामाकूल को क्या पता था जिन राजकुमारियों को वो सिर्फ रूपवान, शीलवान, निरीह कन्या समझ रहा है वहीं उसके विनाश की इबारत लिख देंगी। राजकुमारी परमाल और सूर्यकुमारी को पता था कि उनके जीवन में अब कुछ भी शेष नहीं है। लिहाजा उन्होंने सिंध के साजिशकर्ताओं के खिलाफ एक खूबसूरत चाल चली। जब खलीफा के सामने पेश किया गया तो उन्होंने रोते हुए कहा कि कासिम ने आपके पास भेजने से पहले ही उनका शील भंग कर दिया था। अब तो खलीफा के मन में गुस्से का जलजला फूट पड़ा। उसने तुरंत कासिम को बंदी बनाकर खुद के सामने पेश करने का फरमान सुनाया।

खलीफा का हुक्म पाकर उसके भरोसेमंद सैनिक तुरंत कासिम को गिरफ्तार करने के लिए निकल पड़े। कासिम के पास पहुँचकर उन्होंने खलीफा का फरमान उसे सुना दिया। खलीफा की हुक्मउदूली की जुर्रत भला वो कैसे कर सकता था। उसने तुरंत आत्मसमर्पण कर दिया. इतिहास में कहीं-कहीं ये लिखा है कि खलीफा के दरबार में जब उसे पेश किया गया तो उसने उसे सजा-ए-मौत दे दी। कहीं ये भी जिक्र आता है कि खलीफा के सैनिक उसे चमड़े के बैग में भर कर ला रहे थे और रास्ते में ही घुटन की वजह से उसने दम तोड़ दिया।

कासिम की मौत के बाद खलीफा को सच्चाई भी पता लग गई कि सिंध की राजकुमारियों ने उससे झूठ बोला था... लिहाजा उनपर वो आगबबूला

हो उठा लेकिन अमर बलिदानी दाहिर सेन की बेटियाँ तो सिंध के गुनहगार को सबक सिखाने भर के लिए जिंदा थीं। कहते हैं कि इसके बाद दोनों ने अपने पास छुपाकर रखे खंजर एक दूसरे के सीने में उतारकर जीवन खत्म कर दिया। इस तरह सिंध की बेटियों ने न सिर्फ अपने अस्मत की रक्षा की बल्कि प्राणोत्सर्ग से पहले कुकर्मी कासिम का खात्मा भी कर दिया।

/// जय श्री राम ///

अद्वितीय योद्धा बप्पा रावल

बप्पा रावल मेवाड़ी राजवंश के सबसे प्रतापी योद्धा थे। वीरता में इनकी बराबरी भारत का कोई और योद्धा कर ही नहीं सकता। यही वो शासक एवं योद्धा है जिनके बारे में राजस्थानी लोकगीतों में कहा जाता है कि–

सर्वप्रथम बप्पा रावल ने केसरिया फहराया।
और तुम्हारे पावन रज को अपने शीश लगाया।।
फिर तो वे ईरान और अफगान सभी थे जीते।
ऐसे थे झपटे यवनो पर हों मेवाड़ी चीते।।

सिंध में अरबों का शासन स्थापित हो जाने के बाद जिस वीर ने उनको न केवल पूर्व की ओर बढ़ने से सफलतापूर्वक रोका था, बल्कि उनको कई बार करारी हार भी दी थी, उसका नाम था बप्पा रावल। बप्पा रावल गहलोत राजपूत वंश के आठवें शासक थे और उनका बचपन का नाम राजकुमार कालभोज था। वे सन् 713 में पैदा हुए थे और लगभग 97 साल की उम्र में उनका देहान्त हुआ था। उन्होंने शासक बनने के बाद अपने वंश का नाम ग्रहण नहीं किया बल्कि मेवाड़ वंश के नाम से नया राजवंश चलाया था और चित्तौड़ को अपनी राजधानी बनाया।

इस्लाम की स्थापना के तत्काल बाद अरबी मुस्लिमों ने फारस (ईरान) को जीतने के बाद भारत पर आक्रमण करने प्रारम्भ कर दिए थे। वे बहुत वर्षों तक पराजित होकर जीते रहे, लेकिन अन्ततः राजा दाहिर के कार्यकाल में सिंध को जीतने में सफल हो गए। उनकी आंधी सिंध से आगे भी भारत को लीलना चाहती थी, किन्तु बप्पा रावल एक सुदृढ़ दीवार की तरह उनके रास्ते

में खड़े हो गए। उन्होंने अजमेर और जैसलमेर जैसे छोटे राज्यों को भी अपने साथ मिला लिया और एक बलशाली शक्ति खड़ी की। उन्होंने अरबों को कई बार हराया और उनको सिंध के पश्चिमी तट तक सीमित रहने के लिए बाध्य कर दिया, जो आजकल बलूचिस्तान के नाम से जाना जाता है।

इतना ही नहीं उन्होंने आगे बढ़कर गजनी पर भी आक्रमण किया और वहाँ के शासक सलीम को बुरी तरह हराया। उन्होंने गजनी में अपना प्रतिनिधि नियुक्त कर दिया और तब चित्तौड़ लौटे। चित्तौड़ को अपना केन्द्र बनाकर उन्होंने आसपास के राज्यों को भी जीता और एक दृढ़ साम्राज्य का निर्माण किया। उन्होंने अपने राज्य में गांधार, खुरासान, तूरान और ईरान के हिस्सों को भी शामिल कर लिया था।

बप्पा बहुत ही शक्तिशाली शासक थे। बप्पा का लालन-पालन ब्राह्मण परिवार के सान्निध्य में हुआ। उन्होंने अफगानिस्तान व पाकिस्तान तक अरबों को खदेड़ा था। बप्पा के सैन्य ठिकाने के कारण ही पाकिस्तान के शहर का नाम रावलपिंडी पड़ा। आठवीं सदी में मेंवाड़ की स्थापना करने वाले बप्पा भारतीय सीमाओं से बाहर ही विदेशी आक्रमणों का प्रतिकार करना चाहते थे।

हारीत ऋषि का आशीर्वाद–

हारीत ऋषि का आशीर्वाद मिला बप्पा के जन्म के बारे में अद्‌भुत बातें प्रचलित हैं। बप्पा जिन गायों को चराते थे, उनमें से एक बहुत अधिक दूध देती थी। शाम को गाय जंगल से वापस लौटती थी तो उसके थनों में दूध नहीं रहता था। बप्पा दूध से जुड़े हुए रहस्य को जानने के लिए जंगल में उसके पीछे चल दिए। गाय निर्जन कंदरा में पहुँची और उसने हारीत ऋषि के यहाँ शिवलिंग अभिषेक के लिए दुग्धधार करने लगी। इसके बाद बप्पा हारीत ऋषि की सेवा में जुट गए। ऋषि के आशीर्वाद से बप्पा मेवाड़ के राजा बने।

रावल के संघर्ष की कहानी–

बप्पा रावल सिसोदिया राजवंश के संस्थापक थे जिनमें आगे चल कर महान राजा राणा कुम्भा, राणा सांगा, महाराणा प्रताप हुए। बप्पा रावल बप्पा या बापा वास्तव में व्यक्तिवाचक शब्द नहीं है, अपितु जिस तरह "बापू" शब्द महात्मा गांधी के लिए रूढ़ हो चुका है, उसी तरह आदरसूचक "बापा" शब्द

भी मेंवाड़ के एक नृपविशेष के लिए प्रयुक्त होता रहा है। सिसौदिया वंशी राजा कालभोज का ही दूसरा नाम बाप्पा मानने में कुछ ऐतिहासिक असंगति नहीं होती। इसके प्रजासरंक्षण, देशरक्षण आदि कामों से प्रभावित होकर ही संभवतः जनता ने इसे बाप्पा पदवी से विभूषित किया था। महाराणा कुंभा के समय में रचित एकलिंग महात्म्य में किसी प्राचीन ग्रंथ या प्रशस्ति के आधार पर बाप्पा का समय संवत् 810 (सन् 753) ई. दिया है। एक दूसरे एकलिंग माहात्म्य से सिद्ध है कि यह बाप्पा के राज्यत्याग का समय था। यदि बाप्पा का राज्यकाल 30 साल का रखा जाए तो वह सन् 723 के लगभग गद्दी पर बैठा होगा। उससे पहले भी उसके वंश के कुछ प्रतापी राजा मेवाड़ में हो चुके थे, किंतु बाप्पा का व्यक्तित्व उन सबसे बढ़कर था। चित्तौड़ का मजबूत दुर्ग उस समय तक मोरी वंश के राजाओं के हाथ में था। परंपरा से यह प्रसिद्ध है कि हारीत ऋषि की कृपा से बाप्पा ने मानमोरी को मारकर इस दुर्ग को हस्तगत किया। टॉड को यहीं राजा मानका वि. सं. 770 (सन् 713 ई.) का एक शिलालेख मिला था जो सिद्ध करता है कि बापा और मानमोरी के समय में विशेष अंतर नहीं है।

चित्तौड़ पर अधिकार करना आसान न था। अनुमान है कि बाप्पा की विशेष प्रसिद्धि अरबों से सफल युद्ध करने के कारण हुईं सन् 712 ई. में मुहम्मद कासिम से सिंधु को जीता। उसके बाद अरबों ने चारों ओर धावे करने शुरु किए। उन्होंने चावड़ों, मौर्यो, सैंधवों, कच्छेल्लों को हराया। मारवाड़, मालवा, मेवाड़, गुजरात आदि सब भूभागों में उनकी सेनाएँ छा गईं। इस भयंकर कालाग्नि से बचाने के लिए ईश्वर ने राजस्थान को कुछ महान व्यक्ति दिए जिनमें विशेष रूप से गुर्जर प्रतिहार सम्राट् नागभट प्रथम और बापा रावल के नाम उल्लेखनीय हैं। नागभट प्रथम ने अरबों को पश्चिमी राजस्थान और मालवे से मार भगाया। बापा ने यही कार्य मेवाड़ और उसके आसपास के प्रदेश के लिए किया। मौर्य (मोरी) शायद इसी अरब आक्रमण से जर्जर हो गए हों। बापा ने वह कार्य किया जो मोरी करने में असमर्थ थे और साथ ही चित्तौड़ पर भी अधिकार कर लिया। बापा रावल के मुस्लिम देशों पर विजय की अनेक दंतकथाएँ अरबों की पराजय की इस सच्ची घटना से उत्पन्न हुई होंगी।

बप्पा रावल ने अपने विशेष सिक्के जारी किए थे। इस सिक्के में सामने की ओर ऊपर के हिस्से में माला के नीचे श्री बोप्प लेख है। बाईं ओर त्रिशूल है और उसकी दाहिनी तरफ वेदी पर शिवलिंग बना है। इसके दाहिनी ओर नंदी शिवलिंग की ओर मुख किए बैठा है। शिवलिंग और नंदी के नीचे दंडवत् करते हुए एक पुरुष की आकृति है। पीछे की तरफ सूर्य और छत्र के चिह्न हैं। इन सबके नीचे दाहिनी ओर मुख किए एक गौ खड़ी है और उसी के पास दूध पीता हुआ बछड़ा है। ये सब चिह्न बाप्पा रावल की शिवभक्ति और उसके जीवन की कुछ घटनाओं से संबद्ध हैं।

/// जय श्री राम ///

हिंदू सम्राट मिहिर भोज

भारत भूमि के हिंदू वीरों ने सदियों तक इस पवित्र धरती पर अरब और तुर्क के इस्लामी लुटेरों का निशान तक नहीं पड़ने दिया. इस कड़ी में महान सनातनी सम्राट मिहिर भोज का नाम विशेष सम्मान के साथ लिया जाता है। 36 लाख की सेना के डर से तुर्क और अरब भारत की तरफ मुंह करने से भी डरते थे।

हिंदू सम्राट मिहिर भोज कन्नौज के भगवान शिव के अनन्य भक्त थे। उन्होंने 836 ईस्वीं से 885 ईस्वीं तक 49 साल के लंबे समय तक शासन किया। उनका साम्राज्य आज के मुलतान से पश्चिम बंगाल में गुर्जरपुर तक और कश्मीर से कर्नाटक तक फैला हुआ था था। सम्राट मिहिर भोज के साम्राज्य को तब गुर्जर देश के नाम से जाना जाता था।

मिहिर भोज उस दौर में राजा बने, जब इस्लामी कट्टरपंथी अक्सर भारत की धरती पर कब्जा करने के इरादे से हमले करते थे। ऐसे हमलावरों से निपटने के लिए सम्राट मिहिरभोज ने भी अपनी सेना को बेहद मजबूत और विशाल बना लिया था। उनके साम्राज्य की सीमाएं आधुनिक भारत के राजस्थान, मध्यप्रदेश, उत्तर प्रदेश, पंजाब, हरियाणा, ओडिशा, गुजरात, हिमाचल तक फैली थी। मिहिरभोज के विशाल साम्राज्य की राजधानी कन्नौज में थी।

मिहिर भोज के सक्षम शासन तले एक ऐसा साम्राज्य स्थापित हुआ, जहाँ प्रजा खुश थी, अत्याचारियों को दण्डित किया जाता था। व्यापार और कृषि को खूब बढ़ावा दिया जा रहा था। राजधानी कन्नौज में 7 किले और दस हजार

मंदिर थे। सारा साम्राज्य धन, वैभव से संपन्न था। उनके राज्य में व्यापार सोने और चांदी के सिक्कों से होता था।

अरब के हमलावर मिहिरभोज के साम्राज्य पर विजय चाहते थे, लेकिन सम्राट मिहिरभोज ने अरब तुर्क मुस्लिम आक्रमणकारियों को भारत की धरती पर कभी पांव रखने नहीं दिया। दुश्मन सेनाएँ सम्राट मिहिर भोज से खौफ खाती थीं। उस दौर के अरब यात्री सुलेमान ने अपनी पुस्तक सिलसिला-उत-तारिका में लिखा कि सम्राट मिहिरभोज के पास ऊंटों, घोड़ों और हाथियों की बड़ी विशाल और सर्वश्रेष्ठ सेना है। उनके राज्य में व्यापार सोने और चांदी के सिक्कों से होता है। इनके राज्य में चोरों डाकुओं का भय नहीं होता था।

मिहिरभोज के राज्य की सीमाएं दक्षिण के राष्ट्रकूटों के राज्य, पूर्व में बंगाल के शासक पालवंश और पश्चिम में मुल्तान के मुस्लिम शासकों से मिली हुई है। 915 ईस्वी में भारत भ्रमण पर आये बगदाद के इतिहासकार अल मसूदी ने भी अपनी किताब मिराजुल-जहाब में लिखा कि सम्राट मिहिरभोज के पास महाशक्तिशाली, महापराक्रमी सेना है। इस सेना की संख्या चारों दिशाओं में लाखो में बताई गई है।

भले ही वामपंथी इतिहासकारों ने मिहिर भोज के इतिहास को काट देने की साजिश की। लेकिन स्कंद पुराण के प्रभास खंड में भी सम्राट मिहिरभोज की वीरता, शौर्य और पराक्रम के बारे में विस्तार से वर्णन है। मिहिरभोज बचपन से ही वीर बहादुर माने जाते थे। उनका जन्म विक्रम संवत 873 को हुआ था। सम्राट मिहिरभोज की पत्नी का नाम चंद्रभट्टारिका देवी था। जो भाटी राजपूत वंश की थी।

मिहिरभोज की वीरता के किस्से पूरी दुनिया में मशहूर हुए। कश्मीर के राज्य कवि कल्हण ने अपनी पुस्तक राज तरंगिणी में सम्राट मिहिरभोज का उल्लेख किया है।

काबुल का ललिया शाही राजा, कश्मीर का उत्पल वंशी राजा अवन्ति वर्मन नेपाल का राजा राघवदेव और आसाम के राजा, सम्राट मिहिरभोज के मित्र थे। वहीं दूसरी तरफ पालवंशी राजा देवपाल, दक्षिण का राष्ट्र कटू

महाराज अमोघवर्ष और अरब के खलीफा मौतसिम वासिक, मुवक्कल, मुन्तशिर, मौतमिदादी सम्राट मिहिरभोज के सबसे बड़े शत्रु थे।

सम्राट मिहिरभोज ने राज्य की रक्षा और विस्तार के लिए कई युद्ध लड़े। उन्होंने बंगाल के राजा देवपाल के पुत्र नारायणलाल को युद्ध में परास्त करके उत्तरी बंगाल को अपने साम्राज्य में शामिल कर लिया था। दक्षिण के राष्ट्र कूट राजा अमोघवर्ष को पराजित करके उनके क्षेत्र पर विजय प्राप्त की। सिन्ध के अरब शासक इमरान बिन मूसा को पराजित करके सिन्ध को अपने साम्राज्य का अभिन्न अंग बनाया। इस तरह सम्राट मिहिरभोज के राज्य की सीमाएं काबुल से रांची और आसाम तक, हिमालय से नर्मदा नदी और आन्ध्र तक, काठियावाड़ से बंगाल तक, सुदृढ़ और सुरक्षित थी।

ऐतिहासिक साक्ष्यों के अनुसार मिहिरभोज की एक सेना कनकपाल परमार गुर्जर के नेतृत्व में गढ़वाल नेपाल के राघवदेव की तिब्बत के आक्रमणों से रक्षा करती थी। इसी प्रकार एक सेना अल्कान देव के नेतृत्व में पंजाब के गुर्जराज नगर के समीप नियुक्त थी जो काबुल के ललियाशाही राजाओं को तुर्किस्तान की तरफ से होने वाले आक्रमणों से रक्षा करती थी। इसकी पश्चिम की सेना मुलतान के मुसलमान शासक पर नियंत्रण करती थी।

सम्राट मिहिर भोज मूल रूप से शैव थे। वह उज्जैन में स्थापित भगवान महाकाल के अनन्य भक्त थे। उनकी सेना जय महादेव जय विष्णु, जय महाकाल की ललकार के साथ रणक्षेत्र में दुश्मन का खात्मा कर देती थी। कभी रणक्षेत्र में भिनमाल, कभी हकड़ा नदी का किनारा, कभी भड़ौच और वल्लभी नगर तक अरब हमलावरों के साथ युद्ध होता रहता। मिहिर भोज की एक उपाधि 'आदिवराह' भी थी। उनके समय के सोने के सिक्कों पर वराह की आकृतियां उकेरी गई थी।

मिहिरभोज के समय अरब के हमलावरों ने भारत में अपनी शक्ति बढ़ाने की कई नाकाम कोशिश की। लेकिन वह विफल रहे। साहस, शौर्य, पराक्रम वीरता और संस्कृति के रक्षक सम्राट मिहिर भोज जीवन के अंतिम वर्षों में अपने बेटे महेंद्रपाल को राज सिंहासन सौंपकर सन्यास ले लिया था।

मिहिरभोज का स्वर्गवास 888 ईस्वी को 72 वर्ष की आयु में हुआ था। भारत के इतिहास में मिहिरभोज का नाम सनातन धर्म और राष्ट्र रक्षक के रूप में दर्ज है।

आज हर भारतीय को सम्राट मिहिर भोज की गौरवपूर्ण गाथा को याद करना चाहिए।

/// जय श्री राम ///

राजा राजेन्द्र चोल

भारत प्राचीन काल से सैन्य रुप से बेहद शक्तिशाली रहा है। लेकिन समुद्र में उसकी अजेय सेना की शक्ति कमजोर पड़ जाती थी। सबसे पहले चोल राजा राजेन्द्र ने इस कमजोरी को समझा और अपनी मजबूत नौसेना खड़ी की।

पहले एक महान राजा का राज्याभिषेक हुआ, जिसका नाम था राजेंद्र चोल प्रथम। उन्होंने प्राचीन भारत की सबसे ताकतवर नौसेना तैयार की। जिसका सैन्य बंदरगाल नागपट्टनम था।

राजा राजेंद्र चोल प्रथम के पिता ने चोल साम्राज्य की एक मजबूत नींव रखी थी। उनके बाद 985 ईस्वी में राजेन्द्र चोल प्रथम ने राज्य संभाला। लेकिन उनमें धैर्य बहुत था। उन्होंने 8 साल तक लंबा इंतजार किया। इन 8 सालों में उन्होंने अपनी सैन्य शक्ति को बेहद मजबूत बनाया। खास तौर पर राजेन्द्र चोल ने नौसेना पर बहुत ज्यादा ध्यान दिया। उन्होंने एक ऐसी सेना तैयार की जो जल और थल दोनों में जबरदस्त पराक्रम दिखा सकती थी। उनकी सेनाओं का खौफ दुश्मनों के दिलों में था।

राजा राजेन्द्र चोल के पास आज की तरह एक पेशेवर सेना थी। इसके चार प्रमुख हिस्से थे–पहली घुड़सवार सेना, दूसरी हाथी सेना, तीसरी पैदल सेना, जिसमें धनुष और तलवारधारी सैनिकों की टुकड़ियां होती थी। ये चोल सेना की सबसे अहम टुकड़ी थी। चोल सैनिक तलवार, धनुष, ढाल और भालों का इस्तेमाल करते थे।

इसके अलावा चोल राजा के पास एक शक्तिशाली नौसेना भी मौजूद थी। इस नौसेना की दो सबसे बड़ी ताकत थी, उसके मजबूत जहाज और दूसरा सैनिक हाथी।

चोल सेना की ताकत हाथी थे। जिन्हें उन्होंने पूरी तरह प्रशिक्षित किया था। इतिहासकारों का मानना कि चोल राजा ने विशाल समुद्री जहाजों में हाथियों की पूरी फौज ले जा कर श्रीलंका पर हमला किया था। इस नौसेना ने कई ऐतिहासिक जीत भी हासिल की।

चोल साम्राज्य की नौसेना में महिलाओं को भी शामिल किया था। महिलाएँ सिर्फ सेना में शामिल नहीं थी बल्कि लड़ाइयों में भी हिस्सा लेती थी. अपनी इस मजबूत नौसेना के बल पर चोल राजाओं ने बंगाल की खाड़ी पर अपना वर्चस्व कायम कर लिया था. वो इतने ताकतवर थे कि ये कहावत बन गयी चोल राजाओं के लिए बंगाल की खाड़ी उनकी झील की तरह थी।

चोल राजाओं की ये महान गौरव गाथा आज भी इतिहास के पन्नों में सुनहरे अक्षरों में अंकित है।

/// जय श्री राम ///

महाराजा भीमदेव सोलंकी

राजा भीमदेव सोलंकी वंश के थे और अणहिलवाड़ापाटन (गुजरात) के राजा थे। दुर्लभराज के पुत्रहीन होने पर उसके छोटे भाई नागराज के पुत्र भीमदेव वि.सं. १०७९ (ई.स. १०२२) में राजगद्दी पर बैठे। जब वे सिंहासन पर बैठे तब कम उम्र थी। उस समय गजनी का शासक महमूद था। वह एक शक्तिशाली शासक था। उसने भारत पर कई बार आक्रमण कर, यहाँ से अथाह सम्पत्ति लूटकर ले गया। काठियावाड़ में सोमनाथ का शिव मन्दिर सुप्रसिद्ध था। महमूद ने वि.सं. १०८१ (ई.स. १०२४) में सोमनाथ के मन्दिर पर आक्रमण करने के लिए गजनी से प्रस्थान किया। इसके पहले उसने इतनी बड़ी सेना का संचालन कभी नहीं किया था। गजनी से वह मुलतान आया और मुलतान से राजपूताना के विशाल मरुस्थल को पार कर काठियावाड़ जाने का निश्चय किया। यहाँ के छोटे-छोटे राज्यों ने अपनी सेना के साथ उसका विरोध किया। महमूद के अचानक आक्रमण की खबर पाकर भीमदेव भी अपनी सेना के साथ, जो उस समय उपलब्ध थी; युद्ध के लिए आये। मुस्लिम सेना बहुत अधिक होने के कारण भीमदेव को कन्थकोट (कच्छ) के किले में शरण लेनी पड़ी। महमूद ने मन्दिर को नष्ट किया और वहाँ से धन सम्पति लूट कर वापस रवाना हुआ।

भीमदेव ने और सेना एकत्र कर महमूद को रोकना चाहा। इस समय महमूद उससे भिड़ना उचित नहीं समझता था। अत: उसने रास्ता बदल कर सिन्ध से होकर गजनी की ओर कूच किया।

भीमदेव ने सिन्ध के राजा हम्मुक पर आक्रमण कर उसे पराजित किया। जब वह सिन्ध में युद्ध कर रहे थे, तब मालवा के राजा भोज के सेनापति ने अणहिलवाड़ा पर आक्रमण किया। राजधानी में राजा के अनुपस्थित रहने के कारण मालव सेना ने नगर को लूटा। इस युद्ध से गुजरात की बहुत अधिक क्षति हुई सिन्ध से लौटने के बाद भीम, भोज की शक्ति को नष्ट करने में पूर्णतः जुट गया। उस समय आबू पर मालवा के परमारों की शाखा के धन्धु का शासन था। भीम ने आबू पर आक्रमण कर दिया। धन्धु पराजित होकर भोज की शरण में मालवा चला गया। भीम ने आबू को सरलतापूर्वक जीत कर अपने राज्य में मिला लिया। विमलशाह को अपना प्रतिनिधि नियुक्त किया।

भीमदेव ने मालवा पर भी आक्रमण किया। अपने पड़ोसियों से निरन्तर युद्ध से भोज की सामरिक शक्ति कमजोर हो गई थी। भीमदेव ने मालवा (धारा) के भोज को युद्ध में परास्त किया था। भीमदेव सोलंकी ने वि.सं. १९२१ (ई.स. १०६४) तक गौरवपूर्ण राज्य किया। भीमदेव गुजरात के सबसे प्रतापी शासक थे। गुजरात के इतिहास में भीमदेव का समय गौरवशाली रहा है।

/// जय श्री राम ///

वीरवर घोघा बापा

प्रत्येक व्यक्ति, समाज और देश विपत्ति से बचना चाहता है। कोई नहीं चाहता कि उस पर विपत्ति आये? इसके साथ ही दूसरी ओर विद्वानों ने विपत्ति के समय को स्वर्ण काल भी कहा है। यदि भगवान् राम को वनवास न होता, भगवान् कृष्ण पर कंस के रूप में विपत्ति न आयी होती तो ये दोनों महापुरुष आज अवतारों की श्रेणी में न होकर सामान्य राजाओं की श्रेणी में होते। यदि महाभारत का युद्ध न हुआ होता तो अभिमन्यु, घटोत्कच और कर्ण जैसे योद्धाओं का पता ही नहीं लगता।

इसलिए जब भी किसी देश या समाज पर विपत्ति आती है और वहाँ संघर्ष की स्थिति सम्मुख होती है तब नये नायक समाज से प्रकट होते हैं, जो समाज एवं राष्ट्र के लिए प्रेरणा स्रोत बनते हैं। क्योंकि वंशो या उच्च कुल का परिचय समझौते की मेजों पर तो चलता है, लेकिन संघर्ष काल में पराक्रम का परिचय होता है, वहाँ कुल या वंश के परिचय पीछे छूट जाते हैं और समाज से नये नायकों का उदय होता है।

ऐसी ही संघर्षपूर्ण परिस्थितियों में घोघा बापा ने अपने देश व कर्तव्य के मान की खातिर संघर्ष करते हुए बलिदान दिया और भारतीयों के लिए प्रेरणा स्रोत बनकर उभरे।

यह सन् 1025 के समय की बात है। घोघा बापा चौहान गोत्र के गुर्जर थे। गुर्जर प्रतिहार राजा नागभट्ट द्वितीय (सन् 805-833) ने अपने पराक्रम से राज्य विस्तार करते हुए कन्नौज को अपनी राजधानी बनाया तथा उस समय के शाकुम्भरी के चौहान प्रमुख गुवक ने अपनी बहन कलावती का विवाह नागभट्ट द्वितीय से कर दिया था। अतः चौहान एक तरह से गुर्जर प्रतिहार

शासन में बराबर के हिस्सेदार थे। गुजरात से लेकर सिंध तक का क्षेत्र चौहानो की ही निगरानी में था। नागभट्ट द्वितीय ने ही पुष्कर सरोवर (अजमेंर) का निर्माण करवाया था।

अयोध्या मथुरा काशी और सोमनाथ का मन्दिर भारत की सांस्कृतिक धरोहर है। चारों स्थान हिन्दुओं के मान-सम्मान और महान संस्कृति का प्रतीक है। इसलिए विदेशी व विधर्मी हमलावरों ने जब-जब भारत पर आक्रमण किये और विजयी हुए तो भारतीय समाज को हतोत्साहित करने के लिए इन श्रद्धा के केंद्रों पर भी हमला किया।

ऐसे ही अनेक हमले सोमनाथ के मन्दिर पर हुए। सोमनाथ का मन्दिर कितना पुराना है इसकी कोई ठोस जानकारी नहीं है। परन्तु सन् 649 में वल्लभी के यादव राजा ने इसका जीर्णोद्धार करवाया था। सन् 725 में अरबों की ओर से सिंध के गवर्नर अल-जुनैद ने तत्कालीन गुर्जर देश (वर्तमान में राजस्थान व गुजरात) की राजधानी भीनमाल पर हमला कर उसे भारी हानि पहुँचायी तथा उस क्षेत्र के सम्पूर्ण भारतीय समाज को ललकारते हुए सोमनाथ के मन्दिर को तोड दिया। गुर्जर प्रतिहार नागभट्ट प्रथम (सन् 730-760)ने अपने सहयोगियों के साथ मिलकर जुनैद को मार डाला तथा उज्जैन को अपनी राजधानी बनाकर गुर्जर देश का संचालन किया। नागभट्ट प्रथम ने जुनैद के खात्में के साथ अपने भारतीय शत्रु राष्ट्रकूट राजा दन्ति दुर्ग को भी परास्त कर दिया। गुर्जर प्रतिहार राजाओं ने अरब के हमलों को विफल कर दिया। सन् 815 में नागभट्ट द्वितीय ने सोमनाथ मन्दिर का पुनः जीर्णोद्धार कर भव्य मंदिर बनवाया। उत्थान और पतन प्रकृति का नियम है। अब भारत पर उत्तर-पश्चिम की ओर से तुर्कों के हमले प्रारम्भ हो गए। इन हमलों में महमूद गजनवी के हमले भी है। महमूद गजनवी की आकृति राजाओं जैसी नहीं थी। उसका कद मध्यम और शरीर हृष्ट-पुष्ट था। दिखने में वह कुरूप था, वह कोई बड़ा योद्धा भी नहीं था। वह एक साहसी डाकू, लालची लुटेरा तथा कला का निर्दयी नाशक था। वह जहाँ भी गया वहाँ अत्यंत निर्दयता पूर्वक उसने हत्याकांड किये। धन का अत्याधिक लालच उसके जीवन का सबसे बड़ा कलंक था। जो विजेता अपने पीछे उजड़े नगरों, गाँवों तथा निर्दोष मनुष्यों की

लाशों को छोड़ जाता है, उसे भावी पीढ़ियाँ केवल आततायी राक्षस समझकर ही याद रख सकती है। शासक की हैसियत से भारत या अफगानिस्तान के इतिहास में महमूद गजनवी का कोई स्थान नहीं है। उत्तरी भारत की राजधानी कन्नौज पर सन् 1018 में महमूद गजनवी ने हमला कर दिया। कन्नौज में उस समय गुर्जर प्रतिहार राजा राजपाल का शासन था। हमलावर के अधिक शक्तिशाली होने के कारण राजपाल अपनी सेना लेकर भारत के अन्दर की ओर चला गया। अपनी शक्ति बचाकर, अपने सामंतों के साथ मिलकर ज्यादा शक्ति से हमला किया जाय, ऐसी योजना राजपाल की थी। परन्तु राजपाल के सामन्त चंदेल राजा विद्याधर को यह बात समझ नहीं आई। क्रोध के वशीभूत चंदेल राजा ने अपने सम्राट राजपाल की हत्या कर दी। इस बात की सूचना जैसे ही महमूद गजनवी को चली, उसने चंदेल राजा पर हमला कर दिया। परंतु चंदेल राजा महमूद गजनवी का सामना न कर सका। स्थिति यह हो गई की उत्तरी भारत में गुर्जर प्रतिहार नामक छतरी टूट गईं केंद्रीय सत्ता समाप्त हो गईं उन हालातों में सन् 1025 में महमूद गजनवी ने भारत के सोमनाथ के मन्दिर पर हमला किया। यह भारत पर गजनवी का 17 वाँ हमला था। 17 अक्टूबर सन् 1024 के दिन एक विशाल सेना लेकर महमूद गजनी से चल पड़ा। भारत पर सबसे पहला हमला उसने सन् 1000 में 15000 घुड़सवारों की सेना की मदद से किया था। परन्तु सोमनाथ पर हमले के दौरान महमूद के पास पहले से भी बड़ी सेना थी। इतनी बड़ी सेना का उसने पहले कभी संचालन नहीं किया था। सिन्धु नद भारतीय सीमा पर नदी है, इसका विस्तार देखकर ही इसे नदी न कहकर नद कहते हैं। तत्कालीन समय सिन्धु नदी से ही भारत की सीमा प्रारम्भ होती थी तथा भारत की पहली चौकी मुल्तान की पड़ती थी। मुल्तान के बाद में लोहकोट की चौकी थी।

इसके बाद मरूस्थली के सर पर घोघागढ़ नामक एक छोटा सा किला था। किला एक ऊँची सीधी खड़ी हुई अगम चट्टान की चोटी पर था। दुर्गम गिरी पर विराजमान यह छोटा सा दुर्ग उस समय बहुत महत्व रखता था। बिना इस दुर्ग की दृष्टि में पड़े कोई भी इस मरूस्थली में प्रविष्ट नहीं हो सकता था। घोघा बापा इस गढ़ी के गढ़पति थे। इस समय घोघा बापा की आयु

लगभग 80 वर्ष थी। वह अपने जीवन के अन्तिम पड़ाव पर थे। लेकिन घोघा बापा थे बड़े वीर और साहसी। उनकी वीरता एवं साहस के किस्से आसपास के क्षेत्र में प्रचलित थे।

घोघा बापा के परिवार में नाती-पोते सब मिलाकर 82 पुरुष थे। घोघाबापा के इस गढ़ में अन्य सैनिकों एवं कार्यसेवको सहित कुल मिलाकर 1100 पुरूष तथा 700 महिलाएँ थी, बच्चे भी थे।

महमूद गजनवी सिन्धु नदी को पार कर 20 नवम्बर सन् 1024 को मुल्तान पहुँच गया। मुल्तान और लोहकोट की चौकी की रक्षा की जिम्मेदारी निभाने वाले सामन्तो ने गजनवी की विशाल सेना को देखकर आत्मसमर्पण कर दिया। इस कारण महमूद का ऐसा आतंक बैठा कि रास्ते में पड़ने वाले इन सूबेदार और सामंतों ने मृत्यु के भय से अपने-अपने गढ़ों पर सुलह का सफेद झण्डा फहराकर महमूद को निकलने का मार्ग और रसद दे दी, तो कच्छ के रण सीमांत में स्थित एक छोटी सी गढीं के नायक की बिसात ही क्या थी? यही सोचकर महमूद ने अपना संदेश घोघाबापा को भेजा था। महमूद की अगुवाई सुनकर घोघागढ में भी उत्तेजना व चिंता की लहर फैल गई थी, जब महमूद का दूत घोघाबापा के सामने पहुँचा और बोला "आपकी शूरवीरता और बुजुर्गी बेमिसाल है, गजनी के अमीर अमीनुद्दोला महमूद ने यह तुच्छ भेंट आपसे मित्रता के उपलक्ष्य में भेजी है। कुबूल फर्माकर ममनून कीजिये।" घोघाबापा ने पूछा आपका अमीर क्या चाहता है? दूत बोला "आप मरूस्थली के महाराज है, अमीर मरूस्थली से होकर आगे जाने की इजाजत चाहता है।" इतना कहकर दूत ने हीरो से भरा थाल सामने की ओर पेश कर दिया। घोघाबापा ने कसकर एक लात उस हीरो से भरे थाल में लगाई और वहाँ से चल दिए तथा बोले "अपने अमीर से कहो कि लात ही मेरा उत्तर है।" गढ़ के उस कमरे में वे हीरे बिखरकर वहाँ की धूल की शोभा बढाने लगे।

दूत के जाने के कुछ देर बाद घोघाबापा प्राकृतिक अवस्था में आ गए, उनका क्रोध न जाने कहाँ चला गया। घोघाबापा ने अपने पुत्रों व अनुयायियों को बुलाया और कहा "अरे सूर्य और चंद्र के वंशजों ने प्राणों के मोह और चमकीले कंकड़-पत्थरों के लालच में अपना कर्तव्य बेच दिया। हमारी मुल्तान

और लोहकोट की चौकी बिना लडे ही टूट गईं परन्तु अभी हम जिंदा है इसलिए चिंता नहीं। मैं भगवान् सोमनाथ की चौकी पर यहाँ मरूस्थली के मुख्य द्वार पर मुस्तैद हूँ। गजनी के महमूद की क्या मजाल जो मेरे जीते-जी मेरी मरुभूमि में पैर रख दें।"

घोघाबापा को अंदाजा था कि महमूद को यहाँ पहुँचने में एक पखवाड़ा लग जायेगा। अब वृद्ध घोघाबापा युवा पुरुष की भांति व्यस्त कार्यक्रम में जुट गए। उन्होंने अपने बड़े बेटे को राजा के पास सूचना देने के लिए भेज दिया तथा मरम्मत योग्य स्थलों की मरम्मत प्रारम्भ करा दी, अनावश्यक द्वारों को ईट-पत्थरों से भरवा दिया। खाई की सफाई करायी, पुल उठवा दिया, गढी के द्वार बंद कर दिए, केवल मोरी खुली रखी। गढी के लोहारो की धोकनी आग की चिंगारियों से रात-दिन मनोरंजक खेल खेलने लगी। ढेर के ढेर तीर, बरछे और तलवारें तैयार होने लगी। वृद्ध घोघाबापा नित्य सायं और सवेरे गढ़ी के बुर्ज पर खड़े होकर दूर क्षितिज की ओर गजनी के महमूद की सेना को व्यग्र भाव से देखा करते थे। घोघाबापा को यह सत्य मालूम था कि महमूद की सेना के सामने वह और उनके मुट्ठी भर सैनिक अधिक देर तक नहीं टिक नहीं सकेगें। अब सामने दो ही विकल्प थे, पहला महमूद के सामने प्राण रक्षा के लिए घुटने टेक देना और दूसरा रणभूमि में वीरगति पाना।

और एक दिन जिसका इंतजार था वह घड़ी आ गईं दूर क्षितिज में विशाल अजगर की भांति सरकती हुई महमूद गजनवी की सेना आ रही थी, उस सेना का आदि अंत न था। घोड़ों के खुरों से उड़ती हुईं गर्द ने आकाश ढाप लिया था। गर्द के बादलों में बिजली की भांति सेना के शस्त्र चमक रहे थे। काले-पीले उछलते-कूदते बादलों के समान उमड़ती हुईं महमूद की घुड़सवार सेना आगे बढ़ती आ रही थी।

देखते ही देखते महमूद की सेना ने गढ़ी इस तरह घेर ली जैसे सांप कुंडली मार कर बैठ जाता है। घोघागढ़ के कंगूरो पर घोघाबापा के धनुर्धारी योद्धा भी जमकर बैठ गए। महमूद की सेना निरुपाय थी, उसके हाथी-घोड़ें गढ़ी के सीधे परकोटे पर चढ़ ही नहीं सकते थे। दुर्जय पर्वत पर घोघागढ़ का वह अजय दुर्गम दुर्ग घोघाबापा की तरह ही सिर ऊँचा किए खड़ा था।

महमूद का दूत सफेद झंडा फहराता हुआ अकेला दुर्ग की ओर आगे बढ़ा। उस समय सूर्य देव छिपने की तैयारी में थे। शत्रु की ओर से एक सवार को आगे आते देख गढ़वी ने बाण सीधा कर ललकार कर कहा, "वहीं खड़ा रह, बता क्या चाहता है।" सवार ने कहा, "मैं अमीर का दूत हूँ द्वार खोल दो मुझे घोघाबापा से अमीर का संदेश निवेदन करना है।" जब महमूद का संदेश वाहक घोघाबापा के सामने संदेश लेकर पहुँचा तो क्रोध की अधिकता से 80 वर्षीय उस वीर पुरूष का चेहरा तमतमा गया। सुलगती आँखों से संदेशवाहक को भस्म-सा करते हुए वे बोले, "जाओ और अपने स्वामी से कह देना कि घोघाबापा इस मरूस्थल का रक्षक है, माँ मरूचंडी की आन, प्राण रहते महमूद को सोमनाथ तीर्थ जाने का मार्ग देना तो दूर, मरूभूमि की रेत पर पैर तक नहीं रखने दूँगा।"

घोघाबापा के शौर्य और पराक्रम की कथाएँ महमूद रास्ते में पहले ही सुन चुका था। उसने घोघा बापा की शपथ सुनकर गढ़ी का घेरा उठा सोमनाथ की ओर कूच कर दिया। महमूद जानता था कि घोघाबापा शक्ति में उससे ज्यादा नहीं है, परन्तु वह टकराने से इसलिए बच रहा था कि कहीं भारतीयों में संघर्ष होने पर उत्साह का संचार न हो जाएँ वह तो सोमनाथ की दौलत को लूटकर जल्द से जल्द वापस अपने वतन लौट जाना चाहता था।

इसलिए महमूद गजनवी ने गढ़ी का घेरा उठा अपने रास्ते चलने का निर्णय लिया। घोघागढ के रक्षकों ने देखा, महमूद की सेना धीरे-धीरे दुर्ग का घेरा छोड़कर इस प्रकार मरूस्थली में धँस रही है जैसे साँप बांमी में धंसता है।

गढ़वी ने दौड़कर घोघाबापा को सूचना दी और कहा, "बापा महमूद मरूस्थली में घुस रहा है" घोघाबापा खड़े गए, वह महमूद की चाल समझ गए। उन्होंने तलवार उठा ली, क्रोध में भरकर बोले, "मैं जब से मरूस्थली का स्वामी बना हूँ, तब से लेकर आज तक मेरी मंजूरी के बिना एक चिड़िया भी मरूस्थली में नहीं घुस सकी है। अब यह गजनी का महमूद घोघाबापा के सिर पर पैर रखकर मेरी चौकी को लांघकर मरूस्थली में पैर धरेगा? यह मेरे जीते-जी नहीं हो सकता। जा बेटा, साका रचने की तैयारी कर तब तक मैं

आता हूँ।" गढ़वी ने घोघाबापा के मंसूबे को समझ लिया। उसने हाथ बाँध कर घोघाबापा की ओर देखकर कुछ कहने की कोशिश की, पर वह कह न सका। घोघाबापा ने उसका अभिप्राय समझ, जलती हुई आँखों से उसकी ओर देखा। गढ़वी ने साहस बटोर कर कहा, "बापू, शत्रु की सेना असंख्य है।" सो इससे क्या हुआ रे? घोघाबापा अब शत्रु को गिनकर अपना कर्तव्यपालन करेगा? गढ़वी का और कुछ कहने का साहस नहीं हुआ, वह सिर झुकाकर तेजी से चल दिया। क्षण भर बाद ही वह छोटी सी गढ़ी विविध रणबाजों तथा जयनाद की ध्वनि से गूंज उठीं। गढ़ में भागदौड़ मच गयी। बेटे पोते और सम्बन्धी तथा सब सहयोगी शस्त्र चमकाते हुए गढी के आंगन में आ जुटे। घोड़े और ऊंटों की हिनहिनाहट व बलबलाहट से कान के पर्दे फटने लगे।

घोघाबापा ने जरीनाबाग पहना, सिर पर केसरी पाग बाँधी, मस्तक पर कुमकुम तिलक लगाया, कमर में दोहरी तलवार बाँधी। फिर सिंह की भांति ज्वलंत नेत्रों से उन्होंने कुमकुम अक्षत के थाल हाथों में सजाये, अपनी कुलांगनाओं को झरोखों में खड़े देखा। अपने कुल की महिलाओं और बच्चों को देख घोघाबापा की आँखों में मोहवश पानी आ गया, परन्तु कर्तव्य पथ पर मोह का क्या काम? दुर्ग के बाहर मौजूद अपने शत्रु का ख्याल आते ही क्रोध में घोघाबापा की आँखें लाल हो गई और फिर उन्होंने उच्च स्वर में कहा, "चलो पुत्रियों, हम आज कैलाश गमन करते हैं, तुम सब हमसे प्रथम वहाँ पहुँचकर, इसी प्रकार अक्षत कुमकुम से हमारा सत्कार करना। इसमें अब देर नहीं कुछ ही घड़ी की बात है।" कुमारियाँ मंगलगान कर उठी। कुलगुरू ने आगे बढ़कर कुमकुम का तिलक घोघाबापा के मस्तक पर लगाया और उच्च स्वर में कहा, "हे अंधकार का नाश करने वाले सूर्य तेरा यश अमर रहे।" बाहर सेना में जयनाद हुआ। घोघाबापा ने गढ़ी में एकत्रित अपने सगे-संबंधी व अनुयायियों से कहा, "सेवक, दुकानदार और बीमार सब पहले गढ़ से बाहर चले जाए और जो भी कोई प्राण बचाना चाहे, स्त्री-पुरुषों सहित तथा जो सामग्री ले जाना चाहें लेकर चला जाये।" थोड़ी देर तक घोघाबापा ने इंतजार किया, परन्तु एक भी व्यक्ति जाने को तैयार नहीं हुआ। घोघाबापा ने एक दृष्टि चारों ओर फेरी, चारों तरफ केसरी पाग हिलोरें ले रही थी।

घोघाबापा ने राघवमल गड़वी को पुकार कर कहा, "राघव द्वार खोल दे वीर, गढ़ तेरा है।"

राघवमल ने जोर से कहा, "नहीं अन्नदाता, में चरणों में हूँ, गढ़ गुरुदेव को ही समर्पित कीजिये।"

"तब ऐसा ही हो। कुलगुरू जी, गढ़, अनंतपुर और हमारी कुल-मर्यादा आपके हाथ रही।"

जयकारों से दिशाएँ गूंज उठी। हल्की चित्कार करके दुर्ग के फाटक खुल गए, विषधर सर्प की भांति फुफकार मारती यह मर मिटने वाले वीरों की छोटी-सी मंडली घोघागढ़ के सिंह द्वार से सवेरे की-पहली किरण में स्नान करती हुई युद्ध भूमि में आगे बढ़ गईं

महमूद ने देखा तो असमंजस में पड़ गया। इस प्रकार इच्छा करके मृत्यु का वरण करने का अर्थ वह समझ ही नहीं सका परन्तु एक चतुर सेनानायक की भांति वह पैंतरा काट घूम पड़ा। उसने झटपट रसद और जल से भरे हुए ऊँट, अशरफियों से लदे हाथी और सेना के एक भाग को द्रुतगति से मरूस्थली में प्रविष्ट करा दिए। सेना के दूसरे भाग को जिसमें हाथी, ऊंट व तीरंदाज थे, को घोघाबापा की ओर बढ़ा दिए। दोनों सेनाएँ एक स्थान पर टकराई। घोघाबापा के सिर पर सैकड़ों तलवारें छा गईं दोनों ओर से लाशें बिछने लगी।

देखते-देखते घोघाबापा सहित सभी योद्धा शहीद हो गए। इन सभी की शहादत को शत-शत नमन।

इतिहास के पन्नों में घोघाबापा को उचित स्थान नहीं मिला। एक छोटी सी गढ़ी के नायक होने के कारण तत्कालीन इतिहासकारों ने अपनी लेखनी में उन्हें जगह नहीं दी। परन्तु भारतीय जनमानस के दिलों में वे छा गए। घोघाबापा को बागड़ का देवता भी कहा जाता है। ग्रामीण क्षेत्रों में जौहरवीर, घोघापीर के नाम से मेले लगाये जाते हैं। गूजरों में इनकी सर्वाधिक मान्यता है, गूजर जाति के पुरुष और महिलाएँ इनके मेलों में सबसे अधिक संख्या में भाग लेते हैं। उत्तरी भारत से गूजर ही सबसे अधिक बागड़ को चाप लेकर

जाते हैं। रिश्तेदारी में प्याज व दाल प्रसाद के रूप में भेजा जाता है। जिस रिश्तेदार के यहाँ यह प्रसाद पहुँच जाता है। उसे हर हाल में बागड़ से वापसी के दिन बुलाने वाले के यहाँ जाना होता है। प्रतीक के रूप में यह युद्ध का बुलावा है। सन् 1719 व सम्वत् 1776 को जोधपुर के राजा अजीत सिंह के शासन काल में मंडोर नामक स्थान पर घोघाबापा की घोड़े पर सवार पत्थर की मूर्ति लगायी गयी थी।

बलिदान कभी व्यर्थ नहीं जाता, बलिदान कभी भुलाया नहीं जाता। घोघाबापा का बलिदान भी व्यर्थ नहीं गया।

/// जय श्री राम ///

वीर शिरोमणि गोरा और बादल

जब जब भारत के इतिहास की बात होती हे तब तब राजपूताना के वीरों के लड़े युद्ध और उनकी वीरता के चर्चे आम होते हे आज हम आपको भारत के ऐसे ही दो वीर "गौरा-बादल" की वीरता और पराक्रम की सच्ची कथा बताने जा रहे हे।

जो हम सबके लिए प्रेरणा प्रदान करने वाली हे इतिहास को छू कर आने वाली हवा में एक बार साँस ले कर देखिए, उस हवा में घुली वीरता की महक से आपका सीना गौरवान्वित हो उठेगा। भले ही हममें से कई लोग अपने देश की माटी में सने अपने पूर्वजों के लहू की गंध ना ले पाए हों, किन्तु इतिहास ने आज भी भारत माँ के उन सपूतों की वीर गाथाओं को अपने सीने में सहेज कर रखा है।

इन्हीं शूरवीरों की वजह से ही हमारी आन-बान और शान आज तक बरकरार है। ध्यान देने वाली बात यह है कि यह गौरव किसी धर्म विशेष या जाति विशेष का नहीं, अपितु यह गौरव है हम सम्पूर्ण भारतवासियों का गोरा और बादल ऐसे ही दो शूरवीरों के नाम है, जिनके पराक्रम से राजस्थान की मिट्टी बलिदानी है।

गोरा और बादल दोनों चाचा भतीजे जालौर के चौहान वंश से सम्बन्ध रखते थे। मेंवाड़ की धरती की गौरवगाथा गोरा और बादल जैसे वीरों के नाम के बिना अधूरी है। हममें से बहुत से लोग होंगे, जिन्होंने इन शूरवीरों का नाम तक न सुना होगा!

मगर मेवाड़ की माटी में आज भी इनके रक्त की लालिमा झलकती है। मुहणोत नैणसी के प्रसिद्ध काव्य 'मारवाड़ रा परगना री विगत' में इन दो वीरों

के बारे में पुख्ता जानकारी मिलती है। इस काव्य की मानें तो रिश्ते में चाचा और भतीजा लगने वाले ये दो वीर जालौर के चौहान वंश से संबंध रखते थे, जो रानी पद्मिनी की विवाह के बाद चितौड़ के राजा रतन सिंह के राज्य का हिस्सा बन गए थे।

ये दोनों इतने पराक्रमी थे कि दुश्मन उनके नाम से ही कांपते थे। कहा जाता है कि एक तरफ जहाँ चाचा गोरा दुश्मनों के लिए काल के सामान थे, वहीं दूसरी तरफ उनका भतीजा बादल दुश्मनों के संहार के आगे मृत्यु तक को शून्य समझता था। यहीं कारण था कि मेवाड़ के राजा रतन सिंह ने उन्हें अपनी सेना की बागडोर दे रखी थी।

खिलजी की नजर मेवाड़ की राज्य पर थी लेकिन वह युद्ध में राजपूतों को नहीं हरा सका तो उसने कुटनीतिक चाल चली, मित्रता का बहाना बनाकर रावल रतनसिंह को मिलने के लिए बुलाया और धोखे से उनको बंदी बना लिया और वहीं से सन्देश भिजवाया कि रावल को तभी आजाद किया जायेगा, जब रानी पद्मिनी उसके पास भेजी जाएगी।

इस तरह के धोखे और सन्देश के बाद राजपूत क्रोधित हो उठे, लेकिन रानी पद्मिनी ने धीरज व चतुराई से काम लेने का आग्रह किया। रानी ने गोरा-बादल से मिलकर अलाउद्दीन को उसी तरह जबाब देने की रणनीति अपनाई जैसा अलाउद्दीन ने किया था। रणनीति के तहत खिलजी को सन्देश भिजवाया गया कि रानी आने को तैयार है, पर उसकी दासियाँ भी साथ आएंगी।

खिलजी सुनकर आन्दित हो गया। रानी पद्मिनी की पालकियां आई, पर उनमें रानी की जगह वेश बदलकर गोरा बैठा था। दासियों की जगह पालकियों में चुने हुए वीर राजपूत थे। खिलजी के पास सूचना भिजवाई गई कि रानी पहले रावल रत्नसिंह से मिलेंगी। खिलजी ने बेफिक्र होकर अनुमति दे दी। रानी की पालकी जिसमें गोरा बैठा था, रावल रत्नसिंह के तम्बू में भेजी गई

गोरा ने रत्नसिंह को घोड़े पर बैठा तुरंत रवाना कर और पालकियों में बैठे राजपूत खिलजी के सैनिकों पर टूट पड़े। राजपूतों के इस अचानक हमले

से खिलजी की सेना हक्की-बक्की रहा गई वो कुछ समझ आती उससे पहले ही राजपूतों ने रतनसिंह को सुरक्षित अपने दुर्ग पंहुचा दिया, हर तरफ कोहराम मच गया था गोरा और बादल काल की तरह दुश्मनों पर टूट पड़े थे, और अंत में दोनों वीरों की भांति लड़ते हुऐ वीरगति को प्राप्त हुऐ।

गोरा और बादल जैसे वीरों के कारण ही आज हमारा इतिहास गर्व से अभिभूतं है. ऐसे वीर जिनके बलिदान पर हमारा सीना चौड़ा हो जाये, उन्हें कोटि-कोटि नमन। मेवाड़ के इतिहास में दोनों वीरों की वीरता स्वर्ण अक्षरों में अंकित है।

///जय श्री राम ///

वीर कान्हड़देव चौहान पुत्र वीर वीरमदेव

देव भूमि के नाम से प्रख्यात सिरोही के पास स्थित जालौर यानी जब्बालीपुर जिस पर 11 वीं शताब्दी में चौहान वंश के शासक कीर्ति पाल चौहान ने प्रतिहारों को युद्ध में हराकर जालौर के चौहान वंश के संस्थापक बने।

कीर्ति पाल चौहान धर्म और हिंदू संस्कृति की रक्षा में प्राण न्यौछावर करने वाले दिल्ली अजमेर सम्राट पृथ्वीराज चौहान के ही वंशज थे उन्होंने 1181 में प्रतिहार शासक को हराकर दुर्ग पर अधिकार किया।

सोनगढ़ की पहाड़ी पर सुवर्ण गिरी दुर्ग का निर्माण करवाया सोनगढ़ की पहाड़ी पर बने दुर्ग में यहाँ के शासक निवास करते थे इसलिए यहाँ के चौहान सोनगढा चौहान कहलाए और वर्तमान समय में भी कीर्ति पाल चौहान के वंशज सोनगढा चौहान कहलाते हैं और उनके विभिन्न ठिकाने आज भी जालौर जिले में मौजूद है।

समय के कालचक्र ने सुवर्ण गिरी दुर्ग में विभिन्न चौहान शासकों को देखा और एक समय ऐसा आया जब यह दुर्ग और सोनगढा चौहनों के कुल को गौरवान्वित और यशो गाथा से भर दिया उस समय शासक काहड़देव चौहान बने।

कान्हड़देव चौहान को विरासत में मिले साम्राज्य को उन्होंने भली-भांति संभाला और अपने पूर्वजों की भांति सदैव धर्म और संस्कृति की रक्षा के लिए सदैव तत्पर रहते थे।

कान्हड़देव चौहान के बेटे का नाम वीरमदेव चौहान था जिन्होंने अपने कुल की रक्त शुद्धि को बनाए रखने के लिए प्राण तक न्यौछावर कर दिया था।

11 वीं शताब्दी में दिल्ली पर खिलजी वंश के वंशजों का शासन था कान्हड़देव चौहान के समकालीन दिल्ली का शासक अलाउद्दीन खिलजी था जो साम्राज्य विस्तार और स्त्री मोह के लिए ललायित रहता था अलाउद्दीन खिलजी ने 1308 सिवाना के किले पर आक्रमण किया और यहाँ के शीतल देव चौहान ने वीरता का परिचय देते हुए केसरिया किया।

सिवाना दुर्ग पर विजय प्राप्त करने के बाद अलाउद्दीन खिलजी ने जालौर की ओर आगे बढ़ना स्वीकार किया था, लेकिन कान्हड़देव चौहान के वीर पुत्र वीरम देव चौहान ने सैनिकों की एक टुकड़ी के साथ अलाउद्दीन खिलजी की सेना पर आक्रमण किया इस आक्रमण ने अलाउद्दीन खिलजी की सेना को वापिस खदेड़ दिया और अलाउद्दीन की सेना दिल्ली की ओर चली गई जब इस बात का पता अलाउद्दीन को चला गया कि सैनिकों की एक टुकड़ी के साथ वीरम देव चौहान ने उसकी पूरी सेना को खदेड़ दिया तो अलाउद्दीन गुस्से से तिलमिला उठा और इधर जालौर की जनता ने अपनी पहचान राजा की वीरता के दर्शन किए।

अलाउद्दीन की सेना गुजरात विजय के उपरांत वापस दिल्ली की ओर लौट रही थी तब इसकी सूचना जालौर के गुप्तचरों ने कान्हड़देव चौहान को दी और कहा कि अलाउद्दीन की सेना गुजरात के सोमनाथ मंदिर पर आक्रमण कर और विभिन्न मंदिरों के कुछ अवशेष अपने साथ दिल्ली लेकर जा रही है। यह सब सुनते ही कान्हड़देव चौहान ने अपनी एक सेना को अलाउद्दीन की लौटती सेना पर आक्रमण करने के लिए भेजा।

कान्हड़देव चौहान की सेना ने अलाउद्दीन की सेना पर आक्रमण कर मंदिरों के विखंडित अवशेषों को अपने अधिकार में ले लिया और उन्हें मंदिर में स्थापित करने के लिए आगे बढ़े।

जब इस बात की सूचना अलाउद्दीन को लगी कि कान्हड़देव चौहान की सेना ने उसकी सेना पर आक्रमण किया है तो वह उग्र हो गया अब अलाउद्दीन ने निश्चय किया कि वह खुद जालौर पर आक्रमण करेगा।

और इधर कान्हड़देव चौहान ने अपने विभिन्न सामंतों को एकत्र किया और उन्हें युद्ध के लिए तैयार रहने का आश्वासन दिया।

खिलजी ने एक प्रस्ताव भेजा और उन्होंने कहा कि कान्हड़देव चौहान आप दिल्ली पधारे और अपने साथ बेटे को भी दिल्ली लेकर आए प्रस्ताव पर कान्हड़देव चौहान अपने सामंतों के साथ विचार विमर्श करने के बाद अपने बेटे के साथ दिल्ली रवाना हो गए। दिल्ली के दरबार में एक राजा को सम्मान मिलना चाहिए वैसा सम्मान कान्हड़देव चौहान को नहीं मिला और वह वापस जालौर लौट आए और उनके बेटे वीरमदेव कुछ महीने दिल्ली दरबार में रुके।

दिल्ली दरबार में वीरमदेव चौहान के तेज से फिरोजा आकर्षित हो गई अलाउद्दीन खिलजी की पुत्री फिरोजा वीरमदेव चौहान को अपना दिल दे बैठी जब वीरमदेव चौहान जालौर लौट आए तब अलाउद्दीन खिलजी ने पुत्री के विवाह का प्रस्ताव जालौर भेज दिया। वीरमदेव ने प्रस्ताव को ठुकरा दिया और उनका कहना था–

"मामा लागे भटिया, कुल लागे चौहान
जे में परनू तूरक्कड़ी, ते पश्चिम उगे भाण"

अर्थात मैं तुर्कीस राजकुमारी से विवाह करके अपने मामा के कुल भाटी और अपने कुल चौहान को कलंकित नहीं कर सकता और यह होना संभव नहीं है कि मैं तुर्की राजकुमारी से विवाह करूं ऐसा संभव तभी होगा जब सूर्य पश्चिम में उगेगा।

यह जवाब सुनते ही अलाउद्दीन का गुस्सा अपनी पराकाष्ठा पर पहुँच गया और वह युद्ध की तैयारी में लग गया इधर अपनी पुत्री फिरोजा को अलाउद्दीन ने कहा कि मैं वीरमदेव चौहान को अपने साथ जरूर लाऊँगा

अलाउद्दीन ने फरमान जारी किया कि कान्हड़देव चौहान किले को छोड़कर भाग जाए या दिल्ली की अधीनता स्वीकार कर ले तो अलाउद्दीन उसको जीवित छोड़ देगा यह सुनकर ही कान्हड़देव चौहान ने कहा–

"आब फट्टे धर उलटे पड़े बख्तर रा कोट

सिर कटे धड़ लड़े, जद छूटे जालौर"

अलाउद्दीन ने 1311 में जालौर किल्ले के चारों ओर घेराबंदी कर दी इधर कान्हड़देव चौहान और उनके बेटे वीरमदेव युद्ध के लिए तैयार थे कुछ सालों की घेराबंदी ने अलाउद्दीन का विश्वास कम किया था, जालौर का दुर्ग इतना मजबूत था कि इस दौरान तोपों का कोई असर नहीं हुआ इसलिए अलाउद्दीन ने एक अन्य प्रयास किया जो एक कहावत बन गया अलाउद्दीन ने स्थानीय व्यापारियों से राई को दुगने भावों से खरीदा और राई को उस दुर्ग की दीवारों पर छिड़काया।

दीवार का खोखला पन पता करना होता है तो राई का छिड़काव किया जाता है यानी राई ऐसी दीवार पर चिप जाती है जहाँ की दीवार कमजोर या खोखली होती है और इस प्रयास में वह सफल हुई और उसने कमजोर दीवार पर कई सारी तोपों से एक ही दीवार पर आक्रमण कर दीवार को गिरा दिया गया।

जब इसकी सूचना कान्हड़देव चौहान को लगी तो उन्होंने केसरिया धारण किया और अपने सैनिकों को आदेश दिया कि किले के फाटक खोल दिया जाए इधर वीरमदेव चौहान भी अपने पिता के आदेश का पालन करते हुए शत्रु सेना पर टूट पड़े।

इस युद्ध में अलाउद्दीन की सेना लाखों की गिनती में थी, तो कान्हड़देव चौहान की सेना कुछ हजारों की संख्या में थी।

युद्ध राजपूत सरदार बड़ी वीरता से लड़ते हुए वीरगति को प्राप्त हुए और किले के अंदर राजपूत स्त्रियों ने महारानी के नेतृत्व में जौहर किया।

"जब अगली सुबह कुछ व्यापारी बैल गाड़ी पर राई की बोरियां लेकर बेचने के लिए जा रहे थे तब जालौर के स्थानीय लोगों ने कहा कि राई का

भाव गिर गया अब इस राई के दुगने भाव कोई नहीं देगा अर्थात अलाउद्दीन खिलजी ने रात के अंधेरे में जालौर के दुर्ग पर अधिकार कर लिया और वीर राजपूत सरदार लड़ते हुए वीरगति को प्राप्त हुए"

अलाउद्दीन वीरमदेव चौहान को जिंदा पकड़ नहीं पाया और वह युद्ध के बाद वीरमदेव चौहान का सिर अपने साथ ले गए।

जब वीरमदेव चौहान के सिर को फिरोजा के सामने ले जाया गया जब वीरमदेव चौहान के सिर के ऊपर से कपड़े को उठाया गया तब वीर वीरमदेव का सिर भी बिना धड़ के घूम गया था और यह सब देख कर दिल्ली दरबार के सामंत और जनता हैरान रह गईं

सिर के घूम जाने से फिरोजा ने वीरमदेव चौहान के बारे में कहा–

"तज तुर्कानी चाल हिंदुआणि हुई हमें
भो भो रा भरतार शीश न धून सोनगरा"

अलाउद्दीन ने भी यह सब पहली बार देखा और वह आश्चर्यचकित रह गया और उधर फिरोजा नें यमुना नदी में कूद कर अपने प्राणों को त्याग दिया।

/// जय श्री राम ///

हठी हम्मीर देव चौहान–१३१६

भाग्य और पुरुषार्थ में विवाद उठ खड़ा हुआ। उसने कहा में बड़ा दूसरे ने कहा मैं बडा। विवाद ने उग्र रुप धारण कर लिया। यश ने मध्यस्थता स्वीकार कर निर्णय देने का वचन दिया। दोनों को यश ने आज्ञा दी कि तुम मृत्युलोक में जाओ। दोनों ने बाँहे तो चढ़ा ली पर पूछा–'महाराज!' हम दोनों एक ही जगह जाना चाहते हैं पर जायें कहाँ? हमें तो ऐसा कोई दिखाई ही नहीं देता। यश की आँखें संसार को ढूंढते ढूंढते हमीर पर आकर टिकी।

वह हठ की चुनौती थी।

हमीर ने कहा–'स्वीकार है।'

एक मंगलमय पुण्य प्रभात में हठ यहाँ शरणागत वत्सलता ने पुत्री के रुप में जन्म लिया। वह वैभव के मादक हिंडोली में झूलती, आंगन में घुटनों के बल चहकती, कटि किंकण के घुंघरूओं की रिमझिम के साथ बाल-सुलभ मुक्त हास्य के खजाने लुटाती एक दिन सयानी हो गईं स्वयंवर में पिता ने घोषणा की-इस अनिंद्य सुन्दरी को पत्नी बनाने वाले को अपना सब कुछ देना पड़ता है। यही उसकी कीमत है।

वह त्याग की चुनौती थी।

हमीर ने–'स्वीकार है।'

त्याग की परीक्षा आई। सोलहों श्रृंगार से विभूषित, कुलीनता के परिधान धारण कर गंगा की गति से चलती हुई शरणागत वत्सलता सुहागरात्रि के कक्ष में हमीर के समक्ष उपस्थित हुई–

'नाथ! मैं आपकी शरण में हूँ परन्तु मेरे साथ मेरा सहोदर दुर्भाग्य भी बाहर खड़ा है। क्या फिर भी आप मुझे सनाथ करेंगे।'

वह भाग्य की चुनौती थी।

हमीर ने कहा–'स्वीकार है।'

अलाउद्दीन की फौज का घेरा लगा हुआ था। बीच में हमीर की अटल आन का परिचायक रणथम्भौर का दुर्ग सिर ऊँचा किये इस प्रकार खड़ा था जैसे प्रलय से पहले ताण्डव मुद्रा में भगवान शिव तीसरा नेत्र खोलने के समय की प्रतीक्षा कर रहे हों। मीरगभरु और मम्मूशा कह रहे थे–'इन अदने सिपाहियों के लिये इतना त्याग राजन! हमारी शरण का मतलब जानते हो? हजारों वीरों की जीवन-कथाओं का उपसंहार, हजारों ललनाओं की अतृप्त आकांक्षाओं का बल पूर्वक अपहरण, हजारों निर्दोष मानव-कलिकाओं को डालियों से तोड़ कर मसल कर आग में फेंक देना, इन रंगीले महलों के सुनहले यौवन पर अकाल मृत्यु के भीषण अवसाद को डालना।'

वह परिणामों की चुनौती थी।

हमीर ने कहा–'स्वीकार है।'

भोज्य सामग्री ने कहा–'में किले में नही रहना चाहती, मुझे विदा करो।'

वह भूखमरी की चुनौती थी।

हमीर ने कहा–'स्वीकार है।'

रणचण्डी ने कहा–'मैं राजपूतों और तुम्हारा बलिदान चाहती हूँ। इस चहकते हुए आबाद किले को बर्बाद कर प्रलय का मरघट बनाना चाहती हूँ।'

वह मृत्यु की चुनौती थी।

हमीर ने कहा–'स्वीकार है।'

शाका ने आकर केसरिया वस्त्रों की भेंट दी और कहा–'मुझे पिछले कई वर्षों से बाँके सिपाहियों के साक्षात्कार का अवसर नही मिला। मैं जिन्दा रहूँगा तब तक पता नहीं वे भी रहेंगे या नही।'

वह शौर्य की चुनौती थी।

हमीर ने कहा–'स्वीकार है।'

हमीर के हाथों में लोहा बजने लगा। अन्तर की प्यास को हाथ पीने लगे। उसके पुरुषार्थ का पानी तलवार में चढ़ने लगा। खून की बाढ़ आई और उसमें अलाउद्दीन की सेना डूब गईं मानवता की सरल-हृदया शान्ति ने हमीर की तलवार पकड़ ली और फिर उसे छोड़कर चरणों में गिर पड़ी।

वह विजय की चुनौती थी।

हमीर ने कहा–'स्वीकार है।'

अप्रत्याशित विजय पर हमीर के सिपाही शत्रुसेना के झण्डे उछालते, घोड़े कुदाते रणथंभौर के किले की ओर जा रहे थे। दुर्भाग्य ने हाथ जोड़कर राह रोक ली–'नृपश्रेष्ठ! में जन्म-जन्म का अभागा हूँ। जिस पर प्रसन्न होता हूँ उसका सब कुछ नष्ट हो जाता है। मैं जानता हूँ मेरी शुभकामनाओं का परिणाम क्या हुआ करता है परन्तु आप जैसे निस्वार्थी और परोपकारी क्षत्रिय के समक्ष सिर झुकाना भी कृतघ्नता है। आप जैसे पुरुषार्थी मेरा सिर भी फोड़ सकते हैं, फिर भी मेरा अन्तःकरण आपकी प्रशंसा के लिये व्याकुल है। क्या मैं अपनी प्रशंसा प्रकट करूँ?

वह विधाता की चुनौती थी।

हमीर ने कहा–'स्वीकार है।'

शत्रु पक्ष के झण्डों को उछलते देखकर दुर्ग के प्रहरी ने युद्ध के परिणाम का अनुमान लगा लिया। बारुद की ढेरी में भगवान का नाम लेकर बती लगा दी गईं आँख के एक झपके के साथ धरती का पेट फूट गया। चहचहाती हुई जवान जिन्दगी मनहूस मौत में बदल गईं हजारों वीराङ्गनाओं का अनूठा सौन्दर्य जल कर विकराल कुरुपता से ऐंठ गया। मन्द मन्द और मन्थर-मन्थर झोंकों द्वारा विलोड़ित पालनों में कोलाहल का अबोध शिशु क्षण भर में ही नीरवता का शव बन चुका था। गति और किलोलें करते खगवृन्द ने चहचहाना बन्द कर अवसाद में कुमलाना शुरु कर दिया। जिन्दगी की जुदाई में आकाश रोने लगा। सोती हुई पराजय मुँह से चादर हटाकर खड़ी हुईं कुमकुम का थाल

लेकर हमीर के स्वागत के लिये द्वार पर आई–'प्रभु! मेरी सौत विजय को तो कोई भी स्वीकार कर सकता है परन्तु मेरे महलों में आप ही दीपक जलवा रहे हैं।

वह साहस की चुनौती थी।

हमीर ने–'स्वीकार है।'

हमीर ने देखा, कारवाँ गुजर चुका है और उसकी खेह भी मिटने को है, बगीचे मुरझा गए हैं और खुशबू भटक रही है। जीवन के अरमान मिट्टी में मिलकर धुमिल पड़ गए हैं और उसकी मनोहर स्मृतियाँ किसी वैरागी की ठोकर की प्रतीक्षा कर रही हैं। मृत्यु ने आकर कहा–'नरश्रेष्ठ! अब तो मेरी ही गोदी तुम्हारे लिये खाली है।'

वह निर्भयता की चुनौती थी।

हमीर ने कहा–'स्वीकार है।'

महाकाल के मन्दिर में हमीर ने अपने ही हाथों अपना अनमोल मस्तक काटकर चढ़ा दिया। पुजारी का लौकिक जीवन समाप्त हो गया। परन्तु उसके यशस्वी हठ द्वारा स्थापित अलौकिक प्रतिष्ठा ने इतिहास से पूछा-क्या ऐसा कोई हुआ है? फिर उसने लुटे हुए वर्तमान की गोदी में खेलते हुए भविष्य से भी पूछा–'क्या ऐसा भी कोई होगा? प्रश्न अब भी जिज्ञासु है और उत्तर निरुतर। रणथम्भौर दुर्ग की लुटी हुई कहानी का सुहाग अभी तक लौटकर नहीं आया। उसका वैभव बीते हुए दिनों की याद में आँसू बहा रहा है।'

यह शरणागत वत्सलता की चुनौती है।

परन्तु इस चुनौती को कौन स्वीकार करें? हमीर आत्मा स्वर्ग पहुँच गई, फिर भी गवाक्षों में लौट कर आज भी कहती है–'स्वीकार है।'

यश पुरुषार्थ की तरफ हो गया। भाग्य का मुँह उत्तर गया। नई पीढ़ी आज भी पूछती है–

"सिंह गमन सत्पुरुष वचन, कदली फलै इक बार।
तिरिया तेल हमीर हठ, चढ़ै न दूजी बार।।"

जिसके लिये यह दोहा कहा गया है वह रणथम्भौर का हठिला हमीर कौन था?

तब अतीत के पन्ने फड़फड़ा कर उतर देते हैं–'वह भी एक क्षत्रिय था।'

/// जय श्री राम ///

महाराव शेखाजी

वर्तमान के शेखावटी क्षेत्र (जयपुर, सीकर, झुंझुनू) के संस्थापक महाराव शेखा जी ही थे। जिनके नाम शेखा से शेखावटी क्षेत्र पड़ा. शेखावत समाज के पितृपुरुष कहे जाने वाले महाराव शेखाजी का जन्म कार्तिक महीने की शुक्ल पक्ष इनका जन्म विक्रम संवत 1490 को मोकल जी के घर हुआ था। इनकी माता का नाम निरबान देवी था। शेखा जी जब अल्पायु में थे तभी इनके पिताजी का देहांत हो गया था। पिताजी के स्वर्गवास के बाद कम अवस्था में ही इन्हें चौबीस गाँवों की जागीर को संभालना पड़ा था। महाराव शेखा जी पन्द्रहवीं शताब्दी का एक अद्वितीय व्यक्तित्व था उसका जन्म 1433 ई. में हुआ। कछवाहा वंशीय होने से आमेर राज्य का सम्मान बनाए रखने हेतु वह उसे वार्षिक कर देता था। आमेर शासक चन्द्रसेन महाराव शेखाजी के बड़े भ्राता थे, उन्हें शेखा का स्वतंत्र राज्य मान्य नही था।

और उनको किसी प्रकार से आमेर की अधीनता में लाने के लिए प्रयासरत थे। राव शेखा जो एक स्वाभिमानी व्यक्ति थे, को आमेर की अधीनता स्वीकार नही थी।

अत: दोनों भाइयों के मध्य एक दशक तक युद्ध होते रहे। अंत में 1471 ई. के युद्ध में शेख की विजय हुईं इसलिए चन्द्रसेन को शेखा को एक स्वतंत्र शासक के रूप में स्वीकार करना पड़ा। वर्ष 1502 में अपने पिता की मृत्यु के उपरांत महज 12 वर्ष की आयु में इन्होनें राजकाज सभाला। उन्नीस वर्ष की आयु प्राप्त करते ही शेखाजी ने राज्य विस्तार और अपनी प्रजा की भलाई के कार्य शुरू कर दिए।

महाराव शेखाजी युद्ध कला में पारंगत थे। इसके बाद उसने अपने आस-पास के स्थानों को हस्तगत करना शुरू किया। इसके परिणामस्वरूप भिवानी, हिंसार व अन्य अनेक क्षेत्रों पर महाराव शेखाजी का आधिपत्य हो गया। इनके राज्य में गाँवों की संख्या 360 तक पहुंच गईं

महाराव शेखाजी के राज्य अमरसर का क्षेत्रफल आमेंर राज्य से भी अधिक बड़ा था। राव शेखाजी ने शासक के रूप में धार्मिक सहिष्णुता का भी परिचय दिया। इन्हीं के प्रयासों से पठानों ने गाय के मांस को न खाने का संकल्प लिया, वे नारी अस्मिता के रक्षक थे।

राज्य की कूटनीति को विस्तार देने तथा पड़ोसी जागीरो से अच्छे सम्बन्ध स्थापित करने के लिए महाराव शेखाजी ने टांको, गोडो, निर्वाणों, तंवरो आदि जागीरदारों के साथ वैवाहिक सम्बन्ध स्थापित किये। उस समय मेवाड़ की सत्ता पर बैठे दूदाजी के साथ अपनी बेटी का विवाह कर अच्छे सम्बन्ध स्थापित किये।

आमेंर के शासक चन्द्रसेन के साथ महाराव की पांच लड़ाईयां हुई, आखिर में दोनों के मध्य शान्ति समझौता हुआ और यह लम्बे समय तक कायम रहा।

महाराव शेखाजी की शासनावधि में विदेशी तुर्क आक्रान्ताओं की मार आज का समूचा राजस्थान झेल रहा था। शेखाजी गजनी, गौरी से कई बार भिड़े ऐसा माना जाता हैं। एक गौरक्षक के रूप में इन्होनें गायों की सेवा की, उनके लिए गौशाला और चारे का प्रबंध किया।

इनकी स्पष्ट घोषणा थी कि अगर कोई उनके रहते गाय पर अत्याचार करेगा तो उसकी गर्दन उड़ा दी जाएगी। जैसी छवि इनकी गौरक्षा के प्रति थी वैसे ही नारी सुरक्षा और सम्मान के रक्षक भी थे।

गोड राजा रिडमल के साथ घाटवा के युद्ध में तीर लगने से इनका देहांत हो गया था। आज भी शेखाजी की छतरी रलावता गाँव से कुछ ही दूरी पर जीण माता के पास बनी हुई हैं।

आज से 535 वर्ष पूर्व शेखावटी की धरती पर धार्मिक सौहार्द, नारी सम्मान और गौरक्षा के लिए बलिदान देने वाले शेखाजी के नाम पर राज्य सरकार ने एक स्मारक बनाया हैं।

इनकी जन्म स्थली अमरसर में शेखाजी की 9 फुट की कांस्य प्रतिमा की स्थापना की गईं

/// जय श्री राम ///

महान हिंदू सम्राट महाराजा हरपाल देव यादव

आज बात करेंगे भारत के सबसे महान हिंदू सम्राट देवगिरी साम्राज्य के अंतिम शासक चंद्रवंशी क्षत्रिय हरपाल देव यादव की जिनको मुस्लिम शासक खिलजी ने खौलते तेल में डाल दिया तब भी इन्होंने अपना धर्म नही बदला।

देवगिरि यादव राजवंश 850 से लेकर 1334 तक कायम रहा जिसने अपने चरमोत्कर्ष काल में तुंगभद्रा से लेकर नर्मदा तक के भूभाग पर शासन किया जिसमें वर्तमान महाराष्ट्र, उत्तरी कर्नाटक, मध्य प्रदेश और गुजरात के कुछ भाग शामिल थे। उनकी राजधानी देवगिरि थी जिसका नाम मुस्लिम आक्रमणकारियों ने बदलकर दौलताबाद कर दिया था।

13वीं शताब्दी का अंतिम दौर मुस्लिम आक्रमणकारियों से ग्रासित रहा।

इसी दौर में आक्रमणकारी अल्लाउद्दीन खिलजी ने आर्यवर्त को लूटने के नापाक मनसूबे से भारत विजय करने निकला था।।

उस समय आर्यवर्त्त में देवगिरि यादव साम्राज्य सबसे बड़ी शक्ति हुआ करती थी।

1309 में जब क्रूर खिलजी ने देवगिरि को जीतने के मनसूबे से चढ़ाई करी तब देवगिरि साम्राज्य के सम्राट महाराजा रामचंद्र यादव थे।

देवगिरि पर चढ़ाई से पहले खिलजी ने गुजरात के सूर्यवंशी वाघेला राजा कर्णसिंह को परास्त कर दिया था और कर्ण सिंह अपने पुत्री राजकुमारी कमला देवी की रक्षा के लिए देवगिरि के यादवों के यहाँ शरण ली।

देवगिरि को जीतने का ख्वाब ले सन् 1309 में खिलजी ने चढ़ाई की लेकिन खिलजी जानता था कि देवगिरि के चंद्रवंशी यादवों से लोहा लेना मौत को निमंत्रण देने जैसा है इसिलए खिलजी ने छल और कपट का सहारा लिया।

मुस्लिम सेना और यदुवंशी सेना समरभूमि में आमने सामने थी और भयंकर जंग छिड़ गईं

यादव सेना "हर हर महादेव" का रणघोष कर खिलजी की सेना पर भारी पड़ने लगी थी।

खिलजी ने मक्कारी करते हुए छल से झूठी घोषणा करा दी कि देवगिरि के युवराज शंकरदेव यादव युद्ध में मारे जा चुके हैं।

इस झूठी घोषणा से यादव सेना सदमें में आ गई और इसका फायदा उठाते हुए महाराजा रामचंद्र पर धोखे से आक्रमण कर दिया इस स्थिति में यादवों के लिए अपनी स्वतंत्रता को कायम रखना असम्भव हो गया और देवगिरि साम्राज्य भी बाकी राज्यों की तरह खिलजी के कब्जे में आ गया।

यद्यपि रामचन्द्र परास्त हो गए थे, पर उनमें अभी स्वतंत्रता की भावना अवशिष्ट थी।

उन्होंने खिलजी के आधिपत्य का जुआ उतार फेंकने के विचार से वार्षिक कर देना बन्द कर दिया। इस पर अलाउद्दीन ने अपने सेनापति मलिक काफूर को उस पर आक्रमण करने के लिए भेजा। काफूर का सामना करने में महाराजा रामचन्द्र असमर्थ रहे।

लेकिन देवगिरि के यादवों ने उम्मीद नहीं हारी और महाराजा रामचंद्र की मृत्यु के बाद उनके पुत्र महाराजा शंकरदेव यादव ने देवगिरि की कमान हाथों में ली और अपने पूर्वजों की कीर्ति एक बार फिर स्थापित करते हुए खिलजी के विरुद्ध जंग का बिगुल बजा दिया।

एक बार फिर मलिक काफूर और खिलजी ने देवगिरि पर आक्रमण किया और देवगिरी आने से पहले गुजरात के राजा कर्णसिंह वाघेला की राजकुमारी कमलादेवी को अगवा कर लिया।

शंकरदेव और यादव सेना ने मुस्लिम सेना का बहादुरी से सामना किया लेकिन खिलजी छल कपट में माहिर और इस बार उसने राजा शंकरदेव के संग छल किया।

इस युद्ध में लड़ते-लड़ते वीर शंकरदेव ने 1312 ई. में वीरगति प्राप्त की।

महाराजा शंकरदेव के बाद देवगिरि की राजगद्दी पर महाराजा हरपालदेव यादव सुशोभित हुए एवं इनके नेतृत्व में यादवों ने एक बार फिर अल्लाउद्दीन से लोहा लिया उन्हें सफलता नहीं मिली।

हरपालदेव यादव को गिरफ्तार कर लिया गया, और अपना रोष प्रकट करने के लिए सुल्तान मुबारक खाँ ने उसकी जीते-जी खाल खिंचवा दी।

महाराजा हरपाल देव ने अपने प्राणों की वलि दे दी लेकिन इस्लाम कबूल नहीं किया।

इस प्रकार देवगिरि के यादव वंश की सत्ता का अन्त हुआ, और उनका प्रदेश दिल्ली के अफगान साम्राज्य के अंतर्गत आ गया।

महान हिंदू सम्राट हरपाल देव यादव को नमन है।

राणा सांगा

मेवाड़ के चित्तौड़ में जन्मे महाराणा संग्रामसिंह ऊर्फ राणा सांगा राणा कुम्भा के पौत्र और राणा रायमल के पुत्र राणा सांगा अपने पिता के बाद सन् 1509 में मेवाड़ के उत्तराधिकारी बने राणा सांगा ने इब्राहिम लोधी, बाबर, महमूद खिलजी इस्लामिक शासकों के साथ युद्ध लड़ककर अपनी मातृभूमि की रक्षार्थ बलिदान दे दिया था

1. **परिवारः** राणा सांगा की पत्नी का नाम रानी कर्णावती था। उनके 4 पुत्र थे जिनके नाम रतन सिंह, उदय सिंह द्वितीय, भोज राज और विक्रमादित्य सिंह थे। ऐसा भी माना जाता है कि राणा सांगा की कुल मिलाकर 22 पत्नियां थी, परंतु इसकी पुष्टि नहीं होती है। 1509 में 27 वर्ष की उम्र में वे मेवाड़ के शासक बने।
2. **राजपूतों को किया एकजुटः** राणा सांगा सिसोदिया राजवंश के सूर्यवंशी शासक थे। यह पहली बार ऐसा था जबकि उन्होंने विदेशी आक्रमणकारियों के खिलाफ सभी राजपूतों को एकजुट कर लिया था। उन्होंने दिल्ली, गुजरात, मालवा के मुगल बादशाहों के आक्रमणों से अपने राज्य कि बहादुरी से रक्षा की थी।
3. **शरीर पर थे 80 घावः** राणा सांगा ने इब्राहिम लोधी, महमूद खिलजी और बाबार के खिलाफ कई लड़ाइयां लड़ी थी। उन्होंने सभी को धूल चटाई थी। युद्ध में उनके शरीर पर लगभग 80 घाव हो गए थे फिर भी वे लड़ते रहे। उनकी एक आँख, एक हाथ और एक पैर क्षतिग्रस्त हो गया था। इसके बावजूद वे लड़ने जाते थे। उनके घावों के कारण उन्हें

'मानवों का खंडहर' भी कहा जाता था। खातोली युद्ध में महाराणा सांगा का एक हाथ कट गया और एक पैर ने काम करना बंद कर दिया था।

4. **गुजरात-मालवा के सुल्तान को हराया:** गुजरात के सुल्तान मुजफ्फर से राणा सांगा का संघर्ष ईडर के कारण हुआ। ईडर के राव भाण के 2 पुत्र सूर्यमल और भीम थे। सूर्यमल के बाद उसका बेटा रायमल ईडर की गद्दी पर बैठा, परंतु रायमल के चाचा भीम ने गद्दी पर कब्जा कर लिया तो रायमल ने मेवाड़ में शरण ली जहाँ महाराणा सांगा ने अपनी पुत्री की सगाई उसके साथ कर दी थी। 1516 में रायमल ने महाराणा सांगा की सहायता से भीम के पुत्र भारमल को हटाकर ईडर पर पुनः अधि कार कर लिया था। इससे गुजरात का का सुल्तान मुजफ्फर भड़क गया और उसने अहमदनगर में जागीरदार निजामुद्दीन को युद्ध के लिए भेजा परंतु निजामुद्दीन को हार का सामना करना पड़ा। इसके बाद सुल्तान ने मुवारिजुल्मुल्क को भेजा और उसे भी हार का सामना करना पड़ा। इसके बाद सुल्तान ने 1520 में मलिक अयाज तथा किवामुल्मुल्क की अध्यक्षता में दो अलग-अलग सेनाएँ मेवाड़ पर आक्रमण करने के लिए भेजी। मालवा का सुल्तान महमूद भी इस सेना के साथ आ मिला था किंतु मुस्लिम अफसरों में अनबन के कारण मलिक अयाज आगे नहीं बढ़ सका था और संधि कर उसे वापस लौटना पड़ा था। यह भी कहा जाता है कि राणा सांगा ने मालवा के शासक महमूद खिलजी को युद्ध में हराने के बाद आगरा के निकट एक छोटी-सी नदी पीलिया खार तक अपने साम्राज्य को बढ़ा लिया था।

5. **इब्राहिम लोदी को हराया:** महाराणा सांगा ने सिकंदर लोदी के समय ही दिल्ली के कई इलाकों पर अपना अधिकार करना शुरू कर दिया था। सिकंदर लोदी के उत्तराधिकारी इब्राहिम लोदी ने 1517 में मेवाड़ पर आक्रमण कर दिया था। खातोली (कोटा) नामक स्थान पर दोनों पक्षों के बीच युद्ध हुआ जिसमें महाराणा सांगा की विजय हुईं कहते हैं कि इस युद्ध में सांगा का बायां हाथ कट गया था और घुटने पर तीर लगने से वह हमेशा के लिए लंगड़े हो गए थे। खातोली की पराजय का

बदला लेने के लिए 1518 में इब्राहिम लोदी ने मियां माखन की अध्यक्षता में महाराणा सांगा के विरुद्ध एक बड़ी सेना भेजी जिसे भी पराजय का सामना करना पड़ा था।

6. **माण्डु के सुल्तान को हराया:** कहते हैं कि राणा सांगा ने माण्डु के शासक सुलतान मोहम्मद को युद्ध में हराने के बाद उन्हें बन्दी बना लिया था परंतु बाद उन्होंने उदारता दिखाते हुए उन्हें उनका राज्य पुनः सौंप दिया था।

7. **बाबर से नहीं किया समझौता:** इस बात की कोई जानकारी नहीं है कि राणा सांगा ने बाबर के साथ क्या समझौता किया था। ऐसा कहा जाता है कि बाबर चाहता था कि राणा सांगा इब्राहिम लोदी के खिलाफ युद्ध में मेरा साथ दे, लेकिन राणा सांगा ने दिल्ली और आगरा के अभियान के दौरान बाबर का साथ नहीं दिया था और न ही उन्होंने बाबर को कोई न्यौता दिया था। राणा को लगता था कि बाबर भी तैमूर की भांति दिल्ली में लूटपाट करके लौट जाएगा। किंतु 1526 ईस्वी में राणा सांगा ने देखा कि इब्राहीम लोदी को 'पानीपत के युद्ध में परास्त करने के बाद बाबर दिल्ली में शासन करने लगा है तब राणा ने बाबर से युद्ध करने का निर्णय कर लिया।

   कहते हैं कि खानवा युद्ध शुरू होने से पहले राणा सांगा के साथ हसन खां मेवाती, महमूद लोदी और अनेक राजपूत अपनी-अपनी सेना लेकर राणा के साथ हो लिए थे और आगरा को घेरने के लिए सभी आगे बढ़े। बाबर से बयाना के शासक ने सहायता मांगी और ख्वाजा मेंहदी को युद्ध के लिए बयाना भेजा परंतु राणा सांगा ने उसे पराजित करके बयाना पर अधिकार कर लिया। लगातार मिल रही हार से मुगल सैनिक में डर बैठ गया था। ऐसे में बाबर ने मुसलमानों को एकजुट करने के लिए उन पर से टैक्स हटाकर जिहाद का नारा दिया और बड़े स्तर पर युद्ध की तैयारी की।

8. **खानवा का युद्ध:** 1527 में राणा सांगा और मुगल बादशाह बाबर के भयानक युद्ध हुआ। खानवा के मैदान में दोनों सेनाओं के बीच जबरदस्त

खूनी मुठभेड़ हुई बाबर 2 लाख मुगल सैनिक थे और ऐसा कहा जाता है कि राणा सांगा के पास भी बाबर जितनी सेना थी। बस फर्क यह था कि बाबर के पास गोला-बारूद का बड़ा जखीरा था और राणा के पास साहस एवं वीरता। युद्ध में बाबर ने राणा के साथ लड़ रहे लोदी सेनापति को लालच दिया जिसके चलते सांगा को धोखा देकर लोदी और उसकी सेना बाबर से जा मिली। लड़ते हुए राणा सांगा की एक आँख में तीर भी लगा, लेकिन उन्होंने इसकी परवाह नहीं की और युद्ध में डटे रहे। इस युद्ध में उन्हें कुल 80 घाव आए थे। उनकी लड़ाई में दिखी वीरता से बाबर के होश उड़ गए थे। लोदी के गद्दारी करने की वजह से राणा सांगा की सेना शाम होते-होते लड़ाई हार गई थी।

9. **समृद्ध प्रदेश मेवाड़:** कहते हैं कि राणा सांगा के समय मेवाड़ एक समृद्ध राज्य हुआ करता था। महाराणा सांगा के समय मेवाड़ दस करोड़ सालाना आमदनी वाला प्रदेश था। राणा सांगा ने एक आदर्श शासक बनकर राज्य की उन्नति और रक्षार्थ अपना सबकुछ न्यौछावर कर दिया था।

10. **राणा सांगा का निधन:** कहते हैं कि खानवा के युद्ध में सांगा बेहोश हो गए थे जहाँ से उनकी सेना उन्हें किसी सुरक्षित जगह ले गई थी। वहाँ होश में आने के बाद उन्होंने फिर से लड़ने की ठानी और चित्तौड़ नहीं लौटने की कसम खाई। कहते हैं कि यह सुनकर जो सामंत लड़ाई नहीं चाहते थे उन्होंने राणा को जहर दे दिया था जिसके चलते 30 जनवरी 1528 में कालपी में उनकी मृत्यु हो गईं उनके देहांत के बाद अगला उत्तराधिकारी उनका पुत्र रतन सिंह द्वितीय हुआ था।

राणा सांगा का विधि विधान से अन्तिम संस्कार माण्डलगढ़ (भीलवाड़ा) में हुआ। इतिहासकारों के अनुसार उनके दाह संस्कार स्थल पर एक छतरी बनाई गई थी। ऐसा भी कहा जाता है कि वे मांडलगढ़ क्षेत्र में मुगल सेना पर तलवार से गरजे थे। युद्ध में महाराणा का सिर अलग होने के बाद भी उनका धड़ लड़ता हुआ वीरगति को प्राप्त हुआ। कहते हैं कि युद्ध में महाराणा का

सिर माण्डलगढ़ (भीलवाड़ा) की धरती पर गिरा, लेकिन घुड़सवार धड़ लड़ता हुआ चावण्डिया तालाब के पास वीरगति को प्राप्त हुआ।

/// जय श्री राम ///

भारत गौरव सम्राट हेमू

भारत का एक युग साहित्य में वीरगाथा काल नाम से जाना जाता है। वीरगाथा काल में सम्राट हेमचंद्र विक्रमादित्य की एक महान योद्धा के रूप में सशक्त परिचय है। एक साधारण से पुरोहित के घर में जन्मे हेमू सूरी वंश के सबसे अहम किरदार बन गए थे। विशाल मुगल सेना को शिकस्त दे कर हेमू ने दिल्ली की गद्दी पर कब्जा किया और पृथ्वीराज चौहान के बाद 350 साल से हिन्दू राजा की प्रतीक्षा कर रही दिल्ली की गद्दी पर एक बार फिर हिन्दू सम्राट आसीन हुआ था। लेकिन उसके बाद जो हुआ उस पानीपत के युद्ध ने भारत का समूचा इतिहास बदल दिया।

हेमचंद्र विक्रमादित्य को हेमू के लोकप्रिय नाम से भी जाना जाता था। हेमू का जन्म 1501 ईस्वी में अलवर में हुआ। हेमू का जन्म सामान्य परिवार में हुआ था। उनके मन में मुगलों के खिलाफ प्रतिशोध कूट कूट कर भरा था। सम्राट हेमचंद्र ने अकबर को युद्ध में मात दी। पानीपत की दूसरी लड़ाई के वीर थे हेमू और इस लड़ाई ने इस वीर राजा का नाम इतिहास में स्वर्ण अक्षरों में दर्ज किया है। हेमू ने अपने जीवन में कुल 23 युद्ध लड़े। वीर हेमू को छोटे-बड़े 22 युद्ध में विजयश्री प्राप्त हुई किन्तु अंतिम और 23वें युद्ध में सम्राट हेमचंद्र को वीरगति मिली। उनकी आँख में तीर मारकर उनकी हत्या की गईं

पुरोहित का बालक बना सम्राट

उस परमवीर योद्धा का नाम था हेमचन्द्र विक्रमादित्य नाम, जिसने अपने साहस, युद्ध-कौशल और सूझबूझ की बदौलत मुगलिया सल्तनत को परास्त

कर दिल्ली की गद्दी पर आसीन होने का गौरव पाया। एक साधारण पुरोहित के घर में जन्म लेने के बावजूद उस युग के सबसे बड़े राजसिंहासन पर बैठने वाला ये महान योद्धा इतिहास में हेमू नाम से जाना गया।

पुरोहितों का परिवार था हेमू का

हेमू का जन्म 1501 ईस्वी में अलवर के मछेरी गाँव में हुआ था। पिता राय पूरनमल एक सम्मानित पुरोहित थे। लेकिन मुगलकाल में पुरोहितों की जिंदगी दुश्वारियों से भरी हुई थी। बेलगाम मुगल सैनिक पंडित पुरोहितों को खास तौर पर परेशान करते थे। इस कारण इस दुश्वारी और जलालत से बचने के लिए राय पूरनमल परिवार सहित राजस्थान के अलवर से हरियाणा के रेवाड़ी में आकर बस गए। पुरोहिताई के काम से जीवन-यापन यहाँ भी आसान नहीं था, इसलिये परिवार का पेट पालने के लिए उन्होंने नमक का कारोबार शुरू कर दिया। पुरोहितों को लेकर मुगलों की नफरत प्रतिशोध की ज्वाला बनकर हेमू के सीने में बचपन से ही धधकने लगी थी।

अफगानों का साथ लेकर आगे बढे हेमू

हेमू का वर्चस्व अफगानों के साथ के बाद बढ़ने लगा। हेमू ने उनके साथ मंडियों में काम किया और धीरे-धीरे अधिकारी बना। एक मामूली व्यक्ति से ऊपर तक आया। उसने अफगानों के लिए जितनी नौकरी और वफादारी दिखाई, उसकी बदौलत अफगान मुगलों पर भारी पड़े. वैसे भी अफगानों और मुगलों में रार थी, इस हालत में ये स्वाभाविक था कि हेमू मुगलों के खिलाफ लड़े।

मुगलों से नफरत हेमू के खून में थी

हेमू के मन में मुगलों के खिलाफ प्रतिशोध का आलम ये था कि उन्होंने नमक छोड़ अमोनियम नाइट्रेट का कारोबार शुरू कर दिया। अमोनियम नाइट्रेट तब कारतूस और तोप के गोले के लिए बारूद बनाने के काम आता था। ये वो दौर था जब हिन्दुस्तान पर हुमायूं की बादशाहत में मुगलों की हुकूमत बुलंद थी। अफगानी आक्रांता शेरशाह सूरी मुगलिया सल्तनत की सबसे बड़ी चुनौती बनकर उभर रहा था। हेमू शेरशाह सूरी के लश्कर के लिए अमोनियम नाइट्रेट सप्लाई करने लगे।

अफगानों के तोपखाने मजबूत कराये हेमू ने

इस तरह धीरे-धीरे अफगान सेना से उनकी नजदीकी बढ़ने लगी। मौके की नजाकत को देखते हुए हेमू ने रेवाड़ी में ही धातु से तमाम घातक हथियार बनाने की फैक्ट्री शुरू की और इस फैक्ट्री में बने हथियार शेरशाह सूरी की सेना को सप्लाई करने लगे जिनका प्रयोग अफगान बारूद बनाने के लिए करते थे। इसलिए इसमें कोई शक नहीं कि अफगानों की सेना के तोपखानों को मजबूत करने में हेमू का सहयोग रहा है।

हुमायूं के खिलाफ साथ दिया सूरी का

17 मई, 1540 को कन्नौज के पास बिलग्राम में एक भयंकर युद्ध में शेरशाह सूरी ने हुमायूं को करारी शिकस्त दी। हुमायूं भारत छोड़ कर काबुल भाग गया और दिल्ली पर सूरी वंश आधिपत्य हो गया। दिल्ली पर सूरी वंश की स्थापना के बाद भी हेमू उसकी सेना को हथियार सप्लाई करते रहे। इस तरह सूरी वंश की सेना में हेमू की अच्छी पैठ हो गई

सूरी के साथ आ कर ताकत बढ़ी हेमू की

1445 में शेरशाह सूरी की मृत्यु के बाद उसका बेटा इस्लाम शाह तख्तनशीन हुआ। इस्लाम शाह को हेमू की योग्यता और काबिलियत के बारे में अच्छे से पता था। लिहाजा उसने हेमू को दिल्ली का बाजार अधीक्षक नियुक्त किया। कुछ समय बाद बाजार सुपरवाइजर के साथ-साथ हेमू को आंतरिक सुरक्षा का मुख्य अधिकारी भी नियुक्त किया गया और इस पद को वजीर के पद के बराबर मान्यता दी गई हेमू पर इस्लाम शाह का भरोसा इतना बढ़ गया कि उसने उन्हें दारोगा-ए-चौकी की अहम और सैन्य जिम्मेदारी भी सौंप दी। इस तरह हेमू के पास वित्त, आंतरिक सुरक्षा के साथ ही सैन्य जिम्मेदारी भी आ गई

सेनापति बने हेमू

1553 में हेमू की जिंदगी ने बड़ी करवट ली. 1553 में इस्लाम शाह की मृत्यु हो गई उसके बाद उसका 12 साल का नाबालिग बेटा गद्दी पर बैठा, लेकिन इस्लाम शाह के भतीजे आदिलशाह ने साजिश करके उसकी हत्या

करवा दी और खुद उत्तराधिकारी बन बैठा। आदिलशाह धोखे से बादशाह तो बन गया लेकिन उसके भीतर सल्तनत संभालने की काबिलियत नहीं थी। लिहाजा उसने हेमू को अपना वजीर नियुक्त कर पूरी सल्तनत की जिम्मेदारी उन्हें सौंप दी। आदिलशाह ने हेमू को प्रधान सेनापति भी नियुक्त कर दिया।

बेताज बादशाह बने हेमू

इसके बाद हेमू का कद काफी बढ़ गया और एक तरह से सल्तनत की सत्ता उनके हाथ में आ गईं शासन की बागडोर हाथ में आते ही हेमू ने टैक्स न चुकाने वाले अफगान सामंतों को कुचलना शुरू कर दिया। इब्राहिम खान, सुल्तान मोहम्मद खान, ताज कर्रानी, रसखान नूरानी जैसे विद्रोहियों को युद्ध में शिकस्त दे उन्हें मौत के घाट उतार दिया। बंगाल पर फतह हासिल कर शाहबाज खान को अपना गवर्नर नियुक्त किया। आलम ये हो गया कि हेमू को ही लोग बादशाह मानने लगे।

आगरा पर हुआ कब्जा हेमू का

24 जनवरी 1556 को मुगल वंश के शासक हुमायूं का निधन हो गया। हुमायूं के निधन के बाद उसके नाबालिग बेटे 13 साल के अकबर का 14 फरवरी 1556 को पंजाब के कलानौर में राज्याभिषेक हुआ। हुमायूं की मौत के समय हेमू बंगाल में थे। मौत की खबर मिलने के बाद उन्होंने अपने सैनिकों को दिल्ली पर कब्जा करने का हुक्म दिया। हेमू ने खुद विशाल सेना के साथ बंगाल से दिल्ली के लिए कूच किया और रास्ते में कई सामंतों और सूबेदारों को शिकस्त देते हुए आगरा का रुख किया। हेमू के युद्ध कौशल, पराक्रम और वीरता का ये खौफ था कि आगरा का मुगलवंश का गवर्नर इस्कंदर खान उज्बेग हमले से पहले ही भाग खड़ा हुआ। इस तरह आगरा पर हेमू का कब्जा हो गया।

हेमू बने दिल्ली के बादशाह

आगरा फतह के बाद हेमू ने दिल्ली कूच किया। 6 अक्टूबर 1556 को दिल्ली के तुगलकाबाद इलाके में सेनापति तरदी बेग के नेतृत्व में मुगलों ने हेमू के अजेय अभियान को रोकने की कोशिश की। लेकिन हेमू की रणनीति

के आगे तरदी बेग कहाँ टिकने वाला था. मुगलों की करारी शिकस्त हुईं हेमू की सेना ने 3000 मुगल सैनिकों का संहार कर दिया। बाकी युद्ध का मैंदान छोड़कर भाग खड़े हुए। अगले दिन 7 अक्टूबर 1556 को दिल्ली के पुराने किले में हेमू का विधिवत वैदिक रीति-रिवाज से राज्याभिषेक हुआ। इस तरह पृथ्वीराज चौहान के निधन के 350 साल बाद दिल्ली की गद्दी पर पहली बार हिन्दू सम्राट तख्तनशीं हुआ।

हेमू धार्मिक भेदभाव नहीं करते थे

एक दिलचस्प तथ्य ये है कि हेमू की सेना में 30 फीसदी हिन्दू और 70 फीसदी अफगान सैनिक थे, पर हेमू दोनों के बीच कोई भेदभाव नहीं करते थे। यही वजह है कि अफगान सैनिक उनके प्रति काफी वफादार थे। उधर हेमू के दिल्ली फतह की सूचना पाकर अकबर और उसके सिपहसालार काबुल भागने की योजना बनाने लगे, लेकिन अकबर का संरक्षक बैरम खान युद्ध के बगैर हथियार छोड़ देने के पक्ष में नहीं था। उसने हेमू से लोहा लेने के लिए अपने सैनिकों के साथ दिल्ली की ओर कूच किया। 5 नवंबर 1556 को उसी पानीपत के ऐतिहासिक मैदान में दोनों सेनाओं का आमना-सामना हुआ जहाँ ठीक 30 साल पहले अकबर के दादा बाबर ने इब्राहिम लोदी को हराकर हिन्दुस्तान में मुगलवंश की नींव रखी थी। बैरम खान ने हेमू से लड़ाई तो मोल ली थी लेकिन उसके मन में भी इस शूरवीर को लेकर इतना खौफ था कि खुद युद्धभूमि में ना वो खुद आया और ना ही अकबर को आने दिया।

डरे हुए थे अकबर और बैरम खान

अंग्रेज इतिहासकार एच जी कीन के मुताबिक अकबर और उसके संरक्षक बैरम खान ने लड़ाई में भाग नहीं लिया. दोनों युद्धभूमि से 8 मील दूर सुरक्षित जगह पर थे। दोनों अपने 5000 सबसे ट्रेंड और वफादार सैनिकों के सुरक्षा घेरे में थे ताकि हमले की स्थिति में काबुल भागने का मौका मिल सके।

पानीपत का दुर्भाग्यपूर्ण युद्ध

पानीपत के मैदान में दोनों सेनाएँ आमने-सामने थीं। हेमू अपनी सेना का नेतृत्व खुद कर रहे थे। मैदान-ए-जंग में हेमू की मौजूदगी मुगल सैनिकों के

हौसले पस्त करने के लिए काफी थी। हेमू की सेना 1500 ट्रेंड हाथियों और तोपों से लैस थी। हेमू की विशाल और बहादुर सेना के आगे मुगल सैनिक कहाँ टिकने वाले थे। हेमू खुद हाथी के हौदे में बैठे हुए थे। ऐसा लगा रहा था कि एक दिन में ही युद्ध समाप्त हो जाएगा। लेकिन तभी इतिहास ने एक खतरनाक करवट ले ली। हेमू की आँख में कहीं से एक तीर आकर धंस गया। हेमू निढाल हो गए। हेमू का महावत भी मारा गया। मुगल सैनिकों ने मौके की नजाकत को देखते हुए हेमू को बंदी बना लिया। अपने परमवीर राजा के बंदी बनने की खबर से हेमू की सेना के हौसले एक झटके में पस्त हो गए। मुगल सेना की जीत हुई भारत का इतिहास बदलते-बदलते रह गया।

बंधे हुए जख्मी सम्राट का सर कलम किया बैरम खान ने

उधर जख्मी हेमू को अकबर के सामने पेश किया गया। जिस हेमू से बैरम खान काफी खौफ खाता था वो अब जख्मी हालत में उसके सामने थे। बैरम खान इस मौके को कैसे हाथ से जाने देता। उसने 13 साल के अकबर को कहा कि दुश्मन कब्जे में है उसके धड़ से सर अलग कर जीत का ऐलान किया जाए। कहते हैं कि जख्मी हेमू का सर कलम करने की हिम्मत अकबर नहीं जुटा पाया। अकबर के दरबारी अबुल फजल ने आईने अकबरी में लिखा है कि अकबर ने जख्मी और अचेत दुश्मन को मारने से इंकार कर दिया था। सच्चाई जो भी हो पर ऐतिहासिक तथ्य ये है कि बैरम खान ने अपनी तलवार से जख्मी सम्राट हेमू का सिर धड़ से अलग कर दिया।

हेमू के 82 वर्षीय पिता को मुसलमान नहीं बना सका बैरम

कहते हैं कि मुगलवंश ने इस फतह को भुनाने और विद्रोहियों में खौफ पैदा करने के लिए हेमू का कटा हुआ सिर काबुल के दिल्ली दरवाजा पर प्रदर्शन के लिए भेज दिया और उसके धड़ को दिल्ली के पुराने किले में वही लटकाया गया जहाँ एक महीने पहले उसका राज्याभिषेक हुआ था। इस जीत के बाद मुगलवंश की क्रूरता का आलम ये हो गया कि उसके दुर्दांत सैनिकों ने हेमू के 82 साल के बुजुर्ग पिता को भी बंदी बना लिया और उनसे इस्लाम कबूल करने को कहा. इंकार करने पर 82 साल के बुजुर्ग का भी सिर कलम कर दिया गया।

राव चन्द्रसेन राठौड़

भारतीय इतिहास का एक गुमनाम योद्धा... जिसने मातृभूमि की स्वतंत्रता के लिए अपना सब कुछ न्यौछावर कर दिया... किंतु अकबर के आगे कभी शीश नहीं झुकाया... और अपने युद्धकौशल एवं वीरता से मुगलिया सल्तनत की जड़ें हिलाते रहे...

यूं तो दो व्यक्तियों में तुलना नहीं हो सकती। किंतु महाराणा प्रताप के समकालिक इस योद्धा के साथ अन्याय करते हुए इतिहासकारों ने इनको इतिहास में वो जगह नहीं दी। जिसके वो हकदार थे।

वहीं अकबर को भारत का शहंशाह कहने वालों को इससे माकूल जवाब क्या होगा कि महाराणा प्रताप (मेवाड़) और राव चंद्रसेन जैसे वीरों और स्वतंत्रता प्रेमियों के होते हुए। सम्पूर्ण भारत तो क्या अकबर का सम्पूर्ण राजपूताना विजय का सपना-सपना ही रहा।

राव चन्द्रसेन का जन्म विक्रम संवत 1598 श्रावण शुक्ला अष्टमी दिनांक 30 जुलाई 1541 ई. को हुआ था।

राव चन्द्रसेन मारवाड़ (जोधपुर) के राव मालदेव के छठे पुत्र थे। राव मालदेव ने अपने इस सबसे छोटे और लाड़ले पुत्र को मारवाड़ राज्य की सिवाना जागीर बक्शी थी। पर राव मालदेव ने इन्हें ही अपना उत्तराधिकारी चुना था, क्योंकि राव चंद्रसेन छ्वों भाइयों में सबसे ज्यादा योग्य वीर साहसी संघर्षशील एवं निर्भीक थे। और इसी के साथ मारवाड़ (जोधपुर) राज्य में गृह युद्ध के बीज राव मालदेव के जिन्दे-जी ही बो दिए गए थे।

राव मालदेव की मृत्यु के बाद राव चन्द्रसेन सिवाना से जोधपुर आये और विक्रम संवत 1619 को मारवाड़ (जोधपुर) की राजगद्दी पर बैठे।

चन्द्रसेन के मारवाड़ (जोधपुर) की गद्दी पर बैठते ही इनके बड़े भाइयों राम सिंह और उदयसिंह ने राजगद्दी के लिए विद्रोह कर दिया राम सिंह को चन्द्रसेन ने सैनिक कार्यवाही कर मेवाड़ के पहाड़ों में भगा दिया तथा उदयसिंह जो उसके सहोदर थे को फलौदी की जागीर देकर संतुष्ट किया

रामसिंह ने अकबर से सहायता ली। अकबर की सेनायें 1564 ईस्वी में अपने नागौर परगने के सूबेदार मुगल सेनापति हुसैन कुली खाँ के नेतृत्व में राम सिंह की सहायतार्थ जोधपुर पहुँची और जोधपुर के दुर्ग मेहरानगढ़ को घेर लिया। आठ माह के संघर्ष के बाद राव चन्द्रसेन ने जोधपुर का किला खाली कर दिया और अपने सहयोगियों के साथ भाद्राजूण चले गए और यहीं से अपने राज्य मारवाड़ पर नौ वर्ष तक शासन किया भाद्राजूण के बाद वह सिवाना आ गए।

जोधपुर छूटने के बाद राव चंद्रसेन की आर्थिक स्थिती निरंतर बिगड़ती गयी और उन्होंने अकबर से संधि का निश्चय किया।

1570 ईसवीं में अकबर जियारत के लिए अजमेर आया और अजमेंर से अपने अधीन नागौर सूबे में आया। अकबर के नागौर प्रवास के दौरान राव चंद्रसेन उससे मिलने नागौर आये। अकबर के साथ राव चंद्रसेन का सहोदर उदय सिंह भी मौजूद था। अकबर के सामने पेशगी के दौरान जब राव चंद्रसेन ने देखा कि तमाम बड़े बड़े राजा राव जागीरदार सामंत अकबर के आगे नतमस्तक है और अकबर राजपूतों की फूट का फायदा उठाकर फूट डालो राज करो कि नीति अपना रहा है। तो राव चंद्रसेन का सोया आत्मसम्मान जागृत हो गया और बजाय अकबर के आगे शीश झुकाने के वो नागौर से तत्काल उसी वक्त भाद्राजून लौट गए।

1570 ईसवीं के इसी नागौर प्रवास के दौरान अकबर ने राव चंद्रसेन के सहोदर उदय सिंह को मारवाड़ (जोधपुर) के शासक के तौर पर मान्यता दे दी। उदयसिंह बेशक जोधपुर की राजगद्दी पर बतौर मारवाड़ के शासक के

स्थापित हो गया। किंतु राव चंद्रसेन के रहते उदय सिंह कभी मारवाड़ राज्य पर एक छत्र राज नहीं कर सका।

कुछ समय पश्चात चंद्रसेन को बंदी बनाने के लिए मुगलिया सेना ने भाद्राजून पर विशाल आक्रमण कर दिया। परिणति स्वरूप चंद्रसेन को भाद्राजून छोड़कर सिवाना आना पड़ा। सिवाना से ही राव चंद्रसेन ने महाराणा प्रताप की भांति मुगलों के खिलाफ छापामार युद्ध नीति अपनाई। सुरक्षात्मक रूप से किसी किले गढ़ या दुर्ग में रहकर युद्ध करने के बजाय चंद्रसेन ने जंगलों में रहकर युद्ध करना पसंद किया और वहाँ से प्रमुख मुगल क्षेत्रों अजमेर जैतारण जोधपुर आदि पर छापामार हमले शुरू कर दिए।

कुछ समय पश्चात सिवाना के गढ़ को अपने वफादार साथियों को सौंपकर राव चंद्रसेन पिपलोद के पहाड़ों में चले गए। उन्हीं पहाड़ियों से उन्होंने मुगलों के खिलाफ युद्ध छेड़ दिया अपने थोड़े से सैनिकों के साथ राव चंद्रसेन मुगलों की रसद हथियार आदि लूटने लगे।

बादशाह अकबर ने उनको गिरफ्तार करने के लिए कई बार बडी सेनायें भेजी। 2 साल के इस संघर्ष में मुठी भर राठौड़ों ने अदम्य साहस और शौर्य से हर वार मुगलों की विशाल सेना को पटखनी दे दी।

फलस्वरूप 1575 ईसवीं में आगरा से सिवाना के लिए अकबर ने और विशाल सेना भेजी किंतु रणबंका राठौड़ों ने अबकी भी उस मुगलिया सेना को अपनी अदम्य वीरता से पटखनी दे दी अकबर इस वार काफी नाराज हुआ था। 1576 में अकबर ने फिर जलाल खान के नेतृत्व में आगरा से विशाल सेना सिवाना भेजी आजादी के मतवाले रणबंका राठौड़ों ने पुनः मुगलों को चित करते हुए। जलाल खान की गर्दन को धड़ से अलग कर दिया। 1576 ईसवीं में ही पुनः शाहबाज खान के नेतृत्व में एक बार फिर अकबर मुगलिया सेना को सिवाना पर आक्रमण के लिए भेजता है, जहाँ एक तरफ बार बार हो रहे भीषण मुगलिया आक्रमणों से मुठी भर राठौड़ों की शक्ति क्षीण हो रही थी। वहीं मुगल हर बार पिछली बार की तुलना में भीषण विशाल हमले करते जा रहे थे। शाहबाज खान को इस बार सफलता मिली राठौड़ों को इस बार

सिवाना खाली करना पड़ा किंतु राव चंद्रसेन इस बार भी मुगलों के हाथ नहीं लगे।

1576-77 ईसवी में एक और ऐतिहासिक घटनाक्रम होता है। राव चंद्रसेन की बहन मेवाड़ ब्याही होती है। चंद्रसेन का भांजा अपने पिता के विरुद्ध विद्रोह कर देता है किंतु उसे सफलता नहीं मिलती। तब महाराणा प्रताप खुद चंद्रसेन जी के भांजे के समर्थन में मेवाड़ की सेना के साथ मोर्चे पर आ खड़े होते हैं, उधर जब चंद्रसेन जी को पता चलता है कि उनके बहन बहनोई संकट के दौर से गुजर रहे है। तो चंद्रसेन जी अपनी मुठ्ठी भर राठौड़ी सेना और मारवाड़ी सरदारों के साथ मेवाड़ रवाना होते हैं और अपने बहनोई की तरफ से मोर्चे पे आ जमते हैं, इधर महाराणा प्रताप को जब पता चलता है कि मारवाड़ से राव चंद्रसेन जी खुद उनके विरुद्ध युद्ध करने मैदान में आये हैं तो महाराणा प्रताप आदेश दे के अपनी मेंवाड़ की सेना को मोर्चा खाली करने का आदेश देते हैं और महाराणा प्रताप खुद आगे बढ़कर के राव चंद्रसेन जी को गले लगाते हैं कल्पना कीजिये क्या दृश्य रहा होगा वह जब दो आजादी के मतवालों का मारवाड़ और मेवाड़ के दो बब्बर शेरों का एक-तरफ मेंवाड़ के सिसोदिया कुल दिवाकर महाराणा प्रताप दूजी तरफ मारवाड़ के राठौड़ कुल दिवाकर रणबंका राठौड़ राव चंद्रसेन का मिलन होता है। मानो कालचक्र थम-सा गया हो।

महाराणा प्रताप द्वारा राव चंद्रसेन को मेवाड़ का राजकीय अतिथि घोषित किया जाता है। किंतु कुछ दिन मेवाड़ में गुजारने के बाद राव चंद्रसेन का मन शाही तीमारदारी से उचट जाता है। उनको मातृभूमि मारवाड़ की याद सताने लगती है उधर मारवाड़ी सरदार भी बदतर होते मारवाड़ के हालातों के मद्देनजर राव चंद्रसेन को मेवाड़ से पुनः मारवाड़ का बुलावा भेजते हैं।

एक दिन मेवाड़ त्यागकर राव चंद्रसेन पुनः मारवाड़ लौट आते हैं।

सिवाना हाथ से निकलने के बाद राव चंद्रसेन सिरोही बांसवाड़ा आदि क्षेत्रों में रह कर के अपने मुठी भर साथियों के साथ मुगलों के विरुद्ध संघर्ष जारी रखते हैं और मातृभूमि को मुगलों की परतंत्रता से मुक्ति दिलाने के लिए प्रतिबद्ध रहते हैं।

वहीं अकबर द्वारा बार–बार सेनायें भेजकर चंद्रसेन की गिरफ्तारी का भरसक प्रयत्न किया जाता है। किंतु मुगलों को सफलता नहीं मिलती।

एक और जहाँ मेवाड़ से महाराणा प्रताप मुगलिया सल्तनत की चूलें हिला देते हैं, वहीं मारवाड़ से राव चंद्रसेन अपनी अल्प सेना किंतु विराट वीरता और अदम्य शौर्य से अकबर का दिन का चैन और रातों की नींद हराम कर देते हैं।

1579 ईसवीं में राव चंद्रसेन ने अजमेंर के पहाड़ों से निकल कर सोजत (मारवाड़) के पास सरवाड़ के ठिकाने से मुगलों को खदेड़ दिया। वहीं शानदार रणकौशल का परिचय देते हुए बाहरी मारवाड़ के अनेकों परगनों से मुगलों को खदेड़ कर मारवाड़ को धीरे धीरे पुनः आजाद करने लगे।

किंतु विधाता को कुछ और मंजूर था।

विक्रम संवत 1637 माघ सुदी सप्तमी दिनांक 11 मार्च 1581 को मारवाड़ के इस महान स्वतन्त्रता सैनानी का... सिंचियायी के पहाड़ों में महज 39 वर्ष की अल्पायु में देहावसान हो गया।

दो महान व्यक्तियों महाराणा प्रताप और राव चंद्रसेन की तुलना करना मेरे लिए अत्यंत कठिन है परन्तु इतिहासकारों ने इस महान योद्धा के साथ न्याय नहीं किया। महाराणा प्रताप के नाम से जहाँ बच्चा बच्चा परिचित है। वहीं राव चंद्रसेन को इतिहास में वो स्थान नहीं मिला जिसके वो वास्तविक हकदार हैं हमारी युवा पीढ़ी इस महान योद्धा और स्वातंत्र्य वीर से परिचित नहीं है जिसने अकबर की अपेक्षा अत्यंत कम और सीमित शक्ति साधनों संसाधनों और मुठी भर सेना से मुगलिया सल्तनत को ना सिर्फ हिला दिया। अपितु राजपूती आन बान शान का निर्वाह करते हुए कभी मुगलों की दासता भी स्वीकार नहीं की।

मुझे सदैव गर्वानुभूति होती है कि मुझे राव चंद्रसेन वीर दुर्गादास राठौड़ गौ भक्त कुंवर तेजाजी और कृष्ण भक्त मीरा की जन्मस्थली मारवाड़ भूमि पर जन्म लेने का सौभाग्य प्राप्त हुआ।

राव चंद्रसेन के निधन के बाद उनके समकालिक प्रसिद्ध कवि दुरसा आढा की वाणी से निम्न शब्द फुट पड़े थे।

अणदगिया तूरी ऊजला असमर, चाकर रहण न डिगियो चीत।

सारा हींदूकार तणे सिर पाताल ने, "चंद्रसेण" प्रवीत॥

अर्थात–जिसके घोड़ो को शाही दाग नहीं लगा। जो उज्ज्वल रहे शाही चाकरी के लिए जिनका चित्त नहीं डिगा। ऐसे सारे भारत के सिरमौर थे राणा प्रताप और राव चंद्रसेन।

/// जय श्री राम ///

महानायक रामशाह तंवर

ग्वालियर के राजा रामशाह तोमर ने अपने 3 पुत्रों (कुंवर शालिवाहन, कुंवर भान, कुंवर प्रताप) व एक पौत्र (धर्मागत) व 300 तोमर साथियों के साथ हल्दीघाटी युद्ध में भाग लिया और सभी वीरगति को प्राप्त हुए। एक साथ 3-3 पीढ़ियों ने अपने रक्त से रणभूमि को पवित्र कर दिया।

महाराणा प्रताप के बहनोई कुंवर शालिवाहन तोमर महाभारत के अभिमन्यु की तरह लड़ते हुए सबसे अन्त में वीरगति को प्राप्त हुए।

सन् 1526 में पानीपत के युद्ध में बाबर के विरुद्ध इब्राहिमलोदी के पक्ष में ग्वालियर के तोमर राजा मानसिंह के पुत्र विक्रमादित्य लड़ते हुए वीरगति को प्राप्त हुए। उस समय उनके पुत्र रामसिंह तोमर लगभग 12 वर्ष के थे। बाद में ग्वालियर पर मुगलों का अधिकार हो गया। रामसिंह तोमर ने जब जवानी में कदम रखा तो सैन्य संग्रह कर सन् 1540 में चम्बल के बीहड़ों से निकलकर ग्वालियर पर अधिकार की कोशिश की लेकिन सफलता नहीं मिली। चम्बल क्षेत्र के राजपूतों को साथ लेकर सन् 1548 तक अर्थात् 18 वर्ष तक बार-बार ग्वालियर पर कब्जे का प्रयास किया, लेकिन जब सफलता नहीं मिली तो अपनी स्वतंत्रता और स्वाभिमान, अपनी आन, बान और शान की रक्षा के लिए मेवाड़ (चितौडगढ़) चले गए। जहाँ मेवाड़ के महाराणा उदयसिंह ने उन्हें पूरा सम्मान दिया और उनके मुगलों के विरुद्ध लगातार 18 वर्ष के संघर्ष और उनकी वीरता देखते हुए उन्हें "शाहों का शाह" की उपाधि से सम्मानित किया तभी से उन्हें "रामशाह तोमर" कहा जाने लगा। महाराणा ने उन्हें ग्वालियर के राजा से सम्बोधित किया और अंत तक इसी सम्मान का

पात्र बनाए रखा। अपनी एक पुत्री अर्थात् राणा प्रताप की बहन की शादी रामशाह के बड़े पुत्र शालीवाहन से की। यह सारा घटनाक्रम विश्व प्रसिद्ध ऐतिहासिक दुर्ग चितौड़गढ़ का है।

हल्दीघाटी का युद्ध न तो हिंदू-मुस्लिम का था और न ही सत्ता की लडाई के लिए था ये युद्ध सिर्फ सही गलत का था।

भारत के इतिहास में राजस्थान का विशेष स्थान है और राजस्थान के इतिहास में मेवाड़ का अपना महत्व है। और मेवाड़ में हल्दीघाटी विश्व प्रसिद्ध युद्ध के लिए दुनिया में सुविख्यात है। इस युद्ध में एक ओर दिल्ली का शासक अकबर था ओर दूसरी ओर छोटी सी रियासत का स्वामी प्रताप। यह एक ऐसा संग्राम था जिसमें हिंदू-मुस्लिम का कोई प्रश्न नहीं था। एक ओर जहाँ प्रताप की सेना के बाएँ भाग का दलनायक हकीम खां सूर था और साथ ही कई मुस्लिम सैनिक थे तो दूसरी ओर अकबर का सेनापति एक हिंदू था और सेना में सैकड़ों राजपूत सैनिक थे। इस युद्ध में प्रताप की ओर से मेवाड़ के सिसोदिया वंश के राजपूतों के अतिरिक्त राठौड़, चौहान, पंवार, झाला, सोलंकी, डोडिया, देवडा, हाडा, एवं भील मीणों के साथ ही ग्वालियर के राजा रामशाह तोमर के नेतृत्व में चम्बल घाटी के सैकड़ों तौमर, भदौरिया, सिकरवार और जादौन राजपूतों ने युद्ध में भाग लिया था।

शेरशाह सूरी के ग्वालियर को कब्जाने के बाद रामशाह तोमर का परिवार साथियों समेंत मेवाड चला गया।

हमारे नायक वीरवर रामशाह तोमर के पिता विक्रमादित्य वीर एवं साहसी शासक थे, जो इब्राहिम लोदी के पक्ष में बाबर के विरुद्ध लड़ते हुए शहीद हुए थे। बाद में हुमायूं काल में शेरशाह सूरी ने ग्वालियर पर अधिपत्य कर लिया। ग्वालियर लेने के लिए 18 वर्ष तक संघर्ष करने के बाद जब सफलता न मिली तो रामशाह अपने परिवार और साथियों के साथ मेवाड़ चले गए। मेंवाड़ में रहते हुए रामशाह ने अपनी वीरता और शौर्यता से अपना विशिष्ट स्थान बना लिया। 1567 में जब अकबर ने चितौड पर आक्रमण किया जो उसमें रामशाह ने राणा की ओर से भाग लिया और मुगलों की घेराबंदी को कुशलता पूर्वक तोड़कर महाराणा उदयसिंह के पास पहुँच गया।

महाराणा उदय सिंह के बाद महाराणा प्रताप गद्दी पर बैठे और उनके सहयोगी हुए रामशाह तोमर।

महाराणा उदयसिंह के दाह संस्कार के समय जगमाल की अनुपस्थिति से रामशाह एवं जालौर मानसिंह अखेराजोत को संदेह हुआ तब इन दोनों ने चूण्डावत सरदार कृष्णदास के सहयोग से प्रताप को गद्दी पर बिठाया। इस प्रकार रामशाह ने अपने वीरतापूर्ण एवं दृढ़ के साथ न्याय का पक्ष लिया और अपने आप को मेवाड़ का सच्चा हितैषी सिद्ध किया। रामशाह के विरोचित और न्यायोचित कदम ने प्रताप में वह जोश और उत्साह पैदा किया कि उन्होंने आजीवन मुगलों से टक्कर लेकर और स्वाधीनता की ज्योति को प्रज्वलित कर मेवाड़ और राजस्थान को विश्व प्रसिद्ध बना दिया।

वीरवर रामशाह महाराणा प्रताप के विश्वसनीय सहायकों में से एक थे। हल्दीघाटी के युद्ध में इन्होंने एवं इनके तीन पुत्रों और एक पौत्र एवं चंबल क्षेत्र के सैकड़ों राजपूतो ने भाग लिया था। प्रताप की सेना के दक्षिणी पार्श्व का नेतृत्व रामशाह तोमर ने ही किया था। युद्ध के मैदान में इनका मुकाबला मुगलों के बाएँ पार्श्व के नेता गाजी खां से हुआ, भयंकर युद्ध शुरु हुआ और मुगलों की हरावल का बायां भाग मैदान से भाग खडा हुआ और राजपूतों के प्रबल पराक्रम के सामने गाजीखां रणक्षेत्र छोड़ कर भागा।

इस युद्ध के प्रत्यक्षदर्शी और अकबर की ओर से लड़ने वाले मुल्ला अब्दुल कादर बंदायुनी रामशाह के इस समय के पराक्रम के विषय में लिखा है "ग्वालियर के राजा मानसिह के पोते राजा रामशाह जो हमेशा राणा की हरावल में रहता था और युद्ध के दिन दक्षिणी पार्श्व का नेता था ऐसी वीरता दिखलायी कि जो लेखनी की शक्ति से बाहर है! राणा प्रताप, राजा रामशाह और हकीमखां सुर की मार से मुगल सेना भाग खड़ी हुई, इस प्रकार युद्ध का प्रथम अध्याय महाराणा की आंशिक विजय के साथ समाप्त हुआ! बाद में घाटी से हटता-2 संग्राम का केन्द्र अब बनास के किनारे उस स्थल पर आ गया जो अब "रक्तकाल" कहा जाता है! यहा अत्यंत भयंकर युद्ध हुआ और रणक्षेत्र खून से लथपथ हो गया! इसलिए इस स्थान का नाम युद्ध के बाद रक्तकाल पड़ा! इसी रक्तकाल में पिछले 50 वर्षो से हृदय में निरंतर प्रज्वलित

अग्नि का अंतिम प्रकाश पुंज दिखाकर अनेक शत्रुओं के उष्ण रक्त से रणक्षेत्र को रक्त रंजित करते हुए मेवाड की स्वतंत्रता की रक्षा के निमित, प्रताप के स्वाभिमान आन के खातिर धराशायी हुआ विक्रम सुत राजा रामशाह तौमर और अपने वीर पिता की बलिदानी परंपराओ का पालन किया वीर पुत्रो ने और राजपूतो के बलिदान की धारा को आगे बढाते हुए रामशाह के तीनो पुत्र शालिवाहन, भवानीसिंह एवं प्रतापसिंह और पौत्र बलभद्र यहीं बलिदान हुए और उनका साथ दिया, चंबल क्षेत्र के सैकडो राजपूतो ने जो युद्ध में भाग लेने यहा से गये थे! कैसा दिल दहला देने वाला क्षण रहा होगा! जब पिता का बलिदान पुत्रो के सामने हुआ और भाई का बलिदान भाई के सामने हुआ! इस देश के लिए राजपूतो द्वारा किये बलिदानो की पंक्ति में इस बलिदान की कोई मिसाल नहीं मिल सकती! हल्दीघाटी में रामशाह एवं उसके तीनो पुत्रौ एवं एक पौत्र का बलिदान अर्थात एक ही दिन, एक ही स्थान पर, एक ही युद्ध में, एक ही वंश व एक ही परिवार की 3 पीढ़ी एक दूसरे के सामने बलिदान हो गयी! बलिदानो की पंक्ति में इसे देश और मातृभूमि के लिए सर्वश्रेष्ठ बलिदान कहा जा सकता है!"

रामशाह तोमर के एक-एक योध्दा वीरगति को प्राप्त हुवे परन्तु कभी न हारे और न पीछे हटे।

प्रसिद्ध इतिहासकार बंदायुनी के अनुसार युद्ध क्षेत्र में तोमर खानदान एवं युद्ध रत चंबल क्षेत्र के राजपूतो में से एक भी जीवित नही बचा! राजा रामशाह के प्रमुख सहयोगी दाऊसिंह सिकरवार, बाबूसिंह भदौरिया की बहादुरी और बलिदान ने युद्ध की हार का भी जीत की संज्ञा दिला दी! तोमर वंश के इतिहास पुरुषों से अनेक भूले हुई थी कुछ कार्य जो किये जाने चाहिए थे, उन्होंने नही किये जो नही किये जाने चाहिए थे वे किए, इन सबका परिमार्जन राजा रामशाह तथा उसके 3 पुत्रों 1 पौत्र और रण में उपस्थित समस्त तोमरो ने अपनी बलि देकर कर दिया! हल्दीघाटी के संग्राम का अंतिम अध्याय अपनी आँखों से नही देखना चाहते थे! राजा रामशाह, उनके पुत्रों व चंबल क्षेत्र के राजपूतो ने अपने जीवित रहते हुए मुगलो को आगे बढ़ने नही दिया!

उनकी पुर्णाहुति के प्रति कवि खडगराय ने अपनी श्रद्धांजलि के रुप में कुछ पंक्तियाँ अर्पित की है:–

झाला झुकि नहीं, लारो हारि हाडा मुख मोर्या
भदौरिया, सिकरवार पेवार हरिं करं, वर का जोरया
बागर बर मेवाड़ मेंरू चने यक दिया
चलि चंदेल चौहान, मंदया मंचन किया
दो दला चल्लो, दलपति च्युत इक चलो न विक्रम शाह सुत
दे प्राण प्रन्याऊ रान सुरक्षि अरला रण में रहुब॥

दोनों दल विचलित बड़े-बडे दलपति भी विचलित हुए केवल एक विक्रम का पुत्र ही रण में अविचलित रहा, राणा रुपी धन की रक्षा में अपने प्राणों की पनिहाई के रुप में देकर राम रण में अटल रहा!

भानजी जड़ेजा [१५७६]

वैसे तो भारत की भूमि वीर गाथाओं से भरी पड़ी है पर कभी कभी इतिहास के पन्नो ने उन वीरो को सदा के लिए भुला दिया जिनका महत्व स्वंय उस समय के शासक भी मानते थे और उन वीरो के नाम से थर थर कांपते थे।

यह सच्ची कहानी है एक वीर हिन्दू योद्धा की जिन्होंने अकबर को हरा कर भागने पर मजबूर किया, और कब्जे में ले लिए उनके 52 हाथी 3530 घोड़े पालकियां आदि। यह एक ऐसी वीर स्वाभिमानी और बलिदानी कौम थी जिनकी वीरता के दुश्मन भी कायल थे।

जिनके जीते जी दुश्मन, राजपूत राज्यो की प्रजा को छू तक नही पाये, अपने रक्त से मातृभूमि को लाल करने वाले जिनके सिर कटने पर भी धड़ लड़ लड़ कर झुंझार हो गए।

बात वक्त की है जब विक्रम सम्वत 1633 (1576 ईस्वी) में मेवाड़, गोंडवाना के साथ साथ गुजरात भी युद्ध में मुगलो से लोहा ले रहा था गुजरात में स्वयं बादशाह अकबर और उसके सेनापति कमान संभाले थे।

इसी बीच अकबर ने जूनागढ़ रियासत पर 1576 ईस्वीं में आक्रमण करना चाहा तब वहां के नवाब ने पडोसी राज्य नवानगर (जामनगर) के राजपूत राजा जाम सताजी जडेजा से सहायता मांगी, क्षत्रिय धर्म के अनुरूप महाराजा ने पड़ोसी राज्य जूनागढ़ की सहायता के लिए अपने 30000 योद्धाओ को भेजा जिसका नेतत्व कर रहे थे नवानगर के सेनापति वीर योद्धा भानजी जाडेजा।

सभी राजपूत योद्धा देवी दर्शन और तलवार शस्त्र पूजा कर जूनागढ़ की ओर सहायता के निकले पर माँ भवानी को उस दिन कुछ और ही मंजूर था।

जूनागढ़ के नवाब ने अकबर की स्वजातीय विशाल सेना के सामने लड़ने से अचानक साफ इंकार कर दिया व आत्मसमर्पण के लिए तैयार हो गया और नवानगर के सेनापति वीर भांनजी दाल जडेजा को वापस अपने राज्य लौट जाने को कहा।

भानजी और उनके वीर राजपूत योद्धा अत्यंत क्रोधित हुए और भान जी जडेजा ने सीधे सीधे जूनागढ़ नवाब को राजपूती तेवर में कहा "क्षत्रिय युद्ध के लिए निकलता है या तो वो जीतकर लौटेगा या फिर रण भूमि में वीर गति को प्राप्त होकर" वहा सभी वीर जानते थे की जूनागढ़ के बाद नवानगर पर आक्रमण होगा आखिर सभी वीरों ने फैसला किया की वे बिना युद्ध किये नही लौटेंगे।

अकबर की सेना लाखों में थी उन्होंने मजेवाड़ी गांव के मेंदान में अपना डेरा जमा रखा था, अन्तः भान जी जडेजा ने मुगलो के तरीके से ही कूटनीति का उपयोग करते हुए आधी रात को युद्ध लड़ने का फैसला किया और इसके बाद सभी योद्धा आपस में गले मिले फिर अपने इष्ट का स्मरण कर युद्ध स्थल की और निकल पड़े।

आधी रात और युद्ध शुरू हुआ मुगलों का नेतृत्व मिर्जा खान कर रहा था, उस रात हजारो मुगलो को काटा गया और मिर्जा खांन भी भाग खड़ा हुआ सुबह तक युद्ध चला और मुगल सेना अपना सामान युद्ध के मैंदान में ही छोड़ भाग खड़ी हुयी बादशाह अकबर जो की सेना से कुछ किमी की दूरी पर था वह भी उसी सुबह अपने विश्वसनीय लोगों के साथ काठियावाड़ छोड़ भाग खड़ा हुआ।

उनके साथ युद्ध में मुगल सेनापति मिर्जा खान भी था। इस युद्ध में भान जी ने बहुत से मुगल मनसबदारो को काट डाला व हजारो मुगल मारे गए।

नवानगर की सेना ने मुगलों का 20 कोस तक पीछा किया, जो हाथ आये वो काटे गए अंत भानजीदाल जडेजा में मजेवाड़ी में अकबर के शिविर से 52 हाथी 3530 घोड़े और पालकियों को अपने कब्जे में ले लिया।

उस के बाद राजपूती फौज सीधी जूनागढ़ गयी वहा नवाब को कायरकता का जवाब देने के लिए जूनागढ़ के किले के दरवाजे भी उखाड़ दिए द्य ये दरवाजे आज जामनगर में खम्बालिया दरवाजे के नाम से जाने जाते है जो आज भी वहां लगे हुए है।

बाद में जूनागढ़ नवाब को शर्मिन्दिगी और पछतावा हुआ उसने नवानगर महाराजा साताजी से क्षमा मांगी और दंड स्वरूप जूनागढ़ रियासत के चुरू, भार सहित 24 गाँव और जोधपुर परगना (काठियावाड़ वाला) नवानगर रियासत को दिए।

कुछ समय बाद बदला लेने की मंशा से अकबर फिर आया और इस बार उसे दुबारा "तामचान की लड़ाई" में फिर हार का मुह देखना पड़ा इस युद्ध वर्णन "सौराष्ट्र नु इतिहास" में भी दर्ज है, जिसे लिखा है शम्भूप्रसाद देसाई ने साथ ही यह में भी प्रकाशित हुआ था इसके अलावा विभा विलास तथा यदु वंश प्रकाश जो की मवदान जी रतनु ने लिखी है उसमें भी इस अदभुत शौर्य गाथा का वर्णन है ऐसे ओर भी कई गुमनाम योद्धा हमारी पावन भूमि पर हुऐ है। जिन्होंने अपनी वीरता की मिसालें दी है। लेकिन उन वीरों की गाथा बस किस्से कहानियों में ही सीमित रह गए है हमें उन वीरों की वीरता के बारे में जाने और सभी को अपना गौरवशाली इतिहास बतायें।

/// जय श्री राम ///

महाराजा सुहेलदेव

महाराजा सुहेलदेव श्रावस्ती से अर्ध-पौराणिक भारतीय राजा हैं। कहा जाता है कि इन्होंने 11वीं शताब्दी की शुरुआत में बहराइच में गजनवी सेनापति सैयद सालार मसूद गाजी को पराजित कर मार डाला था। 17वीं शताब्दी के फारसी भाषा के ऐतिहासिक कल्पित कथा मिरात-ए-मसूदी में उनका उल्लेख है। 20वीं शताब्दी के बाद से, विभिन्न हिंदू राष्ट्रवादी समूहों ने उन्हें एक हिंदू राजा के रूप में चिह्नित किया है जिसने मुस्लिम आक्रमणकारियों को हरा दिया।

सालार मसूद और सुहेलदेव की कथा फारसी भाषा के मिरात-ए-मसूदी में पाई जाती है। यह मुगल सम्राट जहाँगीर (1605-1627) के शासनकाल के दौरान अब्द-उर-रहमान चिश्ती ने लिखी थी। पौराणिक कथा के अनुसार, सुहेलदेव श्रावस्ती के राजा के सबसे बड़े पुत्र थे। पौराणिक कथाओं के विभिन्न संस्करणों में, उन्हें सकरदेव, सुहीरध्वज, सुहरीदिल, सुहरीदलध्वज, राय सुहिद देव, सुसज और सुहारदल समेत विभिन्न नामों से जाना जाता है।

महमूद गजनवी के भतीजे सैयद सालार मसूद गाजी ने 16 वर्ष की आयु में सिंधु नदी को पार कर भारत पर आक्रमण किया और मुल्तान, दिल्ली, मेरठ और अंत में सतरिख पर विजय प्राप्त की। सतरिख में, उन्होंने अपने मुख्यालय की स्थापना की और स्थानीय राजाओं को हराने के लिए सेनाओं को भेज दिया। सैयद सैफ-उद-दीन और मियाँ राजब को बहराइच को भेज दिया गया था। बहराइच के स्थानीय राजा और अन्य पड़ोसी हिंदू राजाओं ने एक संघ का गठन किया लेकिन मसूद के पिता सैयद सालार साहू गाजी के

नेतृत्व में सेना ने उन्हें हरा दिया। फिर भी उन्होंने उत्पात मचाना जारी रखा और इसलिए सन् 1033 में मसूद खुद बहराइच में उनकी प्रगति को जाँचने आया। सुहेलदेव के आगमन तक, मसूद ने अपने दुश्मनों को हर बार हराया। अंत में सन् 1034 में सुहेलदेव की सेना ने मसूद की सेना को एक लड़ाई में हराया और मसूद की मौत हो गईं

मसूद को बहराइच में दफनाया गया था और सन् 1035 में वहाँ उसकी याद में एक दरगाह बनाई गई थी। हिंदू संत और ऋषि बलार्क का एक आश्रम था और फिरोज शाह तुगलकघ के द्वारा उसे दरगाह में बदल दिया गया।

राजनीतिकरण

विभिन्न जाति समूहों ने सुहेलदेव को अपने आप में से एक के रूप में दर्शाने का प्रयास किया है। मिरात-ए-मसूदी के मुताबिक, सुहेलदेव राजभर थारू समुदाय से संबंधित थे। बाद के लेखकों ने उनकी जाति को 'भरू राजपूत', राजभर, थारू और जैन राजपूत रूप में वर्णित किया है।

1940 में, बहराइच के एक स्थानीय स्कूली शिक्षक ने एक लंबी कविता की रचना की। उन्होंने सुहेलदेव को जैन राजा और हिंदू संस्कृति के उद्धारकर्ता के रूप में पेश किया। कविता बहुत लोकप्रिय हो गईं 1947 में भारत के धर्म आधारित विभाजन के बाद, कविता का पहला मुद्रित संस्करण 1950 में दिखाई दिया। आर्य समाज, राम राज्य परिषद और हिंदू महासभा संगठन ने सुहेलदेव को हिंदू नायक के रूप में प्रदर्शित किया। अप्रैल 1950 में, इन संगठनों ने राजा के सम्मान में सालार मसूद के दरगाह में एक मेला की योजना बनाई। दरगाह समिति के सदस्य ख्वाजा खलील अहमद शाह ने सांप्रदायिक तनाव से बचने के लिए जिला प्रशासन को प्रस्तावित मेले पर प्रतिबंध लगाने की अपील की। तदनुसार, धारा 144 (गैरकानूनी असेंबली) के तहत निषिद्ध आदेश जारी किए गए थे। स्थानीय हिंदुओं के एक समूह ने आदेश के खिलाफ एक मार्च का आयोजन किया और उन्हें दंगा भड़काने के आरोप में गिरफ्तार किया गया। उनकी गिरफ्तारी का विरोध करने के लिए हिंदुओं ने एक सप्ताह के लिए स्थानीय बाजारों को बंद कर दिया और गिरफ्तार होने की पेशकश की। भारतीय राष्ट्रीय कांग्रेस के नेता भी विरोध में

शामिल हो गए और लगभग 2000 लोग जेल गए। अंत में प्रशासन ने आदेशों को वापस ले लिया। वहाँ 500 बीघा भूमि पर कई चित्रों और मूर्तियों के साथ सुहेलदेव का एक मंदिर बनाया गया था।

/// जय श्री राम ///

वीरवर कल्ला जी राठौड़

राजस्थान के प्रसिद्ध लोक देवता वीरवर राठौड़ राय कल्लाजी के नाम से कई भारतवासी परिचित हैं। कल्लाजी का जन्म का विक्रम संवत 1601 में राजस्थान प्रान्त के मेड़ता नगर में हुआ था। इनके पिताजी सामियाना जागीर के राव श्री अचलसिंहजी थे। भक्तिमती मीरा बाई का जन्म भी आपके ही कुल में हुआ था। वह कल्लाजी की बुआ लगती थी। वीरवर कल्लाजी बड़े प्रतिभा सम्पन्न रणबांकुरे योद्धा हुये है। कहते है इनकी माता श्वेत कुंवर ने शिव पार्वती के आशीर्वाद से उन्हे प्राप्त किया था। इनका जन्म का नाम केसरसिंह था।

कल्लाजी ने अश्वारोहण, खडग संचालन, तीर बाण, ढाल, भाला आदि शस्त्र संचालन में निपुणता पाई। युद्ध कौशल घात-प्रतिघातों में कौशल अर्जित किया साथ ही क्षत्रिय धर्म शिक्षा से भी आत्मसात किया। वीरत्व और नेतृत्व के गुणों से वे अपने साथियों का सिरमौर कहे जाने लगे। उनके शस्त्र संचालन की नैसर्गिक प्रतिभा से उनके पराक्रम का प्रकाश विधुतीय गति से फैलने लगा। जिसे सुनकर ताऊजी एवं बड़ी माता को अपरिमित संतोष का अनुभव हुआ। किन्तु नवरोजे में डोला जा रहा था जिस पर अपनी भावज से जानकारी चाही भावज के मधुर उपालंभ सुन क्रोध में आकर कल्लाजी ने मारवाड़ से प्रस्थान का फैसला किया था।

कुंवर कल्लाजी अपनी युवावस्था के प्रारम्भ में अकबर द्वारा थोपी गई कुप्रथाओं का विरोध में मारवाड़ छोड़ मेवाड़ जाने का फैसला करते है।

कल्लाजी ने माँ मरुधरा जननी व भाभी को अंतिम प्रणाम कर अश्वारूढ़ हो वायु वेग से मेवाड़ की तरफ प्रस्थान किया।

कुंवर कल्लाजी अपने मित्रों और सजातीय बंधुओं के लिए प्राण समान थे। उनके गृह त्याग के समाचार सुन भ्राता तेजसिंह एवं मित्र रणधीरसिंह, विजयसिंह ने अपने साथियों सहित कल्लाजी के मार्ग पर निकल गयें। इस प्रकार मार्ग में अनुज तेजसिंह मित्र रणधीरसिंह, विजयसिंह सहित साथी कल्लाजी से आ मिले। इस प्रकार सभी वीर मेवाड़ की तरफ बढ़ने लगे।

धन्य जननी जनम्यो कुंवर कल्ला राठौड़।
आन बान पर घर छोड्यो, आयो गढ़ चित्तौड़॥

इस प्रकार कल्लाजी व उनके मित्र मेवाड़ की वीर भूमि चित्तौड़गढ़ पहुँचते है। तब चित्तौड़ के राणा उदयसिंह व काका जयमलजी ने मिल कर कल्लाजी व अनुज तेजसिंह मित्र रणधीरसिंह, विजयसिंह सहित अन्य साथियों का मेवाड़ की पावन भूमि पर स्वागत किया। सेनापति जयमल ने आगे बढ़कर कल्लाजी को गले लगा दिया। कल्लाजी ने काका जी के चरण स्पर्श किये। इस अवसर पर राणा उदयसिंह के द्वारा कल्लाजी के शौर्य, पराक्रम एवं स्वाभिमान को देखकर कल्लाजी को मेवाड़ राज्य के छप्पन परगना रनेला में शांति कायम करने हेतु व सुचारू रूप से शासन हेतु रनेला का जागीरदार घोषित किया।

कल्लाजी अपने भाई तेजसिंह व साथियों सहित अपनी नवीन राजस्थानी रनेला की ओर प्रस्थान किया। जब कल्लाजी का यह दल वागड़ आ पंहुचता है। तब तेज वर्षा के कारण कल्लाजी व उनके साथियों ने शिवगढ़ जो की वागड़ राज्य के राव कृष्णदास चौहान की राजकुमारी कृष्णकान्ता के निमंत्रण पर महल में रात्रि विश्राम किया। यही पर कल्लाजी का राजकुमारी कृष्णकान्ता से और तेजसिंह का कृष्णदास के अनुज रामदास की कन्या चपला से प्रथम मिलन हुआ। प्रातः राजकुमारियों ने कुंवरो को विदा किया और क्षत्रिय परम्परा के अनुसार सोमेश्वर महादेव तक पंहुचाने गयी। यही से रनेला की सीमा प्रारम्भ होती है।

की शिव शंकर रे देवरे, कल्ला दीदी धीज।
कृष्णा वेलो आवसू, सावणिया री तीज॥

कुंवर कल्लाजी राठौड़ व उनके साथियों ने वागड़ से विदा लेकर नवीन राजधानी रनेला में प्रवेश किया। रनेला में ग्रामवासियों की भीड़ कल्लाजी व उनके साथियों के दर्शन व स्वागत हेतु उमड़ पड़ी। कल्लाजी का मधुर गीतों और ढोल व नगाड़ो की आवाज के मध्य राज्यभिषेक हुआ। कल्लाजी ने अपने राज्य में शांति कायम करने हेतु रनेला की आमदनी में बचत व राज्य की सुरक्षा से संबंधित दृढ़ व्यवस्था का कार्य किया। कल्लाजी अपने राज्य की जनता का दु:ख दर्द प्रतिदिन सुनते एवं उसका निवारण करने लगे। उस वक्त रनेला के पास भौराई तथा टोकर पालों में दस्युओं ने आतंक फैला रखा था। इनका नेता गमेती पेमला था। दस्युओं ने पड़ोसी गाँवों की जनता का धन, अन्न, पशुध न की चोरी एवं कन्याओं का अपहरण कर ले जाते थे जिसे भौराई गढ़ में बन्दी बनाकर देह शोषण किया जाता था।

एक दिन डाकूओं ने रनेला क्षेत्र से करीब दो सौ गाय बैल आदि चुरा कर कर भाग गए। कल्लाजी ने जब दु:खी जनता का वृतान्त सुना तब कल्लाजी ने अपनी मर्यादाओं को ध्यान में रख कर व्यकितगत रूप से पेमला को समझाने हेतु पत्रवाहक के रूप में विजयसिंह को भौराई गढ़ भेजा लेकिन पेमला नही माना।

शूरवीर कल्लाजी ने अपने राज्य की जनता को पेमला के आतंक से मुक्त कराने के लिए भौराई गढ़ पर सेना सहित चढाई कर ली। इस युद्ध में स्वयं कल्लाजी, तेजसिंह, विजयसिंह, रणधीरसिंह सहित कई रनेलावासियों ने भाग लिया। इस युद्ध में स्वयं कृष्णकांता वीर वेष धारण कर बहिन चपला सहित सेना के साथ लड़ाई लड़ रही थी। कल्लाजी के सेनापति रणधीरसिंह ने पेमला का सिर धड़ से अलग कर दिया। लगभग 4000 दस्यु और 500 राजपूतों की बलि लेकर रणचण्डी की तृप्ति हुईं इस प्रकार कल्लाजी ने अपने राज्य की प्रजा की पेमला दस्यु से रक्षा की।

भौराई गढ़ विजय के फलस्वरूप महाराणा उदयसिंह के द्वारा कल्लाजी को भौराई और टोकर क्षेत्र व सेनापति रणधीरसिंह को पेमला को सिर काटने

के लिये राठौड़ा ग्राम पुरुस्कार स्वरूप दिया गया। इस प्रकार कल्लाजी ने छप्पन धरा के राव की उपाधि धारण की।

भौराई गढ़ विजय के अवसर पर कुंवर कल्लाजी अपने अनुज तेजसिंह के साथ सोम नदी के किनारे घूमने निकले थे। कल्लाजी व अनुज तेजसिंह प्रकृति का रमणीय सौन्दर्य को निहारते दोनों अश्वारोही होकर भगवान सोमनाथ के दर्शन कर कुछ ही दूर गये ते की पास की पहाड़ी पर उन्हें एक गुफा दिखाई दी। इस गुफा में कल्लाजी व तेजसिंह ने भीतर जाकर देखा की एक परम तेजस्वी एवं अलौकिक सिद्ध पुरुष श्री भैरवनाथजी अग्नि की धुनी के सामने विराजमान है। कल्लाजी व भ्राता तेजसिंह ने योगिराज भैरवनाथ को प्रणाम किया। भैरवनाथ ने कल्लाजी को देखकर बताया की आप योग विधा के योग्य हो। इसके लिए आप को कठोर साधना करनी होगी। इस प्रकार कल्लाजी अकेले आकर प्रतिदिन गुफा में गुरु भैरवनाथ से योग की शिक्षा ग्रहण करने लगे। गुरु भैरवनाथजी की कृपा से कल्लाजी एक परम तेजस्वी योगिराज हुये। और गुरु की कृपा से कल्लाजी ने भविष्य दर्शन की कला सीखी। इस कला के फलस्वरूप कल्लाजी अपने जीवन की भावी घटनाओं की जानकारी जान लेने पर भी उसे सहज भाव से स्वीकारा।

कुंवर कल्लाजी रनेला की शासन व्यवस्था को सम्भालने के कारण व्यस्त हो जाते है। जिस से कृष्णकांता कल्लाजी के पत्र, संदेश, समाचार तथा मिलन के अभाव से चिंतित तथा उदास रहती है। जब कृष्णदास को राजकुमारी की चिंता और उदास का राज पता चला तो कृष्णदास ने कुंवर कल्लाजी को राजकुमारी के योग्य समझते हुये कल्लाजी को सम्बन्ध का श्रीफल भेजा। कुंवर कल्लाजी ने श्रीफल स्वीकार किया।

कुछ समय पश्चात ही कुंवर कल्लाजी विवाह की निश्चित तिथि के दिन विवाह के लिए बारातियों सहित शिवगढ़ प्रस्थान किया। कुंवर कल्लाजी दूल्हे की वेशभूषा धारण कर, सिर मौर बाँधे कर, ढोल नगाडों की धूम के साथ अश्व पर सवार होकर बारात शिवगढ़ लेकर पहुचते है। जब तोरण के मंगलमय समय पर रनेलाधीश कल्लाजी तोरणोच्छेद के लिए तलवार उठाते है। तभी मेंवाड़ से सैनिक रण निमंत्रण लेकर आता है। और कहता है की चितौड़

पर अकबर ने विशाल सेना के साथ आक्रमण कर दिया है। चितौड़ पर संकट है। महाराणा और राव जयमल ने मेंवाड़ की रक्षा के लिये युद्ध में तुरंत बुलाया है। शूरवीर कल्लाजी ने महाराणा का बीड़ा ग्रहण कर कर्तव्य, स्वामिमान और मातृभूमि की पुकार सुन तोरण पर उठी तलवार पुनः खींच, वैभव, सुख, रूपसी राजकुमारी के ब्याह को छोड़ कल्लाजी राजकुमारी कृष्णकांता से वरमाला ग्रहण कर राजकुमारी को पुनः आकर मिलने का वचन देकर सेना सहित चित्तौड़ प्रस्थान करते है।

शूरवीर कल्लाजी राठौड़ अपनी सेना सहित चित्तौड़ की ओर बढ़ने लगे। घोसुण्डा गाँव के समीप मुगलों से इनकी मुठभेड़ हो जाती है। इस घामासान लड़ाई को लड़ते लड़ते वीर कल्लाजी की सेना चित्तौड़ की तरफ बढने लगी। कुछ आगे जाने पर उनकी भेंट जयमल के छोटे भाई ईश्वरदास राठौरड़ से होती है। वे 2000 वीरों के साथ चितौड़ पर बलिदान हेतु जा रहे थे। परस्पर एकनिष्ठ देश भक्तों को देख कल्लाजी व ईश्वरदास ने मिलकर चित्तौड़ की ओर बढ़ने लगे और चित्तौड़गढ़ पहुँचते है।

जयमलजी को वीर कल्लाजी व ईश्वरदास के चित्तौड़ आने का संदेश प्राप्त होते ही अर्द्ध रात्रि को किले का दरवाजा खोल दिया था। किले के निकट आसिफ खाँ ने मोर्चा लिया था वहीं पर शाही सैनिकों ने उन्हें रोका। श्री कल्लाजी ने उनसे लड़ते-लड़ते रणधीरसिंह से कहा की इन्हें रोकना सेनापति रणधीरसिंह 500 सैनिकों सहित इनसे लड़ते-लड़ते वीरगति प्राप्त होते है। और वीर कल्लाजी शेष सेना सहित किले में प्रवेश कर दिया।

रणधीर रण में जूझियो, एक पड़ता चार।
शीश दिया चित्रकोट पर कर मुगलों से संहार॥

अकबर के आक्रमण की सूचना महाराणा उदयसिंह को युद्ध से पूर्व उनके पुत्र शक्तिसिंह से प्राप्त हो गई थी। जिस कारण महाराणा उदयसिंह ने बदनोर राव जयमल मेंड़तिया को दुर्गाध्यक्ष और सेनाध्यक्ष नियुक्त कर दुर्ग की रक्षा का सम्पूर्ण भार उन्ही को सौंप महाराणा उदयसिंह कुंभलगढ़ के सुरक्षित महलों में चले गये।

शूरवीर कल्लाजी अपनी सेना सहित चित्तौड़ दुर्ग में आकार सेनाध्यक्ष जयमल से मिले। दुर्गरक्षक वीर जयमल इनके आगमन पर अत्यन्त प्रसन्न हुए और वीर कल्लाजी को अपने साथ दुर्ग की रक्षा के लिए नियुक्त कर दिया। वीरवर कल्ला, जयमल, पत्ता और ईश्वरदास आदि अपने प्राणों का मोह छोड़ कर अपनी दोनों भुजाओं से तलवार चलाते हुए देशभक्त, शूरवीर, सैनिकों एवं क्षत्रियों के साथ शत्रुदल पर भूखे शेर की भांति महाकाल बन कर टूट पड़े।

जब बादशाह ने देखा की किला आसानी से प्राप्त नही होगा तो उसने सुरंगे और साबात (यानी जमीन में ढके हुए मार्ग जिससे सेना किले की दीवार तक पहुँच सके) बनवाना आरम्भ किया। सुरंगे तलहटी तक पहुँच गई और उनमें 80 मन और दूसरी में 120 मन बारूद भरी गईं इनके छूटने से किले का बुर्ज उड़ गया और कई योद्धा हताहत हुए। परन्तु अब तक अकबर को युद्ध में सफलता नही मिली, अकबर के सैनिकों ने कई जगह किले की दीवारें तोड़ दी, परन्तु राजपूतों ने पुनः बना ली।

अकबर की सेना के बार-बार तोपों के आक्रमण से किले की कई दीवारें टूट चुकी थी। एक रात्रि जयमल टूटी हुई प्राचीर की मरम्मत मशाल की रोशनी में करा रहे थे, तब अकबर ने मशाल की रोशनी को देख अपनी "संग्राम" नामक बन्दूक से निशाना साध कर गोली चला दी, जिसकी गोली राव जयमलजी की जांघ में लगी जिससे जयमल घायल होकर चलने लायक नही रह सके। दुर्ग में सेनाध्यक्ष जयमल के घायल होने से शोक की लहर छा गयी।

रात्रि में सभी क्षत्रिय व क्षत्राणियों ने एकत्र होकर शाही फौज का बढ़ता हुआ दबाव, दुर्ग में गोला बारूद की कमी, भोजन की कमी और सेनाध्यक्ष के घायल होने कारण जौहर और शाका का फैसला किया। तारीख 24 फरवरी 1568 को 13000 राजपूत रमणियो और कुमारियों ने गंगा जल का पान कर, चन्दन लेप लगाकर और अपने परिजनों को अंतिम बार मिल कर गीता सार का स्मरण कर हिन्दू धर्म की रक्षा के लिये हँसते हँसते जौहर की अग्नि में समर्पित हो गईं

क्षत्रियों ने दुर्ग के गौमुख में स्नान कर केसरिया बाना धारण कर गंगा जल का पान कर, सुंगधित इत्र का छिड़काव कर व गीता पाठ सुन दो हाथों में तलवार धारण कर विशाल प्रांगण में एकत्रित हुए।

बड़े हर्ष और उमंग के साथ चित्तौड़ के साहसी योद्धाओं ने केशरिया वस्त्र धारण कर अमल पान किया। सेनाध्यक्ष राव जयमल ने सरदारों को अमल पान कराया। सेनाध्यक्ष के अन्तिम मनुहार को चित्तौड़ की सेना ने बड़े प्रेम और सत्कार से स्वीकार किया। अब राजपूतों के उत्साह की कोई सीमा न रही। इस युद्ध में घायल सेनापति जयमल को लड़ते लड़ते युद्ध में वीरगति प्राप्त करने की इच्छा थी। लेकिन गोली जयमल की जांघ में लगी थी। युद्ध करना तो दूर वे चलने फिरने से भी मजबूर हो गये थे। तब वीर शिरोमणी कल्लाजी राठौड़ ने काका जयमल जी की पीड़ा को दूर करने के किये अपनी पीठ पर बैठा कर युद्ध करने का फैसला किया।

25 फरवरी 1568 की सुबह राजपूतों व क्षत्रियों ने दो हाथों में तलवार धारण कर और नर नाहर शूरवीर राठौड़ रणबंकेश कल्लाजी अपनी दोनों हाथों में भवानी धारण कर 60 साल के काका जयमल जी को अपनी पीठ पर बैठा कर उनके दोनों हाथों में भवानी धारण करा कर मुगलों सेना पर भूखे शेर की तरह किले के विशाल कपाट खोल आक्रमण कर दिया।

क्षत्रियों ने जय एकलिंगनाथ, जय महादेव के नारों के साथ कई मुगलों को मार डाला वही श्री कल्लाजी व वीरवर जयमल जी का चतुर्भुज रूप रणभूमि में कही भी गुजरता वही को शत्रु सेना का मैदान साफ हो जाता। यह देख शत्रु सेना मैदान छोड़ भाग जाती थी।

बादशाह अकबर ने मुगल सेना को रणक्षेत्र से पीछे हटते देख राजपूतों पर मतवाले खूनी हाथियों को छोड़ दिया। अकबर ने अपने विशाल हाथियों की सूंड़ो में तलवारें की झालरें और दुधारे खांडे बंधवाई। मधुकर हाथी को सर्वप्रथम आगे बढ़ा कर पीछे जकिया, जगना, जंगिया, अलय, सबदलिया, कादरा आदि हाथी को बढ़ा दिया। इन हाथियों ने राजपूतों का घोर संहार करना आरम्भ कर दिया, लेकिन वीर क्षत्रिय राजपूतों कहाँ मानने वाले थे। वे भीषण गर्जना कर विशालकाय हाथियों पर खड्ग लेकर टूट पड़ते।

"बढ़त ईसर बाढ़िया बडंग तणे बरियांग
हाड़ न आवे हाथियां कारीगरां रे काम"

इस बीच कई राजपूतों ने मतवाले हाथियों से लड़ते लड़ते वीरगति प्राप्त की। जिसमें से वीर ईश्वरदास ने असंख्य हाथियों का संहार कर मातृभूमि के चरणों में बलिदान दिया। वही महापराक्रमी पत्ता सिसोदिया रामपोल पर एक हाथी ने उन्हें पकड़ कर जमीन पर जोर से पटक दिया। वही पत्ता सिसोदिया ने वीरगति प्राप्त की।

"सर्वदलन" नामक हाथी जो एक राजपूत सैनिक को सूंड में पकड़ उठा लिया यह देख सुर शिरोमणी कल्लाजी ने तलवार के एक भीषण प्रहार से उस विशालकाय हाथी की सूंड काट दी। हाथी वही धराशायी हो गया। वह राजपूत सैनिक भी उठ खड़ा हुआ।

मुगल सेना पूरे जोश के साथ राजपूतों का मुकाबला कर रही थी। इस भंयकर युद्ध में सैकडों घाव लगने पर राव जयमल का शरीर निःश्चेष्ट हो गया। उनको भैरोंपोल के पास ही भूमि पर रख कर राठौड़ कल्ला पूरे वेग से शत्रुओं की और झपटा। तभी वीर कल्ला तलवारें चलाता हुआ युद्ध कर रहा था की एक मुगल ने पीछे से तलवार चला कर वीर कल्ला का सिर काट दिया। अब बिना सिर के कल्लाजी का कंबध (कमधज) घोर संग्राम करता हुआ दोनों हाथों से तलवार लिये मुगलों की फौज को चीरता जा रहा था। भला इस कंबध को रोकने की शक्ति किसमें थी। शाही फौज रास्ता छोड़ कर खड़ी हो गईं कल्ला का कंबध योग व देवी शक्ति और गुरु आशीर्वाद से कृष्णकांता की याद में आधुनिक मंगलवाड़, कुराबड़, बम्बोरा जगत और जयसमन्द होता हुआ रनेला जा पहुँचा। शिवगढ़ में राजकुमारी कृष्णकांता ने तपोबल एवं विशुद्ध स्नेहाकर्षण शक्ति से यह अनुभव कर दिया की कल्लाजी ने मेवाड़ रक्षार्थ अपना शीश मातृभूमि को अर्पण कर दिया है। और अपने दिये हुये वचन के कारण मुझसे मिलने आ रहे है। तब कृष्णकांता सोलह श्रृंगार कर बहन चपला के संग शिवगढ़ से विदा लेकर रनेला की ओर बढ़ने लगी। कृष्णकांता प्रिय मिलन को आतुर होकर दुल्हन के रूप रनेला जा पहुँची।

रनेला में कल्लाजी का कबंध नीले घोड़े पर सवार होकर दो हाथों में तलवार लेकर आया। वीर शिरोमणी कल्लाजी ने राजकुमारी को दिये हुये वचन को पूरा करता हुआ रनेला की पावन धरा पर अपना मानव देह त्याग दिया।

विधिवत चन्दन की चिता तैयार की गईं राजपूताना परम्परा के अनुसार कृष्णकांता ने सती होने के लिये कल्लाजी का कबंध को गोद में लेकर चिता में विराजमान हो गईं हाथ जोड़ राजकुमारी ने मन ही मन भगवान को स्मरण किया की मेरे स्वामी का सिर मुझको प्राप्त हो। राजकुमारी के सतीत्व की शक्ति से कल्लाजी का सिर भैरवनाथ व देवीय शक्ति की कृपा से उनकी गोद में आ गया। तब कल्लाजी को शीश कबंध से जोड़ विक्रम संवत 1624 (26 फरवरी 1568) में कल्लाजी के भाई तेजसिंह ने ईश्वर का स्मरण कर चिता में आग लगा दी। इस प्रकार वीर शिरोमणी कल्लाजी और महासती कृष्णकांता का प्रेम आज पूरे विश्व में अमर हो गया।

महावीर कल्लाजी व वीर अग्रणी जयमल की विमल स्मृति एवं निर्मल कीर्ति बनाये रखने के लिए चित्तौड़ किले के भैरोंपोल में जहा कल्लाजी का शीश कटा तथा जहा जयमलजी ने वीरगति प्राप्त की वहा इनकी दो छतरी बनी हुयी है।

/// जय श्री राम ///

वीर योद्धा अमर सिंह राठौड़

इतिहास में कई योद्धाओं के नाम प्रचलित हैं। उनमें से कई ऐसे भी थे, जिन्हें मजबूरी में इस्लामिक आक्रांताओं की तरफ से लड़ाइयाँ लड़नी पड़ी थी। कुछ मजबूरी में गए थे तो कुछ अपनों से ही बदला लेने के लिए। कुछ गद्दार भी थे, जिन्होंने विदेशियों के साथ लड़ते हुए अपनों का खून बहाया। मेवाड़ के शक्ति सिंह ने अकबर के दरबार में हाजिरी लगाई, लेकिन जब उनका जमीर जागा तो उन्होंने बड़े भाई प्रताप के प्राणों की रक्षा की। इसी तरह नागौर के अमर सिंह राठौड़ का नाम भी लोकप्रिय है, जिसे राजस्थान में आज भी याद किया जाता है।

अमर सिंह ने मुगल बादशाह शाहजहाँ के भरे दरबार में ऐसा कारनामा किया था कि ये खबर पूरे देश में पहुँची और उनके साहस को देख कर इस्लामिक आक्रांता थर्रा उठे। इस घटना के बारे में विस्तार से बताने से पहले अमर सिंह के बारे में बताना जरूरी है। वह राठौड़ राजवंश के राजा गज सिंह प्रथम पुत्र थे। गज सिंह को 'दलथम्मन' भी कहा जाता था। ये उपाधि उन्हें तत्कालीन मुगल बादशाह जहाँगीर ने दी थी। हालाँकि, गज सिंह की मृत्यु के बाद अमर सिंह बड़ा पुत्र होने के बावजूद मारवाड़ के सिंहासन पर नहीं बैठ पाएँ सत्ता उनके छोटे भाई जसवंत के साथ में गईं अमर सिंह उन लोगों की नजर में काफी उद्दंड थे।

उन्हें मारवाड़ से निकाल दिया गया और वो मुगलों के पास गए। शाहजहाँ ने उन्हें नागौर की जागीर दी। लेकिन, अमर सिंह स्वतंत्र विचारों वाले और स्वाभिमानी किस्म के व्यक्ति थे। मारवाड़ में भले ही वो राजा नहीं बन

पाए लेकिन वो राजा से भी ज्यादा लोकप्रिय थे। दक्षिण में उनके पिता ने जितने भी युद्ध लड़े थे, उसमें अमर सिंह ने अदम्य सहस और पराक्रम दिखाया था। फिर भी बाहर निकाले जाने पर उन्होंने आगरा के मुगल दरबार में शरण ली। उनके साथ राठौड़ राजवंश के कई अन्य लोग भी अगवा आए।

अमर सिंह की बहादुरी से प्रभावित होकर शाहजहाँ ने उन्हें 3000 घोड़ों वाली सेना का कमांडर बनाया। उन्हें 'मंसब' और 'राव' के टाइटल से नवाजा गया। नागौर एक स्वतंत्र जागीर था, जिसे शाहजहाँ की गद्दी से चलाया जाता था। अमर सिंह का बढ़ता कद कई दरबारियों को रास नहीं आया और वो उनसे जलने लगे। शाहजहाँ के दरबार के अन्य दरबारी उन्हें ठिकाना लगाने का उपाय तलाशने लगे। एक बार वो शिकार पर गए और 2 सप्ताह तक नहीं लौटे। अमर सिंह इस दौरान शाहजहाँ के दरबार से भी गैर-हाजिर रहे।

अब यहाँ एक दूसरे किरदार की एंट्री होती है, जिसका नाम था सलावत खान। सलावत खान शाहजहाँ का कोषाधिकारी था। एक तरह से पूरे खजाने का इंचार्ज वही था। जब अमर सिंह वापस आए तो सलावत खान उन पर हुक्म चलाने लगा। उसने दादागिरी दिखाते हुए पूछा कि वो इतने दिनों तक कहाँ थे और दरबार से अनुपस्थित क्यों रहे। अमर सिंह को ये पसंद नहीं आया और उन्होंने कहा कि वो सीधे बादशाह को जवाब देंगे। लेकिन, सलावत खान उनसे जुर्माना वसूलने की बात करने लगा। अमर सिंह ने अपनी तलवार और म्यान दिखाते हुए कहा कि उनके पास यही एक धन है और अगर चाहिए तो सलावत खान आकर ले जाए।

जब यह सब हो रहा था, तब पूरा दरबार भरा हुआ था। शाहजहाँ खुद गद्दी पर बैठा हुआ था। सलावत खान ने अमर सिंह को गँवार बताया और पूछा कि वो बादशाह के सामने अपनी आवाज ऊँची कैसे कर सकता है? इसके बाद अमर सिंह ने जो किया, वो इतिहास में दर्ज हो गया। गालियाँ न सिर्फ उन्हें बल्कि हिंदुत्व को भी दी गई थी, उनके धर्म को लेकर ओछी बातें कही गई थीं। अमर सिंह ने तुरंत अपने म्यान में से तलवार निकाली और अगले ही क्षण उनकी तलवार सलावत खान के दिल को छेद कर उस पार निकल गईं

पूरे दरबार में हाहाकार मच गया। कुछ लोग वहाँ से उठ कर भागने लगे तो कुछ लोग सन्न रह गए। खुद शाहजहाँ गद्दी से उठ कर अपने कक्ष में भाग खड़ा हुआ। मुगल सिपाहियों ने इसके बाद अमर सिंह को बंदी बनाने के लिए उन्हें घेर लिया। उसे एक पल के लिए ऐसा लगा कि अमर सिंह उस पर ही झपट रहे हैं, इसलिए वो वहाँ से नंगे पाँव भाग खड़ा हुआ। अमर सिंह वहाँ से भाग निकले। आगरा किले के दरवाजों को बंद कर दिया गया। लेकिन, बहादुर अमर सिंह घोड़ा सहित दीवार फाँद कर वहाँ से निकल लिए।

जब-जब भारतीय सूरमाओं ने अपनी बहादुरी से इस्लामिक आक्रांताओं को चित कर दिया, तब-तब भारत-विरोधी ताकतों ने धोखे और छल का तरीका अपनाया। इसलिए, शाहजहाँ ने भी छल का रास्ता अपनाया। अमर सिंह को संधि के बहाने आगरा बुलाया गया और फिर पीछे से मार डाला गया। अमर सिंह के घोड़े की प्रतिमा भी किले के पश्चिमी दरवाजे पर लगवाई गईं अमर सिंह की याद में उनकी बहादुरी को सलाम करने के लिए अकबर दरवाजा का नाम बदल कर अमर सिंह दरवाजा कर दिया गया।

लेकिन, मुगलों ने अमर सिंह जैसे वीर योद्धा के मृत शरीर के साथ जो किया, उसके लिए इतिहास उन्हें शायद ही माफ कर पाएँ अमर सिंह के मृत शरीर को नदी में फेंक दिया गया-उस जगह पर, जहाँ पर भिखारियों की लाशें पड़ी रहती थीं। अमर सिंह के शरीर को चील-कौवों के खाने के लिए छोड़ दिया गया। अमर सिंह की मृत्यु के बाद उनकी पत्नी को सती होना पड़ा। अमर सिंह की पत्नी ने पहले खुद तलवार निकाल कर पति का मृत शरीर लाने की ठानी थी, लेकिन भतीजे राम सिंह के आग्रह पर उन्होंने उसे वहाँ जाने दिया। उस वक्त राम सिंह की उम्र मात्र 15 वर्ष थी।

राम सिंह ने भी अपने चाचा की तरह ही बहादुरी का परिचय दिया और अमर सिंह का मृत शरीर लेकर आए। रोका, लेकिन वो नहीं रुके। हजारों मुगल सिपाहियों के बीच से अपने चाचा के पार्थिव शरीर को वे अंतिम संस्कार के लिए वापस लेकर आए। इतिहास में ऐसे योद्धा शायद कहीं गुम हो गए हैं। रह गया है तो शाहजहाँ और उसका ताजमहल। वही ताजमहल,

जिसे अपने अंतिम दिनों में वह एक किले में नजरबंद होकर देखा करता था। वहीं, नागौर और मारवाड़ में आज भी अमर सिंह और राम सिंह के किस्से सुनाए जाते हैं। आज भी 'अमर सिंह दरवाजा' उस वीरता की गाथा कहता है।

/// जय श्री राम ///

वीर सेनानी लाचित बोरफुकन

वीर सेनानी लाचित का जन्म साल 24 नवंबर 1622 को हुआ था। बोरफुकन उनकी पदवी थी, जिसका मतलब है सेनापति। लाचित जमीन से जुड़े योद्धा थे। उनका जन्म भले ही असम में सत्तासीन अहोम राजवंश से जुड़े एक बड़े सामंत के घर हुआ था। लेकिन उन्हें अपने सामान्य सैनिकों के साथ भोजन करने या उठने बैठने में कोई परहेज नहीं था। यही वजह था कि लाचित के सिपाही उनकी एक आवाज पर जान देने के लिए तैयार रहते थे।

उनके सेनापतित्व में आहोम सैनिकों का मनोबल बेहद ऊँचा रहता था। यही कारण था कि वह मुगलों जैसे दुश्मनों के लिए साक्षात् काल साबित होते थे।

सराईघाट में साल 1671 में हुए युद्ध ने लाचित बोरफुकन का नाम अमर कर दिया। उनकी वजह से धर्मांधीं औरंगजेब का असम पर कब्जे का सपना हमेशा के लिए टूट गया।

लेकिन औरंगजेब ने प्राकृतिक संसाधनों से संपन्न असम को जीतने के लिए फिर से एक विशाल सेना भेजी। जिसमें 30,000 पैदल सैनिक, 15,000 तीरंदाज, 18,000 घुड़सवार, 5,000 बंदूकची और 1,000 से अधिक तोपों के अलावा युद्धपोतों का एक विशाल बेड़ा था।

इस सेना का मुकाबला करने के लिए सेनापति लाचित ने कमान संभाली. उन्होंने छापामार युद्ध की रणनीति अपनाई. 1669-70 के बीच मुगल सेना और आहोम सैनिकों के बीच कई झड़पें हुईं। जिसका कोई परिणाम नहीं निकला। इसके बाद सन् 1671 का साल आया। जब निर्णायक युद्ध हुआ।

मुगलों की विशाल फौज के सामने आहोम सैनिकों की संख्या बेहद कम थी। छापामार युद्ध से तंग आकर मुगलों ने पूरी ताकत से हमला करने का फैसला किया। मुगलों ने अपने बड़े युद्धपोतों के जरिए ब्रह्मपुत्र नदी को पार करने का फैसला किया। भीषण युद्ध शुरु हो गया। दुर्भाग्य से इस निर्णायक युद्ध के पहले लाचित बीमार पड़ गए।

लाचित की अनुपस्थिति में उनके सैनिकों का मनोबल टूटता जा रहा था। जिसे देखते हुए बुखार से तपते लाचित ने अपने मनोबल का इकट्ठा किया और युद्धभूमि में उतर आए. उनके सामने आते ही गाजर मूली की तरह मारे जा रहे आहोम सैनिक शेर की तरह गरजने लगे और मुगल फौज पर करारी चोट पड़नी शुरु हो गईं

लाचित ने सिर्फ 7 छोटी नौकाओं में भरे अपने सैनिकों के साथ मुगलों की विशाल फौज पर हमला किया। जिसके बाद उनकी पूरी फौज बिखर गईं 4000 मुगल सैनिक मार डाले गए। उनकी नावें और भारी तोपें ब्रह्मपुत्र में डुबा दी गईं। जहाज नष्ट कर दिए गए. विशाल मुगल फौज तितर बितर हो गई. इस भीषण पराजय का नतीजा ये रहा कि मुगलों की कभी हिम्मत नहीं पड़ी कि वह पूर्वोत्तर की तरफ अपनी गंदी निगाहें डाल पाएँ।

लाचित बोरफुकन के लिए सराईघाट का युद्ध जीवन और मरण का प्रश्न था। वह बुरी तरह बीमार थे। लेकिन उन्होंने अपने सिपाहियों को अकेला नहीं छोड़ा। उनके कुशल नेतृत्व और युद्धनीति का परिणाम ये रहा कि मुगल ब्रह्मपुत्र नदी पार ही नहीं कर पाए। आहोम सेना ने ब्रह्मपुत्र के अथाह पानी के बीच मुगलों पर आगे पीछे दोनों तरफ से हमला किया। मुगल सेना का कमांडर मुनब्बर खान मारा गया। औरंगजेब की कट्टरपंथी फौज कुत्ते की मौत मारी गई।

लेकिन लाचित बोरफुकन भी जीवित नहीं रहे। युद्ध के घावों से तो वह बच गए। लेकिन बीमारी की हालत में जल युद्ध के कारण उनकी सेहत बुरी तरह बिगड़ गई। जिसकी वजह से उनका देहांत हो गया। लेकिन उनका जीवन आज भी प्रेरणा का स्रोत है।

/// जय श्री राम ///

महाराणा राजसिंह

मेवाड़ धरा के शासक और वर्तमान राजसमंद जिले के संस्थापक महाराणा राजसिंह का नाम इतिहास में सम्मान के साथ लिया जाता हैं, 24 सितंबर 1629 को जन्मे राजा महाराणा राज सिंह मेवाड़ के गुहिल वंश के अन्य शासकों की तरह जन प्रिय शासक थे। इनका जन्म राजनगर में हुआ था। इनके पिता का नाम महाराणा जगत सिंह जी और मां महारानी मेंडतणीजी था। मात्र 23 वर्ष की आयु में इनका राज्यभिषेक हो गया था। ये जनता के प्रिय, वीर, कला प्रेमी और कुशल प्रशासक थे।

राजसिंह दान के कई कार्य किये अपने जीवनकाल में इन्होने सोने चांदी, अनमोल धातुएँ, रत्नादि दान दिए तथा योग्य व्यक्तियों को अपने दरबार में स्थान देकर उन्हें सम्मानित भी किया। इन्होंने जन कल्याण के कई कार्य किये बाग बगीचे, फव्वारे, मंदिर, बावडियां, राजप्रासाद, द्वार और सरोवर आदि का निर्माण करवाया।

जितने ये प्रजापालक थे उतने ही देव भक्त भी थे। महाराणा राजसिंह का हिन्दू धर्म तथा इनके देवी देवताओं का बड़ा सम्मान था। इन्होने श्रीनाथ जी के मेवाड़ आगमन पर उनको कंधा दिया स्वागत में स्वयं हाजिर हुए और भव्य प्रतिस्थान का आयोजन करवाया न सिर्फ वे मन्दिरों के निर्माण में अग्रणी रहे बल्कि इन्होंने आक्रान्ताओं से इसकी रक्षा भी की। इन्होंने राजपूत राजकुमारी चारूमति के सतीत्व को बचाकर नारी रक्षा का महत्वपूर्ण कार्य भी किया।

राजसिंह के समय दिल्ली की मुगलिया सत्ता पर औरंगजेब का शासन था, इन्होने उसे पत्र लिखा तथा हिन्दुओं के प्रति हो रहे अत्याचार के लिए

सम्राट को जिम्मेदार ठहराया। साथ ही उन्होंने हिन्दुओं पर से जजिया कर हटाने का आग्रह भी किया।

1652 ई में इनकी गद्दीनशीनी के समय शाहजहाँ ने राणा का खिताब, पारच हजारी जात एवं पारच हजारी सवारों का मनसब देकर हाथी एवं घोड़े भेजे। राजसिंह ने शासक बनते ही चित्तौड़ की मरम्मत के कार्य को पूरा करने का निश्चय किया। लेकिन मुगल सम्राट ने इसे 1615 ई की मेवाड़ मुगल संधि की शर्तों के प्रतिकूल मानते हुए इसे ढहाने के लिए तीस हजार सेना के साथ सादुल्ला खां को भेजा।

राजसिंह ने मुगलों से संघर्ष करना उचित न समझकर अपनी सेना को वहाँ से हटा लिया। मुगल सेना कंगूरे एवं बुर्ज गिराकर लौट गई। 1658 ई में जब मुगल शहजादों में उत्तराधिकारी का युद्ध छिड़ा, तब औरंगजेब एवं दारा ने महाराणा को अपनी अपनी ओर से युद्ध में शामिल होने के लिए आमंत्रित किया।

मगर महाराणा किसी भी पक्ष का समर्थन नहीं करना चाहता था क्योंकि यदि विपक्ष विजयी हो जाय तो वह मेवाड़ के लिए समस्या खड़ी कर सकता था। अत: महाराणा टालमटोल करता रहा। यहाँ तक कि अव्यवस्था का फायदा उठाकर टीका दौड़ के बहाने राज्य के तथा बाहरी मुगल थानों को भी लूटा। महाराणा ने टोडा, मालपुरा, टोंक, चाकसू, लालसोट को लूटा एवं मेवाड़ के खोये हुए भागों पर पुनः अधिकार कर लिया। किशन गढ़ की राजकुमारी चारुमति से विवाह कर इसने बादशाह औरंगजेब को भी अप्रसन्न किया। औरंगजेब द्वारा 1679 ई में जजिया कर लगाने का राजसिंह ने विरोध किया।

मुगल मारवाड़ संघर्ष छिड़ने पर महाराणा राजसिंह ने राठौड़ों का साथ दिया. सिसोदिया राठौड़ गुट बनाने से सम्राट औरंगजेब बड़ा चिंतित हुआ और उसने राजपूतों को नष्ट करने में अपनी शक्ति लगा दी। युद्ध से मेवाड़ के कई इलाके वीरान हो गये। राजसिंह ने शाहजादे अकबर को अपनी ओर मिलाकर मुगल शक्ति को कमजोर करने का प्रयास किया। परन्तु औरंगजेब ने छल से राजकुमार अकबर और राजपूतों में फूट डलवा दी। 1680 ई में राजसिंह की मृत्यु हो गई।

किशनगढ़ व रुपनगर के राजा रुपसिंह राठौड़ की मृत्यु के पश्चात मानसिंह वहाँ के शासक बने। मानसिंह की बहन चारूमति राठौड़ की खूबसूरती में अद्वितीय थी। जब औरंगजेब को इस बारे में पता चला तो उसने मानसिंह से कहा कि हम आपकी बहन से निकाह करेंगे।

औरंगजेब के दवाब में आकर मानसिंह ने हाँ कर दी मगर चारुमति राठौड़ को यह विवाह प्रस्ताव कतई मंजूर नहीं था। उसने साफ शब्दों में प्रस्ताव को नकारते हुए कहा कि में आत्महत्या कर लूंगी पर बादशाह से विवाह नहीं करुँगी। इस मानसिंह के पूरे परिवार ने निर्णय लिया कि राजपूताने में केवल महाराणा मानसिंह औरंगजेब की टक्कर ले सकते हैं। अतः मानसिंह ने अपनी बहन को राजसिंह को पत्र लिखने के लिए कहते हैं।

चारुमति अपने पत्र में लिखती हैं आप एकलिंग जी के उपासक हैं। जिस तरह कृष्ण भगवान ने शिशुपाल का वध कर भीष्म की बेटी रुक्मनी से विवाह किया उसी तरह आप मुझसे विवाह कर औरंगजेब के चंगुल से छुड़ाए. एक पत्र मानसिंह ने भी लिखा कि यदि आप ऐसे ही चारुमति को विवाह कर ले जाएगे तो औरंगजेब हमें जीवित नहीं छोड़ेगा, अतः आप सेना के साथ आए और हमें भी बंदी बनाकर साथ ले जाए।

योजना के अनुसार राजा राजसिंह और चारुमति का विवाह सम्पन्न हुआ, मगर देवलिया का हरीसिंह मेंवाड़ महाराणा से प्रति शोध लेने की ताक में था। उसने दिल्ली जाकर सारी घटना औरंगजेब को बता दी. औरंगजेब यह कहानी सुनकर बहुत क्रोधित हुआ और उसने गयासपुर व वसावर के परगने महाराणा राजसिंह से छीनकर हरीसिंह को दे दिए। दोनों के बीच युद्ध की स्थिति बन चुकी थी।

औरंगजेब ने महाराणा को जवाब मांगते हुए हरीसिंह के जरिये एक फरमान राज सिंह को भेजा, जिसमें उन्होंने लिखा कि आपने हमारी मर्जी के खिलाफ जाकर चारुमति से विवाह क्यों किया। राज सिंह जानते थे यह युद्ध करने का उचित समय नहीं हैं। अतः उन्होंने कूट नीति से काम लेते हुए कोठरिया के रावत उदयकरण के हाथों एक खत भिजवाकर औरंगजेब को अपनी सफाई भेजी।

राजसिंह के सेनापति और सलूम्बर उदयपुर के रावत रतनसिंह चुंडावत का विवाह बूंदी के संग्रामसिंह की पुत्री सलह कँवर के साथ हुआ था। विवाह के दो दिन बाद ही जब रतनसिंह को युद्ध लड़ने जाना पड़ा तब सलह कँवर ने निशानी के रूप में अपना सिर भिजवा दिया था यही सलह कँवर इतिहास में हाड़ी रानी के नाम से विख्यात हैं।

राजसिंह अपनी प्रजा में सैनिक एवं नैतिक प्रवृति को प्रोत्साहन देने के उद्देश्य से विजय कर कातु की उपाधि धारण की. राजसिंह की पत्नी रामरसदे ने उदयपुर में जयाबावड़ी / त्रिमुखी बावड़ी का निर्माण करवाया था। अकाल प्रबंधन के उद्देश्य से राजसिंह ने गोमती नदी के पानी को रोककर राजसमंद झील का निर्माण करवाया था।

तथा इस झील के उत्तरी किनारे नौ चौकी नामक स्थान पर राज प्रशस्ति नामक शिलालेख लगवाया। संस्कृत भाषा में लिखित राजप्रशस्ति शिलालेख की रचना रणछोड़ भट्ट द्वारा की गई थी। यह प्रशस्ति 25 काले संगमरमर की शिलाओं पर खुदी हुई हैं. इसी आधार पर इसे संसार का सबसे बड़ा शिलालेख माना गया हैं।

राजप्रशस्ति में मेवाड़ का प्रमाणिक इतिहास और ऐतिहासिक मुगल मेवाड़ संधि 1615 का उल्लेख मिलता है। इस प्रशस्ति में मेवाड़ के शासकों की तकनीकी योग्यता की जानकारी मिलती है। राजसिंह के प्रतिनिधि दाऊजी महाराज / दामोदर जी महाराज में मथुरा से श्रीनाथ जी और द्वारिकानाथ की मूर्ति लाये थे।

महाराणा राजसिंह ने श्रीनाथ जी को सिहाड़ वर्तमान नाथद्वारा में तथा द्वारकाधीश को कांकरोली राजसमंद में प्रतिष्ठित करवाया था व उसने अम्बिका माता मंदिर उदयपुर को भी प्रतिष्ठित करवाया था।

/// जय श्री राम ///

गुरु गोबिंद सिंह

"चिड़ियाँ नाल में बाज लड़ावां गिदरां नु में शेर बनावां सवा लाख से एक लड़ावां तां गोविंद सिंह नाम धरावां" सिखों के दसवें गुरु श्री गोविंद सिंह द्वारा 17 वीं शताब्दी में कहे गए ये शब्द आज भी सुनने को मिलती है। गुरु गोबिंद सिंह जी गोबिंद राय के रूप में पटना में पैदा हुए जो दसवें सिख गुरु बने। वह एक आध्यात्मिक नेता, योद्धा, कवि और दार्शनिक थे. वह औपचारिक रूप से नौ साल की उम्र में सिखों के नेता और रक्षक बन गए, जब नौवें सिख गुरु और उनके पिता गुरु तेग बहादुर औरंगजेब द्वारा इस्लाम में परिवर्तित होने से इन्कार करने के लिए मार दिए गए थे। गुरु गोबिंद जी ने अपनी शिक्षाओं और दर्शन के माध्यम से सिख समुदाय का नेतृत्व किया और जल्द ही ऐतिहासिक महत्व प्राप्त कर लिया। वह खालसा को संस्थागत बनाने महत्वपूर्ण भूमिका निभाई। गुरु गोबिंद सिंह जी ने अपनी मृत्यु से पहले 1708 में गुरु ग्रंथ साहिब को सिख धर्म का पवित्र ग्रंथ घोषित किया था।

गुरु गोबिंद सिंह जी एक महान योद्धा थे। वह कविता और दर्शन और लेखन के प्रति अपने झुकाव के लिए जाने जाते थे। उसने मुगल आक्रमणकारियों को जवाब देने से इन्कार कर दिया और अपने लोगों की रक्षा के लिए खालसा के साथ लड़ाई लड़ी। उनके मार्गदर्शन में उनके अनुयायियों ने एक सख्त संहिता का पालन किया। उनके दर्शन, लेखन और कविता आज भी लोगों को प्रेरित करते हैं। गुरु गोबिंद सिंह जयंती मनाने के लिए दुनिया भर के सिख गुरुद्वारों में जाते हैं, जहाँ गुरु गोबिंद सिंह जी के सम्मान में प्रार्थना सभाएँ होती हैं. लोग गुरुद्वारों द्वारा आयोजित जुलूसों में भाग लेते हैं, कीर्तन करते हैं और समुदाय के लिए सिख धर्म का एक महत्वपूर्ण हिस्सा सेवा भी करते हैं।

गुरु गोबिंद सिंह ही थे जिन्होंने सिखों द्वारा पालन किए जाने वाले पारच ककार का परिचय दिया था:–

केशः बिना कटे बाल

कंघाः एक लकड़ी की कंघा

काराः कलाई पर पहना जाने वाला लोहे या स्टील का ब्रेसलेट

कृपाणः एक तलवार

कच्छेराः छोटी जांघिया

गुरु गोबिंद सिंह एक कवि, आध्यात्मिक गुरु, योद्धा, दार्शनिक और लेखक भी थे। 1708 में उनका निधन हो गया लेकिन उनके मूल्य और विश्वास उनके अनुयायियों के माध्यम से जीवित हैं।

पटना में हुआ था जन्म

गुरु गोबिंद सिंह जी सिखों के 10 वें गुरु थे. गुरु गोविंद सिंह का जन्म नौवें सिख गुरु के घर पटना के साहिब में पौष शुक्ल सप्तमी संवत् 1723 यानि की 22 दिसंबर 1666 को हुआ था. उनके बचपन का नाम गोविन्द राय था। 1670 में गुरु गोबिंद सिंह का परिवार पंजाब में आ गया. गुरु गोबिंद सिंह जी एक महान योद्धा, कवि, भक्त एवं आध्यात्मिक नेता थे। 1699 बैसाखी के दिन गुरु गोबिंद सिंह ने खालसा पंथ की स्थापना की थी यह दिन सिखों के इतिहास का सबसे महत्वपूर्ण दिन माना जाता है। कहा जाता है कि गुरु गोबिंद सिंह जी ने अपना पूरा जीवन लोगों की सेवा और सच्चाई की राह पर चलते हुए ही गुजार दी थी। गुरु गोबिंद सिंह का उदाहरण और शिक्षाएं आज भी लोगों को प्रेरित करती है।

हमेशा प्रेम, एकता, भाईचारे का संदेश दिया

गुरु गोविंद सिंह जी ने सदा प्रेम, एकता, भाईचारे का संदेश दिया। उनकी मान्यता थी कि मनुष्य को किसी को डराना नहीं चाहिए और न किसी से डरना चाहिए। उनकी वाणी में मधुरता, सादगी, सौजन्यता एवं वैराग्य की भावना कूट-कूटकर भरी थी। उनके जीवन का प्रथम दर्शन ही था कि धर्म

का मार्ग सत्य का मार्ग है और सत्य की सदैव विजय होती है। गुरु गोबिंद सिंह जी ने अपना पूरा जीवन लोगों की सेवा और सच्चाई की राह पर चलते हुए ही गुजार दी थी। गुरु गोविंद सिंह की मृत्यु 42 वर्ष की उम्र में 7 अक्टूबर 1708 को नांदेड़, महाराष्ट्र में हुई।

गुरु गोबिंद जी का विवाह

10वें सिख गुरु गुरु गोबिंद जी की तीन शादियाँ हुई थी, उनका पहला विवाह आनंदपुर के पास स्थित बसंतगढ़ में रहने वाले कन्या जीतो के साथ हुआ था। इन दोनों को शादी के बाद जोरावर सिंह, फतेह सिंह और जुझार सिंह नाम की तीन संतान पैदा हुई थी। इसके बाद माता सुंदरी से उनकी दूसरी शादी हुई थी और शादी के बाद इनसे उन्हें अजित सिंह नाम के पुत्र की प्राप्ति हुई थीं फिर गुरु गोविंद जी ने माता साहिब से तीसरी शादी की थी, लेकिन इस शादी से उन्हें कोई भी संतान प्राप्त नहीं हुआ था।

गुरु गोबिंद सिंह जी के प्रमुख कार्य

गुरु गोबिंद साहब जी ने ही सिखों के नाम के आगे सिंह लगाने की परंपरा शुरू की थी, जो आज भी सिख धर्म के लोगों द्वारा चलाई जा रही है. गुरु गोबिंद सिंह जी ने कई बड़े सिख गुरुओं के महान उपदेशों को सिखों के पवित्र ग्रंथ, गुरु ग्रंथ साहिब में संकलित कर इसे पूरा किया था. वाहेगुरु, गुरु गोबिंद सिंह जी ने ही गुरुओं के उत्तराधिकारियों की परंपरा को खत्म किया। सिख धर्म के लोगों के लिए गुरु ग्रंथ साहिब को सबसे पवित्र एवं गुरु का प्रतीक बनाया।

खालसा पंथ की स्थापना

सिख धर्म के 10वें गुरु गोविंद जी ने साल 1669 में मुगल बादशाहों के खिलाफ विरोध करने के लिए खालसा पंथ की स्थापना की थी।

सिख साहित्य में गुरु गोविन्द सिंह जी के महान विचारों धारा की गई "चंडी दीवार" नामक साहित्य की रचना खास महत्व रखती है।

गुरु गोविंद सिंह धारा लड़े हुए कुछ प्रमुख युद्ध

सिखों के 10वें गुरु गोबिंद सिंह जी ने अपने सिख अनुयायियों के साथ मुगलों के खिलाफ कई बड़ी लड़ाईयां लड़ीं। इतिहासकारों की माने तो गोबिंद सिंह जी ने अपने जीवन में 14 युद्ध किए, इस दौरान उन्हें अपने परिवार के सदस्यों के साथ कुछ बहादुर सिख सैनिकों को भी खोना पड़ा, लेकिन गुरु गोविंद जी ने बिना रुके बहादुरी के साथ अपनी लड़ाई जारी रखी।

भंगानी का युद्ध (1688)

नंदौन का युद्ध (1691)

गुलेर का युद्ध (1696)

आनंदपुर का पहला युद्ध (1700)

निर्मोहगढ़ का युद्ध (1702)

बसोली का युद्ध (1702)

चमकौर का युद्ध (1704)

आनंदपुर का युद्ध (1704)

सरसा का युद्ध (1704)

मुक्तसर का युद्ध (1705)

गुरु गोबिंद सिंह जी की प्रमुख रचनाएँ–

चंडी दी वार

जाप साहिब

खालसा महिमा

अकाल उस्तत

बचित्र नाटक

जफरनामा

वर्ष 1708 में गुरु गोविंद सिंह जी की हुई थी मृत्यु

मुगल बादशाह औरंगजेब की मृत्यु के बाद उसके बेटे बहादुर शाह को उत्तराधिकरी बनाया गया था। बहादुर शाह को बादशाह बनाने में गुरु गोविंद जी ने मदद की थी। इसकी वजह से बहादुर शाह और गुरु गोविंद जी के बीच काफी अच्छे संबंध बन गए थे। वहीं सरहद के नवाब वजीद खां को गुरु गोविंद सिंह और बहादुर शाह की दोस्ती बिल्कुल पसंद नहीं थी, इसलिए उसने अपने दो पठानो से गुरु गोविंद जी की हत्या की साजिश रखी और फिर 7 अक्तूबर 1708 में महाराष्ट्र के नांदेड़ साहिब में गुरु गोविंद सिंह जी ने अपनी आखिरी सांस ली।

/// जय श्री राम ///

वीर जाम सताजी जाडेजा

राजपूत एक वीर स्वाभिमानी और बलिदानी कौम जिनकी वीरता के दुश्मन भी कायल थे, जिनके जीते जी दुश्मन राजपूत राज्यो की प्रजा को छु तक नही पाये अपने रक्त से मातृभूमि को लाल करने वाले जिनके सिर कटने पर भी धड़ लड़ लड़ कर झुंझार हो गए।

आज हम आपको एक ऐसे युद्ध के बारे में बताएँगे जहा क्षत्रिय धर्म का पालन करते हुए एक शरणार्थी मुस्लिम को दिए हुए अपने वचन के कारण हजारो राजपूतो ने अपने प्राण न्यौछावर कर दिए। भूचर-मोरी का युद्ध सौराष्ट्र के इतिहास का सबसे बड़ा युद्ध माना जाता है, जहा पश्चिम के बादशाह का बिरुद मिलने वाले जामनगर के शासक और जाडेजा राजपूत राजवी जाम श्री सताजी से अपने से कई गुना अधिक बड़े और शक्तिशाली मुगल रियासत के सामने नहीं झुके। यह युद्ध इतना भयंकर था की इसे सौराष्ट्र का पानीपत भी कहा जाता है। इस युद्ध में दोनों पक्षों के एक लाख से ज्यादा सैनिक शहीद हुए।

विक्रम सवंत १६२९ में दिल्ही के मुगल बादशाह जलालुदीन महमूद अकबर ने गुजरात के आखिरी बादशाह मुज्जफर शाह तृतीय से गुजरात को जीत लिया। जिसके परिणाम स्वरुप मुजफ्फर शाह राजपिपला के जंगलो में जाकर कुछ समय के लिए छिप गया, फिर उसने गुजरात के सौराष्ट्र में स्थित जामनगर के राजा जाम सताजी तथा जूनागढ़ के नवाब दौलत खान और कुंडला के काठी लोमान खुमान के पास जाकर उनसे सहायता लेकर ३०,००० हजार घुड़सवार और २०,००० सैनिक लेकर अहमदाबाद में भारी लुटपाट

मचाई और अहमदाबाद, सूरत और भरूच ये तीन शहर कब्जे कर लिए। उस समय अहमदाबाद का मुगल सूबेदार मिर्जा अब्दुल रहीम खान (खानखाना) था। पर वह मुज्जफर शाह के हमले और लूटपाट को रोक नहीं सका। जिसकी वजह से अकबर ने अपने भाई मिर्जा अजीज कोका को गुजरात के सूबेदार के रूप में नियुक्त किया। सूबेदार के रूप में नियुक्त होने के साथ उसने मुजफ्फर शाह को कैद कर लिया, पर सन १५८३ (वि.सं. १६३९) को मुजफ्फर शाह मुगल कैद से भाग छूटा और सौराष्ट्र की तरफ भाग गया। मुजफ्फर शाह ने सौराष्ट्र के कई राजाओ से सहायता की मांग की, पर किसी ने उसकी मदद नहीं की।

आखिर में जामनगर के जाम सताजी ने उसको ये कह के आश्रय दिया की "शरणागत की रक्षा करना क्षत्रिय का धर्म है" और उसके रहने के लिए बरडा डुंगर के क्षेत्र में व्यवस्था कर दी।

इस बात की खबर अहमदाबाद के सूबेदार मिर्जा अजीज कोका को मिलते ही उसने मुजफ्फर शाह को पकड़ने के लिए एक बड़ा लश्कर तैयार किया और विरमगाम के पास में पड़ाव डाला, नवरोज खान तथा सैयद कासिम को एक छोटा लश्कर देकर उसने मोरवी की और इन दोनों को मुजफ्फर शाह की खोज करने के लिए भेजा। मुजफ्फर शाह जामनगर में हे इस बात की खबर मिलने पर नवरोज खान ने वीर जाम सताजी को पत्र लिखा कि–

"आप गद्दार मुजफ्फर शाह को अपने राज्य में से निकल दो" "परंतु अपने पास शरणागत के लिए आये हुए को संकट के समय त्याग देना राजपूत धर्म के खिलाफ है" ये सोच कर जाम श्री सताजी ने नवरोज खान की इस बात को ठुकरा दिया।

इस बात से गुस्से होकर नवरोज खान ने अपने लश्कर को जामनगर की और कूच करने का आदेश दिया। इस बात का पता चलते ही जाम साहिब ने बादशाह के लश्कर को अन्न-पानी की सामग्री उपलब्ध करानी रोक दी, और लश्कर की छावनियो पर हमला करना शुरु कर दिया तथा उनके हाथी, घोड़े व ऊंट को कब्जे में करके लश्कर को काफी नुकसान पहुँचाया।

सोरठी तवारीख में लिखा गया था की "जाम शाहीब ने मुगल लश्कर को इतना नुकसान पहुँचाया और खाध्य सामग्री रोक दी थी की लश्करी छावनी में अनाज की कमी की वजह से उस समय में एक रूपये के भाव से एक सेर अनाज बिकने लगा था।"

इस बात की खबर मिर्जा अजीज कोका (जो विरामगाम के पास अपना लश्करी पड़ाव डालके पड़ा था) को मिलते ही उसने भी अपने बड़े लश्कर के साथ जामनगर की और कुछ कर दी और नवरोज खान और सैयद कासिम के सैन्य के साथ जुड़ गया। जाम श्री सताजी ने अपने अस्त्र-शस्त्र और अन्न सामग्री तो जामनगर में ही रखी थी इसलिए अजीज कोका ने अपने लश्कर को जामनगर की और कूच किया। जाम साहिब को जब इस बात की खबर मिली की अजीज कोका अपने सैन्य के साथ जामनगर की तरफ आ रहा हे तब उन्होंने भी अपने सैन्य को मुगल लश्कर की दिशा में कूच करवाया।

जामनगर से ५० किमी के अंतर पर स्थित धोल के पास भूचर-मोरी के मैंदान में जाम साहिब के लश्कर और मुगल लश्कर का आमना-सामना हुआ। उस समय जाम श्री सताजी की मदद के लिए जूनागढ़ के नवाब दौलत खान और कुंडला के काठी लोमा खुमान भी अपने सैन्य के साथ पहुँच गए थे।

इस ध्रोल के पास स्थित भुचर-मोरी के मैदान में दोनों लश्करो की और से छोटे छोटे हमले हुए लेकिन इन सभी हमलो में जाम साहिब का लश्कर जीत जाता था। २-३ माह तक ऐसा चलता लेकिन हर हमले में जाम साहिब के लश्कर की ही जीत होती थी। अजीज कोका समझ गया था की उसका लश्कर यहाँ नहीं जीत पाएगा। जिसके कारण उसने जाम साहिब को समाधान करने के लिए पत्र भिजवाया। इस बात की खबर जूनागढ़ के नवाब दौलत खान और काठी लोमा खुमान को पता चलने पर उन्होंने सोचा की "अगर जाम साहिब ने समाधान से मना कर दिया और लड़ाई हुई तो जाम श्री सताजी की ही जीत होगी और वो हमारे राज्य भी अपने कब्जे में ले लेंगे, इसलिए हमें बादशाह के मुगल लश्कर के साथ मिल जाना चाहिए।" उन्होंने सूबे अजीज कोका को गुप्तचर द्वारा खबर भिजवाई की "आप वापस हमला करो, लड़ाई शुरु होते ही हम आपके लश्कर के साथ मिल जाएँगे और जाम

शाहिब के लश्कर पे हमला बोल देंगे"। ये खानगी खबर दौलत खान को मिलते ही उसने समाधान से मन हटाकर जाम साहिब को दूसरे दिन युद्ध का कह भिजवाया।

दूसरी दिन सुबह होते ही जाम साहिब श्री सताजी अपने लश्कर के साथ मुगल लश्कर पर टूट पडे और भयंकर युद्ध हुआ उसके परिणाम स्वरुप मुगल सैन्य हारने की कगार पर आ गया। ये देखकर नवाब दौलत खान और काठी लोमा खुमान जो जाम साहिब के लश्कर हरोड़ में खड़े थे, वो अपने २४,००० सैनिक के साथ जाम साहिब श्री सताजी को छोड़कर मुगल लश्कर में मिल गए। जिसके वजह से लड़ाई तीन प्रहर तक लम्बी चली।

उस समय जैसा वजीर ने जाम श्री सताजी को कहा की "धोखेबाजो ने हमसे धोखा किया है, हम लोग जीवित है तब तक युद्ध को चालू रखेंगे आप अपने परिवार, वंश और गद्दी को बचाये रखने के लिए जामनगर चले जाइए। जाम साहिब को जेसा वजीर की ये सलाह योग्य लगने पर वे हाथी से उतरकर घोड़े पर चढ़ गए और अपने अंगरक्षक के साथ जामनगर की और चले गए, इस तरफ जेसा वजीर और कुमार जसाजी ने मुगल लश्कर के साथ लड़ाई को चालू रखा।"

दूसरी तरफ इस युद्ध से अनजान जाम साहिब के पाटवी कुंवर अजाजी की शादी हो रही थी इसलिए वे भी जामनगर में ही थे। उनको जब जाम श्री सताजी के जामनगर आने की खबर मिली और पता चला की युद्ध अभी भी चालू ही है, वे अपने ५०० राजपूत जो जानैया (शादी में दुल्हे की जान में साथ में होने वाले लोग) थे तथा नाग वजीर को साथ में लेकर भूचर मोरी के मैदान में आ पहूँचे। गौर तलब देखने वाली बात ये है की इस जगह से अतीत साधू की जमात जो हिंगलाज माता की यात्रा पर जा रहे थे वे लश्कर को देखकर जाम साहिब के लश्कर में मिल गए थे।

दूसरे दिन सुबह दोनों लश्करो के बीच युद्ध शुरु हो गया। मुगल शाही लश्कर की दाईनी हरावल के सेनापति सैयद कासिम, नवरंग खान और गूजर खान थे। वही बाई हरावल के सेनापति मशहूर सरदार महमद रफी था। हुमायूँ

के बेटे मिर्जा मरहम बिच की हरावल का सेनापति था और उसके आगे मिर्जा अनवर और नवाब आजिम था।

जाम श्री साहिब सताजी के सैन्य के अग्र भाग का आधिपत्य जेसा वजीर और कुंवर अजाजी ने किया था। दाईनी हरावल में कुंवर जसाजी और महेरामणजी दुंगरानी थे, वही बाई हरावल में नागडा वजीर, दायो लाड़क, भानजी दल थे। दोनों और से तोपों के गोले दागने के साथ ही युद्ध शुरु हुआ, जिसके साथ ही महमद रफी ने अपने लश्कर के साथ की जाम श्री के लश्कर पर हमला किया। दूसरी तरफ नवाब अनवर तथा गुजर खान ने कुंवर अजाजी और जेसा वजीर और अतीत साधू की जमात जिसकी संख्या १५०० थी उन पर हमला बोल दिया।

एक लाख से ज्यादा सैनिक मुगल के शाही के लश्कर में थे, जिसमें हिन्दू और मुस्लिम दोनों थे। जाम साहिब के सैनिक की संख्या इनके मुकाबले बहुत कम होने के साथ ही में अपने २४,००० साथियों द्वारा धोखा होने पर मुगल लश्कर धीरे धीरे जीत की तरफ बढ़ रहा था। इस बात को देखकर कुंवर श्री अजाजी ने अपने घोड़े को दौड़ाकर मिर्जा अजीज कोका के हाथी के पास ला खड़ा किया। उन्होंने अपने घोड़े से लम्बी छलांग मराके घोड़े के अगले दोनों पाव अजीज कोका के हाथी के दांत पर टिका दिए, और अपने भाले से सूबेदार पर जोरदार वार किया जिसके ऊपर एक प्राचीन दोहा भी है कि:–

अजमलियो अलंधे, लायो लाखासर धणि।
दंतूशळ पग दे, अंबाडी अणिऐ हणि॥१॥

पर अजीज कोका हाथी की अंबाडी की कोठी में छुप गया, जिससे भाला अंबाडी के किनारे को चीरते हुए हाथी की पीठ के आरपार निकल के नीचे जमीन में घुस गया। उसी समय एक मुगल सैनिक ने अजाजी के पीछे से आकर के तलवार का वार कर दिया इसे देखकर सभी राजपूत हर हर महादेव के नाद के साथ मुगल सैनिक पर टूट पडे। युद्ध में हजारो लोगो की कत्ल करने के बाद जेसा वजीर, महेरामणजी दुंगराणी, भानजी दल, दहयो लाडक, नाग वजीर और तोगाजी सोढ़ा वीरगति को प्राप्त हुए। वही उसी तरफ

मुगल शाही लश्कर में महमद रफी, सैयद सफुर्दीन, सैयद कबीर, सैयद अली खान मारे गए।

शाही लश्कर में मुख्य सूबा मिर्जा अजीज कोका और जाम श्री के लश्कर में कुमार श्री जसाजी और थोड़े सैनिक ही बचे थे।

युद्ध के बारे में वहा पर एक शिलालेख भी जाम अजाजी की डेरी में हे, वही बाजूमें दीवार पर एक पुरातन चित्र भी है जिसमें जाम अजाजी अपने घोड़े को कुदाकर हाथी के ऊपर बैठे हुए सूबे की तरफ भाला का प्रहार करते है....

सवंत सोळ अड़तालमें श्रावण मास उदार।
जाम अजो सुरपुर गया, वद सातम बुधवार।।१।।
ओगणीसे चौदह परा, विभो जाम विचार।
महामास सुद पारचमें कीनो जिर्नोध्धार।।२।।
जेसो, दाहयो, नागडो, महेरामण, दलभाण।
अजमल भेला आवटे, पारचे बौध प्रमाण।।३।।
आजम कोको मारिओ, सुबो मन पसताई।
दल केता गारत करे, रन घण जंग रचाय।।४।।

निजामुदीन अहमद लिखते है की ये लड़ाई हिजरी सवंत १००१ के रजब माह की तारीख ६ को हुई थी। और जामनगर के पुरातन दस्तावेज में भुचर-मोरी की लड़ाई की तारीख विक्रम सवंत १६४८ में हालारी श्रावन वाद ७ को होने को लिखी है...।

युद्ध में नागडा वजीर ने भी अदभुत शौर्य दिखाया था। कहते है कि जब वह छोटा था तब जब उसकी माँ बैठी हुई होती थी तब उसके स्तन को पीछे खड़ा होकर स्तन से दूध पीता था। इस घटना को एक बार जाम सताजी ने देखा तो उनको बहुत हसी आई थी। जब नागडा वजीर युद्ध में लड़ने के लिए आया था तब उसके पिता जेसा वजीर ने कहा था की "हे नागडा तू जब छोटा था तब जाम साहिब ने तुझे तेरी माँ को खड़े होकर स्तनपान करता हुआ देखा

था और हस पडे थे, अब समय आ गया है अपनी मां के दूध की ताकत दिखाने का, वह दूध एक शेरनी का है इस बात को रणभूमि में साबित करना"।

जब युद्ध चल रहा था तब नागडा वजीर ने अदभुत शौर्य दिखाया था। उसके दोनों हाथ के पंजे कट चुके थे लेकिन उसने अपने दोनों हाथ की कलाई की हड्डी में भाले को ठुसकर दुश्मनों को मारना चालू रखा था, इतना ही नही उसकी ऊँचाई भी बहुत होने के कारण उसने बादशाही लश्कर के हाथी के पेट में अपने कटे हुए हाथ को घुसाकर हाथी के पेट में बड़े बड़े घाव (खड्डे की तरह) कर दिए थे जिसके कारण हाथी के पेट से लहू की धारा बहने लगी थी... नागडा वजीर के ऊपर दोहे भी रचे हुए है कि....

भलीए पखे भलां, नर नागडा निपजे नहीं।
जोयो जोमांना, कुंताना जेवो करण॥१॥

अर्थः–कुंताजी से जैसे कर्ण जैसा महा पराक्रमी पुत्र उत्पन हुआ, वैसे ही जोमा से नागडा वजीर जैसा महा पराक्रमी पुत्र उत्पन हुआ, इसलिए कहते है कि वीरांगनाओ के सिवा महापराक्रमी वीर पुरुष उत्पन नहीं होते...॥

जहाँ पड़ दीठस नाग जबान, सकोकर उभगयंद समान।
पड़ी सहजोई सचीपहचाण, पट्टकिय नागह लोथ प्रमाण॥१॥

अर्थः–भूचर-मोरी के मैदान में जब नागडा वजीर के लोथ अर्थात मृत शरीर को उठाया तब गयंद नामके हाथी के समान उसकी उंचाय मालुम होने से सूबेदार को उसकी ऊँचाई का विश्वास हुआ था।

कुमार श्री अजाजी युद्धभूमि में शहीद हो गए और बादशाह का लश्कर नगर की तरफ आ रहा है यह खबर मिलते ही जाम सताजी ने जनाने की सभी राणी को जहाज में बिठाकर सूचना दी की अगर मुस्लिम सैन्य आपकी तरफ आए तो अपने जहाज को समुद्र में डूबा देना, और अपने कुछ बाकि बचे सैन्य के साथ पहाड़ी इलाके में बदला लेने के लिए निकल पड़े क्योकि ज्यादातर सैन्य भूचर मोरी में शहीद हो गऐ थे।

इस तरफ राणियो का जहाज बंदरगाह से निकले इससे पहले सचाणा के बारोट इसरदासजी के पुत्र गोपाल बारोट ने कुमार श्री अजाजी (जो रणक्षेत्र में शहीद हुए थे उनकी की पगड़ी को लाकर राणी को दिखा दी। ये देखकर राणी को सत चड़ा और उन्होंने सैनिको को आज्ञा देकर अपना रथ लेकर भूचर–मोरी के रणक्षेत्र की और चल पड़ी। इस तरफ बादशाह के मुस्लिम सैनिक नगर की और आ रहे थे। उन्होंने राणी के रथ को देखकर उन पर आक्रमण कर दिया, लेकिन उस समय धोल के ठाकोर साहिब अपने भायती राजपूतो के साथ वहा आ पहुँचे और मुस्लिम सैन्य को बताया कि ये राणी सती होने के लिए आई हे। उन्होंने मुस्लिम सैन्य के साथ समझौता करके कुंवर अजाजी की राणी जिनकी शादी भी पूरी नहीं हुई थी उनको सती होने में पूरी मदद की।

इस युद्ध के अंत में सूबा अजीज कोका जामनगर में आया, और वह पर आकर के उसने भारी लूटपात मचाई। बाद में उसे पता चला की मुज्जफर शाह जूनागढ़ की और भाग गया हे। उसने नवरंग खान, सैयद कासम और गुज्जरखान को साथ में लेकर जूनागढ़ की और प्रयाण किया। इस बात की खबर जाम सताजी को मिलते ही उसने मुजफ्फर शाह को बरडा डुंगर के विस्तार में शरणागत दी...

धन्य ऐसे राजपूत जाम सत्रसाल (सताजी) को जिन्होंने क्षत्रिय धर्म का पालन करते हुए अपने राजपाट को त्याग करके एक शरणार्थी की रक्षा की।

बादशाही लश्कर का बारूद और अन्न सामग्री पूरी होने के वजह से उन्होंने जूनागढ़ से लश्कर हटाकर जामनगर में सूबा रखकर बाकि के लश्कर को अहमदाबाद भेज दिया। मुजफ्फर शाह को अहसास हुआ कि मेरे लिए जिसने अपने लाखो को शहीद कर दिया और इतनी तकलीफ उठाई उनको अब ज्यादा परेशान नहीं करना चाहिए, इसलिए वो बरडा डुंगर से भाग गया और कच्छ में राव भारमल के शरण में गया।

जामनगर में जाम सताजी की गैरहाजरी का लाभ लेकर राणपुर के जेठवा राणा रामदेवजी के कुंवर राणा भाणजी के राणी कलाबाई ने अपनी फौज से अपना गया हुआ प्रदेश जो जाम साहब में जीत लिया था उसको वापस कब्जे

में कर लिया और छाया में राजधानी की स्थापना कर कुंवर खिमाजी को गद्दी पर बिठा दिया।

जब सूबेदार को ऐसी खबर मिली की मुजफ्फर शाह जूनागढ़ में है तो उसने वहाँ पर फौज को भेजकर जाम सताजी को पत्र मारफत संदेसा भिजवाया की "जूनागढ़ के नवाब" के ऊपर जब तक हमारा सैन्य रहे तब तक आपको शाही लश्कर के अन्न-पानी और राशन की सामग्री मोहैया करानी होगी और इस बात से जाम सताजी के साथ सुलह करके जाम सताजी को वापस वि.सं. १६४९ के माह सुदी ३ को जामनगर की गद्दी को सताजी पर बिठाया।

सूबेदार को जब पता चला की मुजफ्फर शाह कच्छ में है तो उन्होंने कच्छ के राव भारमल को संदेशा भिजवाया कच्छ के राव भारमल ने संदेशा मिलते ही मुजफ्फर शाह को अबदल्ला खान की फौज में हाजिर होने के लिए भेजा, और उसे अहमदाबाद की और भेजा लेकिन रास्ते में मुजफ्फर शाह ने धोल के पास आत्महत्या कर ली।

इस तरह वीर जाम सताजी ने एक मुस्लिम सरणार्थी को दिए हुए वचन को निभाते हुए अपनी राजपाट गवाकर और हजारो राजपूतों की सेना के शहीद होते हुए भी अपने क्षत्री-धर्म का पालन किया।

धोल के पादर में भूचर-मोरी के मैदान में आज भी हर साल श्रावण वद सातम को हजारों की संख्या में राजपूत इकठ्ठे होते हे और इन वीर शहीदों की श्रद्धांजली अर्पण करते हे यहाँ पर बड़ी मात्र में अन्य जाति के लोग भी इन शहीदों को श्रृद्धांजली अर्पण करते है। युद्ध में इतनी भारी मात्रा में शहादत हुई थी की आज की तारीख में भी भूचर-मोरी के मैंदान की मिट्टी लहू के लाल रंग की है।

/// जय श्री राम ///

वीर डूंगर सिंह भाटी

राजपूताना वीरों की भूमि है। यहाँ ऐसा कोई गांव नहीं जिस पर राजपूती खून न बहा हो, जहाँ किसी जुंझार का देवालय न हो, जहा कोई युद्ध न हुआ हो। भारत में मुस्लिम आक्रमणकर्त्ताओ को रोकने के लिए लाखो राजपूत योद्धाओ ने अपना खून बहाया बहुत सी वीर गाथाये इतिहास के पन्नों में दब गयीं।

कभी-कभी इतिहास के पन्नों ने उन वीरों को सदा के लिए भुला दिया जिनका महत्व स्वय उस समय के शासक भी मानते थे और उन वीरो के नाम से थर थर कांपते थे।

जिनके जीते जी दुश्मन, राजपूत राज्यों की प्रजा को छू तक नही पाये, अपने रक्त से मातृभूमि को लाल करने वाले जिनके सिर कटने पर भी धड़ लड़ लड़ कर झुंझार हो गए। तो आईये जानते है इन्ही की सम्पूर्ण सच्ची कहानी...

"दो दो मेला नित भरे, पूजे दो दो थोर।

सर कटियो जिण थोर पर, धड़ जुझ्यो जिण थो।।

एक राजपूत की समाधी पर दो दो जगह मेंले लगते है, पहला जहाँ उसका सर कटा था और दूसरा जहाँ उसका धड लड़ते हुए गिरा था....

उस वक्त जैसलमेर और बहावलपुर (वर्तमान पाकिस्तान में) दो पड़ोसी राज्य थे। बहावलपुर के नवाब की सेना आये दिन जैसलमेर राज्य के सीमावर्ती क्षेत्रो में डकैती, लूट करती थी परन्तु कभी भी जैसलमेंर के भाटी वंश के शासकों से टकराने की हिम्मत नही करती थी।

उन्ही दिनों एक बार जेठ की दोपहरी में दो राजपूत वीर डूंगर सिंह जी उर्फ पन्न राज जी, जो की जैसलमेर महारावल के छोटे भाई के पुत्र थे और उनके भतीजे चाहड़ सिंह जिसकी शादी कुछ दिन पूर्व ही हुयी थी, दोनों वीर जैसलमेर बहावलपुर की सीमा से कुछ दूरी पर तालाब में स्नान कर रहे थे।

तभी अचानक बहुत जोर से शोर सुनाई दिया और कन्याओं के चिल्लाने की आवाजें आई। उन्होंने देखा की दूर बहावलपुर के नवाब की सेना की एक टुकड़ी जैसलमेर रियासत के ही ब्राह्मणों के गाँव "काठाडी" से लूटपाट कर अपने ऊँटो पर लूटा हुआ सामान और साथ में गाय, ब्राह्मणों की औरतों को अपहरण कर जबरदस्ती ले जा रही है।

तभी डूंगर सिंह उर्फ पनराजजी ने भतीजे चाहड़ सिंह को कहा की तुम जैसलमेंर जाओ और वहा महारावल से सेना ले आओ तब तक में इन्हें यहाँ रोकता हूँ। लेकिन चाहड़ समझ गए थे की काका जी कुछ दिन पूर्व विवाह होने के कारण उन्हें भेज रहे हैं।

काफी समझाने पर भी चाहड़ नही माने और अंत में दोनों वीर क्षत्रिय धर्म के अनुरूप धर्म निभाने गौ ब्राह्मण को बचाने हेतु मुस्लिम सेना की ओर अपने घोड़ों पर तलवार लिए दौड़ पड़े। डूंगर सिंह को एक बड़े सिद्ध पुरुष ने सुरक्षित रेगिस्तान पार कराने और अच्छे सत्कार के बदले में एक चमत्कारिक हार दिया था जिसे वो हर समय गले में पहनते थे।

दोनों वीर मुस्लिम टुकड़ी पर टूट पड़े और देखते ही देखते बहावलपुर सेना की टुकड़ी के लाशों के ढेर गिरने लगे। कुछ समय बाद वीर चाहड़ सिंह (भतीजे) भी वीर गति को प्राप्त हो गए जिसे देख क्रोधित डूंगर सिंह जी ने दुगुने वेश में युद्ध लड़ना शुरू कर दिया।

तभी अचानक एक मुस्लिम सैनिक ने पीछे से वार किया और इसी वार के साथ उनका शीश उनके धड़ से अलग हो गया। किवदंती के अनुसार, शीश गिरते वक्त अपने वफादार घोड़े से बोला–"बाजू मेरा और आँखें तेरी"

घोड़े ने अपनी स्वामी भक्ति दिखाई व धड़, शीश कटने के बाद भी लड़ता रहा जिससे मुस्लिम सैनिक भयभीत होकर भाग खड़े हुए और डूंगर जी का धड़ घोड़े पर पाकिस्तान के बहावलपुर के पास पहुँच गया।

तब लोग बहावलपुर नवाब के पास पहुँचे और कहा की एक बिना मुंड आदमी बहावलपुर की तरफ उनकी टुकडी को खत्म कर गाँव के गाँव तबाह कर जैसलमेर से आ रहा है। वह सिद्ध पुरुष भी उसी वक्त वही थे जिन्होंने डूंगर सिंह जी को वह हार दिया था। वह समझ गए थे कि वह कोई और नहीं डूंगर सिंह ही हैं।

उन्होंने सात 7 कन्या नील लेकर पोल (दरवाजे के ऊपर) पर खड़ी कर दी और जैसे ही डूंगर सिंह नीचे से निकले उन कन्याओं के नील डालते ही धड़ शांत हो गया।

बहावलपुर, जो की पाकिस्तान में है जहाँ डूंगर सिंह भाटी जी का धड़ गिरा, वहाँ इस योद्धा को मुण्डापीर कहा जाता है। इस राजपूत वीर की समाधि / मजार पर उनकी याद में हर साल मेंला लगता है और मुसलमानो द्वारा चादर चढ़ाई जाती है।

वही दूसरी ओर भारत के जैसलमेर का मोकला गाँव है, जहाँ उनका सिर कट कर गिरा उसे डूंगरपीर कहा जाता है। वहाँ एक मंदिर बनाया हुआ है और हर रोज पूजा अर्चना की जाती है। डूंगर पीर की मान्यता दूर दूर तक है और दूर दराज से लोग मन्नत मांगने आते हैं।

शत शत नमन गौ-ब्राह्मण धर्म रक्षक वीर योद्धा डूंगर जी को

वीर गोकुल सिंह जाट

भारत के इतिहास में ऐसे-ऐसे योद्धा हुए हैं, जिनकी वीरता पूरे देश के लिए आदर्श हो सकती है। दुर्भाग्य यह है कि हमारी पाठ्य पुस्तकें उनके इतिहास को न केवल उपेक्षित करती हैं, बल्कि उन्होंने जिन्हें पराजित किया, ऐसे कमजोर शासकों को देश के राजा के रूप में चित्रित करती हैं। ऐसे विपरीत चित्र को बनाने में जिन्हें लज्जा नहीं आती, उन्हें प्रतिष्ठित इतिहासकार भी कहा जाता है। यहाँ ऐसे ही एक महान योद्धा गोकुल सिंह जाट की कहानी प्रस्तुत है। गोकुल सिंह जाट सत्रहवीं शताब्दी में हुए थे, जब देश पर आधुनिक इतिहासकारों के अनुसार महान मुगल साम्राज्य स्थापित था। इस महान साम्राज्य की सच्चाई यह है कि दिल्ली के बादशाह मथुरा तक में भी शासन नहीं कर पा रहा था।

सन् 1666 में मुगल बादशाह औरंगजेब के अत्याचारों से हिन्दू जनता त्राहि-त्राहि कर रही थी। मंदिरों को तोड़ा जा रहा था, हिन्दू स्त्रियों की इज्जत लूटकर उन्हें मुस्लिम बनाया जा रहा था। औरंगजेब और उसके सैनिक पागल हाथी की तरह हिन्दू जनता को मथते हुए आगे बढ़ते जा रहे थे। हिंदुओं को दबाने के लिए औरंगजेब ने अब्दुन्नवी नामक एक कट्टर मुसलमान को मथुरा का फौजदार नियुक्त किया। अब्दुन्नवी के सैनिकों का एक दस्ता मथुरा जनपद में चारों ओर लगान वसूली करने निकला। मथुरा के पास सिनसिनी गाँव के सरदार गोकुल सिंह के आहवान पर किसानों ने लगान देने से इन्कार कर दिया, परतन्त्र भारत के इतिहास में वह पहला असहयोग आन्दोलन था। दिल्ली के सिंहासन के नाक तले समरवीर धर्मपरायण हिन्दू वीर योद्धा गोकुल सिंह

और उनकी किसान सेना ने आततायी औरंगजेब को हिंदुत्व की ताकत का एहसास दिलाया। मई 1669 में अब्दुन्नवी ने सिहोरा गाँव पर हमला किया। उस समय वीर गोकुल सिंह गाँव में ही थे। भयंकर युद्ध हुआ लेकिन अब्दुन्नवी और उसकी सेना सिहोरा के वीर हिन्दुओं के सामने टिक ना पाई और सारे सैनिक गाजर-मूली की तरह काट दिए गए। गोकुल सिंह की सेना में जाट, राजपूत, गुर्जर, यादव, मेव, मीणा इत्यादि सभी जातियों के हिन्दू थे, सब अपनी जाति-पाति भूलकर एक हिंदू थे। इस विजय ने मृतप्राय हिन्दू समाज में नए प्राण फूँक दिए थे।

इसके बाद पाँच माह (5 महीनों) तक भयंकर युद्ध होते रहे। मुगलों की सभी तैयारियां और चुने हुए सेनापति प्रभावहीन और असफल सिद्ध हुए। क्या सैनिक और क्या सेनापति सभी के ऊपर गोकुलसिंह का वीरता और युद्ध संचालन का आतंक बैठ गया। अंत में सितंबर मास में, बिल्कुल निराश होकर, शफ शिकन खाँ ने गोकुलसिंह के पास संधि-प्रस्ताव भेजा। गोकुल सिंह ने औरंगजेब का प्रस्ताव अस्वीकार करते हुए कहा कि औरंगजेब कौन होता है हमें माफ करने वाला, माफी तो उसे हम हिन्दुओं से मांगनी चाहिए उसने अकारण ही हिन्दू धर्म का बहुत अपमान किया है।

अब औरंगजेब 28 नवम्बर 1669 को दिल्ली से चलकर खुद मथुरा आया गोकुल सिंह से लड़ने के लिए। औरंगजेब ने मथुरा में अपनी छावनी बनाई और अपने सेनापति होशयार खाँ को एक मजबूत एवं विशाल सेना के साथ युद्ध के लिए भेजा। आगरा शहर का फौजदार होशयार खाँ 1669 सितंबर के अंतिम सप्ताह में अपनी-अपनी सेनाओं के साथ आ पहुँचे। यह विशाल सेना चारों ओर से गोकुलसिंह को घेरा लगाते हुए आगे बढने लगी। गोकुलसिंह के विरुद्ध किया गया यह अभियान, उन आक्रमणों से विशाल स्तर का था, जो बड़े-बड़े राज्यों और वहाँ के राजाओं के विरुद्ध होते आए थे। इस वीर के पास न तो बड़े-बड़े दुर्ग थे, न अरावली की पहाड़ियाँ और न ही महाराष्ट्र जैसा विविधतापूर्ण भौगोलिक प्रदेश। इन अलाभकारी स्थितियों के बावजूद, उन्होंने जिस धैर्य और रण चातुर्य के साथ, एक शक्तिशाली साम्राज्य की

केंद्रीय शक्ति का सामना करके, बराबरी के परिणाम प्राप्त किए, वह सब अभूतपूर्व है।

औरंगजेब की तोपो, धनुर्धरों, हाथियों से सुसज्जित तीन लाख लोगों की विशाल सेना और गोकुल सिंह के किसानों की बीस हजार की सेना में भयंकर युद्ध छिड़ गया। चार दिन तक भयंकर युद्ध चलता रहा और गोकुल सिंह की छोटी सी अवैतनिक सेना अपने बेढंगे और घरेलू हथियारों के बल पर ही अत्याधुनिक हथियारों से सुसज्जित और प्रशिक्षित मुगल सेना पर भारी पड़ रही थी।

भारत के इतिहास में ऐसे युद्ध कम हुए हैं जहाँ कई प्रकार से बाधित और कमजोर पक्ष, इतने शांत निश्चय और अडिग धैर्य के साथ लड़ा हो। हल्दी घाटी के युद्ध का निर्णय कुछ ही घंटों में हो गया था। पानीपत के तीनों युद्ध एक-एक दिन में ही समाप्त हो गए थे, परन्तु वीरवर गोकुलसिंह का युद्ध तीसरे दिन भी चला। इस लड़ाई में सिर्फ पुरुषों ने ही नहीं, बल्कि उनकी स्त्रियों ने भी पराक्रम दिखाया। चार दिन के युद्ध के बाद जब गोकुल सिंह की सेना युद्ध जीतती हुई प्रतीत हो रही थी तभी हसन अली खान के नेतृत्व में एक नई विशाल मुगलिया टुकड़ी आ गई और इस टुकड़ी के आते ही गोकुल की सेना हारने लगी। युद्ध में अपनी सेना को हारता देख हजारों नारियाँ जौहर की पवित्र अग्नि में खाक हो गईं।

गोकुल सिंह और उनके ताऊ उदय सिंह को सात हजार साथियों सहित बंदी बनाकर आगरा में औरंगजेब के सामने पेश किया गया। औरंगजेब ने कहा "जान की खैर चाहते हो तो इस्लाम कबूल कर लो और रसूल के बताए रास्ते पर चलो। बोलो, क्या इरादा है इस्लाम या मौत?

अधिसंख्य धर्म-परायण हिन्दुओं ने एक सुर में कहा–औरंगजेब, अगर तेरे खुदा और रसूल मोहम्मद का रास्ता वही है जिस पर तू चल रहा है तो धिक्कार है तुझे, हमें तेरे रास्ते पर नहीं चलना, इतना सुनते ही औरंगजेब के संकेत से गोकुल सिंह की बलशाली भुजा पर जल्लाद का बरछा चला। गोकुल सिंह ने एक नजर अपने भुजाविहीन रक्तरंजित कंधे पर डाली और फिर बड़े ही घमण्ड के साथ जल्लाद की ओर देखा और कहा दूसरा वार करो। दूसरा

बरछा चलते ही वहाँ खड़ी जनता आर्तनाद कर उठी और फिर गोकुल सिंह के शरीर के एक-एक जोड़ काटे गए। गोकुल सिंह का सिर जब कटकर धरती माता की गोद में गिरा तो मथुरा में केशवराय जी का मंदिर भी भरभराकर गिर गया। यही हाल उदय सिंह और बाकि साथियों का भी किया गया। छोटे-छोटे बच्चों को जबरन मुसलमान बना दिया गया। 1 जनवरी 1670 ईसवी का दिन था वह।

ऐसे अप्रतिम वीर का कोई भी इतिहास नहीं पढ़ाया गया और न ही कहीं कोई सम्मान ही दिया गया। गोकुलसिंह सिर्फ जाटों के लिए शहीद नहीं हुए थे न उनका राज्य ही किसी ने छीन लिया था, न कोई पेंशन बंद कर दी थी, बल्कि उनके सामने तो अपूर्व शक्तिशाली मुगल सत्ता, दीनतापूर्वक, सन्धि करने की तमन्ना लेकर गिड़गिड़ाई थी। केवल जाट पुरूष ही नहीं बल्कि उनकी वीरांगनायें भी अपनी ऐतिहासिक दृढ़ता और पारंपरिक शौर्य के साथ उन सेनाओं का सामना करती रही। हम ऐसे अप्रतिम वीर को कागज के ऊपर भी सम्मान नहीं दे सके।

/// जय श्री राम ///

वीर पाबूजी राठौड़

वैसे तो भारत की भूमि वीर गाथाओं से भरी पड़ी है पर कभी-कभी इतिहास के पन्नो ने उन वीरो को सदा के लिए भुला दिया जिनका महत्व स्वंय उस समय के शासक भी मानते थे और उन वीरों के नाम से थर-थर कांपते थे। वह वीर उस स्वाभिमानी और बलिदानी कौम के थे जिनकी वीरता के दुश्मन भी दीवाने थे।

जिनके जीते जी दुश्मन, राजपूत राज्यों की प्रजा को छु तक नही पाये, अपने रक्त से मातृभूमि को लाल करने वाले जिनके सिर कटने पर भी धड़ लड़ लड़ कर झुंझार हो गए।

पाबूजी राठौड़ ने चारण जाति की एक वृद्ध औरत से 'केसर कालवी' नामक घोड़ी इस शर्त पर ले आये थे कि जब भी उस वृद्धा पर संकट आएगा वे सब कुछ छोड़कर उसकी रक्षा करने के लिए आयेंगे।

चारणी ने पाबूजी राठौड़ को बताया कि जब भी मुझपर व मेरे पशुधन पर संकट आएगा तभी यह घोड़ी हिन् हिनाएगी। इसके हिन् हिनाते ही आप मेरे ऊपर संकट समझकर मेरी रक्षा के लिए आ जाना।

केशर घोडी सोवणी मोतिया जडी लगाम।

कोलुमण्ड रा वीर पाबूजी ने झुक झुक करू प्रणाम।।

चारणी को उसकी रक्षा का वचन देने के बाद एक दिन पाबूजी राठौड़ अमरकोट के सोढ़ा राणा सूरजमल के यहाँ ठहरे हुए थे। सोढ़ी राजकुमारी ने जब उस बांके वीर पाबूजी को देखा तो उसके मन में उनसे शादी करने की

इच्छा उत्पन्न हुई तथा अपनी सहेलियों के माध्यम से उसने यह प्रस्ताव अपनी माँ के समक्ष रखा।

पाबूजी के समक्ष जब यह प्रस्ताव रखा गया तो उन्होंने राजकुमारी को जबाब भेजा कि मेरा सिर तो बिका हुआ है, विधवा बनना है तो विवाह करना।

लेकिन उस वीर ललना का प्रत्युतर था जिसके शरीर पर रहने वाला सिर उसका खुद का नहीं, वह अमर है। उसकी पत्नी को विधवा नहीं बनना पड़ता। विधवा तो उसको बनना पड़ता है जो पति का साथ छोड़ देती है और शादी तय हो गई।

किन्तु जिस समय पाबूजी ने तीसरा फेरा लिया ठीक उसी समय केसर कालवी घोड़ी हिन् हिना उठी। चारणी पर संकट आ गया था। चारणी ने जींदराव खिंची को केसर कालवी घोड़ी देने से मना कर दिया था, इसी नाराजगी के कारण आज मौका देखकर उसने चारणी की गायों को घेर लिया था।

संकट के संकेत (घोड़ी की हिन्-हिनाहट) को सुनते ही वीर पाबूजी राठौड़ विवाह के फेरों को बीच में ही छोड़कर गठ़जोड़े को काट कर चारणी को दिए वचन की रक्षा के लिए चारणी के संकट को दूर-दूर करने चल पड़े।

ब्राह्मण कहता ही रह गया कि अभी तीन ही फेरे हुए चौथा बाकी है, पर कर्तव्य मार्ग के उस बटोही को तो केवल कर्तव्य की पुकार सुनाई दे रही थी। जिसे सुनकर वह चल दिया; सुहागरात की इंद्र धनुषीय शय्या के लोभ को ठोकर मार कर, रंगारंग के मादक अवसर पर निमंत्रण भरे इशारों की उपेक्षा कर, कंकंण डोरों को बिना खोले ही और वह चला गया-क्रोधित नारद की वीणा के तार की तरह झनझनाता हुआ, भागीरथ के हठ की तरह बल खाता हुआ, उत्तेजित भीष्म की प्रतिज्ञा के समान कठोर होकर केसर कालवी घोड़ी पर सवार होकर वह जिंदराव खिंची से जा भिड़ा, गायें छुडवाकर अपने वचन का पालन किया किन्तु वीर गति को प्राप्त हुआ।

इधर सोढ़ी राजकुमारी भी हाथ में नारियल लेकर अपने स्वर्गस्थ पति के साथ शेष फेरे पूरे करने के लिए अग्नि स्नान करके स्वर्ग पलायन कर गईं

रजवट रो थुं सेवरो सब शुरा सिरमोड़।

धरणी पर धाक पड़े रगं श्री पाबूजी राठौड़॥

महाराजा छत्रसाल

बुंदेलखंड साम्राज्य की स्थापना और इसे मुगलों के चंगुल से निकालने का श्रेय जाता है महाराजा छत्रसाल को। आपने इनके बारे में इतिहास की पाठ्य-पुस्तकों में नहीं पढ़ा होगा, लेकिन औरंगजेब को जरूर पढ़ा होगा। 4 मई, 1649 को जन्मे महाराजा छत्रसाल 56 वर्षों तक बुंदेलखंड पर शासन किया। उनका निधन 20 दिसंबर, 1731 को हुआ था। वो बुंदेला राजपूत थे। राजकाज उनके खून में था, क्योंकि वह ओरछा के राजा रूद्र प्रताप सिंह के वंशज थे।

जब औरंगजेब ने उनके पिता चंपत राय की हत्या करवा दी थी, तब महाराजा छत्रसाल की उम्र मात्र 12 वर्ष ही थी। ये वो समय था, जब पूरे देश में छत्रपति शिवाजी के कारनामें गूँज रहे थे। वो आततायी अफजल खान का वध कर चुके थे और पवन खिंड के युद्ध में जिस तरह की बहादुरी का परिचय मराठा सेना ने दिया था, उससे बड़े-बड़े लोग हैरान थे। अत:, छत्रसाल ने महाराष्ट्र जाकर शिवाजी का दिशानिर्देश प्राप्त किया।

महाराजा छत्रसाल ने 1671 में मात्र 22 वर्ष की उम्र में विशाल और क्रूर मुगल साम्राज्य के खिलाफ स्वतंत्रता का बिगुल फूँक दिया। उस समय उनके पास मात्र 5 घुड़सवारों और 25 तलवारबाजों की सेना थी। लेकिन, उनकी वीरता और साहस का प्रभाव था कि ये संख्या बढ़ती चली गई और अगले एक दशक में पूर्व में चित्रकूट, छत्तरपुर व पन्ना और पश्चिम में ग्वालियर तक उनका शासन हो गया। उत्तर में कालपी से लेकर दक्षिण में सागर, घरकोटा, शाहगढ़ और दमोह तक उन्होंने अपने साम्राज्य का विस्तार किया।

जब 1671 में शिवाजी से सीख कर छत्रसाल बुंदेलखंड लौटे थे, तब उनके पास कोई सेना नहीं थी। उन्होंने ओरछा के राजा सुजान सिंह से मदद माँगी तो उन्होंने इनकार कर दिया। लेकिन, तभी औरंगजेब ने मंदिरों के ध्वंस के क्रम में ओरछा अपनी सेना भेजी। तब सुजान सिंह को अपनी गलती का एहसास हुआ और उन्होंने छत्रसाल की तरफ मैत्री का हाथ बढ़ाया। सबसे पहले उन्होंने अपने पिता की हत्या करने वाले धन्धेरों पर आक्रमण कर उन्हें हराया।

इसके बाद उन्होंने सिरोज, चंद्रपुर और मेहर पर विजय प्राप्त की। धामोनी के बाद उन्होंने सागर को जीता। 1673 में औरंगजेब ने रुहल्ला खान को धामोनी का फौजदार नियुक्त किया, जिसने 22 सरदारों को छत्रसाल का दमन करने के लिए भेजा। ओरछा, दतिया और चंदेरी की सेना को साथ लेकर भी वह छत्रसाल को नहीं हरा सका। उसे पीछे हटना पड़ा। फिर छत्रसाल ने नरहर और फिर सुजान सिंह की मृत्यु के बाद ओरछा पर आक्रमण किया।

राजा छत्रसाल ने तत्पश्चात पन्ना को जीत कर अपनी राजधानी बनाया। महोबा और मऊ को उन्होंने अपनी सैनिक छावनी में तब्दील किया। बुंदेलखंड के 70 छोटे-बड़े जमींदारों ने उन्हें अपना राजा मान लिया। कई हिन्दू राजाओं ने भी मुगलों का गुट बना कर छत्रसाल पर आक्रमण किया, लेकिन उनका हौसला नहीं डिगा। औरंगजेब ने इखलासा खान को धामोनी भेजा। छत्रसाल ने एक रणनीति के तहत मुगलों से संधि में ही अपनी भलाई समझी, क्योंकि उनका लक्ष्य बड़ा था।

लेकिन, जब उन्होंने देखा कि उनके पीठ पीछे मुगल उनसे धोखा करते हुए बुंदेलखंड के हिस्सों को फिर गुलाम बना रहे हैं तो उन्होंने मुगलों के खिलाफ युद्ध छेड़ दिया। अंत में फिर संधि हुई और औरंगजेब ने छत्रसाल को 'राजा' की उपाधि दी। छत्रसाल ने अपने बेटे को भेजे गए एक पत्र में एक संत का जिक्र किया था। वो संत उन्हें पन्ना जाते समय मिले थे। उनका नाम था–प्राणनाथ। उन्होंने उन्हें आशीर्वाद दिया था कि उन्हें एक बड़े साम्राज्य का राजा बनना है।

मुगलों ने समय-समय पर रोहिल्ला खान, कलिक, मुनव्वर खान, सदरुद्दीन शेख अनवर, सैयद लतीफ, बहलोल खान और अब्दुस अहमद जैसे सैन्य कमांडरों को भेजा, लेकिन इन सभी को छत्रसाल के हाथों हार झेलनी पड़ी। उन्होंने बुंदेलखंड में 25,000 लोगों की सेना तैयार कर ली। दिसंबर 1728 में किस तरह 79 वर्ष की उम्र में उन्होंने मुहम्मद खान बंगश के खिलाफ सेना का नेतृत्व किया था, ये आज भी इतिहास में दर्ज हैं।

ये बहुत मशहूर किस्सा है कि किस तरह मराठा क्षत्रप बाजीराव पेशवा तब वृद्ध राजा की मदद के लिए आए थे। उन्होंने बाजीराव को पत्र में लिखा था, "क्या आपको पता है बाजीराव, मै अभी ठीक उसी स्थिति में हूँ जिसमें वो हाथी था, जब मगरमच्छ ने उसके पाँव अपने जबड़े में जकड़ लिए थे। मेरा वीर वंश खत्म होने की ओर है। आइए, मेरी प्रतिष्ठा बचा लीजिए।" इसके बाद बाजीराव वहाँ पहुँचे और बुंदेलखंड व मराठा सेना ने आक्रांता को वहाँ से निकाल बाहर किया।

प्राणनाथ ने ये भी भविष्यवाणी की कि छत्रसाल 100 वर्ष के करीब जिएँगे और अपने पोते-पोतियों का मुँह देखेंगे। उस समय छत्रसाल का कोई बेटा नहीं था, लेकिन प्राणनाथ ने भविष्यवाणी की कि उन्हें एक बहादुर बेटा होगा। उनकी शुरू से इच्छा थी कि वह एक साम्राज्य की नींव रखें। उनके साम्राज्य के बारे में एक साहित्य में कहा गया है, "इत जमना उत नर्मदा इत चंबल उत टोंस। छत्रसाल से लरन की रही न काह होंस।"

इसका अर्थ है कि यमुना से लेकर नर्मदा तक और चम्बल नदी से लेकर टोंस तक राजा छत्रसाल का राज्य है। उनसे लड़ने का हौसला अब किसी में नहीं बचा। 1707 में मुगल बादशाह औरंगजेब की मौत के बाद बुंदेलखंड को राहत मिली। कोई और मुगल इसे जीत न पाया। लेकिन, वृद्धावस्था में बंगश खान ने उन पर आक्रमण किया। लेकिन, जीत के खुमार में डूबे खान को जब बाजीराव के आने की बात पता चली तो उसके होश उड़ गए।

अपने जीवन में कभी कोई युद्ध न हारने वाले बाजीराव की सेना चपल गति से चलती थी। इससे पहले कि बंगश को खतरे का एहसास हुआ, उसकी फौज चारों तरफ से घिर चुकी थी और रसद-पानी बंद होने से अफरातफरी

का माहौल था। बंगश को आत्म–समर्पण करना पड़ा। छत्रसाल ने बाजीराव को बेटे की तरह सम्मान दिया। अपनी पुत्री मस्तानी की शादी बाजीराव से की। उनके निधन के धुबेला में उनके बेटों और मराठों ने मिल कर उनका स्मारक बनवाया।

वह कला एवं संगीत के प्रेमी थे। उन्होंने अपने राज्य में कई कवियों को शरण दे रखी थी। संत प्राणनाथ ने ही छत्रसाल को बताया था कि पन्ना में हीरा मिलने के कारण उनका साम्राज्य समृद्ध होगा। कवि भूषण, लाल कवि और बख्शी हंसराज जैसे कवियों ने महाराजा छत्रसाल के बारे में लिखा है। अंतिम समय में छत्रसाल ने अपने राज्य का एक हिस्सा बाजीराव को देकर बाकियों की जिम्मेदारी अपने बेटों में बाँट दी थी।

/// जय श्री राम ///

वीर बन्दा सिंह बहादुर

संसार में ऐसे महापुरुष बराबर जन्म लेते रहते हैं, जो अपने देश, जाति और धर्म के लिये काम करते हुए अपने प्राण न्यौछावर कर देते हैं। जाति और धर्म के लिये प्राणबलि चढ़ाने वालों में बन्दा बैरागी का नाम सदा श्रद्धा और भक्ति से स्मरण किया जायेगा।

इस वीर बैरागी का नाम पहले लक्ष्मण देव था। बाद में यही बन्दा बैरागी के नाम से प्रसिद्ध हुआ। कातिक शुक्ल पक्ष सं० १७२७ के एक शुभ दिन का वह मुहूर्त अत्यन्त पवित्र था, जब पुच्छ की पहाड़ी रियासत के राजोर गाँव में एक राजपूत माता ने एक बच्चे को जन्म दिया, जिसका नाम लक्ष्मणदेव रखा गया। इसके पिता का नाम रामदेव था। उस समय दिल्ली के सिंहासन पर हिन्दुओं का दुश्मन सम्राट औरंगजेब विराजमान था, जिसके अत्याचारों से हिन्दू प्रजा में त्राहि-त्राहि मची हुई थी।

बालक लक्ष्मण देव को घुड़सवारी और शिकार खेलने का बहुत शौक था। वे ऐसे निपुण तीरन्दाज थे, कि उनका निशाना कभी खाली नहीं जाता था। एक दिन लक्ष्मण देव ने एक भागती हुई हिरणी पर तीर चलाया। तीर लगते ही हिरणी गिर पड़ी। लक्ष्मण ने छुरी से उसका पेट चीर डाला। वह गर्भिणी थी। पेट चीरते ही तीन बच्चे निकल पड़े। इसके बाद माता ने तड़पकर प्राण दे दिये।

किन्तु इस घटना से लक्ष्मण पर मार्मिक प्रभाव पड़ा। उसने बहुत ही शोकाकुल होकर सोचा, कि "हाय! मैं ही इस गर्भिणी माता और उसके बच्चों की मृत्यु का कारण हूँ!" लक्ष्मण देव को उसी समय से वैराग्य सूझी। वे

घर-बार छोड़ना चाहते थे। इसी बीच में उनकी भेंट जानकी दास नामक बैरागी साधु से हुई, जो उन्हें कसूर (लाहौर) ले गया। यहाँ लक्ष्मण देव ने साधु-वेश धारण किया, और अपना नाम माधवदास रखा। उन्होंने अब से वैराग्य सन्यास ग्रहण किया। इसके बाद वे भ्रमण करने निकले और घूमते हुए पंचवटी में पहुँचे, जहाँ त्रेता युग में श्रीरामचन्द्र जी ने निबास किया था। इस वन में रहकर माधवदास बैरागी ने तप करना आरंभ कर दिया। यहीं उनकी भेट अन्य साधु-सन्तों से भी हुई, जिनमें एक महात्मा ऐसे थे, कि माधवदास उनकी सदा सेवा करते और उनसे ज्ञानोपार्जन करते।

यहाँ से माधव वैरागी गोदावरी तट के नावेर नगर के समीप पहुँचे, जहाँ उन्होंने अपना आसन जमा दिया। उस समय उनकी आयु केवल २२ वर्ष की थी। वहाँ माधव बैरागी की बढ़ी ख्याति हुई लोगों के समूह उनके दर्शन करने आते और उन्हें गुरु की तरह मानतें थे। लोग समझने लगे, कि उनके अंदर कोई असाधारण ईश्वरीय शक्ति है, और जिन्न, भूत, प्रेत आदि उनके वश में हैं। उस समय दक्षिण में औरंगजेब की सेनाओं से मराठे वीरों की लड़ाइयाँ होतीं, जिनका समाचार माधव वैरागी भी सुनते; पर उधर वे ध्यान न देते थे; क्योंकि वे संसार छोड़ चुके थे।

इस बीच में गुरु गोविन्दसिंह भी भ्रमण करते-करते उधर जा निकले। उज्जैन में उनकी भेट दाऊद-पन्थी ने गुरु नारायणदास से हुईं नारायणदास रामेश्वर की यात्रा करके लौटे थे। गुरु गोविन्द ने उनसे पूछा-"कि उधर आपने क्या देखा?" नारायणदास ने कहा-और तो सब मट्टी-पत्थर थे; किन्तु नावेर में एक विचित्र वैरागी महन्त हैं; जिन्न और भूत उनके वश में है। बस, यही महापुरुष दर्शन करने के योग्य हैं

इसके बाद गुरु गोविन्द सिंह उस वैरागी को खोजते हुए उधर जा निकले और बैरागी से जा मिले। दोनों एक दूसरे को जानते न थे; पर आत्मज्ञानी आत्माएँ एक दूसरे को पहिचान गयी। गुरु गोविन्द सिंह ने बैरागी को देश की दुरवस्था सुनायी, जिसका असर उनके दिल पर बहुत पड़ा। बैरागी को फिर एक बार ज्ञान हुआ, और उन्होने कर्मयोग के पथ पर चलना निश्चय किया। गुरु गोविन्द ने वैरागी की कीर्ति, योग्यता और क्षमता की बड़ी प्रशंसा

की। बैरागी का हृदय गुरु की भक्ति से भर गया था। उन्होंने विनीतभाव से कहा, “मैं तो आप का बन्दा हूँ।” गुरु ने कहा, “आप बन्दा हैं, तो अपनी माता की बन्दगी कर।” बैरागी ने आज्ञा मान ली। सिखो में उनका नाम “बाबा बन्दा” पड़ गया।

सिख इतिहास में उन्हें “बन्दा बहादुर” भी लिखा गया है। उस समय उनकी आयु ३६ वर्ष की थी। बैरागी की नस-नस में मातृभूमि का प्रेम बिजली की तरह व्याप्त हो गया, और वही मातृभूमि का प्रेम उन्हें पंजाब खींचकर ले आया। राह में कितने ही सिख उनके शिष्य हो गये। भरतपुर, खण्डा, नगरोटा होते हुए टोहाना पहुँचे। भिवानी में सरकारी खजाना लूटकर बैरागी ने सब धन अपने साथियों में बाँट दिया। इस समाचार के फैलने से बहतेरे सिख धन के लालच से आकर मिल गये।

अब बन्दा बैरागी ने यवनों से लड़ने के लिये पूर्ण रूप से सैनिक तैयारियां शुरू कर दीं। उसने वैराग-धर का मार्ग त्याग दिया। उसने सेना नायक के रूप में कई युद्ध लड़े, जिनमें सफलता हुईं कभी-कभी वह शत्रुओं से बचने के लिये पहाड़ियों में छिप जाया करतें थे। उनके युद्ध का तरीका “गुरिल्ला वारफेयर” याने छिप छिपकर लड़ने का था। वह अपने मुट्ठी भर सैनिकों के साथ एकाएक शत्रु सैन्य पर छापा मारता और उन्हें लूट-मार कर चल देता। बन्दा ने अब पूर्णरूप से ज्ञत्रिय-धर्म अपना लिया था।

क्षत्रिय के लिये गुरुगोविन्द सिंह की राय थी, कि-“तलवार उसका प्राण है और स्त्री उसका ईमान।” तदनुसार बन्दा बैरागी को विवाह भी करना पड़ा। बन्दा ने उस समय वैसा करना अपना कर्तव्य समझा। गुरु गोविन्द सिंह किसी कार्यवश दक्षिण चले गये थे। इधर सरहिन्द के नवाब ने उनकी और बन्दा की मजाक उड़ानी शुरू की; किन्तु बन्दा मजाक का उत्तर देना जानता था। उसके पास जब बहुत सैन्य संग्रह हो गया, तो एक दिन उसने एकाएक सामना के नगर पर चढ़ाई कर दी। नगर में खूब लूट-मार हुईं तीन दिन तक सिख सैनिक लूटते रहे। सरकारी खजाना भी लूट लिया। यह समाचार सुनते ही हजारों डाकू और लुटेरे भी आकर बन्दा के दल में मिल गये। अब बन्दा को सेना बहुत बड़ी हो गयी। इस बड़ी सेना ने अम्बाला, सीफाबाद, संवारा,

दामल, कथल आदि मुसलमानी नगर लूटने आरम्भ कर दिये। इसके बाद कज्जपुर में पहुचे। यहीं के मुसलमान काजियों ने गुरु गोविन्द के बच्चों को मारने की व्यवस्था की थीं। पठानी गाँव खूब लूटे गये। इतने में ही नवाब की भारी सेना भी पहुँच गयी। किन्तु बन्दा ने भागने के बदले इस सेना का डटकर मुकाबला किया। सिखों के अचूक तीरों के निशानों से यवन सेना व्यथित हो गयी और वह मैदान छोड़कर भाग निकली। मुसलमानों की बहुत युद्ध सामग्री बंदा के हाथ लगी।

सिख सेना आगे बढ़ी। रास्ते में एक गाँव हटिया पड़ा। जहाँ मुसलमान लोग गौ वध करने जा रहे थे, बन्दा के कुछ सिपाहियों ने यह देख लिया। फिर क्या था? वे उन नीच मुसलमानो पर टूट पड़े; उन्हें मार डाला और इसके बाद आमतौर से मुसलमानों का कत्लेआम शुरू हो गया। गांव में केवल वही मनुष्य जीवित बचा, जिसने सिर पर चोटी या गले में जनेऊ दिखाया। हिन्दुओं के अतिरिक्त समस्त मुसलमान मार डाले गये।

सढोरा नामका एक नगर था, जहाँ का मुसलमान मुखिया उस्मान खाँ हिन्दुओं को बहुत ही कष्ट देता था। हिन्दुओं की बहू-बेटियाँ पर उस पापी की कुदृष्टि से बचने नहीं पाती थीं। उसने मन्दिर और शिवालय गिराकर मस्जिद बनवायी थीं। वीर बन्दा बैरागी ने जब मुसलमानो के अत्याचार सुने, तो क्रोध से उसके नेत्र लाल हो गये। उसने तुरन्त उस नगर पर आक्रमण कर दिया। सिखों के विषधर तीरों से मुसलमान जरा भी न ठहर सके। यहाँ भी मुसलमानो का कत्लेआम किया गया। उस्मान खाँ ने बन्दा को मारने की प्रतिज्ञा की थी; पर इस लड़ाई में उस्मान पकड़ा गया और एक वृक्ष से बाँध कर मार डाला गया। इसके बाद बन्दा ने मुखलिस गढ़ के किले पर कब्जा किया और इसका नाम लोहगढ़ रखा। इस गढ़ में बन्दा ने बहुत से अस्त्र-शस्त्र तथा गोले-बारूद भी जमा किये।

बन्दा बैरागी का दबा सारे इलाके में फैल गया। हिन्दुओ ने तो समझा, कि उनकी रक्षा के लिये साक्षात ईश्वर ने बन्दा का रूप लिया है। बहुत-से हिन्दू युवक बन्दा की सेना में आ मिले। मुसलमान लोग जो सदा हिन्दुओं को डराया करते थे, अब स्वयं डरने लगे। बहुत से मुसलमान भी बन्दा के दल में

आ मिले। पर इनके दिल साफ न थे और वे विश्वासघात करने आये थे। यह भेद मुसलमानों की ही एक चिट्ठी से प्रकट हुआ जो उन्होंने सरहिन्द के नवाब के पास भेजने की कोशिश की थी। जब यह चिट्ठी बन्दा के हाथ लगी, तब उसने मुसलमानों से पूछा। मुसलमान बहुत घबराये और क्षमा-प्रार्थना करने लगे। पर अब बैरागी उन्हें क्षमा करने वाला नहीं था। उसने उन सबको कत्ल करवा दिया। फिर बंदा बैरागी ने निश्चय कर लिया, कि अब मुसलमानो का कभी विश्वास न किया जाये; क्योंकि वे सदा कपट करते हैं।

एक गाँव के कुछ हिंदू और कुछ ब्राम्हण बंदा बैरागी पास आकर रोने लगे। उन्होंने कहा–"महाराज की जय हो! मुसलमानों के अत्याचारों से नाक में दम है। वे हमारी बहू-बेटियाँ उड़ा ले जाते हैं। गौ मारकर उनकी लाश कुओं में डाल देते हैं। अब आप ही हमारी रक्षा कीजिये।" बैरागी ने एक हुंकार के साथ कहा–"ब्राह्मण देवता! घबराइये नहीं, अत्याचारियों से बदला लिया जायेगा।" इसके बाद वैरागी की सेना ने मुसलमानों पर धावा बोल दिया। प्रायः सभी मुसलमान और बड़े बड़े खान मार डाले गये। सरहिन्द के सूबेदार ने अपनी पाँच हजार सेना और दो तोपें भेजीं। रोपड़ में उनका पराजय हुआ और उनका सब गोला-बारूद सिख सेना के हाथ लगा। किन्तु पीछे से मुसलमानों की एक और भारी सेना पहुँच गयी। अब एक बहुत बड़े प्रान्त के नवाब की सेना का मुकाबला था। किन्तु वीर बन्दा बैरागी जरा भी विचलित न हुआ। उसके पास आठ हजार पैदल और चार हजार घुड़सवार थे। सरहिन्द वही स्थान था, जहाँ गुरु गोविन्दसिंह के दो लड़के दीवारों में चुन दिये गये थे। यह याद करके बैरागी का खून खौल उठा। उसने गुरु के दो शहीद पुत्रों के नाम पर सिख सेना को युद्ध करने के लिये उत्साहित किया।

अन्त में ज्येष्ठ संवत १७६५ में दोनों ओर की सेनाएँ डट गयीं। मुसलमानो के तोपों की आवाज सब दिशाओ में होने लगीं। तुमुल युद्ध आरम्भ हुआ। खून की नदियाँ बहने लगीं। उस समय वैरागी तीन कोस की दूरी पर खड़ा हुआ युद्ध का भीषण दृश्य देख रहा था। इतने में सिख सेना पीछे हटी; पर इसी समय वीर बंदा बैरागी घोड़े पर सवार होकर बाण-वर्षा करता हुआ आया। उसके ठीक लक्ष्य से मुसलमान गोलन्दाज गिरने लगे। बैरागी का असीम

साहस देख कर सिख सेना फिर पलटी, और इस बार मुसलमानों पर ऐसा प्रबल आक्रमण किया, कि उसके पैर उखड़ गये। बैरागी के नाम से मुसलमान सैनिक काँपते थे। उनका घोर पराजय हुआ, और मुसलमान सूबेदार वजीर खाँ भी गिरफ्तार किया गया। इसके बाद सिख सेना मुसलमानी नगर में घुसकर कत्लेआम करने लगी। गलियों और मुहल्लों में खून की नदियाँ बहने लगीं। बैरागी ने किले के अन्दर विजयी के रूप में प्रवेश किया। वजीर खाँ का सपरिवार वध किया गया। सात दिन तक वैरागी के सैनिक नगर में मकान गिराते रहे; समस्त मस्जिद और मकबरे नष्ट कर दिये गये।

चौदह ज्येष्ठ संवत् १७६५ को वैरागी ने एक बड़ा दरबार किया। सारे इलाके से मुसलमान अधिकारी हटाकर उनकी जगह हिन्दूओ को स्थान दिया गया। इसके बाद वीर बंदा बैरागी ने दुआबे की ओर मुख किया, ओर मुसलमानों से अनेक नगर जीते! सूरसिंह पट्टी, झापाल, अलगँव, खेमकर्णी और चूनिया सब उसके अधीन हो गये। व्यास और रावीं के बीच का प्रदेश बिना युद्ध किये ही वैरागी के हाथ में आ गया। बैरागी ने ढिढोरा पिटवा दिया, कि हिन्दू राज्य स्थापित हो गया है; अब कोई मनुष्य दिल्ली के बादशाह को कर न दे। इसके बाद वैरागी ने सतलज और यमुना नदियों के बीच का प्रदेश भी दखल कर लिया। वहाँ के मुसलमान नवाब वैरागी की हुकार से ही भाग गये। करनाल से तलबंडी, हिसार, मॉसी, तरावडी, कैथल, जींद, सिरसा, फिरोजपुर, चूनिया, कसूर, जालन्धर, दोआबा, माझा, पठानकोट और कॉंगडा तक समस्त प्रदेश बंदा बैरागी के अधीन हो गये। दिल्ली और लाहौर के रास्ते बन्द कर दिये गये। इस प्रकार बावन लाख के इलाके पर हिन्दुओं का अधिकार हो गया। बीर बैरागी का सम्मान इतना बढ़ा, कि लोग इसे गुरु गोविन्द के बाद ग्यारहवाँ गुरु मानने लगे। मुसलमान उसे साक्षात् यमराज समझते थे।

बन्दा वैरागी यद्यपि साधु–प्रकृति का मनुष्य था, पर हिन्दुओं पर मुसलमानों के अत्याचार सुनकर उसका खून उबल उठता था। साधु के रूप में ऐसा नेता भारत में पहले कभी नहीं हुआ था। दो वर्ष के भीतर ही इस साधु के बाहु–बल से बहुत बड़ा प्रान्त उसके अधीन हो गया, जिसकी सीमा

एक ओर यमुना और दूसरी ओर रावी थी। इतनी बड़ी विजय करने पर भी बन्दा ने अपना साधु वेश न छोड़ा था। युद्ध में वह उसी समय जाता, जब जरूरत होती, नहीं तो उधर युद्ध हो रहा है और इधर बन्दा भक्ति में लवलीन रहता है।

सम्राट् औरंगजेब की मृत्यु हो चुकी थी और उसका बेटा बहादुर शाह राज-सिंहासन पर बैठा था। उसने भी बैरागी के दमन का प्रयत्न किया; पर सफलता न मिली। बैरागी ने अपने जीवन में एक भारी भूल की, जिसके कारण अन्त में पंजाब को ही कष्ट भोगना पड़ा। बैरागी जब विजय करता, तब राजशक्ति अपने हाथ में न रख कर सिख सरदारो को दे दिया करता था और स्वयं जंगलों में जाकर तपस्या करता था। किन्तु जब वह जंगल जाता, तब इधर मुसलमानों के दल फिर उपद्रव करते; बैरागी को फिर आना पड़ता और मुसलमानों को परास्त करके फिर वह चला जाता। यदि ऐसा न करके बैरागी स्वयं ही शासक या राजा बन जाता, तो निश्चय ही शिवाजी की तरह वह पंजाब में सिखों का शक्तिशाली राज्य स्थापित कर देता; पर ऐसा न करके बैरागी ने अपना और हिन्दुओं का भी नाश किया।

बहादुरशाह की मृत्यु के बाद शाह फरुखसियर राज सिंहासन पर बैठा। उसने बंदा बैरागी को नाश करने का उपाय सोचा। उस समय गुरु गोविन्दसिंह की दो स्त्रियां दिल्ली में रहती थीं, जिनमें से एक का नाम था माता सुन्दरी और दूसरी का साहब देवी। बादशाह ने एक हिन्दू मन्त्री रामदयाल को सिखा कर इन हिंदू स्त्रियों के पास भेजा। रामदयाल ने इन भोली भली स्त्रियों को धन की भेंट देकर फॅसा लिया। इन स्त्रियों ने बैरागो बन्दा को एक चिट्ठी भेजी, जिसमें लिखा था–"तुम गुरु के सब शिष्य हो! तुमने पन्थ को डुबने से बचाया है पर अब बादशाह जागीर देने के लिये के राजी है। यह जागीर तुम स्वीकार कर लो और लूट-मार बन्द कर दो।" इस पर बन्दा बहुत असन्तुष्ट हुआ उत्तर में उसने लिखा–"आपका इस तरह मुझे पत्र लिखना व्यर्थ है। मुझ पर आपका क्या अधिकार है? मैं बैरागी साधु हूँ। मैं कभी गुरु का शिष्य नहीं रहा। न में किसी की जागीर लेना चाहता हूँ, और न किसी का उपकार मानता हूँ। आप मुझे मुसलमानो के अधीन कराना चाहती हैं? आप

भले ही भूल जायें, पर मेरे हृदय में जब तक गुरु-पुत्रों की स्मृति रहेगी, तब तक मैं अपना निश्चय न बदलूँगा, यानि मुसलमानों से लड़ना न छोडूंगा।"

दिल्ली में गुरु की स्त्रियो का वास स्थान हुआ। बादशाह के हिन्दू मन्त्री रामदयाल ने अब भेद-नीति से काम लिया। जो कुछ सिखाया गया, उसके अनुसार उन्होंने सिख सरदारों और पन्थ को एक चिट्ठी लिखी, कि "आप में से जो कोई भी गुरू गोविन्द सिंह का शिष्य हो, वह बन्दा बैरागी का साथ न दे, क्योंकि वह दुष्ट अपने आपको सिख नहीं मानता। इस आदेश-पत्र से सिखों में खलबली मच गयी, और सचमुच बैरागी का साथ छोड़ना शुरू किया। सिख दलो में फूट का बीज बो दिया गया था। यही फूट सदा इस देश के नाश का कारण बनी। बैरागी अकेला हो गया; केवल कुछ भक्त सिखों के अतिरिक्त शेष सबने उसका साथ छोड़ दिया। पर हिन्दू उसके साथ थे। इन्ही हिन्दुओं की सेना बना कर बन्दा अब भी मुसलमानो के सामने उठा था। अवसर देखकर दिल्ली से शाही फौज आयी। नैनाकोट के निकट हिन्दू सेना और शाही सेना में युद्ध हुआ। अन्त शाही सेना भाग खड़ी हुईं अब बादशाह को बड़ी घबराहट हुईं।"

बादशाह की ओर से एक चिट्ठी पंजाब के सिख खालसा को लिखी गयी, जिसमें सिखों को बहुत तरह से प्रलोभन दिये गये। सीधे-साधे सिख उन प्रलोभनों में फँस गये। बादशाह ने सिखों को माफी जमीने दी। बहुसंख्यक सिख बैरागी के विरुद्ध लाहौर की सेना में मिलकर काम करने लगे। लाहौर के सूबेदार इस्लाम खां के पास दस हजार सेना थी, और अब पाँच हजार के लगभग सिख सेना भी आ मिली। अन्त में बैरागी की हिन्दू सेना से सूबेदार की मुसलमानी सेना का युद्ध हुआ, जिसमें मुसलमानी सेना परास्त हो गयी। यह देख कर सूबेदार ने खालसा सेना को आज्ञा दी। सिखों को आगे बढ़ते देख, वैरागी का दिल टूट गया। बैरागी ने अपनी सेना को मुँह मोड़ने की आज्ञा दी; यह सेना युद्धक्षत्र से हटकर गुरुदासपुर की ओर चली गयी। इसके बाद बैरागी हताश हो गया, तो भी उसने एक चेतावनी का पत्र खालसा के पास भेजा, जिसमें लिखा "आप लोग धोखे में आ गये हैं। गुरु गोविन्द सिंह के उपदेशों को आपने मिट्टी में मिला दिया है। हमारे शत्रु फूट डालकर हमें नष्ट

करने के कार्यों में लगे हैं। सोचो! यह समय फिर नहीं लौटेगा। मैं तो साधु हूँ, मेरा क्या? तुर्क तुम्हें और तुम्हारे धर्म को नष्ट कर डालेंगे। अब भी सभल जाओ और शत्रु का साथ छोड़ दो। आओ, हम सब आपस में एकता करके पहले तुर्क शत्रु से निपट लें; फिर आपस की लड़ाई का फैसला कर लेंगे।"

इस चिट्ठी से सिखों में खलबली मच गयी। पर जो मूर्ख थे, उन्होंने नहीं समझा और फिर सिखों ने बैरागी का साथ त्याग देना ही निश्चय किया। उनका यह रुख देखकर बैरागी ने कहा–"अच्छा! मैंने तो क्षत्राणी के पेट से जन्म लिया है। मैं अकेले ही अपनी तलवार अब सँभालूगा।" इसके बाद वीर बैरागी ने कलनौर पर चढ़ाई की और वहाँ के नवाव को परास्त किया। बैरागी की विजय से दिल्ली के बादशाह को चैन नहीं थी। उसने अब ३० हजार सैनिकों की सेना भेजी; और इसके अतिरिक्त लाहौर तथा जालन्धर से भी सेनाएँ आ गयी थीं। बैरागी उस समय गुरुदासपुर में था। शाही सेना ने गुरुदासपुर घेर लिया। घेरे में पड़े-पड़े वैरागी की सेना भूखी मरने लगी। उन दिनों में वैरागी भी कुछ नहीं खाता था। बाहर से शाही सेना ने आज्ञा दी, कि–"हथियार डाल दो।" अन्त में कोई उपाय न देखकर किले के फाटक खोल दिये गये। बैरागी अनशन के कारण बहुत दुबले थे, मुसलमान सैनिकों ने पहुँचकर उस सूखे सिंह को गिरफ्तार किया। बैरागी को मोटी लोहे की जंजीरों से बाँध लिया। यह समाचार सुनते ही मुसलमानों के घरों में खुशियाँ मनायी जाने लगीं पर हिन्दू लोग रोने लगे। हिन्दू स्त्रियाँ फूट-फूटकर रोती और कहती थीं, कि "आज हमारा एक मात्र सहायक चला गया।"

दिल्ली में अपूर्व बलिदान का दृश्य उपस्थित था। एक सच्चा त्यागी, एक योद्धा तपस्वी साधु लोहे की जंजीरो में जकड़कर दिल्ली लाया गया। वीर बन्दा बैरागी जंजीरों में बिलकुल शान्त था। उसके सात सौ चालीस साथी भी लाये गये थे। इन सबको काली भेडों की खालें पहनायी गयीं, और गधों पर सवार कराया गया। बैरागी का मुँह काला करके उसे सब गली-कूचों में फिराया गया। काजियों के सामने साथियों सहित बन्दा वैरागी पेश किया गया। काजियों ने उससे कहा, "यदि तुम दीन इस्लाम स्वीकार करो, तो निश्चय जानों, कि तुम्हारे प्राण नहीं लिये जायेंगे।" बन्दा ने इस पर घृणा प्रकट करते

हुए कहा, "अरे, प्राण हरण करना या प्राण देना क्या तेरे अधिकार में है?" इस पर काजियों ने निर्दयता-पूर्वक उन सबको कत्ल करने की आज्ञा दे दी। दण्ड-आज्ञा सुनकर बन्दा प्रसन्नता से फूल उठा था। जिस कठोर आज्ञा को साधारण बुद्धि के लोग दण्ड समझते हैं, उसे शहीद पुरस्कार समझता है। इन वीरो के आनन्द का अनुमान एक सोलह वर्ष के बालक के दृष्टान्त से लगाया जा सकता है। यह बालक भी बन्दा के सैनिकों के साथ कैद करके लाया गया था। बालक की वृद्धा माता रोती-पीटती जल्लादों के पास पहुँची, और पुत्र की ओर से क्षमा प्रार्थना करने लगी। पर बालक ने माता को हट जाने के लिये कहा, और प्रसन्न चित्त से बोला, "मेरे लिये क्यों विलम्ब किया जाता है? मैं शीघ्र ही स्वर्ग जाना चाहता हूँ। अरी माता! तू बड़ी हत्यारी है, जो मुझे स्वर्ग से निकालकर नरक में ढकेलना चाहती है!"

माता रोती हुई चली गयी। सौ-सौ आदमियों के सिर रोज कटते थे। अन्त में आठवें दिन बन्दा बैरागी की बारी आयी। बन्दा बैरागी के चारों ओर भालों की पंक्तियाँ खड़ी थीं, जिन पर बन्दा बैरागी के साथियों के सिर टँगे थे। पहले बैरागी का एक छोटा बालक वहाँ काटा गया, और उसका कलेजा निकालकर बैरागी की छाती पर फेंका गया। इसके बाद लोहे की गर्म सलाखों से बैरागी को जल्लादों ने मारना शुरू किया। तपे हुए लाल चिमटों से उसके शरीर के मांस के लोथडे खीच खींच कर निकाले गये; यहाँ तक कि उसके शरीर की हड्डियाँ भी दिखने लगीं। पर बीर बैरागी के मुख से आह तक न निकली। निजामुद्दौला ने उससे पूछा, "इतने कष्ट मिलने पर भी तुम प्रसन्न क्यों हो?" बैरागी ने शान्ति से उत्तर दिया-"जिसे आत्मा का ज्ञान है, वह जानता है, कि आत्मा सुख-दुख से रहित है।" यह माना जाता है की बंदा बैरागी को हाथी के पाँव तले कुचलवा कर मार डाला गया।

मरने से पूर्व बन्दा बहादुर जी ने अति प्राचीन जमींदारी प्रथा का अन्त कर दिया था तथा कृषकों को बड़े-बड़े जागीरदारों और जमींदारों की दासता से मुक्त कर दिया था। वह साम्प्रदायिकता की संकीर्ण भावनाओं से परे थे। मुसलमानों को राज्य में पूर्ण धार्मिक स्वातन्त्र्य दिया गया था। पाँच हजार मुसलमान भी उनकी सेना में थे। बन्दा ने पूरे राज्य में यह घोषणा कर दी थी

कि वह किसी प्रकार भी मुसलमानों को क्षति नहीं पहुँचायेगे और वे सिक्ख सेना में अपनी नमाज पढ़ने और खुतवा करवाने में स्वतन्त्र होंगे।

/// जय श्री राम ///

वीर शिरोमणि दुर्गादास राठौड़

भारत की भूमि पर अनेक योद्धाओं और महायोद्धाओं ने जन्म लिया है। अपने दुश्मन को धूल चटाकर विजयश्री हासिल करने वाले इन योद्धाओं ने कभी अपने प्राणों की परवाह नहीं की। जिसने इस देश का पूर्ण इस्लामीकरण करने की औरंगजेब की साजिश को विफल कर हिन्दू धर्म की रक्षा की थी.......

उस महान योद्धा का नाम है वीर दुर्गादास राठौड़ .. वीर दुर्गादास राठौड़ भारतीय इतिहास में एक बहुत ही अविस्मरणीय नाम है। अपने पिता की भांति बालक दुर्गादास में भी वीरता कूट कूट कर भरी थी।

1. वीर दुर्गादास राठौड़ का जन्म मारवाड़ में करनोत ठाकुर आसकरण जी के घर सं. 1695 श्रावन शुक्ला चतुर्दशी को हुआ था।
2. आसकरण जी मारवाड़ राज्य की सेना में जोधपुर नरेश महाराजा जसवंत सिंह जी की सेवा में थे।
3. दुर्गादास जी ने बाल्यकाल में एक बार जोधपुर राज्य की सेना के ऊंटों को चराते हुए राईके (ऊंटों के चरवाहे) आसकरण जी के खेतों में घुस गए, बालक दुर्गादास के विरोध करने पर भी चरवाहों ने कोई ध्यान नहीं दिया तो वीर युवा दुर्गादास का खून खोल उठा और तलवार निकाल कर झट से ऊंट की गर्दन उड़ा दी थी।
4. बड़े होने पर दुर्गादास जी जोधपुर सेना में प्रधान सेनापति बने और सम्पूर्ण जनता में अपनी वीरता का डंका बजवाया।

5. सं. 1731 में महाराजा जसवंत सिंह जी काबुल में पठानों के विद्रोह को दबाने हेतु चल दिए और दुर्गादास की सहायता से पठानों का विद्रोह शांत करने के साथ ही वीर गति को प्राप्त हो गए।
6. जसवंत सिंह जी की मृत्यु के बाद जब औरंगजेब की बुरी नियत जोध पुर पर पड़ी तो इसका पूर्वानुमान दुर्गादास जी लगा लिया था और अपनी कूटनीति से जोधपुर के वारिश अजीतसिंह जी को औरंगजेब के चंगुल से निकल लाये और तुर्क औरंगजेब के सभी षड्यंत्रों को निष्फल किया था।
7. वीर दुर्गादास मारवाड़ के सामन्तों के साथ मिलकर छापामार शैली में मुगल सेनाओं पर हमले करने थे। उन्होंने मेंवाड़ के महाराणा राजसिंह तथा मराठों को भी जोड़ने के अथक प्रयास किये थे।
8. अजित सिंह के बड़े होने के बाद गद्दी पर बैठाने तक वीर दुर्गादास को जोधपुर राज्य की एकता व स्वतंत्रता के लिए दर दर की ठोकरें खानी पड़ी थी, औरंगजेब का बल व लालच भी वीर दुर्गादास जी को नहीं डिगा सका था।
9. वीर दुर्गादास जी ने जोधपुर की आजादी के लिए कोई पच्चीस सालों तक संघर्ष किया था और अपने लम्बे संघर्ष के बाद जोधपुर को स्वतन्त्र कराकर ही दम लिया था।
10. अपने जीवन के अंतिम दिनों में वे मारवाड़ छोड़ कर उज्जैन चले गए वही क्षिप्रा नदी के किनारे उन्होने अपने जीवन के अन्तिम दिन गुजारे व वहीं उनका स्वर्गवास हुआ।
11. वीर दुर्गादास का निधन 22 नवम्बर, सन् 1718 में हुआ था इनका अन्तिम संस्कार क्षिप्रा नदी के तट पर किया गया था।
12. उनको न मुगलों का धन विचलित कर सका और न ही मुगल शक्ति उनके दृढ हृदये को पीछे हटा सकी थी। वह एक वीर था जिसमें राजपूती साहस व मुगल मंत्री सी कूटनीति थी। जिसने इस देश का पूर्ण

इस्लामीकरण करने की औरंगजेब की साजिश को विफल कर हिन्दू धर्म की रक्षा की थी।

13. वीर दुर्गादास जी के बारे में कहा जाता है कि इन्होने सारी उम्र घोड़े की पीठ पर बैठकर बिता दी। अपनी कूटनीति से इन्होने औरंगजेब के पुत्र अकबर को अपनी और मिलाकर, राजपूताने और महाराष्ट्र की सभी हिन्दू शक्तियों को जोड़कर औरंगजेब की रातो की नींद छीन ली थी।

14. उनके बारे में इतिहासकार कर्नल जेम्स टॉड ने कहा था कि.... उनको न मुगलों का धन विचलित कर सका और न ही मुगलों की शक्ति उनके दृढ निश्चय को पीछे हटा सकी, बल्कि वो ऐसा वीर था जिसमें राजपूती साहस और कूटनीति मिश्रित थी।

15. ये निर्विवाद सत्य है कि अगर उस दौर में वीर दुर्गादास राठौर, छत्रपति शिवाजी, वीर गोकुल, गुरु गोविन्द सिंह,बंदा सिंह बहादुर जैसे शूरवीर पैदा नहीं होते तो पूरे मध्य एशिया, ईरान की तरह भारत का पूर्ण इस्लामीकरण हो जाता और हिन्दू धर्म का नामोनिशान ही मिट जाता।

/// जय श्री राम ///

अजेय योद्धा बाजीराव पेशवा

पेशवा बाजीराव बल्लाल का जन्म 18 अगस्त सन् 1700 को चित्ताबन कुल के ब्राह्मण परिवार में पिता बालाजी विश्वनाथ और माता राधाबाई के घर में हुआ था। उनके पिताजी मराठा छत्रपति शाहूजी महाराज के प्रथम पेशवा (प्रधानमंत्री) थे। बाजीराव का एक छोटा भाई भी था चिमाजी अप्पा।

"हर-हर महादेव" के युद्धघोष के साथ देश में अटक से लेकर कटक तक केसरिया ध्वज लहरा कर "हिन्दू स्वराज" लाने का जो सपना वीर छत्रपति शिवाजी महाराज ने देखा था, उसको काफी हद तक मराठा साम्राज्य के चौथे पेशवा या प्रधानमंत्री वीर बाजीराव प्रथम ने पूरा किया था। जिस वीर महायोद्धा बाजीराव पेशवा प्रथम के नाम से अंग्रेज शासक थर-थर कांपते थे, मुगल शासक बाजीराव से इतना डरते थे कि उनसे मिलने तक से भी घबराते थे। हिंदुस्तान के इतिहास में पेशवा बाजीराव प्रथम ही अकेले ऐसे महावीर महायोद्धा थे, जिन्होंने अपने जीवन काल में 41 युद्ध लड़े और एक भी युद्ध नहीं हारा, साथ ही वीर महाराणा प्रताप और वीर छत्रपति शिवाजी के बाद बाजीराव पेशवा प्रथम का ही नाम आता है जिन्होंने मुगलों से बहुत लंबे समय तक लगातार लोहा लिया था। पेशवा बाजीराव बल्लाल भट्ट एक ऐसे महान योद्धा थे। जिन्होंने निजाम, मोहम्मद बंगश से लेकर मुगलों, अंग्रेजों और पुर्तगालियों तक को युद्ध के मैदान में कई-कई बार करारी शिकस्त दी थी, बाजीराव पेशवा के समय में महाराष्ट्र, गुजरात, मालवा, बुंदेलखंड सहित 70 से 80 प्रतिशत भारत पर उनका शासन था। ऐसा रिकॉर्ड वीर छत्रपति शिवाजी तक के नाम पर भी नहीं है। वह जब तक जीवित रहे हमेशा अजेय रहे, उनको कभी भी कोई हरा नहीं पाया।

हालांकि इस महावीर अजेय योद्धा के साथ हमारे देश के इतिहासकारों ने कभी न्याय नहीं किया, उन्होंने एक महान योद्धा को हमेशा गुमनाम नायक बनकर ही रहने दिया, बाजीराव को इतिहास ने उनका तय सम्मान कभी नहीं दिया, देश में फिल्म "बाजीराव मस्तानी" आने तक तो उनके बारे में बहुत ही कम लोग जानते थे, अधिकांश लोगों ने उसके बाद ही इस महान योद्धा के बारे में जाना और समझा। उस समय जनता के बीच अपराजित हिन्दू "सेनानी सम्राट" के नाम से प्रसिद्ध इस महान सेनानायक पेशवा बाजीराव प्रथम की आज 28 अप्रैल को पुण्यतिथि है।

बाजीराव पेशवा को लोग "बाजीराव बल्लाल भट्ट" और "थोरले बाजीराव" के नाम से भी जानते थे। छत्रपति शिवाजी के बाद वह गुरिल्ला युद्ध तकनीक के सबसे बड़े प्रतिपादक थे। उन्होंने अपने कुशल नेतृत्व, व्यूह रचना एवं कारगर रणकौशल के बलबूते पर मराठा साम्राज्य का देश में बहुत तेजी से सबसे अधिक विस्तार किया था। आइए आज जानते हैं इस वीर महायोद्धा के जीवन से जुड़ी कुछ प्रमुख बातें व उनकी वीर गाथाओं के बारे में।

पेशवा बाजीराव बल्लाल का जन्म 18 अगस्त सन् 1700 को चित्तावन कुल के ब्राह्मण परिवार में पिता बालाजी विश्वनाथ और माता राधाबाई के घर में हुआ था। उनके पिताजी मराठा छत्रपति शाहूजी महाराज के प्रथम पेशवा (प्रधानमंत्री) थे। बाजीराव का एक छोटा भाई भी था चिमाजी अप्पा बाजीराव अल्पायु से ही अपने पिताजी के साथ हमेंशा सैन्य अभियानों में जाया करते थे।

पेशवा बाजीराव ने दो शादियाँ की इनकी पहली पत्नी का नाम काशीबाई और बाजीराव के चार बेटे थे। बालाजी बाजीराव उर्फ नानासाहेब का जन्म सन् 1721 में हुआ था और बाद में बाजीराव प्रथम की मौत के बाद सन् 1740 में शाहूजी ने उन्हें अपना पेशवा नियुक्त किया था। दूसरे बेटे की रामचंद्र की मृत्यु जवानी में ही हो गई और तीसरा बेटा रघुनाथराव 1773-74 के दौरान पेशवा के रूप में कार्यरत थे। चौथे पुत्र जनार्दन कि भी जवानी में मृत्यु हो गई थी।

बाजीराव ने मस्तानी से दूसरी शादी की थी जो कि बुंदेलखंड के हिंदू राजा छत्रसाल और उनकी एक फारसी मुस्लिम पत्नी रुहानी बाई की बेटी थी।

बाजीराव उससे बहुत अधिक प्रेम करते थे और उसके लिए पुणे के पास एक महल भी बाजीराव ने बनवाया जिसका नाम उन्होंने 'मस्तानी महल' रखा। सन् 1734 में बाजीराव और मस्तानी का एक पुत्र हुआ जिसका नाम कृष्णा राव रखा गया था। जो बाद में शमशेर बहादुर प्रथम कहलाया। लेकिन पेशवा परिवार ने कभी भी इस शादी को स्वीकार नहीं किया। परंतु यह ध्यान देने योग्य बात है कि मस्तानी के खिलाफ पेशवा परिवार द्वारा जो घरेलू युद्ध छिड़ा था, उसमें बाजीराव की प्रथम पत्नी काशीबाई ने कभी भी कोई भूमिका नहीं निभाई थी। इतिहासकारों के मतानुसार व विभिन्न ऐतिहासिक दस्तावेजों से पता चलता है कि काशीबाई हमेशा मस्तानी को बाजीराव की दूसरी पत्नी के रूप में स्वीकार करने के लिए तैयार थीं, लेकिन उनकी सास राधाबाई और देवर चिमाजी अप्पा के विरोध के कारण ऐसा कभी नहीं हो सका।

उस समय पुणे के ब्राह्मणों ने बाजीराव के मस्तानी के साथ संबंधों के कारण पेशवा परिवार का बहिष्कार तक कर दिया था। चिमाजी अप्पा और बालाजी बाजीराव उर्फ नानासाहेब ने सन् 1740 में बाजीराव और मस्तानी को अलग करने हेतु बलप्रयोग की शुरुआत की थी। जब बाजीराव किसी अभियान पर पुणे से बाहर गये हुए थे, तब उन्होंने मस्तानी को घर में नजरबंद किया था। जब एक अभियान पर बाजीराव कि बिगड़ती स्वास्थ्य को देखकर चिमाजी अप्पा ने नानासाहेब को मस्तानी को छोड़ने और बाजीराव से मिलने के लिए भेज देने का आदेश दिया था। लेकिन नानासाहेब ने इसके बजाय अपनी मां काशीबाई को उनके पास भेजा था। कहा जाता है कि काशीबाई ने बाजीराव की मृत्युशैया पर एक वफादार और कर्तव्य परायण पत्नी बनकर बहुत सेवा की थी। 28 अप्रैल 1740 को वीर महान योद्धा बाजीराव प्रथम की बुखार बीमारी के चलते आकस्मिक मृत्यु हो गयी तब उनकी पत्नी काशीबाई और उनके बेटे जनार्दन ने नर्मदा नदी के किनारे रावेरखेडी, पश्चिम निमाड, मध्य प्रदेश में बाजीराव का अंतिम संस्कार किया था।

बाजीराव की मौत के बाद सन् 1740 में उनकी दूसरी पत्नी मस्तानी का भी निधन हो गया और तब बाजीराव की पहली पत्नी काशीबाई ने मस्तानी व बाजीराव के पुत्र शमशेर बहादुर प्रथम का हमेंशा ख्याल रखा था।

पेशवा बाजीराव, जिन्हें बाजीराव प्रथम भी कहा जाता है, मराठा साम्राज्य के एक महान पेशवा थे। उस समय पेशवा का अर्थ होता था प्रधानमंत्री। वे मराठा छत्रपति शाहूजी महाराज के चतुर्थ प्रधानमंत्री थे।

बाजीराव ने अपना प्रधानमंत्री का पद सन् 1720 से अपनी मृत्यु सन् 1740 तक बहुत ही सफलतापूर्वक संभाला था।

बाजीराव का गौरवशाली इतिहासः-बचपन से बाजीराव को घुड़सवारी करना, तीरंदाजी, तलवार, भाला, बनेठी, लाठी आदि चलाने का बहुत शौक था। 13-14 वर्ष की खेलने की आयु में बाजीराव अपने पिताजी के साथ अभियानों पर घूमते थे। वह उनके साथ घूमते हुए राज दरबारी चालों, युद्ध नीति व रीति-रिवाजों को आत्मसात करते रहते थे। यह क्रम 19 20 वर्ष की आयु तक चलता रहा। अचानक एक दिन बाजीराव के पिता का निधन हो गया, तो वह मात्र बीस वर्ष की उम्र में छत्रपति शाहूजी महाराज के पेशवा बना गये। इतिहास के अनुसार बाजीराव घुड़सवारी करते हुए लड़ने में सबसे माहिर थे और यह माना जाता है कि उनसे अच्छा घुड़सवार सैनिक भारत में आज तक कभी नहीं देखा गया। उनके पास 4 घोड़े थे, जिनका नाम नीला, गंगा, सारंगा और औलख था। अपने प्रिय घोड़ों की देखभाल बाजीराव स्वयं करते थे। पेशवा बाजीराव की लंबाई 6 फुट, हाथ लंबे, शरीर बलिष्ठ था। पूरी सेना को वो हमेशा बेहद सख्त अनुशासन में रखते थे। अपनी बेहतरीन भाषण शैली से वो सेना में एक नया जोश भर देते थे।

अल्पवयस्क उम्र के होते हुए भी बाजीराव ने अपनी असाधारण योग्यता प्रदर्शित की। पेशवा बनने के बाद अगले बीस वर्षों तक बाजीराव मराठा साम्राज्य को लगातार बहुत तेजी से बढ़ाते रहे। उनका व्यक्तित्व अत्यंत प्रभावशाली था। वह जन्मजात नेतृत्वशक्ति, अद्भुत रणकौशल, अदम्य साहस की प्रतिमूर्ति थे। उन्होंने अपने बेहद प्रतिभासंपन्न अनुज भाई चिमाजी अप्पा के सहयोग द्वारा शीघ्र ही मराठा साम्राज्य को भारत में सर्वशक्तिमान् बना दिया था। अपनी वीरता, अपने नेतृत्व क्षमता, गुरिल्ला युद्ध तकनीक व बेहतरीन युद्ध-कौशल योजना के द्वारा यह महान वीर योद्धा बाजीराव जंग के मैदान में 41 लड़ाई लड़ा और हर लड़ाई को जीतकर हमेशा अजेय विजेता रहा।

छत्रपति शिवाजी महाराज की तरह वह बहुत ही कुशल घुड़सवार थे। घोड़े पर बैठे-बैठे भाला चलाना, बनेठी घुमाना, बंदूक चलाना उनके बाएँ हाथ का खेल था। घोड़े पर बैठकर बाजीराव के भाले की फेंक इतनी जबरदस्त होती थी कि सामने वालें दुश्मन को जान बचने के लाले पड़ जाते थे।

बाजीराव के समय में भारत की जनता मुगलों के साथ-साथ अंग्रेजों व पुर्तगालियों के अत्याचारों से त्रस्त हो चुकी थी। यह आक्रांता भारत के देवस्थान मंदिरों को तोड़ते, जबरन धर्म परिवर्तन करते, महिलाओं व बच्चों को मारते व उनका भयंकर शोषण करते थे। ऐसे में बाजीराव पेशवा ने उत्तर भारत से लेकर दक्षिण भारत तक ऐसी विजय पताका फहराई कि चारों ओर उनके नाम का डंका बजने लगा। उनकी वीरता को देखकर लोग उन्हें शिवाजी का साक्षात अवतार मानने लगे थे।

बाजीराव की शौर्यगाथाः-

–सन् 1724 में शकरखेडला में बाजीराव पेशवा ने मुबारिजखाँ को परास्त किया था।

–सन् 1724 से 1726 तक मालवा तथा कर्नाटक पर प्रभुत्व स्थापित कर लिया।

–सन् 1728 में पालखेड़ में महाराष्ट्र के शत्रु निजामउलमुल्क को पराजित करके उससे चौथ तथा सरदेशमुखी वसूली की।

–सन् 1728 में मालवा और बुंदेलखंड पर आक्रमण कर मुगल सेनानायक गिरधरबहादुर तथा दयाबहादुर पर विजय प्राप्त की। तदनंतर मुहम्मद खाँ बंगश को परास्त किया सन् 1729 में।

–सन् 1731 में दभोई में त्रिंबकराव को नतमस्तक कर बाजीराव ने आंतरिक विरोध का दमन किया। सीदी, आंग्रिया तथा पुर्तगालियों एवं अंग्रेजों को भी बहुत ही बुरी तरह पराजित किया।

–बाजीराव का मुगलों की दिल्ली को जिताने का अभियान, उन्होंने सादात खां और मुगल दरबार को सबक सिखाने की सोची। उस वक्त देश में कोई भी ऐसी ताकत नहीं थी, जो सीधे दिल्ली पर आक्रमण करने का

ख्वाब भी दिल में ला सके। मुगलों का और खासकर दिल्ली दरबार का ऐसा खौफ सबके सिर चढ़कर बोलता था। लेकिन बाजीराव को पता था कि ये खौफ तभी हटेगा जब दिल्ली पर खुद सीधा हमला होगा। बाजीराव ने उसी उद्देश्य से दिल्ली पर चढ़ाई कर दी। 10 दिन की दूरी बाजीराव ने केवल 500 घोड़ों के साथ 48 घंटे में बिना रुके बिना थके पूरी कर ली। देश के इतिहास में अब तक 2 राजाओं के आक्रमण ही सबसे तेज माने गए हैं–एक अकबर का फतेहपुर से गुजरात के विद्रोह को दबाने के लिए 9 दिन के अंदर वापस गुजरात जाकर हमला करना और दूसरा महान योद्धा बाजीराव का दिल्ली की मुगल सल्तनत पर हमला करना। बाजीराव ने आज जहाँ तालकटोरा स्टेडियम है वहाँ पर अपनी सेना का कैंप डाल दिया, उसके पास केवल 500 घुड़सवार सैनिक योद्धा थे। मुगल बादशाह मोहम्मद शाह रंगीला बाजीराव को लाल किले के इतना करीब देखकर घबरा गया। उसने खुद को लाल किले के अंदर सुरक्षित इलाके में कैद कर लिया और मीर हसन कोका की अगुआई में 10 हजार सैनिकों की टोली को बाजीराव से निपटने के लिए भेजा। बाजीराव के 500 लड़ाकों ने उस सेना को 28 मार्च 1737 के दिन बुरी तरह शिकस्त दी। यह दिन भारत के इतिहास का स्वर्णिम दिन था और मराठा ताकत के लिए सबसे बड़ा दिन।

–सन् 1737 तक बाजीराव की सैन्यशक्ति का चरमोत्कर्ष था। उसी वर्ष भोपाल में बाजीराव पेशवा ने फिर से निजाम को पराजय दी। अंततः 1739 में उन्होने नासिरजंग पर विजय प्राप्त की थी।

बाजीराव प्रथम को एक महान घुड़सवार सेनापति के रूप में जाना जाता है और इतिहास के उन महान योद्धाओं में बाजीराव का नाम आता है जिन्होंने कभी भी अपने जीवन में एक भी युद्ध नहीं हारा, यह उनकी महानता व युद्ध कौशल को दर्शाता है। बाजीराव के रूप में भारत के इतिहास में पहली बार ऐसा वीर महायोद्धा घुड़सवार सेनापति हुआ था।

अमेरिकी इतिहासकार बर्नार्ड मांटोगोमेरी के अनुसार "बाजीराव पेशवा" भारत के इतिहास का सबसे महानतम सेनापति था और पालखेड़ युद्ध में जिस

तरीके से उन्होंने निजाम की विशाल सेनाओं को पराजित किया उस वक्त सिर्फ बाजीराव प्रथम ही कर सकते थे उसके अलावा भारत या भारतीय उपमहाद्वीप में यह सब करने की क्षमता किसी और से नहीं थी।

बाजीराव प्रथम और उनके भाई चिमाजी अप्पा ने बेसिन के लोगों को पुर्तगालियों के अत्याचार से भी बचाया जो जबरन धर्म परिवर्तन करवा रहे थे और जबरन यूरोपीय सभ्यता को भारत में लाने की कोशिश कर रहे थे। सन् 1739 में अंतिम दिनों में अपने भाई चिमाजी अप्पा को भेजकर उन्हें पुर्तगालियों को हरा दिया और वसई की संधि करवा दी थी।

जिस समय बाजीराव प्रथम को सन् 1720 में छत्रपति शाहूजी महाराज ने मराठा साम्राज्य का पेशवा नियुक्त किया था, जिसके बाद कई सारे बड़े मंत्री बाजीराव से नाराज हो गए जिसके कारण उन्होंने युवा सरदारों को अपने साथ में लाना शुरू कर दिया जिसमें मल्हारराव होलकर, राणोजीराव शिंदे आदि मुख्य रूप से शामिल थे, इन सभी ने बाजीराव के साथ मिलकर संपूर्ण भारत पर अपना प्रभाव जमाने को रात-दिन एक कर दिया था। बाजीराव प्रथम कि सबसे बड़ी जीत सन् 1728 में पालखेड की लड़ाई में हुई जिसमें उन्होंने निजाम की सेनाओं को पूर्णतया दलदली नदी के किनारे लाकर खड़ा कर दिया था, अब निजाम के पास आत्मसमर्पण के अलावा और कोई चारा नहीं बचा था, 6 मार्च 1728 को उन्होंने मुंशी शेवगाँव की संधि की थी।

उन्होंने छत्रपति शाहूजी महाराज को मराठा साम्राज्य का वास्तविक छत्रपति घोषित कर दिया और संभाजी द्वितीय को कोल्हापुर का छत्रपति। उसके बाद बाजीराव ने कई और लड़ाई लड़ी।

सन् 1737 में जब बाजीराव दिल्ली फतह के बाद वापस पुणे की ओर लौटे, जहाँ पर मुगल बादशाह मोहम्मद शाह रंगीला ने साआदत अली खान और हैदराबाद के निजाम को लिखा कि आप बाजीराव को पुणे से पहले ही रोक ले, जिसके चलते निजाम व बाकी सभी की सेना का सामना बाजीराव से भोपाल के निकट हुआ। जिसमें 24 दिसंबर 1737 के दिन मराठा सेना ने सभी को जबरदस्त तरीके से हराया। निजाम ने अपनी जान बचाने के के लिए बाजीराव से संधि कर ली। इस बार 7 जनवरी 1738 को ये संधि दोराहा में

हुईं मालवा, मराठों को सौंप दिया गया और मुगलों ने 50 लाख रुपए बतौर हर्जाना बाजीराव को सौंपे।

मालवा का संपूर्ण क्षेत्र अब मराठों को प्राप्त हो गया, इससे मराठों का प्रभाव संपूर्ण भारत में स्थापित हो गया। बाजीराव ने सन् 1730 में शनिवार वाड़ा का पुणे में निर्माण करवाया और पुणे को राजधानी बनाया। बाजीराव ने ही पहली बार देश में "हिंदु पदशाही" का सिद्धांत दिया और सभी हिंदुओं को एक कर विदेशी शक्तियों के खिलाफ लड़ने का बीड़ा उठाया, हालांकि उन्होंने कभी भी किसी अन्य धर्म के मानने वाले लोगों पर कोई अत्याचार नहीं किया।

उन्होंने सन् 1739 में अपने भाई की चिमाजी की सेनाओं के द्वारा पुर्तगालियों को बेसिन में पराजित करके वसई की संधि कर ली, जिसके तहत पुर्तगालियों के अभद्र पूर्ण व्यवहार से भारतीय जनता को बाजीराव प्रथम ने बचा लिया। बाजीराव प्रथम बहुत ही महान और काबिल हिंदू महायोद्धा थे, संपूर्ण भारत में बाजीराव प्रथम की ताकत का जबरदस्त खौफ फैला हुआ था, यहाँ तक कि जयपुर के राजा जयसिंह द्वितीय भी उनकी काफी तारीफ करते थे। सन् 1731 में उन्होंने मोहम्मद खान बंगस की सेना को पराजित कर महाराजा छत्रसाल को उसे बचा लिया और वापस उनका बुंदेलखंड राज्य उनको सम्मान के साथ लौटा दिया, इसे प्रसन्न होकर उन्होंने अपनी पुत्री मस्तानी का विवाह बाजीराव से कर दिया और जब छत्रसाल की मौत हुई तो बाजीराव को बुंदेलखंड राज्य का एक तिहाई हिस्सा मराठा साम्राज्य में मिलाने के लिए दे दिया गया था।

बाजीराव पेशवा की वीरता के बारे में इतिहास तथा राजनीति के एक विद्वान् सर रिचर्ड टेंपिल ने बाजीराव की महत्ता का यथार्थ अनुमान एक वाक्य समूह में किया है। वह लिखते है कि–"सवार के रूप में बाजीराव को कोई भी मात नहीं दे सकता था। युद्ध में वह सदैव अग्रगामी रहता था। यदि कार्य दुस्साध्य होता तो वह सदैव अग्नि–वर्षा क़ा सामना करने को उत्सुक रहता। वह कभी थकता न था। उसे अपने सिपाहियों के साथ दुःख–सुख उठाने में बड़ा आनंद आता था। विरोधी मुसलमानों और राजनीतिक क्षितिज पर नवोदित यूरोपीय सत्ताओं के विरुद्ध राष्ट्रीय उद्योगों में सफलता प्राप्त करने की प्रेरणा

उसे हिंदुओं के विश्वास और श्रद्धा में सदैव मिलती रही। वह उस समय तक जीवित रहा जब तक अरब सागर से बंगाल की खाड़ी तक संपूर्ण भारतीय महाद्वीप पर मराठों का भय व्याप्त न हो गया। उसकी मृत्यु डेरे में हुई, जिसमें वह अपने सिपाहियों के साथ आजीवन रहा। महान योद्धा युद्धकर्ता पेशवा के रूप में तथा हिंदू शक्ति के महान अवतार के रूप में मराठे उसका हमेशा स्मरण करते रहेंगे।"

देश में जब भी होलकर, सिंधिया, पवार, शिंदे, गायकवाड़ जैसी ताकतों की बात होगी तो पता चलेगा कि वे सब पेशवा बाजीराव प्रथम की ही देन थीं। ग्वालियर, इंदौर, पूना और बड़ौदा जैसी ताकतवर रियासतें बाजीराव के चलते ही अस्तित्व में आईं। बुंदेलखंड की रियासत बाजीराव के दम पर ही जिंदा थी।

बाजीराव का 28 अप्रैल 1740 में केवल 40 वर्ष की उम्र में इस दुनिया से चले जाना मराठा शासकों के लिए ही नहीं, बल्कि देश की बाकी पीढ़ियों के लिए भी बहुत ही दर्दनाक भविष्य लेकर आया। उनकी मृत्यु के चलते ही अगले 200 वर्ष तक भारत गुलामी की जंजीरों में जकड़े रहा और उनके बाद देश में कोई भी ऐसा योद्धा नहीं हुआ, जो पूरे देश को एक सूत्र में बाँधकर आजाद करवा पाता। जब भी भारत के इतिहास के महान योद्धाओं की बात होगी तो निस्संदेह महान पेशवा श्रीमंत बाजीराव प्रथम का नाम हमेंशा गर्व से लिया जायेगा और वह हमेशा हम सभी भारतवासियों के आदर्श व प्रेरणास्रोत सदा बने रहेंगे।

/// जय श्री राम ///

सरदार हरि सिंह नलवा

सरदार हरि सिंह नलवा (1791 1837), महाराजा रणजीत सिंह के सेनाध्यक्ष थे जिन्होने पठानों के विरुद्ध किये गये कई युद्धों का नेतृत्व किया। रणनीति और रणकौशल की दृष्टि से हरि सिंह नलवा की तुलना भारत के श्रेष्ठ सेनानायकों से की जा सकती है। उन्होने कसूर, सियालकोट, अटक, मुल्तान, कश्मीर, पेशावर और जमरूद की जीत के पीछे हरि सिंह का नायकत्व था। उन्होने सिख साम्राज्य की सीमा को सिन्धु नदी के परे ले जाकर खैबर दर्रे के मुहाने तक पहुँचा दिया। हरि सिंह की मृत्यु के समय सिख साम्राज्य की पश्चिमी सीमा जमरुद तक पहुँच चुकी थी।

हरि सिंह नलवा ने कश्मीर पर विजय प्राप्त कर अपना लोहा मनवाया। यही नहीं, काबुल पर भी सेना चढ़ाकर जीत दर्ज की। खैबर दर्रे से होने वाले अफगान आक्रमणों से देश को मुक्त किया। इतिहास में पहली बार हुआ था कि पेशावरी पश्तून, पंजाबियों द्वारा शासित थे।

हरि सिंह नलवा कश्मीर, पेशावर और हजारा के प्रशासक (गवर्नर) थे। सिख साम्राज्य की तरफ से उन्होने एक मुद्रालय स्थापित किया था ताकि कश्मीर और पेशावर में राजस्व इकट्ठा किया जा सके।

महाराजा रणजीत सिंह के निर्देश के अनुसार हरि सिंह नलवा ने सिख साम्राज्य की भौगोलिक सीमाओं को पंजाब से लेकर काबुल बादशाहत के बीचोंबीच तक विस्तार किया था। महाराजा रणजीत सिंह के सिख शासन के दौरान 1807 ई. से लेकर 1837 ई. तक हरि सिंह नलवा लगातार अफगानों

के खिलाफ लड़े। अफगानों के खिलाफ जटिल लड़ाई जीतकर नलवा ने कसूर, मुल्तान, कश्मीर और पेशावर में सिख शासन की व्यवस्था की थी।

सर हेनरी ग्रिफिन ने हरिसिंह को "खालसाजी का चौंपियन" कहा है। ब्रिटिश शासकों ने हरि सिंह नलवा की तुलना नेपोलियन से भी की है।

हरि सिंह नलवा का जन्म 1791 में 28 अप्रैल को एक उप्पल खत्री सिक्ख परिवार में पंजाब के गुजरांवाला में हुआ था। इनके पिता का नाम गुरदयाल सिंह उप्पल और माँ का नाम धर्मा कौर था। बचपन में उन्हें घर के लोग प्यार से 'हरिया' कहते थे। सात वर्ष की आयु में इनके पिता का देहान्त हो गया। 1805 ई. के वसन्तोत्सव पर एक प्रतिभा खोज प्रतियोगिता में, जिसे महाराजा रणजीत सिंह ने आयोजित किया था, हरि सिंह नलवा ने भाला चलाने, तीर चलाने तथा अन्य प्रतियोगिताओं में अपनी अद्‌भुत प्रतिभा का परिचय दिया। इससे प्रभावित होकर महाराजा रणजीत सिंह ने उन्हें अपनी सेना में भर्ती कर लिया। शीघ्र ही वे महाराजा रणजीत सिंह के विश्वासपात्र सेनानायकों में से एक बन गये।

जंगल में बाघ से सामना

रणजीत सिंह एक बार जंगल में शिकार खेलने गये। उनके साथ कुछ सैनिक और हरीसिंह नलवा थे। उसी समय एक विशाल आकार के बाघ ने उन पर हमला कर दिया। जिस समय डर के मारे सभी दहशत में थे, हरी सिंह मुकाबले को सामने आए। इस खतरनाक मुठभेड़ में हरी सिंह ने बाघ के जबड़ों को अपने दोनों हाथों से पकड़ कर उसके मुंह को बीच में से चीर डाला। उसकी इस बहादुरी को देख कर रणजीत सिंह ने कहा 'तुम तो राजा नल जैसे वीर हो, तभी से वो 'नलवा' के नाम से प्रसिद्ध हो गये।

युद्ध

महाराजा रणजीत सिंह के शासनकाल में 1807 ई. से लेकर 1837 ई. तक (तीन दशक तक) हरि सिंह नलवा लगातार अफगानों से लोहा लेते रहे। अफगानों के खिलाफ जटिल लड़ाई जीतकर उन्होने कसूर, मुल्तान, कश्मीर और पेशावर में सिख शासन की स्थापना की थी। काबुल बादशाहत के तीन

पश्तून उत्तराधिकारी सरदार हरि सिंह नलवा के प्रतिद्वंदी थे। पहला था अहमद शाह अब्दाली का पोता, शाह शूजा; दूसरा फतह खान, दोस्त मोहम्मद खान और उनके बेटे, तीसरा, सुल्तान मोहम्मद खान, जो अफगानिस्तान के राजा जहीर शाह (1933-73) का पूर्वज था।

अहमदशाह अब्दाली के पश्चात् तैमूर लंग के काल में अफगानिस्तान विस्तृत तथा अखंडित था। इसमें कश्मीर, लाहौर, पेशावर, कंधार तथा मुल्तान भी थे। हेरात, कलात, बलूचिस्तान, फारस आदि पर उसका प्रभुत्व था। हरि सिंह नलवा ने इनमें से अनेक प्रदेशों को जीतकर महाराजा रणजीत सिंह के अधीन ला दिया। उन्होंने 1813 ई. में अटक, 1818 ई. में मुल्तान, 1819 ई. में कश्मीर तथा 1823 ई. में पेशावर की जीत में विशेष योगदान दिया।

सरदार हरि सिंह नलवा ने अपने अभियानों द्वारा सिन्धु नदी के पार अफगान साम्राज्य के एक बड़े भाग पर अधिकार करके सिख साम्राज्य की उत्तर पश्चिम सीमांत को विस्तार किया था। नलवे की सेनाओं ने अफगानों को खैबर दर्रे के उस ओर खदेड़ कर इतिहास की धारा ही बदल दी। खैबर दर्रा पश्चिम से भारत में प्रवेश करने का एक महत्वपूर्ण मार्ग है। खैबर दर्रे से होकर ही 500 ईसा पूर्व में यूनानियों के भारत पर आक्रमण करने और लूटपाट करने की प्रक्रिया शुरू हुईं इसी दर्रे से होकर यूनानी, हूण, शक, अरब, तुर्क, पठान और मुगल लगभग एक हजार वर्ष तक भारत पर आक्रमण करते रहे। तैमूर लंग, बाबर और नादिरशाह की सेनाओं के हाथों भारत बेहद पीड़ित हुआ था। हरि सिंह नलवा ने खैबर दर्रे का मार्ग बंद करके इस ऐतिहासिक अपमानजनक प्रक्रिया का पूर्ण रूप से अन्त कर दिया था।

हरि सिंह ने अफगानों को पछाड़ कर निम्नलिखित विजयों में भाग लिया: सियालकोट (1802), कसूर (1807), मुल्तान (1818), कश्मीर (1819), पखली और दमतौर (1821-2), पेशावर (1834) और खैबर हिल्स में जमरौद (1836)। हरि सिंह नलवा कश्मीर और पेशावर के गवर्नर बनाये गये। कश्मीर में उन्होने एक नया सिक्का ढाला जो 'हरि सिंगी' के नाम से जाना गया। यह सिक्का आज भी संग्रहालयों में प्रदर्शित है।

मुल्तान विजय में हरिसिंह नलवा की प्रमुख भूमिका रही। महाराजा रणजीत सिंह के आह्वान पर वे आत्मबलिदानी दस्ते में सबसे आगे रहे। इस संघर्ष में उनके कई साथी घायल हुए, परन्तु मुल्तान का दुर्ग महाराजा रणजीत सिंह के हाथों में आ गया। महाराजा रणजीत सिंह को पेशावर जीतने के लिए कई प्रयत्न करने पड़े। पेशावर पर अफगानिस्तान के शासक के भाई सुल्तान मोहम्मद का राज्य था। यहाँ युद्ध में हरि सिंह नलवा ने सेना का नेतृत्व किया। हरि सिंह नलवा से यहाँ का शासक इतना भयभीत हुआ कि वह पेशावर छोड़कर भाग गया। अगले दस वर्षों तक हरि सिंह के नेतृत्व में पेशावर पर महाराजा रणजीत सिंह का आधिपत्य बना रहा, पर यदा-कदा टकराव भी होते रहे। इस पर पूर्णतः विजय 6 मई, 1834 को स्थापित हुईं।

पेशावर का प्रशासक यार मोहम्मद महाराजा रणजीत सिंह को नजराना देना कबूल कर चुका था। मोहम्मद अजीम, जो कि काबुल का शासक था, ने पेशावर के यार मोहम्मद पर फिकरा कसा कि वह एक काफिर के आगे झुक गया है। अजीम काबुल से बाहर आ गया। उसने जेहाद का नारा बुलन्द किया, जिसकी प्रतिध्वनि खैबर में सुनाई दी। लगभग पैंतालीस हजार खट्टक और यूसुफजाई कबीले के लोग सैय्यद अकबर शाह के नेतृत्व में एकत्र किये गये। यार मोहम्मद ने पेशावर छोड़ दिया और कहीं छुप गये। महाराजा रणजीत सिंह ने सेना को उत्तर की ओर पेशावर कूच करने का आदेश दिया। राजकुमार शेर सिंह, दीवान चन्द और जनरल वेन्चूरा अपनी-अपनी टुकड़ियों का नेतृत्व कर रहे थे। हरिसिंह नलवा, अकाली बाबा फूलासिंह, फतेहसिंह आहलुवालिया, देसासिंह मजीठिया और अत्तरसिंह सन्धावालिये ने सशस्त्र दलों और घुड़सवारों का नेतृत्व किया। तोपखाने की कमान मियां गोस खान और जनरल एलार्ड के पास थी।

भारत में प्रशिक्षित सैन्य दलों के इतिहास में महाराजा रणजीत सिंह द्वारा बनायी गयी गोरखा सैन्य टुकड़ी एक ऐतिहासिक घटना था। गोरखा पहाड़ी क्षेत्रों में रहने वाले थे और पेशावर और खैबर दर्रे के इलाकों में प्रभावशाली हो सकते थे। महाराजा रणजीत सिंह ने पूरबी (बिहारी) सैनिक टुकड़ी का निर्माण भी किया था। इस टुकड़ी में ज्यादातर सैनिक पटना साहिब और

दानापुर क्षेत्र के थे, जो कि गुरु गोविन्द सिंह जी की जन्म स्थली रहा है। सरदार हरि सिंह नलवा की सेना शेर-ए-दिल रजामान सबसे आगे थी। महाराजा की सेना ने पोनटून पुल पार किया। लेकिन बर्फबारी के कारण कुछ दिन रूकना पड़ा। महाराजा रणजीत सिंह के गुप्तचरों से ज्ञात हुआ था कि दुश्मनों की संख्या जहाँगीरिया किले के पास बढ रही थी। उधर तोपखाना पहुँचने में देर हो रही थी और उसकी डेढ महीने बाद पहुँचने की संभावना थी। स्थितियां प्रतिकूल थी।

सरदार हरिसिंह नलवा और राजकुमार शेर सिंह ने पुल पार करके किले पर कब्जा कर लिया। लेकिन अब उन्हें अतिरिक्त बल की आवश्यकता थी। उधर दुश्मन ने पुल को नष्ट कर दिया था। ऐसे में प्रातः काल में महाराजा स्वयं घोड़े पर शून्य तापमान वाली नदी के पानी में उतरा। शेष सेना भी साथ थी। लेकिन बड़े सामान और तोपखाना इत्यादि का नुकसान हो गया था। बन्दूकों की कमी भी महसूस हो रही थी। बाबा फूला सिंह जी के मर जीवड़ों ने फौज की कमान संभाली। उन्होने बहती नदी पार की। पीछे-पीछे अन्य भी आ गये। जहाँगीरिया किले के पास पठानों के साथ युद्ध हुआ। पठान यह कहते हुए सुने गये-तौबा तौबा, खुदा खुद खालसा शुद। अर्थात खुदा माफ करे, खुदा स्वयं खालसा हो गये हैं।

सोये हुए अफगानियों पर अचानक हमले ने दुश्मन को हैरान कर दिया था। लगभग १० हजार अफगानी मार गिराये गये थे। अफगानी भाग खड़े हुए। वे पीर सबक की ओर चले गये थे।

गोरखा सैनिक टुकड़ी के जनरल बलभद्र ने अफगानी सेना को बेहिचक मारा काटा और इस बात का सबूत दिया कि उन विशिष्ट परिस्थितियों में गोरखा लड़ाके कितने कारगर थे। उन्होने जेहादियों पर कई आक्रमण किये। लेकिन अन्त में घिर जाने के कारण बलभद्र शहीद हो गये। सरदार हरि सिंह नलवा, अकाली फूला सिंह और निहंगों की सशक्त जमात जमकर लड़ी। जनरल वेन्चूरा घायल हो गये। अकाली फूला सिंह के घोड़े को गोली लगी। वह एक हाथी पर चढ़ने की रणनीतिक भूल कर बैठे। वे ओट से बाहर आ गये थे और जेहादियों ने उन्हें गोलियों से छननी कर दिया। वे शहीद हो गये।

अप्रैल 1836 में, जब पूरी अफगान सेना ने जमरौद पर हमला किया था, अचानक प्राणघातक घायल होने पर नलवा ने अपने नुमायंदे महान सिंह को आदेश दिया कि जब तक सहायता के लिये नयी सेना का आगमन न हो जाये उनकी मृत्यु की घोषणा ना की जाये जिससे कि सैनिक हतोत्साहित ना हो और वीरता से डटे रहे। हरि सिंह नलवा की उपस्थिति के डर से अफगान सेना दस दिनों तक पीछे हटी रही। एक प्रतिष्ठित योद्धा के रूप में नलवा अपने पठान दुश्मनों के सम्मान के भी अधिकारी बने।

वीरगति

1837 में जब राजा रणजीत सिंह अपने बेटे की शादी में व्यस्त थे तब सरदार हरि सिंह नलवा उत्तर पश्चिम सीमा की रक्षा कर रहे थे। ऐसा कहा जाता है कि नलवा ने राजा रणजीत सिंह से जमरौद के किले की ओर बढ़ी सेना भेजने की माँग की थी लेकिन एक महीने तक मदद के लिए कोई सेना नहीं पहुँची। सरदार हरि सिंह अपने मुट्ठी भर सैनिकों के साथ वीरतापूर्वक लड़ते हुए वीरगति को प्राप्त हुए। १८९२ में पेशावर के एक हिन्दू बाबू गज्जू मल्ल कपूर ने उनकी स्मृति में किले के अन्दर एक स्मारक बनवाया।

महाराजा रणजीत सिंह

जब भी देश के इतिहास में महान राजाओं के बारे में बात होगी तो शेर-ए-पंजाब महाराजा रणजीत सिंह का नाम इसमें जरूर आएगा। पंजाब पर शासन करने वाले महाराजा रणजीत सिंह ने 10 साल की उम्र में पहला युद्ध लड़ा था और 12 साल की उम्र में गद्दी संभाल ली थी। वहीं 18 साल की उम्र में लाहौर को जीत लिया था। 40 वर्षों तक के अपने शासन में उन्होंने अंग्रेजों को अपने साम्राज्य के आसपास भी नहीं फटकने दिया। दशकों तक शासन के बाद रणजीत सिंह का 27 जून, 1839 को निधन हो गया, लेकिन उनकी वीर गाथाएँ आज भी लोगों को प्रेरित करती हैं।

महाराजा रणजीत सिंह का जन्म महा सिंह और राज कौर के परिवार में पंजाब के गुजरांवाला (अब पाकिस्तान) में 13 नवंबर 1780 को हुआ था। छोटी सी उम्र में चेचक की वजह से महाराजा रणजीत सिंह की एक आँख की रोशनी चली गयी थी। जब वे 12 साल के थे, तभी उनके पिता चल बसे और राजपाट का सारा बोझ उन्हीं के कंधों पर आ गया। उस समय पंजाब प्रशासनिक तौर पर टुकड़े-टुकड़े में बंटा था। इनको मिस्ल कहा जाता था और इन मिस्ल पर सिख सरदारों की हुकूमत चलती थी। रणजीत सिंह के पिता महा सिंह सुकरचकिया मिस्ल के कमांडर थे, जिसका मुख्यालय गुजरांवाला में था।

20 साल की उम्र में बनें महाराजा

महाराजा रणजीत सिंह ने अन्य मिस्लों के सरदारों को हराकर अपने सैन्य अभियान की शुरुआत की। 7 जुलाई, 1799 को उन्होंने पहली जीत हासिल की। उन्होंने चेत सिंह की सेना को हराकर लाहौर पर कब्जा कर

लिया, जब वे किले के मुख्य द्वार में प्रवेश किया तो उन्हें तोपों की शाही सलामी दी गईं उसके बाद उन्होंने अगले कुछ दशकों में एक विशाल सिख साम्राज्य की स्थापना की। इसके बाद 12 अप्रैल, 1801 को रणजीत सिंह की पंजाब के महाराज के तौर पर ताजपोशी की गईं गुरु नानक जी के एक वंशज ने उनकी ताजपोशी संपन्न कराई। महज 20 साल की उम्र में उन्होंने यह उपलब्धि हासिल की थी। इसके बाद 1802 में उन्होंने अमृतसर को अपने साम्राज्य में मिला लिया और 1807 में उन्होंने अफगानी शासक कुतुबुद्दीन को हराकर कसूर पर कब्जा किया।

रणजीत सिंह का सैन्य अभियान व विजय

रणजीत सिंह ने अपनी सेना के साथ आक्रमण कर 1818 में मुल्तान और 1819 में कश्मीर पर कब्जा कर उसे भी सिख साम्राज्य का हिस्सा बन गया। महाराजा रणजीत ने अफगानों के खिलाफ कई लड़ाइयां लड़ीं और उन्हें पश्चिमी पंजाब की ओर खदेड़ दिया। अब पेशावर समेत पश्तून क्षेत्र पर उन्हीं का अधिकार हो गया। यह पहला मौका था जब पश्तूनों पर किसी गैर-मुस्लिम ने राज किया। अफगानों और सिखों के बीच 1813 और 1837 के बीच कई युद्ध हुए। 1837 में जमरुद का युद्ध उनके बीच आखिरी भिड़ंत थी। इस भिड़ंत में रणजीत सिंह के एक बेहतरीन सिपाहसालार हरि सिंह नलवा मारे गए थे।

इस युद्ध में कुछ सामरिक कारणों से अफगानों को बढ़त हासिल हुई और उन्होंने काबुल पर वापस कब्जा कर लिया। उन्होंने पहली आधुनिक भारतीय सेना "सिख खालसा सेना" को गठित किया। उनकी सरपरस्ती में पंजाब अब बहुत शक्तिशाली सूबा था। इसी ताकतवर सेना ने लंबे अर्से तक ब्रिटेन को पंजाब हड़पने से रोके रखा। एक ऐसा मौका भी आया जब पंजाब ही एकमात्र ऐसा सूबा था, जिस पर अंग्रेजों का कब्जा नहीं था। ब्रिटिश इतिहासकार जे टी व्हीलर ने लिखा है-के मुताबिक, अगर वह एक पीढ़ी पुराने होते, तो पूरे हिंदुस्तान को ही फतह कर लेते। महाराजा रणजीत खुद अनपढ़ थे, लेकिन उन्होंने अपने राज्य में शिक्षा और कला को बहुत प्रोत्साहन दिया।

/// जय श्री राम ///

नाना साहब पेशवा

नाना का जन्म 19 मई 1824 को नाना गोविंद ढोंडू पंत के रूप में नारायण भट और गंगा बाई के घर हुआ था। तीसरे मराठा युद्ध में मराठा की हार के बाद ईस्ट इंडिया कंपनी ने पेशवा बाजी राव द्वितीय को बिठूर (कानपुर के पास) में निर्वासित कर दिया था, जहाँ उन्होंने ब्रिटिश पेंशन के हिस्से के लिए भुगतान किए गए एक बड़े प्रतिष्ठान को बनाए रखा था। नाना के पिता, एक सुशिक्षित दक्कनी ब्राह्मण, ने अपने परिवार के साथ पश्चिमी घाट से बिठूर में पूर्व पेशवा के दरबारी अधिकारी बनने के लिए यात्रा की थी। बेटों की कमी के कारण, बाजी राव ने 1827 में नाना साहब और उनके छोटे भाई को गोद लिया। दोनों बच्चों की मां पेशवा की पत्नियों में से एक की बहन थी। नाना साहब के बचपन के साथियों में तात्या टोपे, अजीमुल्लाह खान और शामिल थे मणिकर्णिका तांबे। तात्या टोपे पांडुरंग राव टोपे के पुत्र थे, जो पेशवा बाजी राव द्वितीय के दरबार में एक महत्वपूर्ण कुलीन थे। बाजी राव द्वितीय के बिठूर निर्वासित होने के बाद, पांडुरंग राव और उनका परिवार भी वहाँ स्थानांतरित हो गया। तात्या टोपे नाना साहब के तलवारबाज थे। 1851 में बाजी राव द्वितीय की मृत्यु के बाद, अजीमुल्ला खान सचिव के रूप में नाना साहब के दरबार में शामिल हुए। बाद में वे नाना साहब के दरबार में दीवान बने।

विरासत

चूक का सिद्धांत लॉर्ड डलहौजी द्वारा तैयार की गई एक नीति थी, जो 1848 और 1856 के बीच भारत के ब्रिटिश गवर्नर-जनरल थे। सिद्धांत के

अनुसार, ब्रिटिश ईस्ट इंडिया कंपनी के प्रत्यक्ष प्रभाव (सर्वोपरि) के तहत कोई भी रियासत या क्षेत्र (उपमहाद्वीप में प्रमुख शाही शक्ति), ब्रिटिश सहायक प्रणाली के तहत एक जागीरदार राज्य के रूप में, यदि शासक या तो "प्रकट रूप से अक्षम था या प्रत्यक्ष उत्तराधिकारी के बिना मर गया" तो स्वचालित रूप से कब्जा कर लिया जाएगा। उत्तरार्द्ध ने उत्तराधिकारी चुनने के लिए एक उत्तराधिकारी के बिना एक भारतीय संप्रभु के लंबे समय से स्थापित कानूनी अधिकार को समाप्त कर दिया। इसके अलावा, अंग्रेजों को यह तय करना था कि संभावित शासक पर्याप्त रूप से सक्षम हैं या नहीं। सिद्धांत और उसके आवेदन को भारतीयों द्वारा व्यापक रूप से नाजायज माना जाता था। उस समय, कंपनी के पास उपमहाद्वीप में फैले कई क्षेत्रों पर पूर्ण, शाही प्रशासनिक अधिकार क्षेत्र था। कंपनी ने इस सिद्धांत का उपयोग करते हुए सतारा (1848), जैतपुर और संबलपुर (1849), बघाट (1850), नागपुर (1853) और झांसी (1854) की रियासतों को अपने कब्जे में ले लिया। अंग्रेजों ने अवधी पर अधिकार कर लिया (अवध) (1856) यह दावा करते हुए कि स्थानीय शासक ठीक से शासन नहीं कर रहा था। कंपनी ने इस सिद्धांत के उपयोग से अपने वार्षिक राजस्व में लगभग चार मिलियन पाउंड स्टर्लिंग जोड़े। ईस्ट इंडिया कंपनी की बढ़ती शक्ति के साथ, भारतीय समाज के वर्गों और बड़े पैमाने पर स्वदेशी सशस्त्र झांसी बलों के बीच असंतोष पैदा हो गया; ये 1857 के भारतीय विद्रोह के दौरान अपदस्थ राजवंशों के सदस्यों के साथ शामिल हो गए।

पेशवा की वसीयत के तहत, नाना साहब, उनके गोद लेने के माध्यम से, मराठा के सिंहासन के उत्तराधिकारी थे, और अपने दत्तक पिता की ईस्ट इंडिया कंपनी से 80,000 की निरंतर वार्षिक पेंशन के लिए पात्र थे। हालांकि, बाजी राव द्वितीय की मृत्यु के बाद, कंपनी ने इस आधार पर पेंशन बंद कर दी कि नाना जन्मजात उत्तराधिकारी नहीं थे और राज्य अब अस्तित्व में नहीं था। नाना, जबकि अभी भी धनी थे, पेंशन की समाप्ति और बाजी राव द्वारा निर्वासन में रखी गई विभिन्न उपाधियों और अनुदानों के निलंबन से बहुत आहत थे। तदनुसार, नाना साहब ने 1853 में एक दूत (अजीमुल्लाह खान) को ब्रिटिश सरकार के समक्ष अपना पक्ष रखने के लिए इंग्लैंड भेजा। हालाँकि,

अजीमुल्लाह खान पेंशन को फिर से शुरू करने के लिए अंग्रेजों को समझाने में असमर्थ था, और वह 1855 में भारत लौट आया।

1857 के विद्रोह में भूमिका

नाना साहब ने कानपुर के कलेक्टर चार्ल्स हिलर्सडन का विश्वास जीता। यह योजना बनाई गई थी कि कानपुर में विद्रोह फैलने की स्थिति में नाना साहब अंग्रेजों का समर्थन करने के लिए 1,500 सैनिकों की एक सेना को इकट्ठा करेंगे।

6 जून 1857 को, कानपुर में ईस्ट इंडिया कंपनी की सेनाओं द्वारा विद्रोह के समय ब्रिटिश दल ने शहर के उत्तरी भाग में एक खाई में शरण ली थी। कानपुर में व्याप्त अराजकता के बीच, नाना और उनकी सेना ने शहर के उत्तरी भाग में स्थित ब्रिटिश पत्रिका में प्रवेश किया। पत्रिका की रखवाली कर रहे 53वें नेटिव इन्फैंट्री के सैनिकों ने सोचा कि नाना कंपनी की ओर से पत्रिका की रखवाली करने आए हैं। हालांकि, एक बार जब उन्होंने पत्रिका में प्रवेश किया, तो नाना साहब ने घोषणा की कि वह कंपनी के खिलाफ विद्रोह में एक भागीदार थे, और बहादुर शाह द्वितीय के एक जागीरदार बनने का इरादा रखते थे।

कंपनी के खजाने पर कब्जा करने के बाद, नाना ने ग्रैंड ट्रंक रोड को यह कहते हुए आगे बढ़ाया कि वह पेशवा परंपरा के तहत मराठा संघ को बहाल करना चाहते हैं, और कानपुर पर कब्जा करने का फैसला किया। रास्ते में नाना की मुलाकात कल्याणपुर में विद्रोही कंपनी के सैनिकों से हुईं बहादुर शाह द्वितीय से मिलने के लिए सैनिक दिल्ली जा रहे थे। नाना चाहते थे कि वे वापस कानपुर जाएँ और अंग्रेजों को हराने में उनकी मदद करें। सैनिक पहले तो अनिच्छुक थे, लेकिन नाना में शामिल होने का फैसला किया जब उन्होंने अपने वेतन को दोगुना करने और उन्हें सोने के साथ पुरस्कृत करने का वादा किया, अगर वे ब्रिटिश खाई को नष्ट करना चाहते थे।

व्हीलर की खाई पर हमला

5 जून 1857 को, नाना साहब ने जनरल व्हीलर को एक पत्र भेजा जिसमें उन्हें अगली सुबह 10 बजे हमले की उम्मीद करने के लिए कहा गया

था। 6 जून को उनकी सेना (विद्रोही सैनिकों सहित) ने सुबह 10:30 बजे कंपनी की खाई पर हमला किया। कंपनी की सेनाएँ हमले के लिए पर्याप्त रूप से तैयार नहीं थीं, लेकिन खुद का बचाव करने में कामयाब रहीं क्योंकि हमलावर सेनाएँ खाई में प्रवेश करने के लिए अनिच्छुक थीं। भारतीय सेना को यह विश्वास हो गया था कि खाई में बारूद से भरी खाइयाँ थीं जो कि अगर वे करीब आतीं तो फट जातीं। कंपनी पक्ष अपने अस्थायी किले में तीन सप्ताह तक कम पानी और खाद्य आपूर्ति के साथ रहा, और सनस्ट्रोक और पानी की कमी के कारण कई लोगों की जान चली गई।

जैसे-जैसे ब्रिटिश गैरीसन पर आगे बढ़ने की खबर फैली, नाना साहब के साथ और भी विद्रोही सिपाही जुड़ गए। माना जाता है कि 10 जून तक वह लगभग बारह हजार से पंद्रह हजार भारतीय सैनिकों का नेतृत्व कर रहा था। घेराबंदी के पहले सप्ताह के दौरान, नाना साहब की सेना ने संलग्नक को घेर लिया, खाइयाँ बनाई और आसपास की इमारतों से गोलीबारी की स्थिति स्थापित की। बचाव करने वाले कप्तान जॉन मूर ने जवाबी कार्रवाई की और रात के समय की उड़ानें शुरू कीं। नाना साहब ने अपना मुख्यालय सावदा हाउस (या सवदा कोठी) में वापस ले लिया, जो लगभग दो मील दूर स्थित था। मूर की छँटाई के जवाब में, नाना साहेब ने अंग्रेजों की खाई पर सीधा हमला करने का प्रयास करने का फैसला किया, लेकिन विद्रोही सैनिकों ने उत्साह की कमी दिखाई।

स्नाइपर फायर और बमबारी 23 जून 1857 तक जारी रही, प्लासी की लड़ाई की 100 वीं वर्षगांठ। प्लासी की लड़ाई, जो 23 जून 1757 को हुई थी, भारत में ईस्ट इंडिया कंपनी के शासन के विस्तार की ओर ले जाने वाली महत्वपूर्ण लड़ाइयों में से एक थी। सिपाहियों द्वारा विद्रोह की प्रेरक शक्तियों में से एक, एक भविष्यवाणी थी जिसने इस लड़ाई के ठीक एक सौ साल बाद ईस्ट इंडिया कंपनी के शासन के पतन की भविष्यवाणी की थी। इसने नाना साहब के अधीन विद्रोही सैनिकों को 23 जून 1857 को खाई पर एक बड़ा हमला करने के लिए प्रेरित किया। हालांकि, वे दिन के अंत तक खाई में प्रवेश करने में असमर्थ थे।

घुसपैठ लगातार अपने सैनिकों और नागरिकों को लगातार बमबारी, स्नाइपर फायर और हमलावरों के हमलों से खो रहा था। यह बीमारी और भोजन, पानी और दवा की कम आपूर्ति से भी पीड़ित था। बैरकों पर हमले में उनके बेटे लेफ्टिनेंट गॉर्डन व्हीलर की हत्या के बाद जनरल व्हीलर का व्यक्तिगत मनोबल कम हो गया था।

नाना साहब और उनके सलाहकारों ने गतिरोध को समाप्त करने की योजना बनाई। 24 जून को, उन्होंने अपना संदेश देने के लिए एक महिला यूरोपीय कैदी, रोज ग्रीनवे को खाई में भेजा। आत्मसमर्पण के बदले में, उन्होंने यूरोपीय लोगों के सतीचौरा घाट तक सुरक्षित मार्ग का वादा किया, गंगा पर एक गोदी जहाँ से वे इलाहाबाद के लिए प्रस्थान कर सकते थे। जनरल व्हीलर ने प्रस्ताव को अस्वीकार कर दिया, क्योंकि उस पर हस्ताक्षर नहीं किया गया था, और इस बात की कोई गारंटी नहीं थी कि प्रस्ताव नाना साहब ने खुद दिया था।

अगले दिन, 25 जून को, नाना साहब ने एक अन्य महिला कैदी श्रीमती जैकोबी के माध्यम से स्वयं के द्वारा हस्ताक्षरित एक दूसरा नोट भेजा। अलग-अलग राय के साथ दो समूहों में विभाजित खाई-एक समूह रक्षा जारी रखने के पक्ष में था, जबकि दूसरा समूह प्रस्ताव को स्वीकार करने के लिए तैयार था। अगले दिन, नाना साहब की सेना की ओर से कोई बमबारी नहीं हुई अंत में, व्हीलर ने इलाहाबाद के लिए एक सुरक्षित मार्ग के बदले में आत्मसमर्पण करने का फैसला किया। एक दिन की तैयारी और अपने मृतकों को दफनाने के बाद, यूरोपीय लोगों ने 27 जून 1857 की सुबह इलाहाबाद के लिए प्रस्थान करने का फैसला किया।

सतीचौरा घाट नरसंहार

27 जून की सुबह, व्हीलर का कॉलम, जिसमें मुख्य रूप से निहत्थे नागरिक शामिल थे और जिसमें 300 से अधिक महिलाएँ और बच्चे शामिल थे, खाई से निकली। नाना ने महिलाओं, बच्चों और बीमारों को नदी के किनारे जाने के लिए कई गाड़ियाँ, डोली और हाथियों को भेजा। कंपनी के अधिकारियों और सैन्य कर्मियों को अपने हथियार और गोला-बारूद अपने

साथ ले जाने की अनुमति दी गई थी, और लगभग पूरी विद्रोही सेना उनके साथ थी। वे सुबह 8 बजे सतीचौरा घाट पहुँचे। इस घाट पर, नाना साहब ने इलाहाबाद जाने के लिए हरदेव मल्लाह नामक एक नाविक की लगभग 40 नावों की व्यवस्था की थी। हालांकि, नाना साहब के विद्रोहियों ने बोर्डिंग में देरी करने के लिए जानबूझकर नावों को कीचड़ में जितना संभव हो सका उतना ऊँचा रखा था, और यूरोपीय लोगों को नावों को दूर करना मुश्किल हो गया था। व्हीलर और उनकी पार्टी सवार थे और सबसे पहले अपनी नाव को मोड़ने में कामयाब रहे। इस बिंदु पर नाना साहब के खेमे की दिशा से तीन गोलियाँ चलाई गईं, जो हमले की शुरुआत करने का संकेत था। भारतीय नाविक पानी में कूद पड़े और तैरने लगे। हालांकि, नरसंहार के कुछ बचे लोगों में से एक, मोब्रे थॉम्पसन के अनुसार, नाविकों के पानी में कूदने से पहले उन्होंने ज्यादातर नावों के छप्पर में जलते हुए चारकोल को छिपाने का प्रयास किया। जिससे कुछ नावों में आग लग गईं यद्यपि सतीचौरा घाट पर वास्तव में क्या हुआ, इस पर विवाद है, प्रस्थान करने वाले यूरोपीय लोगों पर विद्रोही सिपाहियों द्वारा हमला किया गया था, और अधिकांश या तो मारे गए थे या कब्जा कर लिया गया था।

कंपनी के कुछ अधिकारियों ने बाद में दावा किया कि नाना ने देरी करने के उद्देश्य से नावों को जितना संभव हो सके कीचड़ में डाल दिया था। उन्होंने यह भी दावा किया कि नाना ने पहले विद्रोहियों के लिए सभी यूरोपीय लोगों को गोली मारने और मारने की व्यवस्था की थी। हालांकि ईस्ट इंडिया कंपनी ने बाद में नाना पर विश्वासघात और निर्दोष लोगों की हत्या का आरोप लगाया, लेकिन यह साबित करने के लिए कोई निश्चित सबूत नहीं मिला है कि नाना ने पूर्व-योजना बनाई थी या नरसंहार का आदेश दिया था। कुछ इतिहासकारों का मानना है कि सतीचौरा घाट नरसंहार भ्रम का परिणाम था, नाना और उनके सहयोगियों द्वारा लागू की गई किसी योजना का नहीं। फिर भी, यह तथ्य कि नदी के किनारे पूर्व स्थित तोपों से स्नाइपर आग की सूचना घटनास्थल पर दी गई थी, पूर्व-योजना का सुझाव दे सकती है।

जो भी हो, सतीचौरा घाट पर प्रचलित भ्रम के बीच, नाना के जनरल तात्या टोपे ने कथित तौर पर दूसरी बंगाल कैवेलरी यूनिट और कुछ तोपखाने की इकाइयों को यूरोपीय लोगों पर गोलियाँ चलाने का आदेश दिया। कंपनी के शेष सैनिकों को तलवार और पिस्तौल से मारने के लिए विद्रोही घुड़सवार सेना पानी में चली गई बचे हुए पुरुष मारे गए, जबकि महिलाओं और बच्चों को पकड़ लिया गया, क्योंकि नाना ने उनकी हत्या को स्वीकार नहीं किया था। घेराबंदी के दौरान लगभग 120 महिलाओं और बच्चों को बंदी बना लिया गया और नाना साहब के मुख्यालय सावदा हाउस ले जाया गया।

विद्रोही सैनिकों ने व्हीलर की नाव का भी पीछा किया, जो धीरे-धीरे सुरक्षित जल में बह रही थी। कुछ गोलीबारी के बाद, नाव पर सवार यूरोपीय लोगों ने सफेद झंडा फहराने का फैसला किया। उन्हें नाव से उतारकर वापस सावदा हाउस ले जाया गया। बचे हुए आदमी जमीन पर बैठे थे, क्योंकि नाना के सैनिक उन्हें मारने के लिए तैयार हो गए थे। महिलाओं ने जोर देकर कहा कि वे अपने पति के साथ मर जाएँगी, लेकिन उन्हें खींच लिया गया। नाना ने ब्रिटिश पादरी मोनक्रिफ के उनके मारे जाने से पहले प्रार्थना पढ़ने का अनुरोध स्वीकार कर लिया। अंग्रेजों को शुरू में तोपों से घायल किया गया, और फिर तलवारों से मार दिया गया। महिलाओं और बच्चों को उनके शेष सहयोगियों के साथ फिर से मिलाने के लिए सावदा हाउस ले जाया गया।

बीबीघर नरसंहार

जीवित महिलाओं और बच्चों, संख्या में लगभग 120, को सावदा हाउस से बीबीघर ("महिलाओं का घर"), कानपुर में एक विला-प्रकार के घर में स्थानांतरित कर दिया गया था। बाद में वे कुछ अन्य महिलाओं और बच्चों से जुड़ गए, जो व्हीलर की नाव से बचे थे। फतेहगढ़ की महिलाओं और बच्चों का एक और समूह और कुछ अन्य बंदी महिलाओं को भी बीबीघर में ही सीमित कर दिया गया था। वहाँ कुल मिलाकर करीब 200 महिलाएँ और बच्चे थे।

नाना साहब ने इन बचे हुए लोगों की देखभाल के लिए हुसैनी खानम (जिसे हुसैनी बेगम भी कहा जाता है) नामक एक तवायफ (नर्तकी लड़की) को नियुक्त किया। उसने इन कैदियों को ईस्ट इंडिया कंपनी के साथ सौदेबाजी में इस्तेमाल करने का फैसला किया। लगभग 1,000 ब्रिटिश, 150 सिख सैनिकों और 30 अनियमित घुड़सवारों वाली कंपनी की सेनाएँ इलाहाबाद से कानपुर और लखनऊ को वापस लेने के लिए जनरल हेनरी हैवलॉक की कमान के तहत निकली थीं। हैवलॉक की सेना बाद में मेजर रेनॉड और जेम्स नील की कमान के तहत बलों में शामिल हो गईं नाना ने मांग की कि ईस्ट इंडिया कंपनी हैवलॉक और नील के तहत सेना इलाहाबाद के लिए पीछे हट गईं हालाँकि, कंपनी लगातार कानपुर की ओर बढ़ती गईं नाना ने अपनी अग्रिम जांच के लिए एक सेना भेजी, और दोनों सेनाएँ 12 जुलाई को फतेहपुर में मिलीं, जहाँ जनरल हैवलॉक की सेना विजयी हुई और शहर पर कब्जा कर लिया।

नाना ने फिर अपने भाई बाला राव की कमान में एक और सेना भेजी। 15 जुलाई को, जनरल हैवलॉक के तहत ब्रिटिश सेना ने आंग की लड़ाई में बाला राव की सेना को हरा दिया। 16 जुलाई को हैवलॉक की सेना कानपुर की ओर बढ़ने लगी। एओंग की लड़ाई के दौरान, हैवलॉक कुछ विद्रोही सैनिकों को पकड़ने में सक्षम था, जिन्होंने उसे सूचित किया कि सड़क पर आगे 8 तोपखाने के साथ 5,000 विद्रोही सैनिकों की एक सेना थी। हैवलॉक ने इस सेना पर एक फ्लैंक हमला शुरू करने का फैसला किया लेकिन विद्रोही सैनिकों ने फ्लैंकिंग पैंतरेबाजी को देखा और गोलियाँ चला दीं। लड़ाई में दोनों पक्षों को भारी नुकसान हुआ, लेकिन कंपनी बलों के लिए कानपुर जाने का रास्ता साफ हो गया।

इस समय तक,यह स्पष्ट हो गया था कि कंपनी की सेना कानपुर के पास आ रही थी, और नाना के सौदेबाजी के प्रयास विफल हो गए थे। नाना को सूचित किया गया कि हैवलॉक और नील के नेतृत्व में ब्रिटिश सैनिक भारतीय ग्रामीणों के खिलाफ हिंसा कर रहे हैं। नाना और उनके सहयोगियों ने बीबीघर में बंदियों के साथ क्या करना है, इस पर बहस की। नाना के कुछ

सलाहकारों ने पहले से ही बीबीघर में बंदियों की हत्या करने का फैसला किया था, जो कि ब्रिटिश सेनाओं द्वारा भारतीयों की हत्याओं का बदला लेने के लिए था।

तात्या टोपे और अजीमुल्लाह खान सहित नाना साहब और उनके सहयोगियों ने बीबीघर में बंदियों के साथ क्या करना है, इस पर बहस की। नाना साहिब के कुछ सलाहकारों ने पहले से ही बीबीघर में बंदियों को मारने का फैसला किया था, जो कि आगे बढ़ने वाली ब्रिटिश सेनाओं द्वारा भारतीयों की फांसी का बदला लेने के लिए था। नाना साहब के घर की महिलाओं ने इस फैसले का विरोध किया और भूख हड़ताल पर चली गईं, लेकिन उनके प्रयास व्यर्थ गए।

अंततः 15 जुलाई को नाना साहब ने बीबीघर में कैद महिलाओं और बच्चों की हत्या करने का आदेश दिया। अपनी मृत्यु से पहले, कुछ महिलाओं ने अपनी प्रार्थना के लिए कुछ समय मांगा, और मांग को मान लिया गया। प्रार्थना के बाद, बंदियों को मार दिया गया और कुछ जीवित लोगों सहित शवों को बीबीघर के पास एक कुएं में फेंक दिया गया।

अंग्रेजों द्वारा कानपुर पर पुनः कब्जा

इलस्ट्रेटेड लंदन न्यूज, 1857 से "फतेहपुर, जनरल हैवलॉक और नाना साहिब के बीच देर से सगाई का दृश्य कंपनी की सेना 16 जुलाई 1857 को कानपुर पहुँची। जनरल हैवलॉक को सूचित किया गया कि साहब ने अहिरवा गाँव में एक पद संभाला है। उसकी सेना ने नाना की सेना पर हमला किया और विजयी हुईं फिर नाना ने जगह छोड़ दी और बिठूर चले गए। जब ब्रिटिश सैनिकों को बीबीघर नरसंहार के बारे में पता चला, तो उन्होंने जवाबी हिंसा की, जिसमें घरों को लूटना और जलाना शामिल था।

उद्गमः यह तलवार नाना की थी जिसे 1857 में भारतीय विद्रोह के दौरान कानपुर में नरसंहार के लिए अंग्रेजों द्वारा जिम्मेदार ठहराया गया था, यह बाद में ब्रिगेडियर मेजर हेनरी टेम्पलर के स्वामित्व में चली गई, जिन्होंने 7 वीं रेजिमेंट बंगाल इन्फैंट्री की कमान संभाली।

19 जुलाई को, जनरल हैवलॉक ने बिठूर में परिचालन फिर से शुरू किया, हालांकि नाना साहब पहले ही भाग चुके थे। मेजर स्टीवेन्सन ने मद्रास फ्यूसिलियर्स और सिख सैनिकों के एक समूह को बिठूर तक पहुँचाया और बिना किसी प्रतिरोध के नाना साहिब के महल पर कब्जा कर लिया। ब्रिटिश सैनिकों ने बंदूकें, हाथियों और ऊंटों को जब्त कर लिया और नाना साहब के महल में आग लगा दी। अंग्रेजों ने बंदूकें, हाथियों और ऊंटों को जब्त कर लिया और नाना के महल में आग लगा दी। नाना साहब के बहुत कम अवशेष ज्ञात हैं लेकिन चांदी की घुड़सवार तलवार अधिक दिलचस्प में से एक लगती है। कई ब्रिटिश खोज दलों ने नाना साहब को पकड़ने की कोशिश की, लेकिन सभी उसे भागने से रोकने में विफल रहे। 7वीं बंगाल इन्फैंट्री की एक टुकड़ी उसे पकड़ने के बहुत करीब आ गई लेकिन वह समय रहते भागने में सफल रहा। हड़बड़ी में उसने इस तलवार को उस मेज पर छोड़ दिया जहाँ वह भोजन कर रहा था। 7वीं बंगाल इन्फैंट्री के मेजर टेंपलर (बाद में मेंजर जनरल) तलवार लेकर घर आए। 1920 के दशक में परिवार ने इसे एक्सेटर संग्रहालय को उधार दिया, 1992 तक जब इसे नीलामी में बेचा गया था। इस तलवार का वर्तमान ठिकाना अज्ञात है।

विलुप्ति

कंपनी के कानपुर पर पुनः कब्जा करने के बाद नाना गायब हो गए। उनके जनरल तात्या टोपे ने नवंबर 1857 में एक बड़ी सेना इकट्ठा करने के बाद कानपुर पर फिर से कब्जा करने की कोशिश की, जिसमें मुख्य रूप से ग्वालियर दल के विद्रोही सैनिक शामिल थे। वह कानपुर के पश्चिम और उत्तर-पश्चिम के सभी मार्गों पर नियंत्रण करने में कामयाब रहा, लेकिन बाद में कानपुर की दूसरी लड़ाई में हार गया।

सितंबर 1857 में, नाना को मलेरिया बुखार होने की सूचना मिली थी; हालाँकि, यह संदिग्ध है। रानी लक्ष्मीबाई, तात्या टोपे और राव साहब (नाना साहब के करीबी विश्वासपात्र) ने जून 1858 में ग्वालियर में नाना साहब को अपना पेशवा घोषित किया।

नेपाल कनेक्शन

1859 तक, नाना के नेपाल भाग जाने की सूचना मिली थी। पेर्सवल लैंडन ने दर्ज किया कि नाना साहिब ने नेपाल के प्रधान मंत्री सर जंग बहादुर राणा के संरक्षण में, रिरिथांग के पास, थापा तेली में, पश्चिमी नेपाल में अपने दिन गुजारे। उनके परिवार को कीमती गहनों के बदले पूर्वी नेपाल के धनगरा में भी सुरक्षा मिली। फरवरी 1860 में, अंग्रेजों को सूचित किया गया कि नाना की पत्नियों ने नेपाल में शरण ली है, जहाँ वे थापथली के पास एक घर में रहती थीं। बताया जाता है कि नाना खुद नेपाल के अंदरूनी इलाके में रहते थे। कुछ प्रारंभिक सरकारी अभिलेखों में कहा गया है कि 24 सितंबर 1859 को एक शिकार के दौरान एक बाघ द्वारा उस पर हमला करने के बाद नेपाल में उसकी मृत्यु हो गई, लेकिन अन्य रिकॉर्ड इस मामले में भिन्न हैं। नाना के अंतिम भाग्य का कभी पता नहीं चला।

वेंकटेश्वर, एक ब्राह्मण से अंग्रेजों द्वारा पूछताछ की गई, उसने खुलासा किया कि वह 1861 में नेपाल में नाना साहब से मिला था। 1888 तक अफवाहें और खबरें थीं कि उन्हें पकड़ लिया गया था और कई व्यक्तियों ने खुद को अंग्रेजों के पास होने का दावा किया था। वृद्ध नाना। चूंकि ये रिपोर्टें असत्य निकलीं, इसलिए उसे पकड़ने के और प्रयास छोड़ दिए गए। उनके कॉन्स्टेंटिनोपल (वर्तमान दिनों इस्तांबुल) में देखे जाने की भी खबरें थी

सीहोर कनेक्शन

1970 के दशक में प्राप्त दो पत्रों और एक डायरी में लिखा गया था कि वह 1903 में अपनी मृत्यु तक तटीय गुजरात के सीहोर में एक तपस्वी, योगिंद्र दयानंद महाराज के रूप में रहते थे। नाना साहब के संस्कृत शिक्षक हर्षराम मेहता को संभवत: लिखे गए दो पत्रों में संबोधित किया गया था। उनके द्वारा पुरानी मराठी में और काली स्याही में दिनांक 1856 में और बालू नाना पर हस्ताक्षर किए। तीसरा दस्तावेज हर्षराम के भाई कल्याणजी मेंहता की डायरी है। पुराने गुजराती में डायरी में नाना साहब के विद्रोह की विफलता के बाद अपने साथियों के साथ सीहोर पहुँचने का रिकॉर्ड है। कल्याणजी ने नाना साहब के पुत्र श्रीधर को अपना नाम बदलकर गिरिधर रख कर अपने पुत्र के

रूप में पाला था और उनका विवाह सिहोरी ब्राह्मण परिवार में कर दिया था। उनकी डायरी में सीहोर में कल्याणजी के घर दवे शेरी में 1903 में नाना साहब की मृत्यु भी दर्ज है। यह स्थान अभी भी उनके कुछ लेख प्रदर्शित करता है। गिरिधर के बेटे केशवलाल मेहता ने 1970 के दशक में इन दस्तावेजों को बरामद किया और उनके वंशज अभी भी शहर में रहते हैं।

बेलसारे का हिसाब

महाराष्ट्रीयन संत ब्रह्मचैतन्य गोंडवलेकर महाराज पर केवी बेलसारे की पुस्तक में दावा किया गया है कि हारने के बाद, नाना साहब उत्तर प्रदेश के सीतापुर के आसपास के क्षेत्र, नैमिषारण्य गए, जहाँ उनकी मुलाकात ब्रह्मचैतन्य महाराज से हुई, जिन्होंने उन्हें सुरक्षा का आश्वासन दिया। वे 1860 से 1906 में अपनी मृत्यु तक वहाँ रहे। पुस्तक के अनुसार, उनकी मृत्यु 30 अक्टूबर से 1 नवंबर 1906 के बीच हुई और श्री ब्रह्मचैतन्य महाराज ने उनका अंतिम संस्कार किया।

1947 में भारत की स्वतंत्रता के बाद, नाना को एक स्वतंत्रता सेनानी के रूप में सम्मानित किया गया था और नाना और उनके भाई, बाला राव के सम्मान में कानपुर में नाना राव पार्क का निर्माण किया गया था।

ठाकुर बलभद्र सिंह नेगी

ठाकुर बलभद्र सिंह नेगी जी का जन्म पौड़ी गढ़वाल के अस्वालसयुं पट्टी के हड़खोली गाँव में हुआ। इनके पिता ठाकुर धनसिंह नेगी एक साधारण किसान थे 21 वर्ष की आयु में पिता का देहांत हो गया और परिवार की सारी जिम्मेदारी इनके ऊपर आ गईं उस समय गोरखा रेजिमेंट में गढ़वालियों को भर्ती होने पड़ता था उस समय सेना में भर्ती के लिए 5वी गोरखा बटालियन 500 मील दूर ऐबटाबाद पाकिस्तान जाना होता था न रेल न सड़क ये पैदल ही कई दिनों के सफर के बाद ऐबटाबाद पहुँचे।

1847 5वीं गोरखा रेजिमेंट में भर्ती हो गए। यही से जीवन का बड़ा मोड़ आ गया था इनकी शौर्य ओर पराक्रम को देखकर 13 महीनों में ही नायक फिर लांस नायक ओर फिर हवलदार बना दिया गया था 1857 में कंपनी हवलदार के पद तक पहुँच चुके थे। अंग्रेज उस समय उत्तर-पशिम में अफगानियों से लड़ रहे थे अंग्रेज रणनीतिकार ने इनको अफगानियों की युद्ध नीति का पता लगाने के कहा और ठाकुर बलभद्र नेगी जी की रणनीति के कारण अफगानीयो की हार हुई जिससे प्रभावित होकर लार्ड रॉबर्ट ने इनको जूनियर कमीशन ऑफिसर प्रोन्नत कर दिया।

लार्ड रोबर्ट ने लन्दन जाकर कई लेखों में इनकी चतुराई और बहादुरी की चर्चा की।

सन 1879 में कंधार की लड़ाई में इन्होंने अदभुत वीरता और साहस का परिचय दिया इनके सर के पास गोली भी लगी।

जीत के उल्लास में इनको गोली का आभास भी नही हुआ।

इसके लिए इन्हें आर्डर ऑफ मेंरिट मिला। जो उस समय बहुत प्रतिष्ठित अवार्ड माना जाता था।

ब्रिटिश आर्मी के मुख्य सेनानायक ने इन्हें अपना अंगरक्षक तक नियुक्त कर दिया था तब से इन्हें रुलॉर्ड सूबेदार कहा जाने लगा।

1885 में रिटायर हो गये। इनकी वीरता से प्रभावित होकर इनको कोटद्वार के पास 1600 हैक्टेयर जमीन मुफ्त प्रदान की गईं आज भी वहाँ इनके वंशज रहते है और उस क्षेत्र को रुबलभद्रपुर ही कहा और जाना जाता है।

इनके मन में विचार आया कि गढ़वाल की अपनी रेजिमेंट होनी चाहिए जिसमें गढ़वालियों को अपना साहस और वीरता के प्रदर्शन का मौका ओर रोजगार दोनों मिल सके इसके लिए इन्होंने प्रयास शुरू कर दिए।

1880 में लार्ड रॉबर्ट के समक्ष इन्होंने अपनी इच्छा जाहिर कर

दी लॉर्ड रॉबर्ट ने तत्कालीन वायसराय को गढ़वालियों के लिए अलग पलटन की सिफारिश भेज दी जिसमें गढ़वालियों की वीरता और साहस का भी विस्तार से जिक्र था 5 मई 1887 को पहली उत्तराखंड की बटालियन की स्थापना अल्मोड़ा में हुईं

4 नवम्बर 1887 को अल्मोड़ा से पैदल चल कर कालूडाडा पहली बटालियन पहुच गयी 1890 में कालूड़ाडा का नाम बदलकर लैंसडान कर दिया गया। ठाकुर बलभद्र सिंह नेगी के अथक प्रयास से ही गढ़वाल रेजिमेंट का गठन हुआ और लाखों उत्तराखंड लोगों को रोजगार और सम्मान का सबसे बड़ा साधन भी बना।

1893 में इस महान व्यक्तित्व ने इस दुनिया से विदा ली।

पूरा देश उनका सदा ऋणी रहेगा।

/// **जय श्री राम** ///

वीर योद्धा तात्या टोपे

भारत के प्रथम स्वतंत्रता संग्राम में मुख्य रूप से भाग लेने वाले सेनानी में तात्या टोपे का नाम मुख्य रूप से लिया जाता है। इनका वास्तविक नाम रामचंद्र पांडुरंग येवलकर था, लेकिन सब इनको प्यार से तात्या कहते थे। इनका जन्म एक ब्राह्मण परिवार में हुआ था। 1857 की क्रांति में इनका अत्यंत महत्त्वपूर्ण योगदान रहा है। तात्या टोपे भारत के प्रथम स्वतंत्रता संग्राम के एक सेना नायक थे। भारत को आजादी दिलाने में इनका महत्त्वपूर्ण योगदान रहा है। जब वीर झाँसी की रानी लक्ष्मीबाई,नाना साहब पेशवा, राव साहब जैसे वीर लोग इस दुनिया से विदा लेकर चले गये तब वह लगभग एक साल तक अंग्रेजो के विरुद्ध लगातार विद्रोह करते रहे।

तात्या टोपे का प्रारंभिक जीवन और शिक्षा

तात्या टोपे जी का जन्म सन 1814 में महाराष्ट्र के नासिक जिले के येवला नाम के एक गाँव में हुआ था। इनका जन्म एक पंडित परिवार में हुआ था। ये आठ भाई बहन थे, जिनमें ये सबसे बड़े थे। इनके पिता पांडुरंग राव भट्ट, पेशवा बाजीराव द्वितीय के धर्मदाय विभाग के प्रमुख थे। उनकी विद्वता एवं कर्तव्य परायणता देखकर बाजीराव ने उन्हें राज्यसभा में बहुमूल्य नवरत्न जड़ित टोपी देकर उनका सम्मान किया था, तब से उनका उपनाम टोपे पड़ गया था। इनकी शिक्षा मनुबाई (रानी लक्ष्मीबाई) के साथ हुई। जब ये बड़े जब ये बड़े हुए तो पेशवा बाजीराव ने तात्या को अपना मुंशी बना लिया।

तात्या टोपे और 1857 का स्वतंत्रता संग्राम

तात्या टोपे तेज और साहसी थे, सन 1857 में जब जंग प्रारम्भ हुई तब तात्या ने 20000 सैनिको के साथ मिलकर अंग्रेजों को कानपुर छोड़ने पर मजबूर कर दिया। इन्होने कालपी के युद्ध में झाँसी की रानी की मदद की। नवंबर 1857 में इन्होने ग्वालियर में विद्रोहियों की सेना एकत्र की और कानपुर जीतने के लिए प्रयास किया. लेकिन यह संभव नहीं हो सका। इसका मुख्य कारण यह था, कि ग्वालियर के एक पूर्व सरदार मानसिंह ने जागीर के लालच में अंग्रेजों से हाथ मिला लिया, जिससे ग्वालियर फिर से अंग्रेजों के कब्जे में आ गया। जब तक तात्या नाना साहब के साथ थे, वे कभी अंग्रेजों से कभी नहीं हारे।

गुरिल्ला युद्ध

गुरिल्ला युद्ध को छापामारी युद्ध भी कहा जाता है, जिसमें छुपकर अचानक से दुश्मन पर प्रहार तब किया जाता है जब दुश्मन युद्ध के लिए तैयार न हो। और आक्रमणकारी युद्ध के बाद अदृश्य हो जाते है। तात्या टोपे ने विन्ध्य की खाई से लेकर अरावली पर्वत श्रृंखला तक अंग्रेजो से गुरिल्ला पद्धति से वार किया था। अंग्रेज तात्या टोपे जी को 2800 मील तक पीछा करने के बाद भी पकड़ नहीं पाए थे। वीर शिवाजी के राज्य में जन्में तात्या टोपे जी ने उनकी गुरिल्ला युद्ध को अपनाते हुए अंग्रेजों का सामना किया था।

रानी लक्ष्मीबाई और तात्या टोपे का साथ

झाँसी पर ब्रिटिश का आक्रमण होने पर लक्ष्मीबाई ने तात्या से सहायता मांगी तब तात्या ने 15000 सैनिकों की टुकड़ी झाँसी भेजी। तात्या ने कानपुर से निकलकर बेतवा, कूंच और कालपी होते हुए ग्वालियर पहुँचे थे, लेकिन इससे पहले ये स्थिर हो पाते वो जनरल रोज से हार गये। और इस युद्ध में रानी लक्ष्मीबाई वीरगति को प्राप्त हुईं

तात्या टोपे का निधन

तात्या की मृत्यु का मुख्य कारण मानसिंह से मिले धोखे की वजह से हुई राजगद्दी के लालच में मानसिंह ने अंग्रेजो को गुप्त सूचना दी जिससे 7

अप्रैल 1859 को गिरफ्तार कर लिया था। शिवपुरी में उन्हें 18 अप्रैल 1859 को फांसी पर चढ़ा दिया गया था। वीर योद्धा का वलिदान समस्त भारतवासियों को सदैव प्रेरणा देता रहेगा और उनका त्याग चिर स्मरणीय रहेगा।

/// जय श्री राम ///

महावीर बिरसा मुंडा

स्वतंत्रता संग्राम के दौरान भारतभूमि पर ऐसे कई नायक पैदा हुए जिन्होंने इतिहास में अपना नाम स्वर्णाक्षरों से लिखवाया. एक छोटी सी आवाज को नारा बनने में देर नहीं लगती बस दम उस आवाज को उठाने वाले में होना चाहिए और इसकी जीती जागती मिसाल थे- बिरसा मुंडा। बिरसा मुंडा ने बिहार और झारखंड के विकास और भारत के स्वतंत्रता आंदोलन में अहम रोल निभाया।

अपने कार्यों और आंदोलन की वजह से बिहार और झारखंड में लोग बिरसा मुंडा को भगवान की तरह पूजते हैं। बिरसा मुण्डा ने मुण्डा विद्रोह पारम्परिक भू-व्यवस्था के जमींदारी व्यवस्था में बदलने के कारण किया। बिरसा मुण्डा ने अपनी सुधारवादी प्रक्रिया के तहत सामाजिक जीवन में एक आदर्श प्रस्तुत किया। उन्होंने नैतिक आचरण की शुद्धता, आत्म-सुधार और एकेश्वरवाद का उपदेश दिया. उन्होंने ब्रिटिश सत्ता के अस्तित्व को अस्वीकारते हुए अपने अनुयायियों को सरकार को लगान न देने का आदेश दिया था।

बिरसा मुंडा का जन्म 1875 में लिहतु (जो रांची में पड़ता है), में हुआ था। साल्गा गाँव में प्रारंभिक पढ़ाई के बाद वे चाईबासा इंग्लिश मिडिल स्कूल में पढ़ने आए। सुगना मुंडा और करमी हातू के पुत्र बिरसा मुंडा के मन में ब्रिटिश सरकार के खिलाफ बचपन से ही विद्रोह था।

बचपन में मुंडा एक बेहद चंचल बालक थे। अंग्रेजों के बीच रहते हुए वह बड़े हुए। बचपन का अधिकतर समय उन्होंने अखाड़े में बिताया. हालांकि गरीबी की वजह से उन्हें रोजगार के लिए समय-समय पर अपना घर बदलना पड़ा। इसी भूख की दौड़ ने ही उन्हें स्कूल की राह दिखाई और उन्हें चाईबासा इंग्लिश मिडिल स्कूल में पढ़ने का मौका मिला।

चाईबासा में बिताए चार सालों ने बिरसा मुंडा के जीवन पर गहरा असर डाला। 1895 तक बिरसा मुंडा एक सफल नेता के रुप में उभरने लगे जो लोगों में जागरुकता फैलाना चाहते थे। 1894 में आए अकाल के दौरान बिरसा मुंडा ने अपने मुंडा समुदाय और अन्य लोगों के लिए अंग्रेजों से लगान माफी की मांग के लिए आंदोलन किया।

1895 में उन्हें गिरफ्तार कर लिया गया और हजारीबाग केन्द्रीय कारागार में दो साल के कारावास की सजा दी गयी। लेकिन बिरसा और उनके शिष्यों ने क्षेत्र की अकाल पीड़ित जनता की सहायता करने की ठान रखी थी और यही कारण रहा कि अपने जीवन काल में ही उन्हें एक महापुरुष का दर्जा मिला. उन्हें उस इलाके के लोग "धरती बाबा" के नाम से पुकारा और पूजा करते थे। उनके प्रभाव की वृद्धि के बाद पूरे इलाके के मुंडाओं (डनदकें) में संगठित होने की चेतना जागी। 1897 से 1900 के बीच मुंडाओं और अंग्रेज सिपाहियों के बीच युद्ध होते रहे और बिरसा और उसके चाहने वाले लोगों ने अंग्रेजों की नाक में दम कर दिया। अगस्त 1897 में बिरसा और उसके चार सौ सिपाहियों ने तीर कमानों से लैस होकर खूंटी थाने पर धावा बोला। 1898 में तांगा नदी के किनारे मुंडाओं की भिड़ंत अंग्रेज सेनाओं से हुई जिसमें पहले तो अंग्रेजी सेना हार गयी लेकिन बाद में इसके बदले उस इलाके बहुत से आदिवासी नेताओं की गिरफ्तारियां हुईं। जनवरी 1900 में जहाँ बिरसा अपनी जनसभा के संबोधित कर रहे थे, डोमबाड़ी पहाड़ी पर एक और संघर्ष हुआ था, जिसमें बहुत सी औरतें और बच्चे मारे गये थे। बाद में बिरसा के कुछ शिष्यों की गिरफ्तारी भी हुई थी. अंत में स्वयं बिरसा 3 फरवरी, 1900 को चक्रधरपुर में गिरफ्तार हुए।

बिरसा ने अपनी अंतिम सांसें 9 जून, 1900 को रांची कारागर में ली। आज भी बिहार, उड़ीसा, झारखंड, छत्तीसगढ़ और पश्चिम बंगाल के आदिवासी इलाकों में बिरसा भगवान की तरह पूजे जाते हैं।

/// जय श्री राम ///

वीर कुंवर सिंह

स्वतंत्रता संग्राम की आग सालों तक धधकती रही और इस आग में ना जाने कितने शूर वीरों ने अपने देश के लिए अपने प्राणों की आहूति दे दी। हमने हमेशा राजा का सुयश गाया लेकिन हमने ऐसे कई सेनापतियों और सिपाहियों को भुला दिया जिनके वीरगति प्राप्त देहों पर आजाद भारत की नींव रखी गई। आज हम एक ऐसे ही योद्धा और शूरवीर की कहानी आपको बताने जा रहे हैं जिन्होंने उस उम्र में अंग्रेजों के छक्के छुड़ा दिए जिस उम्र में लोग लाठी के सहारे भी सही से नहीं चल पाते।

अस्सी वर्ष की बूढ़ी हड्डी में जागा जोश पुराना था।
सब कहते हैं कुंवर सिंह भी बड़ा वीर मर्दाना था।

जी हाँ हम यहाँ बात कर रहे हैं 1857 स्वतंत्रता संग्राम के एक ऐसे गुमनाम नायक की जिसकी लोकप्रियता मात्र क्षेत्रीय हो कर रह गई। बाबू वीर कुंवर सिंह के नाम से जाना जाने वाला ये बूढ़ा शेर अंग्रेजों के साथ लड़ते हुए अपने क्षेत्र को आजाद करने वाला एकमात्र राजा था। बाबू वीर कुंवर सिंह ने 23 अप्रैल, 1858 को शाहाबाद क्षेत्र को अंग्रेजों के चंगुल से मुक्त कराया था। उन्होंने जगदीशपुर के अपने किले से ब्रिटिश झंडे को उतारकर अपना झंडा फहराते हुए इस किले को फतह कर लिया था।

साल 1777 में बिहार के भोजपुर जिले के जगदीशपुर में जन्मे बाबू वीर कुंवर सिंह के पिता साहबजादा सिंह राजा भोज के वंशजों में से थे। 1826 में पिता की मृत्यु के बाद कुंवर सिंह जगदीशपुर के तालुकदार बने। कुंवर सिंह बचपन से ही बहुत वीर योद्धा थे। वह गुरिल्ला युद्ध शैली में बहुत कुशल थे।

अपनी इसी कुशलता का प्रयोग उन्होंने स्वतंत्रता की लड़ाई में अंग्रेजों के खिलाफ किया था।

कुंवर सिंह के बारे में सबसे खास बात यही है कि उन्होंने अपनी वीरता को 80 साल की उम्र तक भी बनाए रखा और इस उम्र में भी अंग्रेजों से ऐसे लड़े जैसे कि वह 20 वर्ष के युवा हों. उन्होंने कभी भी अपनी उम्र को खुद पर हावी नहीं होने दिया। साल 1857 में जब प्रथम स्वतंत्रता संग्राम का डंका बजाया तो एक तरफ नाना साहब, तात्या टोपे डटे खड़े अंग्रेजों का लोहा ले रहे थे तो वहीं महारानी रानी लक्ष्मी बाई, बेगम हजरत महल जैसी वीरांगनाएं अपने तलवार का जौहर दिखा रही थीं. ठीक इसी समय बिहार में एक बूढ़े शेर की दहाड़ ने अंग्रेजों के पसीने छुड़ा दिए। बाबू वीर कुंवर सिंह ने भी ब्रिटिश शासकों के खिलाफ लड़ रहे बिहार के दानापुर के क्रांतिकारियों का नेतृत्व किया।

80 साल की उम्र में जहाँ शरीर आराम चाहता है वहीं कुंवर सिंह अपनी हड्डियों में बारूद और नस नस में देशभक्ति की लहर लिए अपने सेनानी भाइयों के साथ अंग्रेजों का डटकर मुकाबला कर रहे थे। कुंवर सिंह के दो भाई थे हरे कृष्णा और अमर सिंह, जो उनके सेनापति भी थे।

साल 1848-49 में जब अंग्रेजी शासकों ने विलय नीति अपनाई जिसके बाद भारत के बड़े-बड़े शासकों के अंदर रोष और डर जाग गया। वीर कुंवर सिंह को अंग्रेजों की ये बात रास ना आई और वह उनके खिलाफ उठ खड़े हुए। अपने इस क्रोध को एक आग में बदलते हुए कुंवर सिंह ने दानापुर रेजिमेंट, रामगढ़ के सिपाहियों और बंगाल के बैरकपुर के साथ मिल कर अंग्रेजो के खिलाफ धावा बोल दिया. दूसरी तरफ मेंरठ, लखनऊ, इलाहाबाद, कानपुर, झांसी और दिल्ली में भी अंग्रेजों के खिलाफ विद्रोह जोर पकड़ने लगा। इस दौरान वीर कुंवर सिंह ने अपने साहस, पराक्रम और कुशल सैन्य शक्ति का उद्धहरण पेश करते हुए सेनाओं का नेतृत्व किया और ब्रिटिश सरकार को घुटनों पर ला दिया।

उन्होंने अपने पराक्रम से आरा शहर, जगदीशपुर तथा आजमगढ़ आजाद कराया। ये कुंवर सिंह ही थे जिनके कारण अंग्रेजी हुकूमत के बीच आजमगढ़ 81 दिनों तक आजाद रहा था.

1848 में जगदीशपुर के किले पर अंग्रेजों का झंडा उखाड़कर अपना झंडा फहराने के बाद बाबू वीर कुंवर सिंह अपनी पलटन के साथ बलिया के पास शिवपुरी घाट से गंगा किश्तियों में नदी पार कर रहे थे। इस बात की भनक अंग्रेजों को लग चुकी थी और उन्होंने मौका देखते हुए बिना किसी सूचना के वीर कुंवर सिंह को घेर लिया और उन पर गोलीबारी करने लगे। इसी गोलीबारी में कुंवर सिंह के बाएँ हाथ में गोली लग गई. बांह में लगी गोली का जहर पूरे शरीर में फैलता जा रहा था. दूसरी तरफ कुंवर सिंह ये नहीं चाहते थे कि उनका शरीर जिंदा या मुर्दा अंग्रेजों के हाथ लगे। इसी सोच के साथ उन्होंने अपनी तलवार से अपनी वह बांह ही काट दी जिस पर गोली लगी थी और उसे गंगा नदी को समर्पित कर दिया। इसके बाद वह एक ही हाथ से अंग्रेजों का सामना करते रहे।

घायल अवस्था में होने के बावजूद उनकी हिम्मत नहीं टूटी और ना ही वह अंग्रेजों के हाथ आए। उनकी वीरता को देखते हुए एक ब्रिटिश इतिहासकार होम्स ने उनके बारे में लिखा कि यह गनीमत थी कि युद्ध के समय उस कुंवर सिंह की उम्र 80 थी। अगर वह जवान होते तो शायद अंग्रेजों को 1857 में ही भारत छोड़ना पड़ता।

23 अप्रैल 1858 को वह अंग्रेजों को धूल चटा कर अपने महल में वापिस लौटे लेकिन उनका घाव इतना गहरा हो चुका था कि वह बच ना सके। 26 अप्रैल 1858 को इस बूढ़े शेर ने दुनिया को अलविदा कह दिया।

आज हम अगर आजाद भारत में चौन की सांस ले रहे हैं तो उसकी वजह कुंवर सिंह जैसे वीर ही हैं। ऐसे नायकों को पूरे देश से सम्मान मिलना जरूरी है और ऐसा तभी होगा जब इनके बारे में केवल बिहार और पूर्वाञ्चल के लोग नहीं बल्कि पूरा देश जानेगा।

/// जय श्री राम ///

वीर महावीर सिंह राठौड़

अमर बलिदानी महावीर सिंह का जन्म 16 सितम्बर 1904 को उत्तर प्रदेश के एटा जिले के शाहपुर टहला नामक एक छोटे से गाँव में उस क्षेत्र के प्रसिद्ध वैद्य कुंवर देवी सिंह और उनकी धर्मपरायण पत्नी श्रीमती शारदा देवी के पुत्र के रूप में हुआ था। प्रारंभिक शिक्षा गाँव के स्कूल में ही प्राप्त करने के बाद महावीर सिंह ने हाईस्कूल की परीक्षा गवर्मेंट कालेज एटा से पास की। राष्ट्र सम्मान के लिए मर-मिटने की शिक्षा अपने पिता से प्राप्त करने वाले महावीर सिंह में अंग्रेजों के विरुद्ध बगावत की भावना बचपन से ही मौजूद थी, जिसका पता उनके बचपन में घटी एक घटना से भी मिलता है।

हुआ ये कि जनवरी 1922 में एक दिन कासगंज तहसील (वर्तमान में ये अलग जिला बन गया है) के सरकारी अधिकारियों ने अपनी राजभक्ति प्रदर्शित करने के उद्देश्य से अमन सभा का आयोजन किया, जिसमें जिलाधीश, पुलिस कप्तान, स्कूलों के इंस्पेक्टर, आस-पड़ोस के अमीर उमरा आदि जमा हुए। छोटे-छोटे बच्चो को भी जबरदस्ती ले जाकर सभा में बिठाया गया, जिनमें से एक महावीर सिंह भी थे। लोग बारी-बारी उठकर अंग्रेजी हुकूमत की तारीफ में लम्बे-लम्बे भाषण दे ही रहे थे कि तभी बच्चों के बीच से किसी ने जोर से से नारा लगाया-महात्मा गांधी की जय। बाकी लड़कों ने भी समवेत स्वर में ऊँचे कंठ से इसका समर्थन किया और पूरा वातावरण इस नारे से गूँज उठा। देखते-देखते गांधी विरोधियों की वह सभा गांधी की जय जयकार के नारों से गूँज उठी, लिहाजा अधिकारी तिलमिला उठे। प्रकरण की जांच के फलस्वरूप महावीर सिंह को विद्रोही बालकों का नेता घोषित कर

सजा दी गयी पर इसने उनमें बगावत की भावना को और प्रबल कर दिया।

1925 में उच्च शिक्षा के लिए महावीर सिंह जब डी. ए. वी. कालेज कानपुर गए तो चन्द्रशेखर आजाद के संपर्क में आने पर उनसे अत्यंत प्रभावित हुए और उनकी हिन्दुस्तान सोशलिस्ट रिपब्लिक एसोशिएसन के सक्रिय सदस्य बन गए। इसी के जरिये उनका परिचय भगतसिंह से हुआ और जल्द ही महावीर भगतसिंह के प्रिय साथी बन गए। उसी दौरान उनके पिता जी ने उनकी शादी तय करने के सम्बन्ध में उनके पास पत्र भेजा जिसे पाकर वो चिंतित हो गए। अपने आप को मातृभूमि की स्वतंत्रता के लिए चल रहे यज्ञ में समिधा बना देने का दृढ संकल्प करने के बाद उन्होंने अपने पिता जी को राष्ट्र की आजादी के लिए क्रांतिकारी संघर्ष पर चलने की सूचना देते हुए शादी-ब्याह के पारिवारिक संबंधों से मुक्ति देने का आग्रह किया।

चंद दिनों बाद पिता का उत्तर आया, जिसमें लिखा था-मुझे यह जानकर बड़ी खुशी हुई कि तुमने अपना जीवन देश के काम में लगाने का निश्चय किया है। मै तो समझता था कि हमारे वंश में पूर्वजों का रक्त अब रहा ही नहीं और हमने दिल से परतंत्रता स्वीकार कर ली है, पर आज तुम्हारा पत्र पाकर में अपने को बड़ा भाग्यशाली समझ रहा हूँ। शादी की बात जहाँ चल रही है, उन्हें यथायोग्य उत्तर भेज दिया है। तुम पूर्णतः निश्चिन्त रहो, में कभी भी ऐसा कोई काम नही करूँगा जो देशसेवा के तुम्हारे मार्ग में बाधक बने। देश की सेवा का जो मार्ग तुमने चुना है वह बड़ी तपस्या का और बड़ा कठिन मार्ग है लेकिन जब तुम उस पर चल ही पड़े हो तो कभी पीछे न मुड़ना, साथियो को धोखा मत देना और अपने इस बूढ़े पिता के नाम का ख्याल रखना। तुम जहाँ भी रहोगे, मेरा आशीर्वाद हमेशा तुम्हारे साथ है। तुम्हारा पिता देवी सिंह क्रांतिकारी गतिविधियों में स्वयं को पूर्णतः संलग्न करने के बाद महावीर सिंह ने कई अभियानों में सक्रिय भूमिका निभाई और वह दल के मुख्य सदस्यों में गिने जाने लगे। इसी बीच लाहौर में पंजाब बैंक पर छापा मारने की योजना बनी, लेकिन महावीर सिंह को जिस कार द्वारा साथियों को बैंक से सही-सलामत निकाल कर लाना था, वह ऐसी नही थी कि उस पर

भरोसा किया जा सकता। अस्तु भरोसे लायक कार न मिलने तक के लिए योजना स्थगित कर दी गयी। तभी लाहौर में साइमन कमीशन के विरुद्ध लाला लाजपतराय के नेतृत्व में तूफान उठा खड़ा हुआ, जिसमें एक प्रदर्शन में लाला जी पर लाठियों के अंधाधुंध प्रहार ने उनका प्राणान्त कर दिया। यह राष्ट्र के पौरुष को चुनौती थी और क्रान्तिकारियो ने उसे सहर्ष स्वीकार किया। बैंक पर छापा मारने की योजना स्थगित कर लाला जी पर लाठियाँ बरसाने वाले पुलिस अधिकारी को मारने का निश्चय किया गया। उस योजना को कार्यान्वित करने में भगत सिंह, आजाद तथा राजगुरु के साथ महावीर सिंह का भी काफी योगदान था और भगत सिंह और राजगुरु को घटनास्थल से कार द्वारा महावीर सिंह ही भगा ले गए थे।

साडर्स की हत्या के बाद महावीर सिंह अस्वस्थ रहने लगे क्योंकि लाहौर का पानी उनके स्वास्थ्य के लिए अनुकूल नही पड़ रहा था, इसलिए सुखदेव ने उन्हें संयुक्त प्रांत अर्थात आज के उत्तर प्रदेश वापस जाने की सलाह दी। चार दिन कानपुर रहने के बाद वे इलाज के लिए अपने गाँव पिता जी के पास चले गये, पर चूँकि पुलिस का डर था इसलिए रोज जगह बदलकर पिताजी से इलाज करवाने में लग गये ताकि जल्द से जल्द स्वस्थ होकर फिर से मोर्चे पर वापस जा सकें। सन 1929 में दिल्ली असेम्बली भवन में भगत सिंह तथा बटुकेश्वर दत्त द्वारा बम फेंके जाने के बाद लोगों की गिरफ्तारियाँ शुरू हो गयीं और अधिकाँश क्रांतिकारी पकड़कर मुकदमा चलाने के लिए लाहौर पहुँचा दिए गये, ऐसे में महावीर सिंह भी पकड़े गये।

जेल में क्रान्तिकारियों द्वारा अपने ऊपर किये जाने वाले अन्याय के विरुद्ध 13 जुलाई 1929 से आमरण अनशन शुरू कर दिया गया। दस दिनों तक तो जेल अधिकारियों ने कोई विशेष कार्यवाही नही की क्योंकि उनका अनुमान था कि यह नयी उम्र के छोकरे अधिक दिनों तक बगैर खाए नही रह सकेंगे, लेकिन जब दस दिन हो गये और एक-एक करके ये लोग बिस्तर पकड़ने लगे तो उन्हें चिंता हुईं सरकार ने अनशनकारियों की देखभाल के लिए डॉक्टरों का एक बोर्ड नियुक्त कर दिया। अनशन के ग्यारहवें दिन से बोर्ड के डॉक्टरों ने बलपूर्वक दूध पिलाना आरम्भ कर दिया, जिससे बचने के लिए

महावीर सिंह कुश्ती भी करते और गले से भी लड़ते। जेल अधिकारी को पहलवानों के साथ अपनी कोठरी की तरफ आते देख वे जंगला पर आकर खड़े हो जाते। एक तरफ आठ दस पहलवान और दूसरी तरफ अनशन के कारण कमजोर पड़ चुके महावीर सिंह। पांच दस मिनट की धक्का-मुक्की के बाद दरवाजा खुलता तो काबू करने की कुश्ती आरम्भ हो जाती। 63 दिनों के अनशन में एक दिन भी ऐसा नही गया जिस दिन महावीर सिंह को काबू करने में आधे घंटे से कम समय लगा हो।

लाहौर षड्यंत्र केस के अभियुक्तों की अदालती सुनवाई के दौरान महावीर सिंह तथा उनके चार अन्य साथियों कुंदन लाल, बटुकेश्वर दत्त, गयाप्रसाद और जितेन्द्रनाथ सान्याल ने एक बयान द्वारा कहा कि वे शत्रु की इस अदालत से किसी प्रकार के न्याय की आशा नही करते और यह कहकर उन्होंने इस अदालत को मान्यता देने और उसकी कार्यवाही में भाग लेने से इनकार कर दिया। महावीर सिंह तथा उनके साथियों का यह बयान लाहौर षड्यंत्र केस के अभियुक्तों की उस समय की राजनैतिक एवं सैद्धांतिक समझ पर अच्छा प्रकाश डालता है और इस बात को स्पष्ट करता है कि आजादी के ये मतवाले कोई भटके हुए नौजवान नहीं थे बल्कि एक विचारधारा से प्रेरित जागरूक युवा थे। बयान के कुछ अंश इस प्रकार थे-

हमारा यह दृढ विश्वास है कि साम्राज्यवाद लूटने-खसोटने के उद्देश्य से संगठित किए गये एक विस्तृत षड्यंत्र को छोड़कर और कुछ नही है। साम्राज्यवादी अपने लूट-खसोट के मंसूबों को आगे बढ़ाने की गरज से केवल अपनी अदालतों द्वारा ही राजनीतिक हत्याऐं नही करते बल्कि युद्ध के रूप में कत्लेआम, विनाश तथा अन्य कितने ही वीभत्स एवं भयानक कार्यों का संगठन करते हैं। हर मनुष्य को अपनी मेहनत का फल पाने का पूरा अधिकार है और हर राष्ट्र अपने साधनों का पूरा मालिक है। यदि कोई सरकार उन्हें उनके इन प्रारम्भिक अधिकारों से वंचित रखती है तो लोगों का कर्तव्य कि ऐसी सरकार को मिटा दें। चूँकि ब्रिटिश सरकार इन सिद्धांतों से जिन के लिए हम खड़े हुए हैं, बिलकुल परे है इसलिए हमारा दृढ विश्वास है कि क्रान्ति के द्वारा मौजूदा हुकूमत को समाप्त करने के लिए सभी कोशिशें तथा सभी

उपाय न्याय संगत हैं। हम परिवर्तन चाहते हैं–सामाजिक, राजनैतिक तथा आर्थिक सभी क्षेत्रों में आमूल परिवर्तन। हम मौजूदा समाज को जड़ से उखाड़कर उसके स्थान पर एक ऐसे समाज की स्थापना करना चाहते हैं, जिसमें मनुष्य द्वारा मनुष्य का शोषण असम्भव हो जाए और हर व्यक्ति को हर क्षेत्र में पूरी आजादी हासिल हो जाएँ रही बात उपायों की, शांतिमय अथवा दूसरे, तो हम कह देना चाहते हैं कि इसका फैसला बहुत कुछ उन लोगों पर निर्भर करता है जिसके पास ताकत है। क्रांतिकारी तो शान्ति के उपासक हैं, सच्ची और टिकने वाली शान्ति के, जिसका आधार न्याय तथा समानता पर है, न की कायरता पर आधारित तथा संगीनों की नोक पर बचाकर रखी जाने वाली शान्ति के। हम पर ब्रिटिश सरकार के विरुद्ध युद्ध छेड़ने का अभियोग लगाया गया है पर हम ब्रिटिश सरकार की बनाई हुई किसी भी अदालत से न्याय की आशा नही रखते और इसलिए हम न्याय के नाटक में भाग नही लेंगे।

केस समाप्त हो जाने पर सम्राट के विरुद्ध युद्ध और सांडर्स की हत्या में सहायता करने के अभियोग में महावीर सिंह को उनके सात अन्य साथियों के साथ आजन्म कारावास का दंड दिया गया। सजा के बाद कुछ दिनों तक पंजाब की जेलों में रखकर बाकी लोगो को (भगत सिंह, राजगुरु, सुखदेव और किशोरी लाल के अतिरिक्त) मद्रास प्रांत की विभिन्न जेलों में भेज दिया गया। महावीर सिंह और गयाप्रसाद को बेलोरी (कर्नाटक) सेंट्रल जेल ले जाया गया, जहाँ से जनवरी 1933 में उन्हें उनके कुछ साथियो के साथ अण्डमान (काला पानी) भेज दिया गया, जहाँ इंसान को जानवर से भी बदतर हालत में रखा जाता था।

राजनैतिक कैदियों के साथ सम्मानजनक व्यवहार, अच्छा खाना, पढ़ने लिखने की सुविधायें, रात में रोशनी आदि मांगो को लेकर सभी राजनैतिक बंदियों ने 12 मई 1933 से जेल प्रशासन के विरुद्ध अनशन आरम्भ कर दिया। इससे पूर्व इतने अधिक बन्दियों ने एक साथ इतने दिनों तक कहीं भी अनशन नही किया था। अनशन के छठे दिन से ही अधिकारियों ने इसे कुचलने के लिए बलपूर्वक दूध पिलाने का कार्यक्रम आरम्भ कर दिया। वो 17 मई 1933

की शाम थी, जब आधे घण्टे की कुश्ती के बाद दस-बारह व्यक्तियों ने मिलकर महावीर सिंह को जमीन पर पटक दिया और डॉक्टर ने एक घुटना उनके सीने पर रखकर नली नाक के अन्दर डाल दी। उसने यह देखने की परवाह भी नही की कि नली पेट में न जाकर महावीर सिंह के फेफड़ो में चली गयी है। अपना फर्ज पूरा करने की धुन में पूरा एक सेर दूध उसने फेफड़ो में भर दिया और उन्हें मछली की तरह छटपटाता हुआ छोड़कर अपने दल-बल के साथ दूसरे बन्दी को दूध पिलाने चला गया। महावीर सिंह की तबियत तुरंत बिगड़ने लगी। कैदियों का शोर सुनकर डॉक्टर उन्हें देखने वापस आया लेकिन उस समय तक उनकी हालत बिगड़ चुकी थी। उन्हें अस्पताल ले जाया गया जहाँ रात के लगभग बारह बजे आजीवन लड़ते रहने का व्रत लेकर चलने वाला ये अथक क्रांतिकारी देश की माटी में विलीन हो गया। अधिकारियों ने चोरी-चोरी उनके शव को समुद्र के हवाले कर दिया।

महावीर सिंह के कपड़ों में उनके पिता का एक पत्र भी मिला था, जो उन्होंने महावीर सिंह के अण्डमान से लिखे एक पत्र के उत्तर में लिखा था। इसमें लिखा था कि "उस टापू पर सरकार ने देशभर के जगमगाते हीरे चुन चुनकर जमा किए हैं। मुझे खुशी है कि तुम्हें उन हीरों के बीच रहने का मौका मिल रहा है। उनके बीच रहकर तुम और चमको, मेरा तथा देश का नाम अधि क रोशन करो, यही मेरा आशीर्वाद है।" आज के भौतिकवादी युग में जब माँ बाप अपने बच्चों को येन केन प्रकाणेन धन, पद प्रतिष्ठा और व्यवसायों की ऊँचाइयों पर पहुँचते हुए देखना चाहते हैं और उसके लिए स्वयं या अपने बच्चों द्वारा कुमार्ग अपनाए जाने में भी संकोच नहीं करते, ये सोचना ही असंभव सा हो जाता है कि ऐसे भी माँ बाप हो सकते हैं जो अपने बच्चों को ना केवल देश-धर्म पर बलिदान होने की प्रेरणा दें वरन समय समय पर लक्ष्य प्राप्ति के उनका मार्गदर्शन भी करें।

आज जिस आजादी का उपभोग हम कर रहे है उसकी भव्य इमारत की बुनियाद डालने में महावीर सिंह जैसे कितने क्रान्तिकारियों ने अपना रक्त और माँस गला दिया पर हम कृतघ्न उन्हें भुला बैठे। हालाँकि उनके पैतृक गाँव शाहपुर टहला में स्थित चिकित्सालय का नाम महावीर सिंह मेंमोरियल

गवर्नमेंट हास्पिटल है, गाँव में शहीद महावीर सिंह स्मारक भी है, राजा का रामपुर में अमर शहीद महावीर सिंह स्मारक बालिका विद्यालय है। वर्ष 2009 में शहीद महावीर सिंह राठौर की प्रतिमा शासन ने पटियाली तहसील परिसर में स्थापित कर एक शाम शहीदों के नाम कार्यक्रम को अंजाम दे अमर शहीद को याद किया था और एटा मुख्यालय में भी महावीर पार्क की स्थापना शासन-प्रशासन द्वारा की गयी है। पर एक बार कार्यक्रम कर लेने के बाद उनके जन्मदिन व पुण्यतिथि पर याद करने की फुरसत न तो प्रशासन को मिली और न ही समाजसेवियों को।

हाँ, दो वर्ष पहले उनके बलिदान दिवस 17 मई पर जयपुर में, जहाँ महावीर सिंह का परिवार वर्तमान में मालवीय नगर में रहता है, उनकी स्मृति में एक विशेष कार्यक्रम अवश्य आयोजित किया गया जिसमें सभवत: पहली बार हुतात्मा महावीर सिंह को सम्मानपूर्वक याद किया गया। स्वातंत्र्य समर स्मृति संस्थान के तत्वावधान में इसके संरक्षक एवं वरिष्ठ पत्रकार श्री गोपाल शर्मा की ओर से आयोजित विकट विप्लवी शहीद महावीर सिंह के 80 वें बलिदान दिवस पर आयोजित इस कार्यक्रम में शहीद महावीर सिंह पर लिखी गई पुस्तक 'विकट विप्लवी महावीर सिंह' का भी विमोचन किया गया और उनके प्रपौत्र श्री असीम राठौड़ को सम्मानित भी किया गया। आवश्यकता है कि हम अपने हुतात्माओं को यादरखें और उनसे प्रेरणा लें ताकि असंख्य बलिदानों के दम पर मिली इस आजादी को कायम रखा जा सके।

/// जय श्री राम ///

कालजयी सुभाषचन्द्र बोस

सुभाष चन्द्र बोस भारत के स्वतन्त्रता संग्राम के अग्रणी तथा सबसे बड़े नेता थे। आपका जन्म 23 जनवरी 1897 को ओड़िशा के कटक शहर में हिन्दू कायस्थ परिवार में हुआ था। उनके पिता का नाम जानकीनाथ बोस और माँ का नाम प्रभावती था।

देश के क्रांतिकारी आंदोलन के महानायक, कर्मयोद्धा नेताजी सुभाष चंद्र बोस की जयंती को केंद्र सरकार ने 'राष्ट्रीय पराक्रम दिवस' के रूप में मनाने की घोषणा करके देश के असंख्य लोगों की भावनाओं का सम्मान किया है। वास्तव में हमारी आजादी हमारे ऐसे ही वीरों के पराक्रम, शौर्य, समर्पण और साहस से मिली थी। यह सही है कि स्वतंत्रता संग्राम में महात्मा गांधी का योगदान महत्वपूर्ण था, परंतु नेताजी के योगदान को कमतर आंकना या उनके योगदान का विस्मृत करना, किसी भी दृष्टिकोण से उचित नहीं कहा जा सकता। भारत के स्वाधीनता संग्राम में आजाद हिंद फौज एवं नेताजी का सर्वाधिक योगदान रहा है, उनके योगदान की अमर कहानी अभी लिखी जानी शेष है।

आजाद हिन्द सरकार के माध्यम से सुभाषचन्द्र बोस ने एक ऐसा भारत बनाने का वादा किया था, जिसमें सभी के पास समान अधिकार हों, सभी के पास समान अवसर हों। जो अपनी प्राचीन परम्पराओं से प्रेरणा लेगा और गौरवपूर्ण बनाने वाले सुखी और समृद्ध सशक्त भारत का निर्माण करेगा। यह करोड़ों भारतीयों का सपना था, किंतु सुभाष बाबू से भय खाने वाले अंग्रेजों और बाद में उसी लीक पर चलकर सत्ता और परिवारवाद को मजबूत करने

वाले राजनीतिक दलों एवं सत्ताधारियों ने उस महानायक के योगदान एवं सपनों को कुचलने का षड़यंत्रपूर्वक प्रयत्न किया। जब वर्ष 2018 को आजाद हिन्द सरकार के 75वीं वर्षगांठ पर प्रधानमंत्री नरेंद्र मोदी ने लाल किले से तिरंगा फहराया तो देश को मानो उसका बिसराया प्यार, स्वतंत्रता संग्राम की अनूठी स्मृतियों की जीवंतता से देश को वास्तविक रूप में आजादी का स्वाद चखने का अवसर मिल गया।

इसे भी पढ़ें: आज भी युवाओं में सर्वाधिक लोकप्रिय है नेताजी सुभाष चंद्र बोस का जीवन चरित्र नेताजी सुभाष चंद्र बोस ने जिस अमृत को अपने संघर्ष से बटोरो एवं सुरक्षित भारत की भावी पीढ़ियों के लिए रखा था, वह तो राजनीतिक स्वार्थों की भेंट चढ़ गया। उस अमृत पर तो कोरी राजनीतिक स्वार्थ की रोटियां सेकी गयी, अपने-अपने स्वार्थ सिद्ध किये गये, देश को भुला दिया गया, नेताजी के योगदान को भुला दिया गया। यही कारण है कि 75 वर्षों के कालखण्ड में राष्ट्र मजबूत होने की बजाय दिनो-दिन कमजोर होता गया। राष्ट्र कभी भी केवल व्यवस्था पक्ष से ही नहीं बनता, उसका सिद्धांत, चरित्र पक्ष एवं राष्ट्रीय भावना भी सशक्त होनी चाहिए। किसी भी राष्ट्र की ऊँचाई वहाँ की इमारतों की ऊँचाई से नहीं मापी जाती बल्कि वहाँ के नागरिकों के चरित्र से मापी जाती है। उनके काम करने के तरीके से मापी जाती है, उनके बलिदानी स्वतंत्रता संग्रामियों की जीवंतता से आंकी जाती है। हमारी सबसे बड़ी असफलता है कि आजादी के 75वर्षों के बाद भी राष्ट्रीय चरित्र नहीं बन पाया, इसका कारण नेताजी जैसे नेताओं के योगदान को भुला देना है।

सुभाष चन्द्र बोस भारत के स्वतन्त्रता संग्राम के अग्रणी तथा सबसे बड़े नेता थे। आपका जन्म 23 जनवरी 1897 को को ओड़िशा के कटक शहर में हिन्दू कायस्थ परिवार में हुआ था। उनके पिता का नाम जानकीनाथ बोस और माँ का नाम प्रभावती था। जानकीनाथ बोस कटक शहर के मशहूर वकील थे। पहले वे सरकारी वकील थे मगर बाद में उन्होंने निजी प्रैक्टिस शुरू कर दी थी। उन्होंने कटक की महापालिका में लम्बे समय तक काम किया था और वे बंगाल विधानसभा के सदस्य भी रहे थे।

अंग्रेज सरकार ने उन्हें रायबहादुर का खिताब दिया था। प्रभावती देवी के पिता का नाम गंगानारायण दत्त था। दत्त परिवार को कोलकाता का एक कुलीन परिवार माना जाता था। प्रभावती और जानकीनाथ बोस की कुल मिलाकर 14 सन्तानें थी जिसमें 6 बेटियाँ और 8 बेटे थे। सुभाष उनकी नौवीं सन्तान और पाँचवें बेटे थे। अपने सभी भाइयों में से सुभाष को सबसे अधिक लगाव शरद चन्द्र से था।

सुभाषचन्द्र बोस आजीवन भारतीय स्वाधीनता संघर्ष के लिये युद्ध तथा सैन्य संगठन में रत रहते हुए भारत को आजादी दिलाने के प्रभावी एवं सार्थक प्रयत्न किये। सुभाष बाबू के जीवन पर स्वामी विवेकानंद, उनके गुरु स्वामी रामकृष्ण परमहंस तथा महर्षि अरविंद के गहन दर्शन और उच्च भावना का प्रभाव था। नेताजी ऋषि अरविंद की पत्रिका आर्य को बहुत ही लगाव से पढ़ते थे। पिताजी की इच्छा का निर्वाहन करते हुए उन्होनें उन दिनों की सर्वाधिक महत्वपूर्ण परीक्षा आईसीएस में बैठने के लिए कैम्ब्रिज विश्वविद्यालय में प्रवेश लिया तथा मात्र आठ माह में ही परीक्षा उत्तीर्ण कर ली किंतु राष्ट्रीय भाव एवं भारत को आजाद कराने के संकल्प के चलते उन्होंने आईसीएस की नौकरी का परित्याग करके एक अनोखा उदाहरण प्रस्तुत किया। तब तक आइसीएस के इतिहास में किसी भारतीय ने ऐसा नहीं किया था। युवा सुभाष ने 16 जुलाई 1921 को बम्बई में महात्मा गांधी से मिलने के बाद सम्पूर्ण देश में अंग्रेजों के खिलाफ चल रहे असहयोग आंदोलन में हिस्सा लिया। उस समय देश में गांधीजी के नेतृत्व में असहयोग की लहर थी तथा अंग्रेजी वस्त्रों का बहिष्कार, विधानसभा, अदालतों एवं शिक्षा संस्थाओं का बहिष्कार भी इसमें शामिल था।

सुभाषचन्द्र बोस ने द्वितीय विश्वयुद्ध के दौरान, अंग्रेजों के खिलाफ लड़ने के लिये, जापान के सहयोग से आजाद हिन्द फौज का गठन किया था। उनके द्वारा दिया गया जय हिंद का नारा भारत का राष्ट्रीय नारा बन गया है। 'तुम मुझे खून दो मैं तुम्हे आजादी दूँगा' का नारा देकर उन्होंने अंग्रेजों के खिलाफ हुंकार भरी। आजाद हिन्द सरकार ने वादा किया था 'बांटो और राज करो' की उस नीति को जड़ से उखाड़ फेंकने का, जिसकी वजह से भारत सदियों तक गुलाम रहा था। इसके लिये नेताजी ने 5 जुलाई 1943 को सिंगापुर

के टाउन हाल के सामने 'सुप्रीम कमाण्डर' के रूप में आजाद हिंद फौज की सेना को सम्बोधित करते हुए 'दिल्ली चलो!' का नारा दिया और जापानी सेना के साथ मिलकर ब्रिटिश व कामनवेल्थ सेना से बर्मा सहित इंफाल और कोहिमा में एक साथ जमकर मोर्चा लिया। आजाद हिन्द फौज को छोड़कर विश्व इतिहास में ऐसा कोई भी दृष्टांत या उदाहरण नहीं मिलता जहाँ तीस-पैंतीस हजार युद्धबन्दियों ने संगठित होकर अपने देश की आजादी के लिए ऐसा प्रबल संघर्ष छेड़ा हो। उस समय देश में नेताजी और आजाद हिंद फौज के प्रति सहानुभूति की व्यापक लहर दौड़ रही थी। दमनचक्र के बावजूद देशवासियों का जोश, उत्साह व उमंग देखते ही बन रहा था। ब्रिटिश सरकार डर गयी थी। आजाद हिंद फौज ने जिस प्रकार से देश का वातावरण बनाया उससे अंग्रेजों को साफ पता चल गया था कि अब यहाँ अधिक समय तक रहा नहीं जा सकता, आजाद हिंद फौज का देश की आजादी में अप्रतिम योगदान है जिसे भुलाया नहीं जा सकता।

21 अक्टूबर 1943 को सुभाषचन्द्र बोस ने आजाद हिंद फौज के सर्वोच्च सेनापति की हैसियत से स्वतंत्र भारत की अस्थायी सरकार बनायी जिसे जर्मनी, जापान, फिलीपींस, कोरिया, चीन, इटली, मान्चुको और आयरलैंड सहित 11 देशो की सरकारों ने मान्यता दी थी। जापान ने अंडमान व निकोबार द्वीप इस अस्थायी सरकार को दे दिये। नेताजी उन द्वीपों में गये और उनका नया नामकरण किया। 1944 को आजाद हिंद फौज ने अंग्रेजों पर दोबारा आक्रमण किया और कुछ भारतीय प्रदेशों को अंग्रेजों से मुक्त भी करा लिया। कोहिमा का युद्ध 4 अप्रैल 1944 से 22 जून 1944 तक लड़ा गया एक भयंकर युद्ध था। इस युद्ध में जापानी सेना को पीछे हटना पड़ा था और यही एक महत्वपूर्ण मोड़ सिद्ध हुआ। 6 जुलाई 1944 को उन्होंने रंगून रेडियो स्टेशन से महात्मा गांधी के नाम एक प्रसारण जारी किया जिसमें उन्होंने इस निर्णायक युद्ध में विजय के लिये उनका आशीर्वाद और शुभकामनाएँ माँगी।

अपने संघर्षपूर्ण एवं अत्याधिक व्यस्त जीवन के बावजूद नेताजी सुभाष चन्द्र बोस स्वाभाविक रूप से लेखन के प्रति भी उत्सुक रहे हैं। अपनी अपूर्ण आत्मकथा एक भारतीय यात्री-ऐन इंडियन पिलग्रिम के अतिरिक्त उन्होंने दो

खंडों में एक पूरी पुस्तक भी लिखी भारत का संघर्ष–द इंडियन स्ट्रगल, जिसका लंदन से ही प्रथम प्रकाशन हुआ था। यह पुस्तक काफी प्रसिद्ध हुई थी। उनकी आत्मकथा यद्यपि अपूर्ण ही रही, लेकिन उसे पूर्ण करने की उनकी अभिलाषा रही थी। नेताजी की मृत्यु को लेकर आज भी विवाद है। जहाँ जापान में प्रतिवर्ष 18 अगस्त को उनका शहीद दिवस धूमधाम से मनाया जाता है वहीं भारत में रहने वाले उनके परिवार के लोगों का आज भी यह मानना है कि सुभाष की मौत 1945 में नहीं हुईं वे उसके बाद रूस में नजरबन्द थे। यदि ऐसा नहीं है तो भारत सरकार ने उनकी मृत्यु से संबंधित दस्तावेज अब तक सार्वजनिक क्यों नहीं किये? 16 जनवरी 2014 को कलकत्ता उच्च न्यायालय ने नेताजी के लापता होने के रहस्य से जुड़े खुफिया दस्तावेजों को सार्वजनिक करने की माँग वाली जनहित याचिका पर सुनवाई के लिये विशेष पीठ के गठन का आदेश दिया। सुभाषचन्द्र बोस की 125वीं जन्म जयन्ती मनाते हुए भारत को भारतीयता की नजर से देखना और समझना जरूरी है। ये आज जब हम देश की स्थिति देखते हैं तो और स्पष्ट रूप से समझ पाते हैं कि स्वतंत्र भारत के बाद के दशकों में अगर देश को सुभाष बाबू, सरदार पटेल जैसे व्यक्तित्वों का मार्गदर्शन मिला होता, भारत को देखने के लिए विदेशी चश्मा नहीं होता तो स्थितियां बहुत भिन्न होतीं। नेताजी के विचारधारा के लोग इस देश में ही जीवित होने पर भी बिसराए जाते रहे हैं। लेकिन इन सब झंझावातों के बीच वह सपना सांस लेता रहा। उसे जीवित रहना ही था, क्योंकि उस सपने में नेताजी सरीखे अनगिनत राष्ट्र पुरुषों की जान बसी है। वह सपना है भारतीयता का सपना। यह सपना जीवित रहेगा, उसी सपने को आकार देकर ही सशक्त भारत का निर्माण होगा। जिसमें संघर्ष, समर्पण एवं शौर्य की सुभाषचन्द्र बोस की गाथाएँ आने वाली पीढ़ियों को उनके मूल्यों को अपनाने के लिये प्रेरित करती रहेंगी।

/// जय श्री राम ///

लौहपुरुष सरदार वल्लभभाई भाई पटेल

वल्लभभाई झावेरभाई पटेल (३१ अक्टूबर १८७५-१५ दिसम्बर १९५०), जो सरदार पटेल के नाम से लोकप्रिय थे, एक भारतीय राजनीतिज्ञ थे। उन्होंने भारत के पहले उप-प्रधानमंत्री के रूप में कार्य किया।

वे एक भारतीय अधिवक्ता और राजनेता थे, जो भारतीय राष्ट्रीय कांग्रेस के एक वरिष्ठ नेता और भारतीय गणराज्य के संस्थापक पिता थे जिन्होंने स्वतंत्रता के लिए देश के संघर्ष में अग्रणी भूमिका निभाई और एक एकीकृत, स्वतंत्र राष्ट्र में अपने एकीकरण का मार्गदर्शन किया। भारत और अन्य जगहों पर, उन्हें अक्सर हिंदी, उर्दू और फारसी में सरदार कहा जाता था, जिसका अर्थ है "प्रमुख"। उन्होंने भारत के राजनीतिक एकीकरण और 1947 के भारत-पाकिस्तान युद्ध के दौरान गृह मंत्री के रूप में कार्य किया।

पटेल का जन्म नडियाद, गुजरात में एक लेवा पटेल (पाटीदार) जाति में हुआ था। वे झवेरभाई पटेल एवं लाडबा देवी की चौथी संतान थे। सोमाभाई, नरसीभाई और विट्ठलभाई उनके अग्रज थे। उनकी शिक्षा मुख्यतः स्वाध्याय से ही हुईं लन्दन जाकर उन्होंने बैरिस्टर की पढ़ाई की और वापस आकर अहमदाबाद में वकालत करने लगे। महात्मा गांधी के विचारों से प्रेरित होकर उन्होने भारत के स्वतन्त्रता आन्दोलन में भाग लिया।

खेडा संघर्ष–

स्वतन्त्रता आन्दोलन में सरदार पटेल का सबसे पहला और बड़ा योगदान 1918 में खेडा संघर्ष में हुआ। गुजरात का खेडा खण्ड (डिविजन) उन दिनों भयंकर सूखे की चपेट में था। किसानों ने अंग्रेज सरकार से भारी कर में छूट की मांग की। जब यह स्वीकार नहीं किया गया तो सरदार पटेल, गांधीजी एवं अन्य लोगों ने किसानों का नेतृत्व किया और उन्हें कर न देने के लिये प्रेरित किया। अन्त में सरकार झुकी और उस वर्ष करों में राहत दी गयी। यह सरदार पटेल की पहली सफलता थी।

बारडोली सत्याग्रह–

बारडोली सत्याग्रह, भारतीय स्वाधीनता संग्राम के दौरान वर्ष 1928 में गुजरात में हुआ एक प्रमुख किसान आंदोलन था, जिसका नेतृत्व वल्लभभाई पटेल ने किया। उस समय प्रांतीय सरकार ने किसानों के लगान में तीस प्रतिशत तक की वृद्धि कर दी थी। पटेल ने इस लगान वृद्धि का जमकर विरोध किया। सरकार ने इस सत्याग्रह आंदोलन को कुचलने के लिए कठोर कदम उठाए, पर अंततः विवश होकर उसे किसानों की मांगों को मानना पड़ा। एक न्यायिक अधिकारी ब्लूमफील्ड और एक राजस्व अधिकारी मेंक्सवेल ने संपूर्ण मामलों की जांच कर 22 प्रतिशत लगान वृद्धि को गलत ठहराते हुए इसे घटाकर 6.03 प्रतिशत कर दिया।

इस सत्याग्रह आंदोलन के सफल होने के बाद वहाँ की महिलाओं ने वल्लभभाई पटेल को 'सरदार' की उपाधि प्रदान की। किसान संघर्ष एवं राष्ट्रीय स्वाधीनता संग्राम के अंर्तसंबंधों की व्याख्या बारदोली किसान संघर्ष के संदर्भ में करते हुए गांधीजी ने कहा कि इस तरह का हर संघर्ष, हर कोशिश हमें स्वराज के करीब पहुँचा रही है और हम सबको स्वराज की मंजिल तक पहुँचाने में ये संघर्ष सीधे स्वराज के लिए संघर्ष से कहीं ज्यादा सहायक सिद्ध हो सकते हैं।

आजादी के बाद–

यद्यपि अधिकांश प्रान्तीय कांग्रेस समितियाँ पटेल के पक्ष में थीं, गांधी जी की इच्छा का आदर करते पटेल जी ने प्रधानमंत्री पद की दौड़ से

अपने को दूर रखा और इसके लिये नेहरू का समर्थन किया। उन्हें उपप्रधान मंत्री एवं गृह मंत्री का कार्य सौंपा गया। किन्तु इसके बाद भी नेहरू और पटेल के सम्बन्ध तनावपूर्ण ही रहे। इसके चलते कई अवसरों पर दोनों ने ही अपने पद का त्याग करने की धमकी दे दी थी।

गृह मंत्री के रूप में उनकी पहली प्राथमिकता देसी रियासतों (राज्यों) को भारत में मिलाना था। इसको उन्होने बिना कोई खून बहाये सम्पादित कर दिखाया। केवल हैदराबाद स्टेट के आपरेशन पोलो के लिये उनको सेना भेजनी पडी। भारत के एकीकरण में उनके महान योगदान के लिये उन्हे भारत का लौह पुरूष के रूप में जाना जाता है। सन १९५० में उनका देहान्त हो गया। इसके बाद नेहरू का कांग्रेस के अन्दर बहुत कम विरोध शेष रहा।

भारत का राजनीतिक एकीकरण–

स्वतंत्रता के समय भारत में 562 देसी रियासतें थीं। इनका क्षेत्रफल भारत का 40 प्रतिशत था। सरदार पटेल ने आजादी के ठीक पूर्व (संक्रमण काल में) ही वीपी मेंनन के साथ मिलकर कई देसी राज्यों को भारत में मिलाने के लिये कार्य आरम्भ कर दिया था। पटेल और मेंनन ने देसी राजाओं को बहुत समझाया कि उन्हे स्वायत्तता देना सम्भव नहीं होगा। इसके परिणामस्वरूप तीन को छोड़कर शेष सभी राजवाड़ों ने स्वेच्छा से भारत में विलय का प्रस्ताव स्वीकार कर लिया। केवल जम्मू एवं कश्मीर, जूनागढ़ तथा हैदराबाद स्टेट के राजाओं ने ऐसा करना नहीं स्वीकारा। जूनागढ़ सौराष्ट्र के पास एक छोटी रियासत थी और चारों ओर से भारतीय भूमि से घिरी थी। वह पाकिस्तान के समीप नहीं थी। वहाँ के नवाब ने 15 अगस्त 1947 को पाकिस्तान में विलय की घोषणा कर दी। राज्य की सर्वाधिक जनता हिंदू थी और भारत विलय चाहती थी। नवाब के विरुद्ध बहुत विरोध हुआ तो भारतीय सेना जूनागढ़ में प्रवेश कर गयी। नवाब भागकर पाकिस्तान चला गया और 9 नवम्बर 1947 को जूनागढ़ भी भारत में मिल गया। फरवरी 1948 में वहाँ जनमत संग्रह कराया गया, जो भारत में विलय के पक्ष में रहा। हैदराबाद भारत की सबसे बड़ी रियासत थी, जो चारों ओर से भारतीय भूमि से घिरी थी। वहाँ

के निजाम ने पाकिस्तान के प्रोत्साहन से स्वतंत्र राज्य का दावा किया और अपनी सेना बढ़ाने लगा।

वह ढेर सारे हथियार आयात करता रहा। पटेल चिंतित हो उठे। अन्ततः भारतीय सेना 13 सितंबर 1948 को हैदराबाद में प्रवेश कर गयी। तीन दिनों के बाद निजाम ने आत्मसमर्पण कर दिया और नवंबर 1948 में भारत में विलय का प्रस्ताव स्वीकार कर लिया। नेहरू ने काश्मीर को यह कहकर अपने पास रख लिया कि यह समस्या एक अन्तरराष्ट्रीय समस्या है। कश्मीर समस्या को संयुक्त राष्ट्रसंघ में ले गये और अलगाववादी ताकतों के कारण कश्मीर की समस्या दिनोदिन बढ़ती गयी। 5 अगस्त 2019 को प्रधानमंत्री मोदीजी और गृहमंत्री अमित शाह जी के प्रयास से कश्मीर को विशेष राज्य का दर्जा देने वाला अनुच्छेद 370 और 35 (अ) समाप्त हुआ। कश्मीर भारत का अभिन्न अंग बन गया और सरदार पटेल का भारत को अखण्ड बनाने का स्वप्न साकार हुआ। 31 अक्टूबर 2019 को जम्मू-कश्मीर तथा लद्दाख के रूप में दो केन्द्र शासित प्रदेश अस्तित्व में आये। अब जम्मू-कश्मीर केन्द्र के अधीन रहेगा और भारत के सभी कानून वहाँ लागू होंगे।

देश की स्वतंत्रता के पश्चात सरदार पटेल उप प्रधानमंत्री के साथ प्रथम गृह, सूचना तथा रियासत विभाग के मंत्री भी थे। सरदार पटेल की महानतम् देन थी 562 छोटी-बड़ी रियासतों का भारतीय संघ में विलीनीकरण करके भारतीय एकता का निर्माण करना। विश्व के इतिहास में एक भी व्यक्ति ऐसा न हुआ जिसने इतनी बड़ी संख्या में राज्यों का एकीकरण करने का साहस किया हो। 5 जुलाई 1947 को एक रियासत विभाग की स्थापना की गई थी। एक बार उन्होंने सुना कि बस्तर की रियासत में कच्चे सोने का बड़ा भारी क्षेत्र है और इस भूमि को दीर्घकालिक पट्टे पर हैदराबाद की निजाम सरकार खरीदना चाहती है। उसी दिन वे परेशान हो उठे। उन्होंने अपना एक थैला उठाया, वी.पी. मेंनन को साथ लिया और चल पड़े। वे उड़ीसा पहुँचे, वहाँ के 23 राजाओं से कहा, "कुएं के मेंढक मत बनो, महासागर में आ जाओ।" उड़ीसा के लोगों की सदियों पुरानी इच्छा कुछ ही घंटों में पूरी हो गईं फिर नागपुर पहुँचे, यहाँ के 38 राजाओं से मिले। इन्हें सैल्यूट स्टेट कहा जाता था,

यानी जब कोई इनसे मिलने जाता तो तोप छोड़कर सलामी दी जाती थी। पटेल ने इन राज्यों की बादशाहत को आखिरी सलामी दी। इसी तरह वे काठियावाड़ पहुँचे। वहाँ 250 रियासतें थी। कुछ तो केवल 20–20 गाँव की रियासतें थीं। सबका एकीकरण किया। एक शाम मुम्बई पहुँचे। आसपास के राजाओं से बातचीत की और उनकी राजसत्ता अपने थैले में डालकर चल दिए। पटेल पंजाब गये। पटियाला का खजाना देखा।

तो खाली था। फरीदकोट के राजा ने कुछ आनाकानी की। सरदार पटेल ने फरीदकोट के नक्शे पर अपनी लाल पैंसिल घुमाते हुए केवल इतना पूछा कि "क्या मर्जी है?" राजा कांप उठा। आखिर 15 अगस्त 1947 तक केवल तीन रियासतें–कश्मीर, जूनागढ़ और हैदराबाद छोड़कर उस लौह पुरुष ने सभी रियासतों को भारत में मिला दिया। इन तीन रियासतों में भी जूनागढ़ को 9 नवम्बर 1947 को मिला लिया गया तथा जूनागढ़ का नवाब पाकिस्तान भाग गया। 13 नवम्बर को सरदार पटेल ने सोमनाथ के भग्न मंदिर के पुनर्निर्माण का संकल्प लिया, 1948 में हैदराबाद भी केवल 4 दिन की पुलिस कार्रवाई द्वारा मिला लिया गया। न कोई बम चला, न कोई क्रांति हुई, जैसा कि डराया जा रहा था।

जहाँ तक कश्मीर रियासत का प्रश्न है इसे पंडित नेहरू ने स्वयं अपने अधिकार में लिया हुआ था, परंतु यह सत्य है कि सरदार पटेल कश्मीर में जनमत संग्रह तथा कश्मीर के मुद्दे को संयुक्त राष्ट्र संघ में ले जाने पर बेहद क्षुब्ध थे। निःसंदेह सरदार पटेल द्वारा यह 562 रियासतों का एकीकरण विश्व इतिहास का एक आश्चर्य था। भारत की यह रक्तहीन क्रांति थी। महात्मा गांधी ने सरदार पटेल को इन रियासतों के बारे में लिखा था, "रियासतों की समस्या इतनी जटिल थी जिसे केवल तुम ही हल कर सकते थे।"

यद्यपि विदेश विभाग पं. नेहरू का कार्यक्षेत्र था, परन्तु कई बार उप प्रधानमंत्री होने के नाते कैबिनेट की विदेश विभाग समिति में उनका जाना होता था। उनकी दूरदर्शिता का लाभ यदि उस समय लिया जाता तो अनेक वर्तमान समस्याओं का जन्म न होता। 1950 में पंडित नेहरू को लिखे एक पत्र में पटेल ने चीन तथा उसकी तिब्बत के प्रति नीति से सावधान किया था और

चीन का रवैया कपटपूर्ण तथा विश्वासघाती बतलाया था। अपने पत्र में चीन को अपना दुश्मन, उसके व्यवहार को अभद्रतापूर्ण और चीन के पत्रों की भाषा को किसी दोस्त की नहीं, भावी शत्रु की भाषा कहा था। उन्होंने यह भी लिखा था कि तिब्बत पर चीन का कब्जा नई समस्याओं को जन्म देगा। 1950 में नेपाल के संदर्भ में लिखे पत्रों से भी पं. नेहरू सहमत न थे। 1950 में ही गोवा की स्वतंत्रता के संबंध में चली दो घंटे की कैबिनेट बैठक में लम्बी वार्ता सुनने के पश्चात सरदार पटेल ने केवल इतना कहा "क्या हम गोवा जाएँगे, केवल दो घंटे की बात है।" नेहरू इससे बड़े नाराज हुए थे। यदि पटेल की बात मानी गई होती तो 1961 तक गोवा की स्वतंत्रता की प्रतीक्षा न करनी पड़ती।

गृहमंत्री के रूप में वे पहले व्यक्ति थे जिन्होंने भारतीय नागरिक सेवाओं (आई.सी.एस.) का भारतीयकरण कर इन्हें भारतीय प्रशासनिक सेवाएँ (आई. ए.एस.) बनाया। अंग्रेजों की सेवा करने वालों में विश्वास भरकर उन्हें राजभक्ति से देशभक्ति की ओर मोड़ा। यदि सरदार पटेल कुछ वर्ष जीवित रहते तो संभवतः नौकरशाही का पूर्ण कायाकल्प हो जाता।

सरदार पटेल जहाँ पाकिस्तान की छदम व चालाकी पूर्ण चालों से सतर्क थे वहीं देश के विघटनकारी तत्वों से भी सावधान करते थे। विशेषकर वे भारत में मुस्लिम लीग तथा कम्युनिस्टों की विभेदकारी तथा रूस के प्रति उनकी भक्ति से सजग थे। अनेक विद्वानों का कथन है कि सरदार पटेल बिस्मार्क की तरह थे। लेकिन लंदन के टाइम्स ने लिखा था "बिस्मार्क" की सफलताएं पटेल के सामने महत्वहीन रह जाती हैं। यदि पटेल के कहने पर चलते तो कश्मीर, चीन, तिब्बत व नेपाल के हालात आज जैसे न होते। पटेल सही मायनों में मनु के शासन की कल्पना थे। उनमें कौटिल्य की कूटनीतिज्ञता तथा महाराज शिवाजी की दूरदर्शिता थी। वे केवल सरदार ही नहीं बल्कि भारतीयों के हृदय के सरदार थे। ऐसा था लौहपुरुष सरदार पटेल का महान का व्यक्तित्व और कृतित्व जो सदैव अविस्मरनीय रहेगा।

/// जय श्री राम ///

रणबांकुरे चौहान बलवंत सिंह बाखासर

भारत की आजादी के बाद 60-70वें दशक में पश्चिमी राजस्थान के लिए एक जाना पहचाना नाम था बलवंत सिंह बाखासर!

गुजरात राजस्थान के सरकारी महकमे और पुलिस विभाग के लिए डकैत लेकिन बाडमेर साँचोर ओर उत्तरी गुजरात के वाव थराद सीमावर्ती गाँवो के लिए वे आधुनिक राबिन हुड समान थे।

बलवंत सिंह का जन्म राजस्थान के बाड़मेर जिला के गाँव बाखासर में चौहानों की नाडोला उप शाखा में हुआ आपकी शादी कच्छ गुजरात के विजेपासर गाव में जडेजा राजपूतो के यहाँ हुयी आपका बचपन राजस्थान गुजरात और पाकिस्तान के सीमावर्ती क्षेत्रो में गुजरा ये पूरी तरह यहाँ के सीमावर्ती क्षेत्रो को लेकर वाकिफ थे वक्त के साथ बलवंत सिंह ने हथियार उठा दिए।

आजादी के बाद पाकिस्तान के सिंधी मुस्लिमों का सीमावर्ती क्षेत्रो में आतँक था उस वक्त बॉर्डर खुला होने की वजह से सिंधी मुस्लिम आये दिन भारतीय सीमा में आकर लूट पाठ करने लगे इधर बलवंत सिंह बाखासर सरकारी खजाना व लुटेरों को लूट कर सारा धन गरीबो में बाँट देते थे ग्रामीणों की हर सम्भव मदद करते सरकारी महकमा इनके नाम तक से डरता था पूरे क्षेत्र के लोग जी जान देने को तैयार रहते और ये पूरे 100 किमी क्षेत्र के आधुनिक रोबिन हुड बन चुके थे पाकिस्तान से आने वाले लूटेरे भी इनसे नाम

से थर्राने लगते थे जिस गांव में ये रात गुजरते वहा का सारा प्रबन्ध ग्रामीण करते धीरे-धीरे बलवंत सिंह बाखासर का नाम बढ़ता गया।

बलवँत सिँह देश में पहली बार चर्चा में तब आए जब मीठी के सिन्धी मुसलमान एक साथ 100 गायों लेकर पाकिस्तान जा रहे थे जैसे ही इसकी खबर बलवंत सिंह जी को मिली फिर क्या था उसी क्षण अपने घोड़े पर सवार होकर बलवत सिँह डाकुओं का पीछा करने निकले अकेले मुकाबला करते 8 हुए सिंधीयों को ढेर कर दिया ओर सभी गाय छुडवा लाए

बाड़मेर के चौहटन के अब्दुल हादी जो 7 बार विधायक, मंत्री रहे उनके बड़े भाई मोहम्मद हुसैन पर तस्करी लूट के संगीन आरोप लगे इन्हें भी बलवंत सिंह ने मार गिराया वही मोहम्मद हयात खान नाम के लूटेरे को भी बाड़मेर में लंबी नींद सुलाया।

अब्दुल हादी से इनका मन मुटाव हो गया था तब कांग्रेस सरकार आते थे अब्दुल हादी और नाथूराम मिर्धा दोनों ने मिलकर इनको पकड़वाने की नाकाम साजिश रची।

1971 भारत पाक के रिश्ते बेहद तनावपूर्ण थे 71 युद्ध में इनकी अहम भूमिका रही सैनिको में ज्यादातर बाहरी थे और रेगिस्तान के खतरों से अनजान बलवंत सिंह पाक सीमा से अच्छी तरह वाकिफ थे और काफी लोकप्रिय हो गए थे उस वक्त लेफ्टिनेंट महाराजा भवानी सिंह जयपुर ने इनको सेना की एक बटालियन और 4 जोन्गा जीपे तक सौंप दी थी पूरी बटालियन की अगुवाई इन्ही बलवंत सिंह बाखासर ने की और अपने धैर्य और सूझबूझ से भारतीय सेना को पाक के भीतर तक ले गए और नतीजा रहा की सुबह के 3 बजे पाकिस्तान के सिंध सूबे के छाछरो कस्बे पर कब्जा करने में सफलता मिली और पाकिस्तान के 100 गावों पर कब्जा हुआ सारे ठाणे भारतीय सेना के कब्जे में आ गए।

भारतीय सैनिकों को तब बड़ा ताज्जुब हुआ जब पाकिस्तान ग्रामीण आंचल के लोग सिर्फ बलवंत सिंह बाखासर को देखने के लिए कई किलोमीटर दूर से पैदल आये।

इनकी देशभक्ति ओर वीरता से प्रभावित प्रसन्न होकर भारत सरकार ने इन पर लगाए सारे डकैती के केस वापस ले लिए थे।

सांचोर में लगने वाले मेले को भय मुक्त बनाने के लिए ये अपने ऊंठ पर बैठ खुद निगरानी भी करते थे।

राजस्थान,गुजरात,कच्छ और रण क्षेत्र इनकी वीरता के वीर रस भजन आज तक गाए जाते हैं।

/// जय श्री राम ///

सिंहावलोकन

मातृभूमि वह भूमि है जहाँ मनुष्य जन्म लेता है। उसकी मिटटी में खेलकर बड़ा होता है। उस मिट्टी को अपनी जान से भी ज्यादा प्रेम करता है और उसे माँ का दर्जा देता है। उसे मातृभूमि कहते है। कहते है की 'जननी जन्मभूमिश्च स्वर्गादपि गरीयसी' इसका तात्पर्य है माँ और जन्मभूमि स्वर्ग से कई ज्यादा माईने रखती है। एक सच्चा देशभक्त अपनी मिटटी से इतना प्रेम करता है कि वह अपने प्राणों की बलि देने में हिचकिचाता नहीं है। हर एक इंसान के लिए उनकी मातृभूमि की अहमियत होती है जिसे शब्दों में बयान नहीं किया जा सकता है।

हम माँ समान मातृभूमि के आँचल में पले बढ़े है उसके सम्मान में हम जितना अधिक करे उतना कम है। क्यों की माँ का कर्जा हम कभी नहीं चुका सकते। अपनी मिटटी की सौंधी खुशबु किस को नहीं पसंद। मातृभूमि हमें अपने मातृत्व की छाया में बड़ा करती है और कई प्राकृतिक विपत्तियों से हमारी रक्षा करती है। माँ का स्थान सबसे सर्वोच्च है जिसे हम बयां नहीं कर सकते है। मातृभूमि की जगह हमारे मन में बसी हुई है। चाहे परस्थिति हमें कितना भी दूर करे लेकिन हम फिर अपने माँ के आँचल में समां जाते है। यह हमारा अपनी मातृभूमि से अटूट रिश्ता है जो हमारी आखरी सांस तक रहेगा।

हमारे देश का इतिहास आदिकाल से गौरवमय रहा है, राजपूतों की आन बान शान की रक्षा केवल वीर पुरुषों ने की साथ ही हमारे देश के बच्चे भी किसी से पीछे नही रहे हैं। राजपूतों का इतिहास अत्यंत गौरवशाली रहा है। हिंदू धर्म के अनुसार राजपूतों का काम शासन चलाना होता है। भगवान श्री

राम ने भी राजपूत कुल में ही जन्म लिया था। हम अपने देश को "भारत" इसलिए कहते हैं क्योंकि हस्तिनापुर नरेश दुष्यन्त के पुत्र "भरत" यहाँ के राजा हुआ करते थे। राजपूतों के असीम योगदान की बदौलत ही हिंदू धर्म और भारत देश दुनिया के नक्शे पर अहम स्थान रखता है। भारत का नाम, भगवान ऋषभदेव के पुत्र भरत चक्रवर्ती के नाम पर भारत हुआ (श्री मद भागवत्)। राजपूतों के महान राजाओं में सर्वप्रथम भगबान श्री राम का नाम आता है। महाभारत में भी कौरव पांडव तथा मगध नरेश जरासंध एवं अन्य राजा राजपूत कुल के थे। पृथ्वी राज चौहान भी राजपूतों के महान राजा थे।

राजपूतों के लिये यह कहा जाता है कि जो केवल राजकुल में ही पैदा हुआ होगा, इसलिये ही राजपूत नाम चला,लेकिन राजा के कुल में तो कितने ही लोग और जातियाँ पैदा हुई है सभी को राजपूत कहा जाता, यह राजपूत शब्द राजकुल में पैदा होने से नही बल्कि राजा जैसा बाना रखने और राजा जैसा धर्म कर्म करने से यथा–"सर्व जन हिताय, सर्व जन सुखाय" का आचरण करने से राजपूत शब्द की उत्पत्ति हुयी। ऐसी है राजपूतों की गौरवशाली वलिदानी परंपरा जिस पगडण्डी पर चलकर असंख्य राजपूत आबालवृद्ध वीरों ने राष्ट्र की आन वानशान की रक्षा में अपना सर्वस्व न्यौछावर कर उसकी रक्षा की अर्थात उसका मान, सम्मान, स्वाभिमान अपनी आहुति देकर बढाया ये ही बलिदानी परंपरा का गूढ़ रहस्य ही इस 'विजय' रूपी भेंट की अमृत संजीवनी अर्थात प्राण शक्ति है जो भविष्य में भारतीय राष्ट्रीयत्व को चिरंजीवी बनाये रखने में अतीव समर्थ होगी।

/// जय श्री राम ///